KB146575

天才小毒妃

천재소독비 9

ⓒ지에모 2019

초판1쇄 인쇄	2019년 7월 12일
초판1쇄 발행	2019년 7월 23일

지은이	지에모 芥沫
옮긴이	전정은

펴낸이	박대일
편집	이문영 · 임유리 · 신지연 · 전보라
마케팅	임유미 · 손태석
디자인	박현주
일러스트레이션	우나영

펴낸곳	파란미디어
출판등록	2004년 9월 14일 제313-2004-00214호

주소	03992 서울시 마포구 동교로23길 14 국제빌딩 6층
전화	02.3141.5589 영업부 070.4616.2012 편집부
팩스	02.3141.5590
전자우편	paranbook@gmail.com
카페	http://cafe.naver.com/paranmedia
페이스북	http://www.facebook.com/paranbook

ISBN	978-89-6371-679-4(04820)
	978-89-6371-656-5(전26권)

천재소독비

9

天才小毒妃

지에모 芥沫 지음 | 전정은 옮김

파란

차례

무슨 할 이야기가 있다고 | 7

상황을 모르는 칠소 | 17

평생 모시겠어요 | 28

네 일도 아닌데 | 38

뜻밖이야, 위급상황 | 48

고철찰을 찾으러 | 57

일편단심을 주지 | 67

수호라고 할 수 있을까 | 78

물 한 모금 마시게 해 주세요 | 88

그녀가 좋아하지 않는 신분 | 98

시작한 일은 끝을 봐야 | 108

진왕 전하의 소소한 취미 | 118

복잡한 형세 | 128

무식에는 무식으로 | 138

마침내 한운석에게 한 방 | 148

이렇게 여인을 아낄 줄 알다니 | 157

시샘에서 질투에서 원한으로 | 168

정말 아름답구나 | 178

이 내 마음 임과 갈라섭니다 | 189

왕부에 큰일이 벌어지다 | 199

사고인가 계획된 일인가 | 209

이 몸께서 네 놈을 요리해 주마 | 218

형씨와 귀하 | 228

가차 없이 죽여 줄 테다 | 239

조심해, 초고수다 | 250

체면을 구겼다 | 260

귀족의 후예 | 271

이미 물렀어 | 281

오랜만이야 | 292

모두 젖었습니다 | 302

대관절 있을까 없을까 | 312

무엇을 보았나 | 321

일곱 귀족 중의 유족 | 331

정말 나를 버렸을까 | 341

귀재가 남긴 한 수 | 351

행복이란 | 361

이것이 진실 | 371

새로운 황족을 세운다 | 381

기분 좋아, 좀 더 | 391

당신이 내게 다가오는 건가요 | 401

너는 본 왕의 왕비다 | 412

분노, 배상 받으러 가겠어요 | 423

혼쭐내 주겠다 | 433

사람 마음은 선량한 것 | 443

예상 밖의 상황 | 452

태워 죽일 거예요 | 462

적포도주색이 더 좋다 | 473

벙어리 노파를 내놔 | 483

반박할 수 없어 | 493

분노한 왕비 | 503

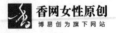

무슨 할 이야기가 있다고

한운석과 고북월이 화기애애하게 이야기를 나누고 있을 때 얼음장 같은 얼굴을 한 용비야가 불쑥 입을 열었다.

"고 태의, 듣자니 한동안 병치레를 하느라 휴가를 내고 고향에 다녀왔다지?"

고북월은 황급히 돌아서서 예를 갖췄다.

"예."

"고향이 어디냐?"

용비야가 차갑게 물었다.

한운석도 호기심이 일었다. 그녀가 아는 대로라면 고북월은 할아버지를 따라 천녕국 도성에 왔으니, 어렸을 때는 의학원에서 자랐을 것이다.

그의 부모에 관해서는 한 번도 들은 적이 없었다.

"농서隴西입니다. 소관은 어려서 부모를 잃고 할아버지 손에 컸습니다. 본적은 농서현이고 의성에서 자랐는데 훗날 할아버지를 따라 천녕국에 온 후로 줄곧 천녕국에서 살았습니다. 이번에 농서로 돌아간 까닭도 휴양 겸 조상께 제를 올리기 위해서였습니다."

고북월은 용비야의 다음 질문까지 알고 있는 양 대답에 그치지 않고 자세한 설명도 덧붙였다.

이는 용비야가 최근 사람을 보내 조사한 의학원의 기록에도 남아 있고 직접 농서현에 가서 확인하기도 한 내용과 같았다.

물론 용비야는 완전히 믿지 않았지만, 아직 고북월이 거짓말을 했다는 증거는 없었다.

의성에서 우연히 목격한 고북월의 솜씨만 아니었다면 벌써 의심을 거뒀을 것이다.

용비야는 고개를 끄덕이며 더 묻지 않고 담담하게 말했다.

"왕비, 본 왕의 상처를 재진해야 한다고 하지 않았느냐?"

왕비?

한운석을 부른 걸까?

한운석은 곧바로 반응하지 않았다. 평소 용비야가 그녀에게 말을 걸 때면 호칭을 생략하거나 성까지 붙여서 한운석이라고 불렀다.

게다가 지금 그녀는 어려서 부모를 잃은 데다 약골이기도 한 고북월이 얼마나 힘들게 살아왔을까 하는 생각에 푹 잠겨 있어서 용비야가 일부러 쳐다보는데도 알아차리지 못했다.

어쨌든 재진을 할 사람은 고북월이니 그가 한운석 대신 대답해 줄 수도 있었다. 하지만 그는 빈틈없이 본분을 지키며 아무 말도 하지 않았다.

한참 쳐다보던 용비야가 마침내 다시 불렀다.

"한운석!"

한운석은 그제야 정신이 돌아왔다.

"예, 전하?"

"본 왕의 상처를 재진해야 한다지 않았느냐?"

용비야는 불쾌했지만 그래도 참을성 있게 다시 물었다.

이 장면을 본 고북월은 한동안 못 본 사이 진왕이 왕비마마를 대하는 태도가 훨씬 누그러졌다는 것, 왕비마마가 진왕 앞에서 훨씬 편하게 행동하게 되었다는 것을 어렴풋이 느꼈다.

재진?

상처는 지난번 동여맨 천을 떼어 냈을 때 이미 다 나았고, 재진을 해야 한다고 한 건 그저 고북월을 만나기 위한 핑계에 불과했다.

"그럼요, 그럼요!"

한운석은 황급히 고개를 끄덕이며 고북월에게 맞장구쳐 달라는 눈빛을 보냈다.

"고 태의, 전하의 상처는 예정보다 빨리 좋아져서 지난달에 거의 나았어요. 그래도 만일을 대비해 다시 한 번 봐 줘요."

사실 고북월은 용비야의 상처가 언제쯤 나을지 아주 정확하게 알고 있었지만, 의술을 숨기느라 일부러 시간을 늘려 말한 것뿐이었다.

그는 깜짝 놀란 척했다.

"지난달에 나으셨단 말입니까?"

"그래요. 한 번 봐 줘요."

한운석은 진지한 얼굴이었다.

용비야는 안색 하나 바뀌지 않고 곁마루로 자리를 옮겨 고북월에게 상처를 보여 주었다. 의원은 아니지만 상처가 나았는지 아닌지는 그 자신이 누구보다 잘 알았다. 한운석의 얄팍한 수작이 그에게 먹힐 리 없었다.

그가 먼저 재진 이야기를 꺼낸 것은 화제를 돌리기 위해서였다. 꼬맹이가 돌아왔고 재진도 끝났으니 고북월은 그만 돌아가야 했다.

그들 세 사람은 하나같이 영리하기 짝이 없었다. 오늘 일은 사소한 장난에 불과했지만, 만에 하나 언젠가 적으로 마주하게 된다면 얼마나 다양한 계략이 난무할지 모를 일이었다.

고북월은 대충 넘기지 않고 꼼꼼히 살핀 뒤 감탄을 금치 못했다.

"전하의 체질이 참으로 놀랍습니다. 이건 기적이나 마찬가지입니다!"

"고 태의의 손에서 만들어진 기적이 아니냐?"

용비야가 반문했다.

고북월은 놀라지도 않고 안색 하나 바뀌지 않은 채 언제나처럼 겸손하게 말했다.

"당치 않은 말씀이십니다."

용비야는 의미 없는 말싸움을 좋아하지 않았다. 그가 별말이 없자 고북월은 물러나 그가 원하는 말을 했다.

"진왕 전하, 왕비마마. 소관은 이만 물러가겠습니다."

한운석이 미처 대답하기도 전에 용비야는 대답도 없이 손을 내저어 가도 좋다는 뜻을 전했다.

한운석은 꼬맹이를 안아올려 고북월에게 감사를 표했다.

"고마웠어요!"

"별말씀을 다 하십니다. 이만 물러갑니다."

고북월이 떠나려는데 뜻밖에도 한운석의 손바닥 위에 있던 꼬맹이가 갑자기 깨어났다. 몽롱하게 잠들었다가 뜬 녀석의 눈에 처음 들어온 것은 고북월이 몸을 굽혀 읍을 하며 고개를 숙이고 물러나는 모습이었다.

야위고 조용한 모습이 영원히 떠나 버릴 것처럼 차츰차츰 뒤로 물러가자 꼬맹이는 까닭 없는 두려움에 휩싸여 날카롭게 '찍찍' 소리를 지르더니, 휙 날아올라 고북월의 품으로 달려들었다.

갑작스런 사태에 모두가 놀랐다.

"꼬맹아!"

한운석도 엉겁결에 소리를 쳤다.

아직 정신이 몽롱한 꼬맹이는 귀에 익은 목소리를 듣자마자 완전히 깨어났다. 한운석을 발견한 녀석은 깜짝 놀란 듯 또다시 '찍' 하고 날카롭게 소리를 질렀다.

고막을 찢을 듯이 날카로운 소리였기 때문에 용비야는 벌써 잔뜩 눈을 찌푸리고 있었지만…… 애석하게도 아무도 관심이 없었다.

고북월을 쳐다보다가 다시 한운석을 쳐다본 꼬맹이는 곧 어떻게 된 것인지 깨달았다!

운석 엄마가 돌아왔잖아! 공자는 날 데려다준 거야.

한운석은 눈을 가늘게 뜨며 손가락을 까딱까딱했다.

"이리 와!"

꼬맹이는 주저 없이 훌쩍 날아가 한운석의 어깨에 올라타더니 기쁜 듯이 몸을 비볐다. 드디어 운석 엄마가 돌아왔어. 얼마나 보고 싶었는데!

한운석은 꼬맹이를 끌어내려 조그마한 귀를 꼬집고 뺨을 콕콕 찌르고 목을 간지럽히고 꼬리를 잡아당겼다. 귀여워서 쓰다듬는 건지 학대하는 건지 판가름하기 어렵지만 어쨌든 기쁘기 한이 없었다.

"내가 보고 싶었어? 착하게 지냈지? 소란 안 피우고? 또 뭘 훔친 건 아니겠지? 먹성은 더 좋아졌구나?"

꼬맹이는 운석 엄마가 뭐라고 하는지 몰랐지만 찍찍 장단을 맞추면서 한운석의 고운 손가락에 달라붙어 아양을 떨었다.

용비야는 눈썹을 치키고, 예뻐 죽겠다는 듯 쓰다듬는 한운석의 손동작을 눈 한번 깜빡이지 않고 지켜보았다.

"왕비마마, 아마 마마의 체취를 맡고 일찍 깨어난 모양입니다."

고북월이 웃으며 말했다.

"내가 가진 독약 냄새를 맡은 거겠죠!"

한운석도 농담을 했다.

그러니까, 두 사람이 또 이야기꽃을 피우기 시작하는 걸까?

내내 옆에 있던 초서풍과 조 할멈은 의미심장한 눈길로 서로를 바라보았다.

그렇지만 고북월은 이야기를 이어가지 않았다.

"꼬맹이가 깨어났으니 다행입니다. 소관은 일이 있어 그만 물러가겠습니다."

이번에는 진짜였다.

그리고 이번에는 꼬맹이도 가만히 있었다. 녀석은 운석 엄마 손에 폭 안겨 그가 떠나는 것을 조용히 바라보았고, 공자의 뒷모습이 완전히 사라질 때까지 눈을 떼지 않았다.

녀석도 방금 자기가 왜 그랬는지 알 수가 없었다. 아직 잠이 덜 깨 몽롱했기 때문일까? 아니면 몇 달 함께 지내면서 공자에 대해 너무 많이 알게 되었기 때문에? 그래서 이렇게 처량한 기분이 드는 걸까?

공자, 꼬맹이는 좀 더 공자와 함께하고 싶다고요.

고북월이 떠나자마자 용비야가 일어나 한운석에게 걸어왔다. 넋 놓고 문밖을 보고 있던 꼬맹이는 별안간 낯익은 기척을 느꼈다.

몹시 낯이 익은데 당장은 무엇인지 생각이 나지 않았다.

녀석이 코를 킁킁거리며 천천히 고개를 돌려보니 용 아빠의 다섯 손가락이 덮쳐 왔다.

으아악…… 낯익은 기척이란 바로 위험이었다!

녀석은 보드라운 털을 바짝 곤두세우며 달아나려 했지만 안타깝게도 이미 늦은 후였다. 용비야가 녀석의 꼬리를 잡아 들어올렸다.

꼬맹이는 놀란 나머지 몸부림을 치지도, 찍 소리를 내지도 못한 채 순순히 사지를 축 늘어뜨리고 눈으로만 한운석에게 끓임없이 마음을 전했다. 도와줘요, 도와줘!

꼬맹이는 아직 다 나은 게 아니었다. 용비야가 예전처럼 녀석을 집어던질까 겁이 난 한운석이 얼른 손을 내미려는데, 예상과 달리 용비야는 태연하게 말했다.

"확실히 묵직해졌군."

응? 이 인간이 꼬맹이를 던지지 않다니!

한운석은 재빨리 고개를 끄덕였다.

"고 태의가 잘 돌봐 줬나 봐요."

용비야는 무슨 말인가 더 하려는 듯했지만 입을 다물었다. 오랜 침묵 끝에 그는 결국 꼬맹이를 한운석에게 돌려주며 한마디 했다.

"먹는 양을 줄여야겠군. 너무 살찌면 뛰지도 못할 테니."

한운석은 폭소를 터트렸지만, 꼬맹이는 감동해서 눈물까지 글썽였다. 용 아빠가 뭐라고 했는지는 전혀 모르지만 아빠에게 붙잡히고도 창밖으로 날아가지 않는 날이 오다니 정말이지 경사였다. 용 아빠가 착해졌어!

한운석이 꼬맹이를 데리고 나가자 용비야는 그제야 초서풍에게 물었다.

"쥐 한 마리를 두고 무슨 할 이야기가 있느냐?"

초서풍은 눈치를 챘다. 방금 전하는 왕비마마께 꼬맹이에 관한 이야기를 하려다가 할 말이 없어서 그만두었던 것이다.

"전하, 꼬맹이는 다람쥐이지 쥐가 아닙니다."

초서풍은 이렇게밖에 대답할 수가 없었다.

용비야는 싸늘한 눈길을 던졌지만 캐묻지 않고 본론을 꺼냈다.

"그 사람은 잘 안치했느냐?"

"전하의 분부대로 처리했습니다. 당리가 가서 지키는 중입니다."

초서풍은 사실대로 대답했다. 벙어리 노파는 그들보다 조금 늦게 도성에 돌아와 성 안 고원에 머물고 있었다.

당리는 오랫동안 유각을 지켰지만 신비한 흑의인은 다시 나타나지 않았다.

"전하, 그 흑의인은 이미 죽지 않았겠습니까? 그때는 억지로 버텼거나 신비한 약 같은 것을 먹어 심맥을 보호한 것이 아닐까요?"

초서풍이 추측했다.

"본 왕이 더 궁금한 것은 그자가 어떻게 벙어리 노파가 본 왕의 손에 있는 것을 알아차렸느냐는 것이다!"

용비야가 차갑게 말했다.

벙어리 노파는 목씨 집안에서 가장 비밀스러운 존재이니 목영동이 외부에 알렸을 리 없었다. 목영동이 아니라면 알 만한 사람은 고칠소뿐이었다.

하지만 그자 역시 벙어리 노파가 죽지 않았다는 것은 모를 텐데! 벙어리 노파를 감추는 일은 초서풍이 쥐도 새도 모르게 처리했다.

더구나 고칠소의 성격상, 벙어리 노파가 무사하다는 것을 알아냈다면 일찌감치 한운석에게 알려 주었을 것이다.

용비야는 오랫동안 그 일을 고민했지만 여태 답을 찾아내지 못했다.

"전하, 제가 조사해 보니 고칠찰은 아직 약귀곡으로 돌아오지 않았고 행방이 묘연합니다."

초서풍이 나지막하게 일깨워 주었다.

초서풍은 벙어리 노파 문제를 왕비마마에게 숨기는 일이 위험하다고 생각했다. 만에 하나 실수로 발각되면 아무리 전하라도 해명할 방법이 없었다.

더군다나 전하는 해명하고 싶어 하지도 않을 것이다.

용비야는 손가락으로 콧날을 잡아누르며 태연하게 말했다.

"당리에게 단단히 지키라고 전해라!"

그때쯤 목씨 집안의 약초 곳간에 오랫동안 머물렀던 고칠소도 드디어 떠날 준비를 하고 있었다.

짐작했다시피 그와 목령아가 미천홍련을 찾아낸 것이다!

미천홍련은 목씨 집안 약초 곳간에서 제일 가는 보물은 아니지만 적어도 열 손가락에 꼽을 만큼은 귀했다. 그래도 목령아는 눈 하나 깜짝 않고 고칠소에게 쥐여 주었다.

"칠 오라버니, 받으세요!"

상황을 모르는 칠소

미천홍련은 목령아가 사용하기 편하게 잘 갈아 조그만 도자기 병에 넣어 둔 상태였다.

목령아가 온갖 고생을 한 끝에 찾아낸 것이지만 고칠소는 당연하다는 듯이 받아 넣으며 고맙다는 말 한마디 하지 않았다. 정말이지 양심이라곤 없는 작자였다!

그렇지만 목령아가 원하는 것도 바로 그의 이런 태도였다. 그가 고마워했다면 도리어 어색하게 느꼈을 것이다.

사랑이란, 기꺼이 모든 것을 주는 것이었다.

"칠 오라버니, 이제 웅천만 남았어요. 같이 백독문에 가서 훔쳐 와요!"

목령아는 크고 함초롬한 눈동자를 사악하게 반짝였다. 몇 달 고생한 탓에 몹시 야위었지만 기력은 더없이 팔팔했다.

"훔쳐? 이 몸께서 그런 나쁜 짓을 할 것 같아?"

고칠소가 콧방귀를 꼈다.

"헤헤, 그럼 좋은 계책이라도 있어요?"

목령아는 더욱더 사악하게 웃었다.

"군역사를 찾아가야지."

고칠소는 별것 아닌 것처럼 말했다.

친구의 적은 곧 적이요, 적의 적은 곧 친구였다.

군역사는 한운석의 적이니까 그에게도 적이었다. 하지만 용비야의 적이니 한편으로는 그의 친구이기도 했다.

　군역사가 마음에 들지는 않지만, 결과적으로 그와 군역사는 적이자 친구였다.

　고칠소의 이런 이상한 논리를 들으면 한운석이 그를 멸시하지 않을까?

　어쨌든 고칠소는 웅천이 군역사의 손에 있다는 걸 안 순간 좋은 생각이 떠올랐다.

　약재를 손에 넣으면 용비야를 혼내 주기란 식은 죽 먹기였다. 그는 용비야를 혼내 줄 기회를 군역사에게 넘기는 조건으로 웅천을 내놓으라고 할 생각이었다!

　"그럼 북려국으로 가요?"

　목령아가 재빨리 물었다. 그녀는 고칠소가 속시커면 생각을 하고 있는지도 모른 채 그저 그가 어디로 가려는지만 궁금해했다.

　고칠소는 턱을 매만졌다. 그와 목령아는 목씨 집안 약초 곳간에 숨어 세상과는 담을 쌓고 오로지 미천홍련을 찾는데만 몰두했다!

　그는 군역사가 어주도에 갇혀 있는지 몰랐고, 왜 갇혔는지는 더더욱 몰랐다. 그는 군역사가 백독문에 있지 않으면 북려국 도성에 있으리라 생각했다.

　미천홍련을 잘 갈무리한 고칠소가 말했다.

　"자, 일단 한잔하면서 소식을 알아보자!"

목령아는 무척 기뻐했다.

"좋아요, 취할 때까지 마셔요!"

목씨 집안 약초 곳간을 나온 후 미처 약성을 벗어나기도 전에 그들은 북려국 강왕이 천녕국 진왕에게 붙잡혀 천녕국의 섬에 갇혀 있고, 양국에 전쟁이 일어나기 직전이라는 소식을 들었다.

목령아는 잔뜩 취해 탁자에 엎드려 잠이 들었으나 창가에 기대 턱을 만지작거리는 고칠소는 정신이 또랑또랑했다.

"고작 물고기 때문에 그처럼 거하게 움직일 용비야가 아닌데."

그가 중얼거렸다.

"주인님, 천녕국 수군이 통째로 움직였고 궁노수 수천 명이 동원되었다고 합니다. 북려국 황족이 몰래 무림 고수들을 적잖이 고용했지만 아무도 구해 내지 못했습니다."

시종이 나지막하게 보고했다.

"양쪽이 전쟁을 일으키면 용비야에게 득이 될 게 없겠지?"

고칠소는 조정의 일에 관심을 가진 적이 없지만, 용비야가 이런 식으로 북려국을 도발한 것이 이치에 맞지 않는다는 것은 알 수 있었다.

"주인님, 다시 알아볼까요?"

시종이 물었다.

"북려국 도성에 가서 소식을 알아봐."

이렇게 말하는 고칠소의 눈동자에 빛이 번쩍였다.

"설마 어주도에 무슨 보물이라도 있나?"

"주인님, 왜 직접 어주도에 다녀오지 않으십니까?"

시종이 조심조심 물었다.

고칠소는 그를 흘겨보았다.

"적을 알고 나를 알면 백번 싸워도 위험하지 않다는 말 몰라?"

군역사와 손을 잡는 것은 호랑이에게 가죽을 내놓으라는 말이나 마찬가지여서 매사 조심해야 했다. 미리 상황을 파악하지도 않고 손을 잡기는 무슨 손을 잡아?

시종은 감히 캐묻지 못하고 풀이 죽어 나갔다.

"아아, 이거 참⋯⋯."

고칠소는 가볍게 한숨을 쉬었다. 그를 모르는 사람이라면 이런 미남자가 한숨을 내쉬는 모습에 푹 빠져 넋이 나갔을 것이다.

반면 그를 잘 아는 사람은 오싹 소름이 끼쳐도 이상하지 않았다. 주위를 둘러보는 그의 요사한 눈동자는 분명 뭔가를 꾸미고 있었다.

일단 상황을 파악한 뒤 움직이기로 했지만, 용비야가 군역사를 가둔 것은 그에게는 군역사와 협상할 수 있는 절호의 기회였다.

고칠소는 창틀에 앉아 팔을 무릎에 얹었다. 자연스럽고 소탈한 자태에 불꽃같이 새빨간 장포와 새까만 머리카락이 어우러져 달빛이 내려앉은 옆얼굴은 흡사 하늘에서 내려온 사람처럼 아름다웠다.

옆에 있던 목령아가 언제부턴가 중얼중얼 잠꼬대를 했다.

"칠 오라버니⋯⋯ 칠 오라버니⋯⋯ 우리 영원히 함께해요, 네?"

안타깝게도 고칠소는 못 들은 체했다. 그는 하늘에 뜬 밝은 달을 바라보며 입가에 웃음을 피워 올렸다. 사악하면서도 얽매인 데 없는 웃음이었다.

고칠소가 소식을 기다리는 동안 어주도에 있는 군역사는 실의에 빠져 있었다!

북려국 황족이 구하러 오기만을 기다렸지만 뜻밖에도 한 달이 지나도록 소식 한 자락 없었다.

그는 북려국 황제가 반드시 구해 줄 것이라고 확신했다. 심지어 병사를 움직이는 한이 있어도 천녕국을 몰아붙여 천휘황제가 용비야를 압박하게끔 만들 것이라 생각했는데, 여태까지 천녕국의 수군은 꼼짝도 하지 않았다.

천녕국의 수군이 아무리 강하다 해도 북려국 황제가 겁먹을 정도는 아니었다. 북려국 황제의 성품이라면 전쟁을 일으키고도 남았다!

바깥에서 무슨 일이 벌어지고 있는지 전혀 알지 못하는 그에게 기다리는 나날은 정말이지 고통이었다!

섬에 가져온 마실 물과 건량도 거의 떨어져, 이대로는 물을 구할 수도 없었다.

또 밤이 깊고 밤하늘에 별이 가득 반짝일 때가 찾아왔다.

군역사는 야자나무 가지 위에 누워 멍하니 별을 바라보았다.

혹시 북려국 군사에 문제라도 생겼나?

호전적인 북려국 황제를 막을 수 있는 것은 단 한 가지 이유밖에 없었다.

군역사는 그 문제를 깊이 생각하지 않았다. 이곳에 갇힌 몸이니 생각해 봤자 소용도 없었다.

그는 도자기 병 하나를 꺼내 만지작거렸다. 이 병에는 섬에 처음 왔던 날 얼음판에 떨어져 있던 피가 들어 있었다. 섬에 갇힌 무료한 나날 동안 그는 이 병에 든 피와 씨름할 수밖에 없었다.

피에는 독이 있었는데, 독성이 무척 복잡하고 무척 괴상했다. 피에 든 것은 하나같이 만성독으로, 각각은 치명적이지 않지만 한 데 섞으면 치명적이었다.

피를 보면 백리명향은 셀 수 없이 많은 만성독에 중독된 상태였다. 촉이 좋은 군역사는 백리명향이 일부러 독혈을 만들고 있다는 것을 금방 알아차렸다.

이런 방식은 그가 독인을 만들 때와 비슷했지만 완전히 똑같지는 않았다.

불사의 몸인 독고인을 만드는 가능성도 생각해 보았지만 한 가지 이상한 점이 있어 그 생각을 부정했다.

이상한 점이란, 이 피는 사람의 피라기보다 물고기의 피에 가깝다는 것이었다!

그날 백리명향과 백리 장군 둘 다 손에서 피를 흘리는 것을 똑똑히 보았다. 설마 위치를 잘못 알았을까? 그들의 피는 다른 곳에 떨어졌고, 그가 채취한 것은 낚인 물고기가 흘린 피가 아닐까?

그렇지만 그날 주위 얼음판에서 다른 핏자국은 보지 못했다.

더군다나 환해호 안 물고기들이 이렇게 심각한 독에 중독되었을 리도 없었다. 그날 그는 호수를 검사하기도 했다.

군역사는 구해 줄 사람을 기다리는 것보다 이 이상한 피에 더 관심이 있었다.

본래도 그는 독약에 푹 빠져, 독을 연구하느라 잠을 자지 않을 때가 종종 있었다. 하물며 이 독혈은 용비야의 비밀일 수도 있었다.

그는 생각하고 또 생각하다가 별안간 몸을 와락 뒤집으며 쿵 하고 바닥으로 떨어졌다.

어깨의 독이 다시 발작한 것이다!

그는 모래 위에 엎어져 꼼짝도 하지 못했다. 어깨를 누르는 손등에는 힘줄이 선명하게 솟아나 차마 눈뜨고 보지 못할 만큼 끔찍했다.

독 발작이 점점 잦아지고 갈수록 고통스러워지고 있었다.

풍습으로 인한 통증은 고통스럽기로 유명한데, 이 독은 풍습 통증보다 백 배 더 고통스러웠다.

군역사는 장장 반 시진동안 시달린 다음에야 겨우 움직일 수 있었다. 그는 일어나 앉았지만 커다란 손은 아직도 어깨를 세게 누르고 있었다.

"한운석!"

그는 이를 부득부득 갈았다. 잇새로 삐져나오는 듯한 세 글자에서 지독한 증오를 충분히 느낄 수 있었다!

20여 년 살면서 여자의 이름을 이렇게 똑똑히 새긴 적은 처음이었다. 마치 달군 인두로 심장에 낙인을 찍은 것처럼 평생 잊히지 않을 것 같았다.

"한운석, 본 왕의 손에 잡히지 않기를 빌어라!"

멀리 천녕국의 한운석은 한밤중에 갑자기 진저리를 치며 깨어났다.

백리명향의 미인혈이 완성되기까지 아직 한 달쯤 시간이 있었다. 그동안 그녀는 외출도 하지 않고 없는 시간을 쪼개가며 해약을 만들었다!

벌써 기본적인 약방문을 결정하고 몇 차례 시험한 결과가 성공적이라는 사실은 기뻐할 만했다.

물론 시험 대상은 백리명향이 독을 먹은 과정을 시뮬레이션해서 만든 독혈이었다. 해약이 정말 효과가 있는지 확인하려면 진짜 백리명향의 피로 시험해 봐야 했다.

잠이 깨자 다시 잠이 오지 않아서 한운석은 아예 침상에서 일어났다.

창밖을 바라보니 용비야의 서재에도 아직 등불이 밝혀져 있었다.

"자다 깼나? 아니면 잠들지도 않은 걸까?"

그녀가 옷을 걸치고 내려가려는데 뜻밖에도 소소옥이 올라왔다.

"마마, 어쩌다 깨셨어요?"

소소옥은 누각 계단에 서서 그녀를 올려다보았다. 앳되고 조그마한 얼굴에 졸음기가 그득했다.

"너는 왜 안 잤니?"

한운석이 친절하게 물었다.

소소옥이 말없이 고개를 숙이자 한운석은 약간 화가 났다.

"말했잖아. 이렇게 지킬 필요 없다니까. 날이 아직 추운데 이게 무슨 고생이니?"

운한각에는 하인들이 야경을 선 적이 없었는데, 소소옥은 이곳에 온 후로 자신이 층계참에서 야경을 서겠다고 고집을 피웠다.

한운석이 재해 지역에 다녀온 후로는 이 못된 습관을 고친 줄 알았는데 오늘밤에 또 들통난 것이다.

한운석이 내려가려 하자 소소옥은 즉시 길을 비켜 주며 억울한 어린아이처럼 고개를 푹 숙였다.

한운석은 그녀를 흘끗 쳐다보았지만 예전처럼 마음이 약해지지는 않았다.

물론 이 아이를 예뻐하긴 하지만, 이 아이가 자신의 인내심을 바닥까지 끌어내리는 것을 참을 수는 없었다. 운한각의 시녀가 자꾸만 그녀의 명령을 어기는데 어떻게 오래 데리고 있을 수 있을까? 어떻게 믿고 부릴 수 있을까?

그녀는 누각 아래로 내려가자마자 차갑게 외쳤다.

"조 할멈!"

서재 옆방에서 잠들었던 조 할멈은 잠결에 놀라 깨어나 허둥지둥 달려 나왔다. 소소옥을 보자 그녀도 어떻게 된 일인지 깨달았다.

"잘 가르치게. 다음에 또 이러면 쫓아내게!"

한운석이 사정없이 말했다.

소소옥은 황급히 무릎을 꿇고는 왜소한 몸을 바들바들 떨며 감히 아무 말도 하지 못했다.

"잘 알겠습니다!"

조 할멈은 차분하게 대답했다. 조 할멈 역시 속으로 이 아이가 나중에 잘 되려면 왕비마마가 따끔하게 야단을 쳐야 한다고 생각했다.

문을 나선 한운석은 그제야 날이 거의 밝았다는 것을 깨달았다. 조 할멈이 재빨리 다가와 바람막이를 입혀 주었다.

"왕비마마, 어쩌다 깨셨습니까?"

조 할멈이 조용히 물었다.

"전하께서 어젯밤 언제 돌아오셨나?"

한운석이 물었다.

조 할멈은 뻔히 알면서도 일부러 말하지 않았다.

"소인도 모릅니다. 전하께서 어젯밤에 돌아오셨습니까?"

한운석은 따지기도 귀찮아 그녀를 내버려 둔 채 정원을 벗어나지 않고 그네에 앉았다.

북려국은 전쟁을 벌일 듯하면서 미적거렸고 초청가의 혼례는 코앞으로 다가왔다. 한동안 조용한 나날이 계속되자 한운석도 미인혈을 해독하는 데 시간을 투자했다.

미인혈 때문에 미접몽을 분석하는 것조차 미뤘다.

왕비마마가 말이 없자 조 할멈도 조용히 곁을 지켰다. 누각

26

에 남은 소소옥은 이미 고개를 들고 있었는데, 저멀리 한운석을 바라보는 흑백이 분명한 눈동자에는 나이에 걸맞지 않은 음험한 빛이 번뜩였다.

초청가의 혼례날이 코앞이니 주인님이 오실 날도 머지않았다. 주인님께 할 말이 있으려면 잔꾀를 부려서라도 뭐라도 알아내야 할 터였다!

평생 모시겠어요

동틀 무렵, 하늘은 희끄무레하고 모든 것이 부옇고 몽롱했다.

졸음이 싹 가신 한운석은 흔들흔들 그네를 타며 백리명향의 해약에 관해 골똘히 생각에 잠겼다.

조 할멈은 바삐 왔다 갔다 하며 차와 간식을 준비했다. 왕비마마는 본래 아침 차를 마시는 습관이 없었지만 재해 지역에 다녀온 후 진왕 전하처럼 매일 아침 일어나면 꼭 차를 마셨다. 다른 점이라면, 왕비마마는 간식을 좋아하지만 진왕 전하는 손도 대지 않는다는 것이었다.

한운석이 일어나라는 말이 없었고 조 할멈도 데려가 야단칠 틈이 없어, 소소옥은 계속 안에 꿇어앉아 있었다.

한운석도 날이 환히 밝은 뒤 옷을 갈아입으려고 돌아갔을 때에야 소소옥을 떠올렸다.

가엾은 모습으로 꿇어앉은 소녀를 보자 한운석도 어쩔 수 없는 얼굴이 되었다. 그녀는 별말 없이 조 할멈에게 눈짓한 뒤 위로 올라갔다.

운한각을 나서기 전, 정원에서 조 할멈과 소소옥이 함께 차 탁자를 치우는 모습이 보였다.

예전이었다면 분명히 쪼르르 달려와 따라가겠다고 했을 소소옥이지만, 오늘은 고분고분하게 고개를 숙이고 정리 정돈할 뿐 아무 말도 하지 못했다.

한운석도 별말 하지 않고 밖으로 나갔다. 소소옥은 그녀의 뒷모습과 손에 든 다기를 번갈아 바라보더니 눈동자에 냉소를 떠올렸다. 무슨 음모가 떠오른 것이 분명했다.

"벌써 가셨는데 어딜 그리 보는 게야?"

조 할멈이 그녀를 꼬집으며 말했다. 세게 꼬집는 것 같아도 사실은 전혀 아프지 않았다.

소소옥은 불쌍해 보이는 얼굴로 조 할멈을 바라보며 중얼거렸다.

"제가 잘못했어요."

"아이고, 참 대단하구나!"

조 할멈은 냉소를 터트렸다.

"아직 혼내지도 않았는데 벌써 잘못했단 말이지? 그러면 내가 용서해 줄 것 같으냐?"

소소옥은 행주를 쥐어짜며 웅얼거렸다.

"그럼 어떻게 하실 건데요?"

조 할멈이 소소옥의 귀를 잡아 고개를 들게 했다.

"요 못된 것, 어디서 말대꾸를! 왕비마마 말씀대로 톡톡히 혼이 나야겠구나!"

소소옥은 입을 댓 발로 내밀고 아무 말 하지 않았다.

평소 그녀는 타고난 성격대로 말도 안 듣고 꼬박꼬박 말대꾸를 하곤 했지만, 응석과 버릇없는 태도 사이에서 줄타기를 아주 잘했다.

궁에서 뼈가 굵은 조 할멈 같은 사람조차 이 소녀에게서 이 상한 점을 느끼지 못했다. 어쨌든 초서풍의 조사를 통과했고 아직 어린아이였기에 크게 경계하지 않았던 것이다.

"그래도 잘했다는 게야?"

조 할멈이 물었다.

"다시는 그곳에서 야경 서지 않으면 되잖아요."

소소옥이 억울한 듯이 말했다.

"허, 쓸데없는 말 할 것 없다. 오늘밤부터는 나하고 함께 자 는 게야."

역시 조 할멈은 영리했다.

소소옥은 조 할멈을 흘낏 보더니 풀이 죽어 고개를 축 늘어 뜨렸다.

조 할멈은 몹시 만족스러워하며 재촉했다.

"자자, 어서 치우거라!"

소소옥은 뜨거운 물을 담았던 무거운 주전자를 안아들고 입 꼬리를 교활하게 휘더니 느닷없이 주전자를 바닥에 떨어뜨렸다.

"꺄악……!"

소소옥은 황급히 피하고, 조 할멈도 놀라 달아났다.

남은 물이 많지 않고 이미 식었기 망정이지, 여차했으면 뜨 거운 물이 튀어 큰일 날 뻔했다.

"아직도 정신을 못 차렸구나?"

조 할멈이 화를 냈다.

하지만 소소옥은 놀란 얼굴로 가슴을 쓸어내렸다.

"아아, 큰일 날 뻔했어. 다행이다."

"왕비마마께서 안 계신 걸 다행으로 알거라. 혹여 마마께서 다치셨으면 목숨이 열 개라도 갚지 못했을 게야!"

조 할멈이 불쾌하게 말했다.

"조 할머니, 이 주전자는 너무 위험해 보여요. 마마께서 매일 이걸로 차를 끓으시는데 만에 하나……."

소소옥은 말하다말고 입을 다물었다.

"어허! 불길하게 그 무슨 소리냐!"

조 할멈이 앙칼지게 노려보았다.

그렇지만 조 할멈 역시 깨진 파편과 쏟아진 물을 보자 그 문제가 심각하게 와 닿았다.

왕비마마와 전하가 마시는 차는 공부차功夫茶(중국 푸젠성과 산둥성 일부 지방에서 나는 차)로, 찻잔이 몹시 작아 계속 물을 부어 줘야 하기 때문에 반드시 뜨거운 물을 준비해야 했다. 전하의 정원에 있는 차 탁자에는 물을 끓이는 용도로 쓰는 소형화로가 있어서 무거운 주전자를 준비하지 않아도 되지만, 왕비마마의 정원은 그렇지 않았다.

조 할멈이 말이 없자 소소옥이 소리 죽여 말했다.

"조 할머니, 전하의 정원에서 조그만 화로를 봤는데 참 편리한 것 같았어요. 왕비마마께서 전하께 하나 달라고 말씀드리면 어떨까요?"

그 말에 조 할멈은 싱긋 웃었다.

"그깟 물건을 전하께 말씀드릴 것까지 있겠느냐? 낙 집사에게 하나 구해 오라고 하면 되지!"

소소옥은 무척 기뻐했다.

"그럼 훨씬 편리하겠군요. 앞으로 제가 물을 끓일게요!"

이렇게 음모의 씨앗이 심어졌지만 한운석은 전혀 알지 못
했다. 그녀는 진왕부에서는 마음을 푹 놓아도 된다고 생각했
다. 특히 용비야가 방비를 강화한 후에는 고칠소조차 들락거리
지 못했다.

그때 한운석은 백리 장군부에 와 있었다.

앞으로 약 한 달 후면 미인혈이 완성될 것이다. 백리명향의
몸은 나날이 나빠져 사흘 전부터 침상에서 일어나지도 못했다.

"독약이 몇 가지나 남았죠?"

한운석이 차분하게 물었다.

"딱 열다섯 가지예요. 이삼일 만에 하나씩 먹으면 끝이지요."

백리명향은 입술이 창백하고 얼굴에 핏기가 없었지만, 죽음의
기운은 느껴지지 않았다. 눈빛이 무척 평화로웠기 때문이었다.

고통이나 생사를 초월해서 그런 게 아니라 희망을 봤기 때문
이었다. 지금 이 순간 앞에 앉은 여자가 바로 그녀의 희망이었다.

한운석은 고개를 끄덕인 뒤, 해독시스템으로 백리명향의 몸
을 검사하면서 맥을 짚었다.

백리명향은 무척 차분했다. 그녀는 자신의 몸 상태를 까맣
게 잊은 채 한운석의 파초같이 고운 손가락을 멍하니 바라보았
다. 저도 모르게 어주도에서 있었던 일이 하나하나 뇌리에 떠
올랐다.

확실히 다녀올 만한 가치는 있었다.

덕분에 진왕 전하의 즐거워하는 모습도 보고 분노하는 모습도 볼 수 있었다. 심지어 입맞춤하는 모습도 보았다.

아무리 사소하고 작은 일이라도 진왕 전하에 관한 것이면 다 알고 싶은데, 하물며 그처럼 큰일은 말할 것도 없었다.

진왕 전하에 관해 많이 알수록 좀 더 가까워지는 기분이었다.

한운석은 집중해서 검사한 뒤 한참만에야 진지한 목소리로 말했다.

"열사흘 후에요. 열사흘 후 밤에 미인혈이 완성돼요."

뜻밖에도 백리명향은 이 중요한 말에 귀를 기울이지 않았다. 그녀는 여전히 자신만의 생각에 빠져 있었다.

고개를 든 한운석은 저도 모르게 눈을 찌푸렸다.

"명향!"

"네?"

백리명향은 그제야 정신이 돌아왔다.

한운석은 혀를 내두를 수밖에 없었다.

"내가 방금 뭐라고 했는지 들었어요?"

백리명향은 약간 쑥스러워했다.

"잘…… 못 들었어요."

"당신 목숨이 겨우 열사흘밖에 남지 않았을 가능성이 아주 크다고요!"

한운석은 엄숙하게 말했다.

하지만 백리명향은 미소를 지었다.

"왕비마마께서 구해 주시겠다고 하셨으니 분명히 구해 주실 거예요. 열사흘이면 제 고생도 끝이군요."

한운석은 그제야 그녀의 손을 놓아주고 일어섰다.

"그만큼 날 믿어요?"

한운석을 바라보는 백리명향의 얼굴에는 시종일관 차분하고 아름다운 미소가 떠올라 있었다.

"네!"

"왜요? 난 아직까지도 해약을 만들지 못한 걸요!"

한운석이 궁금해하며 물었다.

백리명향에게는 수도 없이 많은 이유가 있었지만 단 한 가지만 말했다.

"그야…… 전하의 눈이 틀리셨을 리 없으니까요."

"당신이 입발림을 잘한다는 걸 이제야 알았네요."

한운석은 웃으며 말했다. 의원인 그녀에게 제일 필요한 것이 바로 환자의 믿음이었다.

그녀는 자리에 앉아 백리명향에게 최근 반년간 자신이 했던 일을 자세히 설명해 주었다.

과정은 복잡했지만 대강 둘로 나눠 볼 수 있었다. 하나는 백리명향의 몸에 들어간 독을 시뮬레이션 하는 것이고 다른 하나는 그 독을 제거할 수 있는 해약을 찾는 것이었다.

시뮬레이션을 통해 만들어진 독은 아무래도 백리명향의 몸에 있는 독과 똑같지 않았지만 크게 다르지도 않았다.

미인혈이 완성되기까지 열사흘 남았다는 것은 바꿔 말하면 백리명향의 피가 안정기에 들어가 앞으로 큰 변화가 없다는 뜻이었다. 이제는 백리명향의 피를 채취해 해독시스템에 넣어 배양할 수 있었다.

백리명향은 아직 열사흘이 더 지나야 미인혈을 만들 수 있지만, 한운석의 해독시스템에서는 반나절에서 하루면 남은 십여 가지 독약을 주입해 진짜 미인혈을 만들 수 있었다.

그때 한운석이 시뮬레이션으로 만든 해약으로 해독 실험을 하고 약방문을 조금 손보기만 하면 기본적으로는 아무 문제 될 것이 없었다.

백리명향은 정확하게 알아듣지는 못했지만 어느 정도는 이해했다.

"왕비마마, 어째서 오늘까지 기다렸다가 피를 채취해 해약을 만들지 않으셨나요? 구태여 미리 실험하실 필요가 없었던 것 같아요."

백리명향이 궁금해했다.

"지금 피를 채취해 해약을 만들기 시작하면 열흘 정도로는 부족해요. 내 능력은 그렇게 대단하지 못해요!"

한운석이 시뮬레이션을 한 것은 약방문을 만드는 시간을 절약하기 위해서였다.

시뮬레이션에서 나온 해약과 진짜 해약은 많아 봤자 약재 한두 가지 차이일 테니 그 정도는 열흘 안에 충분히 찾아낼 수 있었다.

백리명향은 이해가 갈 듯 말 듯했지만, 그래도 고개를 끄덕이며 일어나 침상에서 내려왔다.

"누워 있어요. 피를 채취하는데 일어날 필요는 없어요."

한운석이 만류했다.

"왕비마마, 꼭 해야 할 일이 있어요."

백리명향은 웃으며 말했다.

한운석은 그녀가 측간에 가려는 줄 알고 황급히 부축해 주었지만, 뜻밖에도 백리명향은 일어서자마자 무릎을 꿇었다.

"왕비마마, 이 자리에서 약속드리겠어요. 이 한 목숨 지켜 내게 된다면 저는 평생 시집가지 않고 마마를 모시겠어요!"

한운석은 화들짝 놀라 황급히 그녀를 잡아 일으켰다.

"이러지 말아요! 말했잖아요. 난 그저 하늘의 섭리를 어기고 싶지 않아서 당신을 구하는 것뿐이라고요! 누가 뭐래도 당신이 먹은 독은 대부분 내가 준 거잖아요."

"왕비마마, 마마께서 독을 주지 않으셨더라도 전하께서는 다른 곳에서 독을 구해 오셨을 거예요. 누가 줬든 똑같답니다."

백리명향은 고집을 부리며 일어나지 않았다.

한운석은 어쩔 수가 없었다. 직업이 직업인만큼 처음에는 은혜에 감사하며 온갖 약속을 했던 환자가 완치된 후 했던 말을 까맣게 잊는 것을 많이 보았다.

배은망덕해서가 아니었다. 다만 사람이란 병이 났을 때, 나을 수만 있다면 어떤 대가도 치를 수 있다는 생각에 사로잡히기 마련이었다.

"알았어요, 알았어. 그렇게 해요. 자, 어서 일어나요."

한운석은 대강 대답했다.

지금 백리명향은 무슨 말을 해도 듣지 않을 것이 뻔했다. 어쨌든 독을 제거하고 나면 백리명향은 정상적인 삶을 누릴 수 있고, 정상인의 삶을 맛본 후에는 시집가서 자식을 낳는 행복한 나날을 보내고 싶어 할 것이다.

평생 모시겠다는 말은 웃어넘기면 그뿐이었다.

한운석은 백리명향의 피를 채취해 미리 준비한 조그만 도자기 병에 담은 다음 진료 주머니에 숨겨 해독시스템에 넣었다.

해독시스템은 인체의 독소를 스캔할 수 있지만 독이 든 피를 넣어 검사하는 것은 다른 문제였다. 다만 독을 검사하기는 매 한가지여서 별로 힘든 작업은 아니었다.

그래도 한운석은 돌아가는 동안 머리가 어질어질해져 운한각에 돌아가자마자 잠이 들었다.

잠에서 깨어난 후, 그녀는 아주 이상한 점을 발견했다. 백리명향의 피는 사람의 피가 아니라 물고기의 피와 무척 유사했다.

해독시스템이 내놓은 최종 분석 결과는 바로…… 인어의 피였다!

한운석은 놀라 얼이 빠졌다. 백리 가문이 인어족이었다니!

그녀는 혼잣말을 중얼거렸다.

"어쩐지! 그래, 어쩐지! 그래서 아무 경험도 없는 백리 장군이 그렇게 강력한 수군을 조직할 수 있었던 거야!"

용비야도 알고 있을까? 한운석은 피로에도 아랑곳없이 용비야를 찾아 나섰다.

네 일도 아닌데

인어. 물고기 꼬리와 사람 몸을 가진 이 신비한 생명체는 인간과 물고기 사이에 존재하는 특수한 종족이었다.

인어는 물에 넣어도 젖지 않는 교초鮫綃라는 비단을 만들어 낼 뿐 아니라 인어가 흘린 눈물은 진귀한 진주가 되었다.

한운석도 신화나 전설을 통해 인어족의 존재는 알고 있었다. 인어족은 보통 바다에서 생활하지만 큰 호수나 강에 살기도 했다. 그들은 수질을 무척 깐깐하게 따졌다.

하지만 한운석이 알기로 인어는 물고기 꼬리와 사람 몸을 가졌고 약을 먹어야 물에서 벗어날 수 있는 데다 뭍에 오래 있지도 못했다.

하지만 백리씨 가문 사람들은 인간과 별 차이가 없을 뿐 아니라 장시간 뭍에서 생활할 수도 있었다. 대체 어떻게 된 걸까?

용비야는 이 일을 알고 있을까? 백리 장군에게 수군을 만들게 한 천녕국의 전 황제는 이 일을 알고 있을까? 인어족에게 수군을 만들게 하다니 정말이지 천재적이었다! 바다는 곧 인어의 근거지이니, 아무리 강력한 수군도 그들에게 대적할 수는 없었다.

한운석이 나타나자 용비야는 또다시 들고 있던 《칠귀족지》를 치웠다.

사실 한운석은 용비야가 가진 저 두껍고 오래된 책을 일찍부터 눈여겨보고 있었다. 무슨 책인지는 모르지만, 기억이 맞다면 용비야는 영남군에 있을 때부터 계속 저 책을 보고 있었다.

방금도 집중해서 보고 있던 것 같아서 그녀는 별 뜻 없이 물었다.

"무슨 책이에요?"

이 말에 책상 옆에 서 있던 초서풍은 화들짝 놀랐지만 다행히 한운석은 알아차리지 못했다. 그렇지 않았다면 분명히 이상하게 생각했을 것이다.

초서풍은 용비야가 가장 가까이 부리는 시위답게 본디 무척 차분한 성품이라 사소한 일에 깜짝깜짝 놀랄 리가 없었다. 그가 평소 차분한 것은 사실이지만, 왕비마마를 대할 때면 도무지 침착할 수가 없었다.

하지만 용비야는 태연하기 짝이 없었다.

"급한 일이냐?"

이 단순한 한마디가 한운석의 주의를 돌렸다. 확실히 급한 일로 찾아왔던 터라 그녀는 책에 관해 자세히 물어볼 겨를도 없이 다짜고짜 물었다.

"백리씨 집안이 인어족이라는 것을 아셨어요?"

이번에는 용비야도 침착함을 유지하지 못했다. 책상 위에 놓인 그의 손이 눈에 띄게 뻣뻣해졌다. 그 기밀을 이 여자가 어떻게 알았지?

그는 백리명향이 겁도 없이 알려 준 것이라고 단정했다!

용비야의 표정을 보자 한운석은 곧 짐작이 갔다.

"알고 있었군요!"

"어떻게 알았느냐?"

용비야는 금방 평정을 되찾았다.

"백리명향의 피가 무척 특이해서 밤새 분석해 보고 확신했어요."

한운석은 사실대로 말했다.

"그런 것도 분석해 낼 수 있느냐?"

용비야는 의아했다.

해독시스템이 아니라면 한운석도 알아내지 못했을 것이다. 백리명향의 피가 특이하다는 것만 알 수 있을 뿐 인어의 피인지 아닌지 확신할 수는 없었다. 하지만 해독시스템에는 기록이 남아 있었다.

"백리씨 집안이 인어족이기 때문에 일찍부터 천녕국에 수군을 조직할 생각을 했던 거예요, 그렇죠?"

한운석이 진지하게 물었다.

백리명향이 독을 먹기 시작했을 때 용비야는 아직 어렸다. 그러니 백리명향에게 미인혈을 만들게 한 사람은 용비야가 아니라 다른 사람일 것이다.

다시 말해 백리씨 집안은 수군을 조직한 다음 용비야 휘하로 들어온 것이 아니라 처음부터 용비야 편이었다.

"그렇다!"

용비야는 부인하지 않았다. 백리씨 집안은 모비가 천녕국이라는 바둑판에 놓은 첫 번째 돌이고, 그를 의태비의 아들로 만든 것은 두 번째 돌이었다.

"당문의 야심이 정말 어마어마하군요!"

한운석은 탄성을 금치 못했다. 지금 보니 당문은 천녕국 전황제 재위 때부터 천하를 노리고 있었다.

당문 또한 용비야에게 충성하는 집단임을 모르는 한운석은 당문을 용비야의 배후 세력이나 마찬가지라고 여겨 백리 장군의 수군 역시 당문이 끌어들였다고 생각했다.

그녀 탓이 아니었다. 용비야가 제 입으로 부모가 모두 당문 사람이라고 했으니 그럴 수밖에.

정말…… 크나큰 오해였다!

용비야의 눈동자에 복잡한 빛이 떠올랐지만 곧 사라졌다. 그가 모처럼 가볍게 웃음을 터트렸다.

"본 왕의 야심도 크지 않느냐?"

한운석에게는 이 말이 이상하게 들렸다. 이 인간은 당문의 대변인 아니었나? 처음 여 이모를 만났을 때 들었던 꾸짖음도, 생각해 보면 한운석이 용비야를 홀려 발목을 잡을까 봐, 당문의 커다란 계획을 망칠까 봐 걱정하는 내용이었다.

"전하는 야심이 크지 않아요. 오늘 이 자리에 앉은 사람이 전하가 아니었다면 당리였을 수도 있으니까요."

한운석은 장난스레 말했다.

거짓말이든 오해든, 어쨌든 한운석은 이 일은 전혀 잘못 이해하고 있었다.

그녀의 말에 초서풍은 불안해했지만 용비야는 해명하려 하지도 않고 물었다.

"미인혈은 거의 완성되었겠지?"

"전하께선 미인혈에만 관심이 있으시고 미인에게는 관심이 없으신가요?"

한운석은 여전히 농담을 했다.

미인이란 당연히 백리명향이었다.

그런데 용비야는 진지하게 반문했다.

"본 왕이 관심을 가지길 바라느냐?"

두 사람 다 하는 말이 어딘지 모호했다. 이 관심은 그 관심이 아닌데 그 속에는 분명 다른 뜻이 담겨 있었다.

장난을 치긴 했어도 한운석은 여전히 진지했다.

"전하, 백리명향에게도 어느 정도 공이 있어요. 어려서부터 지금까지 이런 고생을 참고 견디는 건 쉬운 일이 아니에요."

한운석은 천하의 섭리를 거스르고 싶지 않아 백리명향을 구하겠다고 말해 왔지만 사실은 백리명향이 가엾고 사람 자체가 마음에 들어서이기도 했다.

적어도 백리명향과 알고 지내는 동안 그녀가 원망하는 말은 한 번도 들은 적이 없었다.

용비야가 말이 없자 한운석은 다시 말했다.

"전하, 그렇게 좋은 낭자가 목숨을 잃으면 전하께도 큰 손실이 분명해요."

모르는 사람이 들었다면 백리명향과 용비야가 무슨 관계라도 되는 줄 알 것이다.

용비야가 원하는 것은 미인혈일 뿐, 다른 것에는 별로 관심 없었다. 그래서 한운석이 몰아붙이자 태연하게 되묻는 것이 고작이었다.

"네가 구할 수 있지 않느냐?"

"전하께서는 해약을 만들어 냈는지 아닌지 관심도 없으셨잖아요."

한운석이 따졌다.

한운석은 백리명향이 아니라 용비야의 다른 부하들이었더라도, 그 부하가 남자건 여자건 상관없이 똑같은 생각을 했을 것이다.

이렇게 아는 척도 하지 않는 용비야의 태도는 너무 모질고 잔인했다.

본래 정 없고 냉정한 용비야는 한운석이 이렇게 따지자 다소 귀찮아져 불쾌한 목소리로 말했다.

"네 일도 아닌데 본 왕이 관심을 가질 이유가 어디 있느냐?"

그런⋯⋯.

한운석은 말문이 막혔다.

아무리 생각해도 달콤한 말이어서 마치 그녀의 환심을 사려는 것 같았지만, 그의 말투는 엄숙하고 불쾌했다.

한운석은 순간 뭐라고 대답해야 좋을지 몰라 제자리에 얼어붙었다.

초서풍은 믿을 수 없는 표정이었다. 진왕 전하께서 듣기 좋은 말도 못하고, 낭만도 없고, 고백도 못한다고 누가 그랬더라?

더군다나 이게 처음도 아니었다!

늘 이런 식으로 무심하게 '달콤한 말'을 툭툭 던지시는데, 정말 일부러 그러시는 게 아니라고요, 진왕 전하?

한운석은 그의 달콤한 말에 다소 부끄러워했지만 용비야는 당당했다.

하긴, 그는 솔직하게 말했을 뿐, 그 말이 얼마나 달콤하게 들리는지 모를 수도 있었다.

그는 눈썹을 치키고 한운석을 흘낏 바라보더니 태연하게 말했다.

"인어족 일은 모르는 척하고 백리씨 집안 사람에게도 언급하지 말도록."

"그러겠어요."

한운석도 이해했다.

이렇게 백리명향 문제를 끝내자 한운석은 호기심조로 물었다.

"전하, 어떻게 인어족이 뭍에서 이렇게 오래 살 수 있죠?"

"백리씨는 인어족의 한 갈래로 육지에서는 보통 사람과 큰 차이가 없고 물에 들어가야 인어의 특성이 나타난다."

용비야가 사실대로 설명해 주었다.

한운석은 고개를 끄덕였다. 이상하긴 했지만 운공대륙에는 본래 이상한 사람이며 이상한 일이 많았다. 백리 장군의 수군은 필시 용비야의 가장 강력한 병력일 것이다.

인어는 바다의 통치자일 뿐 아니라 강과 호수의 조종자이기도 하니까!

한운석이 나간 후 용비야는 다시 《칠귀족지》를 꺼내 대충 한 쪽을 펼쳤다. 누렇게 바랜 종이에는 번체자로 '백리'라는 단 두 글자가 적혀 있었다!

다시 한 장을 넘기자 백리씨 집안이 상세히 소개되어 있었다. 백리씨는 대진제국 일곱 귀족 중 하나로 대진제국의 수군을 관장하고 운공대륙 전체의 물길을 통제했다.

물론 이미 지나간 일이고 역사가 되어 있었다. 백리씨 일족이 인어족이라는 것은 《칠귀족지》에도 기록이 없었다. 이는 지금껏 바깥에는 알려지지 않은 백리씨 일족의 비밀이었다.

"전하, 왕비마마께서는 정말이지……."

초서풍은 뭐라고 해야 할지 알 수가 없었다. 백리씨 일족이 인어족이라는 것은 다른 여섯 귀족들도 알지 못하는 비밀인데 왕비마마는 어떻게 알아내셨을까?

사실 초서풍이 이런 말을 한 목적은 왕비마마에게 뭔가 숨기는 것은 아무래도 좋을 게 없다고 진왕 전하를 설득하기 위해서였다.

전하는 항상 과감하고 끝이 명확했고, 잡을 때 잡고 내려놓을 때 내려놓을 줄도 알며, 승패도 깨끗이 받아들이는 성품이었다. 그런 분이 무슨 일인들 감당하지 못할까?

왕비마마가 진상을 아신다한들 무슨 일이 생길까?

왕비마마 스스로 선택하면 되지 않을까?

초서풍이 더 권하려 했지만 용비야는 태연하게 화제를 돌렸다.

"북려국 상황은 어떠냐?"

"삼도전장에 아직 이런 저런 일들이 있지만, 마장馬場 쪽은 전하께서 분부하신대로 진행 중입니다. 북려국 황제는 시늉만 할 뿐, 진짜 뭘 어떻게 하지는 못하고 있습니다."

초서풍이 사실대로 말했다.

천휘황제는 북려국과 전쟁이 벌어지기를 이제나저제나 기다리고 있었지만, 삼도전장에서 병력의 움직임이 심심치 않게 일어났음에도 불구하고 진짜 교전은 없었다.

삼도전장이 지리적으로 불리하지만 않았다면, 천휘황제는 벌써 영 대장군에게 먼저 공격하라고 명령했을 것이다.

이번 일은 천휘황제도 참고 기다릴 수밖에 없었다.

"초청가는 언제 도착하느냐?"

용비야가 다시 물었다.

"신부맞이 행렬이 벌써 농서군에 도착했으니 열흘 후쯤이면 도성에 도착할 것입니다."

초서풍이 대답했다.

용비야는 고개를 끄덕이며 분부했다.

"혼례를 올리는 날 잊지 말고 폐하께 큰 선물을 보내라."

초서풍은 웃으며 고개를 끄덕였다.

"잘 알겠습니다."

용비야는 다시 《칠귀족지》를 들었다. 사실 천녕국 조정의 싸움 따위는 그의 안중에도 없었다. 요 몇 년간 그는 이미 천녕국 조정에 완벽히 손을 써 놓아, 조정을 뒤집어엎느냐 마느냐는 그저 마음먹기에 달려 있었다.

지금 그에게는 일곱 귀족 일이 제일 중요했다…….

한운석은 이런 일들에 관해 전혀 몰랐다. 백리씨 집안에 대해 확실히 알게 된 뒤로 그녀는 안심하고 실험을 계속했다.

그녀가 채취한 피는 이미 미인혈의 형태를 거의 갖추어서, 아직 쓰지 않은 독을 정해진 비율에 따라 섞으면 해독시스템 안에서 미인혈을 만들어 낼 수 있었다.

반나절도 못되어 해독시스템이 귀하디귀한 미인혈을 작은 병으로 한 병 만들어 냈다. 정확히 말하자면 '준 미인혈'이었다.

뜻밖이야, 위급상황

어쨌든 해독시스템에서 만들어 냈으니 백리명향의 몸에서 만든 것과 백이면 백 똑같지는 않았다. 그렇지 않았다면 백리명향에게 계속 독을 먹일 필요도 없이 당장 해독해 주었을 것이다.

조그마한 하얀 도자기 속에 든 '준 미인혈'은 유난히도 새빨개 보였다. 한운석은 미리 만들어 둔 해약을 가져와 또 다른 하얀 도자기 병에 조금 넣고, 깨끗한 도자기 접시를 몇 장 늘어놓은 뒤 흰쥐 한 마리를 잡아 중독시키고 해독하는 시험을 했다.

다른 여자의 서재라면 금기서화나 자수 같은 것이 있겠지만 한운석의 서재는 완전히 달랐다. 서재 벽 두 쪽에는 책꽂이가, 다른 한쪽에는 약을 넣는 궤짝이 놓여 있고, 가운데 있는 기다란 작업대 위에는 병, 항아리, 조그만 도자기 접시 같은 것들이 가득했다.

일반적인 여자의 서재와도 다르지만 의원의 서재와도 달랐고, 아무튼 이상하기 짝이 없었다.

소소옥은 이 서재에 호기심이 아주 많았지만 안타깝게도 들어갈 기회가 많지 않았다.

왕비마마는 마마가 없는 동안에는 아무도 서재에 들어가지 못하게 했다. 소소옥이 아무리 호기심이 일어도 함부로 그 말을 어길 수는 없었다.

그녀가 진왕부에 잠입한 목적은 단 하나였고 아주 명확했다. 그 외의 것들은 아무리 궁금해도 함부로 건드릴 수 없었다.

이날 소소옥은 간식을 가지고 서재에 갔다가 한운석이 흰쥐의 팔다리와 머리를 나무판에 고정해 놓고 그 허벅지에 조심조심 침을 놓는 광경을 목격했다.

그녀는 호기심을 참지 못하고 흘끔흘끔 그쪽을 살폈다.

한운석은 실험에 몰두하느라 소소옥이 들어온 것을 알아차리지 못했다. 그렇지만 탁자 한구석에 웅크리고 있던 꼬맹이는 금방 알아차리고 커다랗고 새까만 눈을 또르르 굴리며 경계했다.

꼬맹이의 직감은 아주 잘 맞았다. 녀석이 볼 때 소소옥은 좋은 사람이 아니었다!

한운석이 알아차리지 못하자 소소옥은 조심조심 간식을 내려놓고 조금 더 다가섰다. 그런데 뜻밖에도 꼬맹이가 '찍'하고 날카롭게 소리를 질렀다!

'준 미인혈'은 쥐에게 직접 먹이기에는 충분하지 않아서 침으로 쥐의 핏속에 직접 주입해야 했다.

온 정신을 집중해 침을 놓던 그녀는 갑작스러운 꼬맹이의 비명 소리에 깜짝 놀랐고, 손이 떨려 침이 빗나가고 말았다!

"꼬맹아!"

한운석은 화난 눈길로 노려보다가 소소옥이 옆에 서 있는 것을 보았다.

그래도 그녀는 별생각 없이 꼬맹이에게 화를 쏟아 냈다.

"요 못된 녀석, 이게 무슨 짓이야!"

해독하거나 독을 시험할 때는 방해를 받는 게 제일 문제였다. 침이 빗나가는 바람에 쥐는 쓸모없게 되고 말았다.

꼬맹이는 가련하게 옹알거렸지만 한운석이 폭발하기 전에 재빨리 약 궤짝 위로 달아났다.

녀석은 그저 운석 엄마에게 소소옥이 들어왔다는 걸 알려 주려던 것뿐이었다. 운석 엄마도 그 광경을 보았는데 그래도 저렇게 화를 내니 억울해도 참는 수밖에 없었다. 그러게 사람과 의사소통 하는 법을 배워 놨다면 좀 좋을까?

꼬맹이가 달아나자 한운석도 포기했다. 어쨌든 아직 중요한 일이 남아 있기 때문이었다.

물론 그녀는 소소옥에게도 신경을 쓰지 않았다. 소소옥과 조 할멈이 간식을 들고 오는 건 늘 있던 일이고 당연히 그녀를 방해하지도 않았다.

쓸모없어진 쥐를 버린 한운석은 또 다른 쥐를 가져와 처음부터 다시 시작했다. 소소옥은 주의를 끌지 않은 것을 다행으로 여기고, 차마 더는 머물지 못해 허둥지둥 밖으로 나왔다.

그렇지만 한운석은 쥐를 묶어 고정한 다음에야 문득 고개를 돌려 문 바깥을 바라보았다.

이상해!

앞서 몇 차례 쥐 실험을 했을 때 꼬맹이를 제외하고는 조 할멈조차 소스라치게 놀랐다.

저렇게 조그마한 아이가 겁도 안 내?

여자아이가 제일 싫어하는 게 쥐잖아? 더구나 쥐를 묶어 놓고 실험하는 장면은 확실히 잔인하고 끔찍했다. 그런데도 소소옥은 전혀 놀라거나 겁먹지 않았다!

"저 아이……."

마침내 한운석도 수상한 생각이 들었다.

그때 약 궤짝 위에 엎드려 있던 꼬맹이가 깨우쳐 주려는 듯이 찍찍 소리를 냈다.

"너도 뭔가 이상했니?"

한운석이 물었다.

꼬맹이는 알아듣지 못하고 또 찍찍 울었다.

한운석은 다음에 한 번 물어봐야겠다고 생각했지만 지금은 깊이 생각할 여유가 없었다. 반쯤 실험하던 중에 방해를 받는 일은 정말 짜증스러웠다!

생각을 정리한 다음 한운석은 다시 실험을 이어갔다.

쥐에게 침을 놓아 독을 쓰자 중독 현상이 확연히 드러났다. 만성독 하나는 치명적이지 않지만 여러 만성독을 혼합하면 분명히 치명적이었다!

쥐는 눈 코 입과 귀 등 일곱 구멍에서 까만 피를 흘리며 숨을 할딱거렸다. 한운석은 곧 침으로 해약을 주입했다.

침으로 해약하는 방법이 제일 빠르긴 하지만 그래도 3분은 기다려야 했다.

한운석은 손가락을 깨문 채 눈 한번 깜짝이지 않고 쥐의 반응을 살폈다. 짧디짧은 3분이지만 무척 긴장된 순간이었다.

만에 하나 그녀가 만들어 낸 해약이 실제 해약과 많이 다르면 아무래도 골치 아팠다. 남은 십여 일 동안 새롭게 해약을 만들어 내기에는 시간이 촉박했다.

그 짧은 3분이 한운석에게는 무척 길게 느껴졌다. 그녀의 머릿속에 백리명향의 창백한 얼굴과 옅은 미소, 너그럽고 차분한 표정이 절로 떠올랐다.

갑자기 경련을 일으키던 쥐가 움직임을 멈췄다! 죽은 걸까, 해독된 걸까?

한운석은 가슴이 철렁해서 재빨리 쥐의 동공을 살폈다.

결과는 성공이었다!

쥐는 혼절했을 뿐이었다.

한운석은 곧 해독시스템을 동작시켜 상세히 검사했고, 그 결과 쥐가 완전히 해독되지는 않았지만 독성이 거의 가셨다는 것을 확인했다. 아주 적은 독소가 남아 있었지만 치명적이지 않은 분량이었다.

다시 말해 시뮬레이션으로 만든 해약이 믿을 만해서 조금만 손보면 완전히 해독할 수 있다는 뜻이었다!

한운석은 크게 안도의 숨을 내쉬었다. 반년 넘게 애쓴 것이 헛수고는 아니었던 것이다!

"백리명향, 당신 이제 살았어요!"

한운석은 쉬지 않고 곧바로 해독약방문을 조정했다. 그렇게 밤새 서재에 틀어박혀 일했더니 날이 거의 밝아올 때쯤 준 미인혈을 완벽히 제거할 수 있는 해약이 만들어졌다.

준 미인혈만 해독할 수 있긴 하지만, 진짜 미인혈이 만들어진 후에 조금 손보고 몇 가지 약재를 더하면 미인혈을 해독할 수도 있었다.

독에 정통한 한운석이니 그 점은 자신이 있었다!

모든 것이 순조로웠다. 한운석은 해약을 작은 병에 넣어 밀봉하고 몸에 보관한 뒤에야 문을 열었다.

밤을 꼬박 새웠더니 피곤했다!

그런데 누각 위로 올라가려고 할 때, 문밖에서 검은 그림자가 하나가 휙 날아들었다.

자객인가?

"누구 없느냐!"

한운석은 일단 소리부터 쳤다. 하지만 주위에 숨어 있던 비밀 시위들은 아무도 움직이지 않았고, 달려온 조 할멈과 소소옥 역시 함부로 움직이지 못했다.

왜냐면…….

그 흑의인이 다름 아니라 그들의 주인인 용비야였기 때문이었다.

용비야는 한운석의 허리를 낚아채자마자 밖으로 나갔다. 어찌나 서두르는지 경공을 펼치기 무섭게 두 사람은 단숨에 진왕부를 벗어났다.

한운석도 용비야를 알아보고 어리둥절했다.

"뭐하는 거예요?"

"백리명향에게 문제가 생겼다!"

용비야는 무척 다급했다. 그를 만난 후로 이렇게 초조하게 누군가를 걱정하는 모습은 처음이었다. 한운석이 미인혈의 진실을 몰랐다면 질투를 쏟아내도 이상하지 않을 정도였다.

"어떻게 된 거예요? 어제 만났을 때만 해도 멀쩡했어요!"

한운석도 초조해졌다.

"갑자기 일곱 구멍에서 피를 흘리며 혼절했다. 그곳에 있는 독의 말로는 독이 일찍 발작했다는군."

용비야는 그렇게 말하며 속도를 높여 백리 장군부로 향했다.

백리명향에게 무슨 일이 생기면 10여 년간의 노력이 물거품이 될 터였다. 더군다나 백리명향 같이 특별한 체질을 가진 사람을 또 찾아내기란 하늘에 별따기였다.

그러니 용비야가 어떻게 초조해하지 않을 수 있을까?

용비야가 한운석을 데리고 백리 장군부에 도착했을 때, 백리명향은 맥박이 약해지기 시작했고 목숨이 위험한 상황이었다.

침실에는 백리 장군을 제외하면 모두 독의들이었고 하나같이 초조해 어쩔 줄 모르고 있었다. 그들이 걱정하는 것은 이 연약한 여자의 목숨이 아니라 그녀가 가진 미인혈이었다.

침상에 누워 두 눈을 꼭 감은 백리명향의 얼굴은 무서우리만치 새하얬다. 눈 코 입과 귀에서는 피가 계속 흘렀지만 누구 한 사람 닦아 주는 이가 없었다.

이 장면을 보자 한운석은 까닭 없이 마음이 답답해지고 괴로워 말조차 나오지 않았다. 하지만 그녀는 곧 마음을 가라앉히고 전문가 상태로 돌입했다.

"모두 나가요!"

그녀가 차분하게 말했다.

"왕비마마, 명향 소저는……."

독의들은 물러나지 않고 다가와 상황을 설명하려 했다. 누가 뭐래도 그들이 도움이 될 터였다.

하지만 한운석은 차갑게 말했다.

"나가게!"

독의는 말할 것도 없고 백리 장군 같은 무장도 한운석의 차가운 기세에 움찔했다. 이 여자가 엄숙하게 나올 때는 진왕 전하의 기세에 비할 만했다.

독의들은 감히 입도 뻥긋하지 못하고 눈치 빠르게 물러났고 용비야와 백리 장군만 남았다.

"두 분도 일단 나가세요."

한운석은 그렇게 말하면서 땀수건으로 백리명향의 얼굴을 닦았다. 겉보기에는 서두르지 않는 것 같지만 사실은 이미 해독시스템으로 스캔해서 상황을 파악해 놓고 있었다.

냉혈인이어서가 아니라, 위급한 상황일수록 그 어떤 실수도 해선 안 되기 때문에 냉정해야 했다.

백리 장군이 한운석의 뛰어난 독술에 대해 들은 것은 하루 이틀 일이 아니었다. 진왕 전하가 나가지 않으리라고 생각한 그는 이 기회에 함께 남아 솜씨를 구경해야겠다고 결심했다.

그런데 뜻밖에도 용비야는 두말없이 돌아서서 나갔다. 백리 장군도 어쩔 수 없이 뒤따라 나간 다음 손수 문을 닫았다.

한운석은 백리 장군이 왜 저렇게 냉정한지 도무지 이해할 수가 없었다. 지금 혼절해 쓰러진 사람은 그의 친딸이었다!

강력한 인어족이 목숨을 버리는 것도 영광으로 생각할 만큼 용비야에게 충성을 바치고 있을까?

당문은 대체 무슨 수로 인어족이 목숨까지 바치도록 만들었을까?

물론 이 중요한 순간에 그런 것까지 생각할 틈은 없었다. 지금은 고도의 집중력과 정신력을 발휘해 해독시스템으로 검사와 분석을 수행해야 했다.

백리명향의 맥박에 집중하면서 상태를 분석하자 얼마 지나지 않아 믿을 수 없는 결론에 도달했다.

미인혈이 만들어지고 독이 발작한 것이다!

한운석은 하마터면 해독시스템의 결과를 의심할 뻔했다!

그녀가 백리명향에게 알려 준 독약 복용 빈도는 이미 최고 한도였다. 그런데 마지막 순간에 백리명향이 제멋대로 열흘 안에 먹어야 할 약을 며칠 만에 먹어 치운 것이다!

몸이 버텨 주다니 놀라웠다!

한운석은 충격이 컸지만 그래도 흔들리지 않았다. 그녀는 재빨리 마음을 다잡고 미인혈과 준 미인혈을 비교했다.

결과는 뜻밖이었다…….

고칠찰을 찾으러

놀랍게도 백리명향의 몸에서 만들어진 미인혈과 한운석이 시뮬레이션해서 얻은 미인혈은……

"완전히 똑같잖아!"

한운석은 눈을 휘둥그레 뜨며 다시 한 번 해독시스템이 고장 난 게 아닌지 의심했다. 그녀는 해독시스템을 끄고 직접 검사해 본 뒤 가만히 내뱉었다.

"난 천재야……."

시뮬레이션은 진짜 상황과 아무런 차이가 없었다. 둘이 완벽하게 일치한 것이다.

그렇다면 문제는 간단했다. 준비한 해약을 손볼 것도 없이 백리명향에게 먹이기만 하면 끝이었다!

조용히 누운 백리명향을 바라보며 한운석은 막혔던 숨을 크게 내쉬었다. 반년 동안 불안하게 들떴던 심장이 마침내 제자리를 찾았다. 하늘이 백리명향을 가엾이 여겨 이런 결과를 내려 주지 않았을까?

한운석은 지체 없이 해약을 꺼냈다.

하지만 침으로 해약을 주입시키려던 순간 갑자기 중요한 일을 놓쳤다는 것을 떠올렸다.

아직 미인혈을 채취하지 않았잖아!

너무 흥분한 나머지 제일 중요한 것을 잊고 있었던 것이다.

백리명향의 독을 제거하면 모든 것이 수포로 돌아갈 것이고, 용비야의 성격상 백리명향에게 한 번 더 미인혈을 만들게 할 가능성이 컸다.

한운석은 직접 문을 열고 용비야와 백리 장군을 들어오게 한 다음 간결하게 상황을 설명했다.

미인혈을 지켜 냈고 백리명향의 목숨도 지킬 수 있다고 하자 용비야와 백리 장군 모두 몹시 기뻐했다.

백리 장군은 자랑스러운 표정으로 말했다.

"전하, 명향이 전하를 실망시키지 않았습니다!"

"백리씨 집안이 언제 본 왕을 실망시킨 적이 있었던가?"

용비야가 반문했다.

백리 장군에게는 의심할 바 없이 최고의 찬사였다. 그는 황급히 읍을 했다.

"믿어 주셔서 감사합니다, 전하!"

"전하, 얼마나 채취해야 할까요?"

한운석이 나지막이 물었다.

이 말에 백리 장군은 알아서 자리를 피했다. 딸이 그 오랜 세월 고통을 겪고 심지어 목숨까지 내놓았지만 그들 부녀는 아직도 미인혈의 쓰임새를 알지 못했다.

백리씨 집안이 용비야에게 바치는 충성은 무조건적인 복종이라고 해도 지나치지 않았다.

"잘 모르겠다. 미접몽의 분량이 많지 않으니 네가 알아서 분량을 정해라."

용비야도 조용히 말했다.

미인혈을 미접몽에 섞는 것이 미접몽의 수수께끼를 푸는 관건이었다.

아무래도 백리명향의 목숨이 조석에 달려 있기에 한운석도 깊이 생각할 여유가 없었다. 그녀는 백리명향의 손가락을 찔러 피를 작은 병으로 한 병 받았다. 미접몽과 비슷한 분량이었다.

피를 채취한 후에는 곧바로 침을 써서 해약을 주입했다. 앞서 수차례 실험한 덕분에 오늘은 모든 것이 순조로웠다.

약효는 일정 시간이 지난 다음 나타나지만, 백리명향이 위험에서 벗어난 것은 확실했다.

한운석은 주위를 정리한 다음 침상 옆에 앉아 지켰다.

그녀 외에 가없은 마음으로 이 여자를 안타깝게 여길 사람이 또 누가 있을까?

백리명향의 고요한 얼굴을 보면서, 한운석은 약간 기대를 품었다. 그녀가 눈을 뜨고 자신이 다 나았다는 소식을 들었을 때 어떤 표정을 지을지 궁금했다.

그 고요하고 차분한 눈동자에는 분명히 새로운 기쁨과 새로운 희망이 피어오를 것이다! 그런 눈빛이야 말로 의원인 한운석이 가장 바라는 보답이었다.

시간은 조금씩 조금씩 흘렀다.

한운석의 해독시스템도 계속 백리명향을 살피며 몸속에 있던 독소가 점점 약해지는 것을 확인했다.

하지만 용비야는 그 자리에 남아 혼절한 여자가 깨어나기를 기다릴 만큼 참을성이 많지 않았다.

백리명향이 무사하다니 그는 곧 안심했다.

그가 차분하게 한운석에게 말했다.

"본 왕은 객청에서 기다릴 테니 깨어나면 오거라."

"양심 없는 인간!"

한운석이 중얼거렸다.

안타깝게도 용비야와 백리 장군 모두 듣지 못했다. 백리 장군은 용비야를 객청으로 안내했다. 두 사람에게는 아직 상의할 일이 있었다.

그렇지만 용비야와 백리 장군이 원락을 나오기도 전에 한운석이 큰 소리로 외쳤다.

"전하! 백리 장군!"

무슨 일이지?

용비야와 백리 장군은 즉시 돌아섰다. 한운석은 백리명향의 손을 잡은 채 무척 놀라고 당황한 듯 얼굴이 새하얗게 질려 있었다. 그녀가 잡은 백리명향의 손은 바로 방금 피를 뽑았던 손이었다. 상처를 싸맸던 천이 새빨갛게 물든 채 바닥에 떨어져 있고 손가락에서는 빨간 피가 방울방울 흘렀다.

"어떻게 된 일입니까?"

백리 장군이 놀라 물었다.

"피를 굳히는 기능에 문제가 생겨서 피가 멈추지 않아요!"

한운석의 목소리가 떨렸다.

그녀도 조금 전 백리명향의 손을 살피다가 알아차렸다. 백리명향의 손에 난 상처는 무척 작았고 꼼꼼하게 싸매두었기 때문에 계속 피가 흐를 수는 없었다.

그런데 천을 풀고 검사한 결과 문제가 있다는 것을 알 수 있었다!

피를 굳히는 기능이란 바로 혈소판의 지혈 기능이었다. 혈소판은 손상을 입은 부위 활성 요소의 자극을 받아 피를 응집시키고 굳혀 기본적인 지혈 작용을 한다.

한운석은 해독시스템으로 혈액의 기능을 검사해 백리명향의 혈소판이 급감한 것을 금방 알아냈다.

알다시피 혈소판이 지나치게 줄어들면 출혈을 일으키는데, 피를 밖으로 내보낼 상처가 없더라도 피부 밑 출혈이나 잇몸 출혈, 코피 등의 증상이 나타나고 심하면 장출혈이나 뇌출혈이 일어나 목숨이 위험해질 수도 있었다.

백리명향의 몸에 있는 혈소판 수량은 계속 줄어들고 있어서 이렇게 가다간 심각한 혈소판 부족을 초래할 것이 분명했다.

그러잖아도 몹시 허약해져 피를 많이 흘리면 안 되는데, 이런 상황이라면 설사 정상적인 사람이라도 해도 목숨이 위험했다!

한운석도 어째서 해독한 다음에 이런 후유증이 생겼는지 몰랐지만, 백리명향이 너무 자주 독을 먹은 것과 관계가 있다고 추측했다.

그녀는 특수 체질이고 미인혈 역시 특수한 것이기 때문에 후

유증이 있어도 예측하기 어렵고 원인을 파악하기도 어려웠다.

이런 상황에서 복잡한 원인을 따지는 것은 현실적이지도 않았고, 따진들 알아낼 수도 없었다.

응급 상황에서는 응급 치료하는 수밖에 없었다!

하지만 그 '응급 치료'가 늘 침착하던 한운석의 목소리를 떨리게 만들었다.

응급 치료 방법은 몇 가지가 있었다. 혈장 교환술과 호르몬 요법, 비장절제술, 그리고 혈액제제를 써서 응급 처치하는 것이었다.

방법은 많지만 모두 현대의 서양 의학을 이용한 방법인데 달랑 해독시스템밖에 없는 한운석이 뭘 할 수 있을까?

"피를 굳히는 기능?"

백리 장군은 이해가 가지 않았다. 냉정하던 그도 지금은 애가 탔다.

지금껏 백리명향이 미인혈을 만든 후 죽을 것이라고 생각했던 그는 아버지로서의 마음을 버린 지 오래였다. 그래서 딸의 생사는 도외시한 채 딸이 백리씨 집안을 대표해 전하께 충성할 수 있다면 그만이라고 생각했다.

그런데 이제 한운석이 희망을 보여 주었다. 분명히 그녀가 딸을 살려 냈는데 지금은 또…….

백리 장군의 철석같은 마음도 희망으로 물러져 있어서 이 잔혹한 현실을 마주할 수가 없었다.

희망이 생겼다가 다시 사라지는 것을 건녀 낼 사람이 있을까?

"그러니까…… 그래요, 혈증! 심각한 혈증이에요."

한운석이 기억하기로 한의학에서는 이런 상황을 혈증이라고 했다.

"그…… 그럼 어떻게 해야 합니까?"

백리 장군이 초조하게 물었다.

"당장 부중에 있는 의원을 불러요!"

한운석은 과감하게 말했다.

백리명향의 증세가 워낙 갑작스러워서 천천히 치료하는 한의학은 별 도움이 못될 가능성이 컸지만 그래도 유일한 방법이었다. 해독시스템의 감시 결과에 따르면, 그들이 이렇게 말하는 중에도 백리명향의 혈소판은 계속 줄어들고 있었다.

곧 백리명향 전속 의원이 달려왔다. 확실히 혈증이었지만 너무 갑작스럽고 빠르게 악화되어 손쓸 틈이 없었다.

"고북월을 불러요!"

한운석이 재빨리 결단을 내렸다.

젊은 목숨을 이대로 헛되이 보낼 수는 없었다.

반년 동안 애쓴 성과가 이대로 깡그리 사라져 버리는 것을 받아들일 수도 없었다!

어쨌든 백리명향은 아직 숨이 붙어 있었으니 구해야 했다!

"누구 없느냐? 입궁해서 고 태의를 불러와라. 명향 소저가 또 병이 났다고 전해라!"

한운석이 다급히 명령했다.

그러나 바깥에 있는 하인들은 아무 움직임이 없었고, 방 안에서는 백리 장군이 몹시 복잡한 눈빛으로 용비야를 바라볼 뿐이었다.

그제야 한운석도 백리명향의 독특한 체질과 특수한 피를 떠올렸다. 이 증상은 그 특수한 피와 관련이 있으니 남들에게 알리기는 좋지 않을 것이다. 누가 뭐래도 의원이라면 핏속에서 이상을 감지할 수 있었다.

하지만, 사람의 목숨이 달려 있었다!

용비야를 위해 10여 년간 고통을 겪은 사람의 목숨이!

용비야는 침묵했고 백리 장군도 침묵했다. 백리 장군은 대국을 생각해야 했다. 백리명향 한 사람 때문에 백리씨 집안의 비밀이 알려지면 얻는 것보다 잃는 것이 많았다.

말이 없는 두 사람을 보자 한운석은 심장이 서늘해졌다.

"명향이 두 분의 이런 모습을 보면 얼마나 마음 아파 할까요?"

이렇게 말한 그녀는 의원에게 백리명향을 지켜보게 한 다음 돌아서서 나가려고 했다.

"어딜 가느냐?"

용비야가 뒤쫓았다.

"당신이 모른 척하니 저라도 구하겠어요! 걱정 말아요. 비밀은 누설하지 않을테니!"

한운석이 화난 목소리로 대답했다.

"최소한 어떻게 구할 생각인지 본 왕에게 말해 보아라."

결국 용비야도 타협에 나섰다.

"고북월을 찾아가겠어요. 급성 혈증을 어떻게 치료하면 되는지 물어보기라도 해야죠."

한운석이 사실대로 말했다. 비록 화가 나고 초조했지만 아직은 의원다운 냉정함을 잃지 않았다.

용비야는 가볍게 탄식했다.

"내가 입궁시켜주지. 서둘러라."

한운석은 대답하지 않았지만 용비야는 그녀를 데리고 나가 말에 오르더니 곧바로 태의원으로 달려갔다. 다행히 고북월은 당직이라 태의원에 있었다.

용비야는 밖에서 기다리고 한운석 혼자 들어갔다. 그녀는 아무 소식도 알리지 않고 급성 혈증을 치료하는 법을 물었다.

"상황이 위험하니 당장 저를 데려가 보여 주십시오!"

고북월도 초조해했다.

"갈 필요 없어요, 묻지도 말고요. 그냥 어떻게 치료하는지 알려 주기만 하면 돼요."

한운석이 직설적으로 말했다.

영리한 고북월도 곧 상황이 단순하지 않다는 것을 깨달았다. 그는 더 묻지 않고 돌아서서 약방문 하나를 지어 주었다.

"우선 이 약을 먹여 병세를 완화시키고 서둘러 약귀곡으로 가서 고칠찰에게 약을 구하십시오. 닷새 안에 복용하면 천천히 치료할 수 있습니다. 그렇지 않으면……."

"어떤 약이죠?"

한운석이 초조하게 물었다.

"단심丹心입니다."

고북월은 심각하게 대답했다.

"고마워요!"

한운석은 몹시 기뻐했다. 예상대로 고북월에겐 방법이 있었다!

그녀는 읍을 한 후 약방문을 받아들고 곧장 떠났다.

사람을 시켜 백리 장군부에 약방문을 전한 다음 그녀는 용비야에게 말했다.

"전하, 지금 바로 약귀곡으로 가요. 닷새 안에 반드시 돌아와야 해요!"

"고칠찰은 약귀곡에 없다."

용비야는 단심이 뭔지 몰랐지만, 이렇게 위급한 병을 치료할 수 있다면 진귀한 약일 것이고 약귀곡의 그 늙은 집사가 마음대로 팔 수 없다는 것쯤은 짐작할 수 있었다.

"없다고요? 어떻게 아세요?"

한운석은 뜻밖이었다.

용비야는 무의식적으로 그 시선을 피했다.

"며칠 전 부하에게 들었다."

한운석이 놀란 건 고칠찰이 없다는 것뿐이지 용비야가 알고 있기 때문이 아니었다.

"상관없어요. 찾아보기라도 해야죠! 당장 가요!"

그녀가 워낙 단호해서 용비야는 거절할 기회조차 없어 어쩔 수 없이 따랐다.

일편단심을 주지

고북월은 닷새 안에 약귀곡에서 '단심'이라는 신비한 약을 구해 오지 않으면 백리명향을 구하지 못한다고 했다.

한운석의 반응은 이랬다.

"찾아보기라도 해야죠, 당장 가요."

이렇게 해서 용비야는 한운석을 데리고 태의원을 떠났다. 말두 필이 지칠 때까지 달리고, 내공을 써가며 하루종일 경공을 펼쳐 길을 재촉한 덕분에 두 사람은 이틀 뒤 밤늦은 시각 약귀곡에 도착했다.

올 때만 거의 이틀 반이 걸렸는데 이 정도가 최고 속도였다. 돌아갈 때 아무리 서둘러도 이 이상 빠를 수 없었다.

다시 말해 닷새 안에 돌아가려면 약귀곡에 한 시진밖에 머물수 없다는 말이었다.

한운석은 지금까지 약귀곡에 두 번 왔고 그때마다 목적은 약재를 얻는 것이었다. 두 번째는 독 서역의 약을 구하러 왔었는데 고칠찰이 없어 늙은 집사가 나와 맞았다.

약귀곡은 여전했다. 뜰 밖에는 약재를 구하러 온 사람들이 가득 꿇어앉아 있었지만 안타깝게도 문은 꼭 닫힌 채였다.

한운석은 꿇어앉은 남녀노소를 바라보았다. 노인과 어린아이까지 있는 것을 본 그녀는 참지 못하고 고칠찰에게 욕을 퍼부었다. 개자식! 의학계의 패륜아! 악당!

일부러 약재 가격을 올리는 간악한 상인들도 고칠찰에 비하면 선량했다. 최소한 그들은 약재를 팔긴 했으니까.

고칠찰은 제 기분에 따라 약재를 팔지 말지 정했기 때문에 돈이 있어도 살 수 없었다!

그런 사람에게 약초를 기르는 천부적인 재능을 내려 주다니, 하늘도 무심하시지!

뜰 문 앞에 도착해 이름을 대자 늙은 집사가 몸소 맞으러 나왔다.

"진왕 전하, 며칠 전에 초……."

용비야는 즉시 늙은 집사의 말을 끊었다.

"급한 일로 왔으니 쓸데없는 이야기는 하지 마라. 본 왕은 '단심'이라는 약이 필요하니 값을 말해 보아라."

"단심 말이군요……."

늙은 집사는 일부러 곤란한 척했다.

"아닌 척 말게! 분명히 약귀곡에 있으니!"

한운석이 차갑게 말했다. 고북월이 이곳에 있다고 했으니 틀릴 리 없었다.

늙은 집사는 겸연쩍은 듯 히죽 웃었다.

"있기야 있습니다만, 어찌 아셨습니까?"

"잔말 말고, 꼭 필요하니 당장 가져오게."

한운석 자신도 너무 횡포를 부리는게 아닌가 하는 생각이 들었지만 사람을 구하기 위해서는 강하게 나갈 수밖에 없었다!

이곳에 오기 전까지 그녀는 정말 약귀곡을 샅샅이 뒤질 생각이었다. 어쨌든 고칠찰에게 좋은 인상을 갖고 있지도 않은 데다 함께 온 이 남자에게는 약귀곡을 뒤질 힘이 있었다.

늙은 집사는 교활한 눈동자를 빛내며 어쩔 수 없는 목소리로 말했다.

"왕비마마께서는 모르시겠지만, 단심이라는 약은 약귀 대인께서 몸소 보관하시는데 마침 약귀 대인께서 안 계시지 뭡니까."

"당장 약귀 대인을 찾아오든지 아니면 우리가 들어가서 찾게 하든지 알아서 하게!"

한운석이 거칠게 내뱉었다.

늙은 집사는 이런 한운석을 막을 수가 없던지 용비야에게 도움을 청하는 눈길을 보냈다.

"진왕 전하, 아시지 않습니까. 저희 대인께서 전하를 만나기로 하신 날은 다음 달 보름입니다!"

늙은 집사가 너무 빨리 말하는 바람에 용비야는 막을 틈도 없었다. 아무래도 일부러 그런 것이 분명했다.

한운석은 의아해하며 용비야를 돌아보았다.

"그 사람과 만나기로 했어요?"

"음."

용비야는 태연하게 대답하고는 별다른 설명 없이 늙은 집사에게 물었다.

"고칠찰이 당장 돌아오지 못한다는 뜻이냐?"

이 말속에는 고칠찰이 돌아오지 않으면 우리가 찾아보겠다는 의미가 담겨 있었다.

늙은 집사는 무심결에 문 쪽을 흘끗 보더니 어쩔 수 없는 목소리로 대답했다.

"진왕 전하, 왕비마마. 저희 약귀곡이 두 분의 체면을 모른 척하려는 게 아니라 너무 급히 오셨으니 어쩔 도리가 있어야지요. 잠시 기다리시면 제가 온힘을 다해 약귀 대인을 찾아오겠습니다."

"약을 보관하는 곳이 어딘가?"

한운석이 대놓고 물었다.

늙은 집사의 입꼬리가 파르르 떨렸다. 이 왕비마마는 진왕보다 더 강압적이었다!

집사는 대답하지 않고 다시 한 번 문 밖을 바라보았다. 바로 그때 남자 같기도 하고 여자 같기도 한 괴상한 웃음소리가 들려왔다.

"진왕비, 오랜만이군!"

한운석도 곧 그 괴상한 목소리를 알아들었다. 고칠찰이었다!

소리가 나는 쪽을 바라보니 새까만 옷을 입은 고칠찰이 문밖에서 날아들어 와 집 안에 내려서는 것이 보였다. 검은 옷 밑으로 장화가 드러나 있었다.

저 괴괴한 모습을 보면 어린 낭자들은 놀라 까무러칠 것이다.

하지만 한운석은 어린 낭자가 아니었다. 그녀는 조그만 손을 고칠찰 앞으로 불쑥 내밀며 말했다.

"단심이 필요해요!"

고칠찰은 서두르지 않고 느긋하게 자리에 앉으며 흥미로운 눈길로 한운석을 훑어보았다. 그 날카로운 두 눈에는 기쁨이 가득해서 마치 웃음이라도 쏟아질 것 같았다.

자세히 보면 누구라도 이 남자가 지금 이 순간 몹시도 기뻐하고 있다는 것을 알아차릴 것이다.

그 눈빛이 용비야를 언짢게 만들었다.

며칠 전 초서풍이 보고한 대로라면 저자는 약귀곡에 없었는데 어떻게 이렇게 딱 맞춰 나타났을까?

용비야는 싸늘한 눈으로 고칠찰을 살필 뿐 표정에는 아무런 변화도 없었다.

"급히 사람을 구해야 해요. 줄 거예요, 안 줄 거예요!"

한운석은 심각하게 물었다.

고칠찰은 못들은 척했다.

"이봐, 방금 뭐라고 했지? 뭐가 필요하다고?"

"단심이요. 단심이 필요하다고요!"

한운석이 큰 소리로 말했다.

"아하…… 이 어르신의 단심을 달라…….”

고칠찰이 중얼거렸다. 검은 장포 아래로 숨겨진 손은 심장 근처를 누르고 있었지만 안타깝게도 아무도 눈치채지 못했다.

"뭐라고요?"

고칠찰이 워낙 조그맣게 말하는 바람에 한운석도 똑똑히 듣지 못했다.

고칠찰은 웃었다.

"이봐, 지난번에 그랬지. 다시 만나면 이 어르신께 귀타장이 어디에 있는지 알려 준다고 말이야."

한운석도 당연히 기억하고 있었다. 처음 약재를 구하러 왔을 때, 훗날 약귀곡과 협상할 길을 마련해 두려고 고칠찰의 구미를 당겨 놓았던 것이다.

"단심을 내놓으면 당장 알려 주죠."

한운석이 정색을 하고 말했다.

"아니지, 아니지. 먼저 알려 줘야 할 걸."

고칠찰은 일부러 그러는 게 분명한지 절대 서두르지 않았다.

직접 찾으려면 온산을 뒤지느라 얼마간 시간이 필요했다. 어차피 이자가 나타난 이상 이자에게서 직접 얻는 편이 나았다.

한운석은 화를 누르며 참을성 있게 물었다.

"먼저 말해 주면 단심을 줄 건가요?"

그녀는 고칠찰이 이 기회에 자신을 괴롭히기 위해 다른 조건을 제시하리라 생각했고 무조건 양보할 준비도 되어 있었다. 그런데 뜻밖에도 고칠찰은 시원시원하게 고개를 끄덕였다.

"그야 당연하지."

"약속했으니 나중에 모른 척하지 말아요!"

한운석은 아무리 그래도 고칠찰을 믿을 수가 없었다.

갑자기 고칠찰이 의미심장하게 껄껄 웃었다.

"왕비마마, 진왕 전하께서 이곳에 계신데 이 늙은이가 어떻게 식언을 하겠어?"

마치 용비야를 무척 두려워하는 것 같았다!

한운석은 고칠찰과 용비야 사이에 싸움이 있었다고는 상상 조차 하지 못했다. 하지만 그녀가 아는 대로라면 확실히 고칠 찰은 용비야를 두려워할 만했다.

"약귀 대인께서 신용 없는 사람일 리야 없겠죠."

한운석은 우선 이렇게 치켜세운 다음 고칠찰의 질문에 대답 했다.

"귀타장은 대인의 집 지붕 위에 있어요. 방금 들어올 때도 보 이더군요."

고칠찰은 뼈밖에 없는 앙상한 손을 내밀어 짝짝짝 박수를 쳤다.

"아주 대단해! 이 늙은이 마음에 쏙 드는군!"

한운석이 뭐라고 말하려는데 뜻밖에도 고칠찰은 시원시원하 게 소매 속에서 비단 상자 하나를 꺼냈다.

"자, 이게 단심이다."

비록 약속은 했다지만 고칠찰이 이렇게 순순히 나오자 도무 지 믿기지 않았다.

비단 상자를 열어보니 안에는 핏빛을 띤 환약 하나가 들어 있었다.

고칠찰은 공손한 몸짓으로 비단 상자를 한운석 앞에 내밀며 히죽 웃었다.

"자, 내…… 일편단심을 주지!"

뭐…….

한운석은 이 말이 몹시 불편하게 느껴져 쉽사리 받을 수가 없었다.

항상 냉정하던 용비야도 참지 못하고 느닷없이 단심을 빼앗아 들며 차갑게 말했다.

"사람을 구하려고 쓰는 것이지 그녀에겐 필요 없다."

고칠찰은 눈동자에 가소로운 웃음을 떠올렸다.

"진왕 전하, 필요하다던 두 가지 약재는 다음 달 보름에 반드시 가져가지."

용비야는 그를 흘낏 바라본 다음 한운석을 데리고 떠났다.

한운석도 이제야 용비야와 고칠찰이 만나기로 했다는 것을 알았지만, 단심을 손에 넣었으니 서둘러 돌아가서 백리명향을 구하는 것이 중요했다. 용비야가 어떤 약재를 구하려 했는지는 나중에 물어도 늦지 않았다.

두 사람은 문 앞까지 걸어갔지만 고칠찰은 그때까지 뒤를 쫓았다.

"진왕 전하, 필요하다던 약재는 쉽게 구할 수 있는 게 아닌데 어디에 쓰시려나?"

용비야는 날카로운 빛을 번쩍였지만 여전히 그를 무시하고 문을 나서자마자 한운석을 안아 말에 올랐다.

고칠찰은 그래도 포기하지 않고 계속 말했다.

"진왕 전하, 웅천과 미천홍련은 보통 물건이 아니야. 이 어르신도 몹시 궁금하단 말이지!"

이 한마디에 한운석도 용비야가 고칠찰에게 뭘 얻으려고 했는지 알 수 있었다. 그는 벙어리 노파를 치료할 약재를 찾고 있던 것이다. 지난번에 그녀가 사과를 줬으니 웅천과 미천홍련을 찾으면 미독의 해약을 만들 수 있었다.

"전하, 그럼……."

한운석이 참지 못하고 입을 열었다.

고칠찰은 뭔가를 기대하듯 눈을 가늘게 떴다.

"음."

용비야는 대범하게 인정했다.

"전하, 저는…… 전하께서 포기하신 줄 알았어요."

한운석은 다소 흥분했다.

얼마 전 용비야가 벙어리 노파가 살아 있을 가능성이 희박하다고 하기에 그녀 역시 포기했는데, 뜻밖에도 용비야는 계속 노력하고 있었던 것이다.

용비야는 약간 시선을 피하면서 담담하게 말했다.

"어쨌든 약은 준비해 놔야겠지."

한운석은 용비야의 품에 폭 안긴 채 고개를 들어 그를 바라보았다. 뭐라고 말하기 힘든 감정이 눈동자에 담뿍 담겨 있었다.

옆에 있던 고칠찰은 눈이 휘둥그레졌다. 그가 기대한 것은 이런 장면이 아니었던 모양이었다.

두 사람이 출발하자 고칠찰은 허둥지둥 손을 휘저었다.

"왕비마마, 이 어르신의 단심을 잘 챙겨라! 진왕 전하, 다음에 보자고!"

그 말이 떨어지기 무섭게 용비야가 검을 움켜쥐었지만 한운석이 만류했다.

"서둘러야 하니 빚은 다음에 갚아요!"

그녀도 처음에는 '일편단심'이라는 말을 오해했지만 지금 생각해 보니 고칠찰이 마음먹고 희롱하려던 게 분명했다!

저 못된 놈!

한운석은 고개를 돌려 뜰 앞에 무릎 꿇은 사람들을 바라보며 남몰래 결심했다. 언젠가 고칠찰을 혼내 주고 약귀곡을 '누구나 원하면 약을 주는 곳'으로 만들고야 말겠어.

용비야와 한운석의 뒷모습이 멀어지자 늙은 집사가 비로소 소리 죽여 말했다.

"대인, 이렇게 진왕 전하께 미움을 사도…… 괜찮을까요?"

고칠찰이 그를 돌아보며 차갑게 코웃음을 쳤다.

"이 어르신이 정말로 저자를 두려워하는 줄 아느냐? 두고 봐라!"

두고 보시지!

확실히 알아낸 다음 용비야에게 본때를 보여 줄 테니!

한운석과 용비야는 돌아갈 때도 밤낮없이 달렸다. 이번 출행에서 용비야는 내공을 적잖이 소모했다.

진왕 전하가 이처럼 애를 썼다는 걸 백리명향이 알면 아마 감동을 넘어 마음 아파 할 것이다.

한운석과 용비야가 백리 장군부에 도착했을 때는 딱 닷새째 날 저녁이었다.

시간이 무척 촉박했다!

다행히 영리한 한운석은 미리 단심을 해독 공간 속 제약 시스템에 넣어 가공하고, 끓이고, 말리고, 갈아서 물에 녹는 가루로 만들어 놓았다.

방으로 들어가 의원에게 닷새 동안의 상태 변화를 들은 뒤, 그녀는 사람들을 모두 내보내고 해독시스템에서 가루약을 꺼내 물에 타서 직접 백리명향에게 한 숟갈 한 숟갈 먹였다.

약을 먹이고 나자 겨우 마음이 놓였다. 그녀는 옆에 앉아 해독시스템으로 백리명향의 피를 검사했다.

그런 다음 옆에 앉아 백리명향이 깨어나기를 기다리는데, 갑자기 정신이 혼미해지며 환자의 몸 위로 스르르 쓰러지고 말았다.

수호라고 할 수 있을까

한운석이 소리 없이 의식을 잃고 백리명향 위로 쓰러지자 해독시스템도 즉각 검사를 중단했다.

해독 공간에 문제가 생긴 게 아니라 한운석이 너무 피곤해서였다.

백리명향에게 문제가 생겼던 날 밤을 꼬박 새웠고, 그 후 닷새 동안 용비야와 함께 밤낮없이 달렸다. 용비야의 품에서 잠깐 졸기는 했지만 아무래도 오래 잠들지는 못했다. 사람의 목숨이 달렸으니 마음 편히 잠들 수도 없는 데다 용비야가 고생하며 길을 재촉하고 있는데 혼자만 푹 잘 수도 없었다.

그동안은 신경이 바짝 곤두서서 피로를 느끼지 못했다.

그런데 긴장이 풀리는 순간 버틸 수가 없었다.

방문 앞에서는 용비야가 정원을 향해 뒷짐 지고 서 있고, 백리 장군은 초조하게 왔다 갔다 했다. 두 사람 다 기다리고 있었다.

얼마쯤 기다려도 안에서 기척이 없자, 백리 장군이 참지 못하고 입을 열었다.

"전하, 약도 구했으니 큰 문제는 없지 않겠습니까?"

사실 그는 진왕 전하가 들어가 보았으면 했다. 치료 중에 방해받으면 불같이 화내는 왕비마마지만 방해한 사람이 진왕 전하라면 그러지는 않을 테지.

용비야는 '음' 하고 대답할 뿐이었다.

한운석은 사람을 치료할 때면 보통 그에게도 나가 달라고 청했고, 그가 옆에서 지켜본 적은 한 번도 없었다.

백리 장군은 말을 하려다 말고 다시 왔다 갔다 서성이기 시작했다.

기다리고 또 기다리는데, 별안간 방 안에서 비명이 들려왔다.

"여봐라! 아무도 없느냐!"

백리명향의 목소리였다! 어떻게 된 것일까?

백리 장군이 미처 정신 차리기도 전에 용비야가 문을 열고 안으로 뛰어들었다!

백리명향이 일어나 앉아 다리 위에 쓰러진 한운석을 바라보면서 당황해 어쩔 줄 몰라 하고 있었다.

진왕 전하가 뛰어 들어오자 백리명향은 더욱더 놀라고 당황했다.

용비야는 단숨에 한운석을 안아 일으켜 품에 감싸면서 화난 소리로 물었다.

"어떻게 된 일이냐?"

지척에서 진왕 전하의 얼음장 같은 얼굴과 핏발이 선 눈을 본 백리명향은 너무 놀란 나머지 입만 달싹일 뿐 아무 소리도 내지 못했다.

방금 깨어난 그녀의 기억은 아직 며칠 전 혼절하던 날에 머물러 있어 상황을 전혀 파악하지 못했다.

백리명향의 반응에 용비야는 답답한 눈빛으로 노성을 터트렸다.

"백리원룡, 의원을 부르게!"

막 문가에 도착한 백리 장군은 방 안의 풍경을 보고 깜짝 놀랐다. 딸에게 무슨 문제가 생긴 줄 알았는데, 문제가 생긴 사람이 왕비마마라니. 다행히 의원이 바로 근처에 있어 금방 나타났다.

장군부의 의원은 본래 진왕 전하를 몹시 존경하면서도 두려워했다. 방으로 들어가 사람을 죽일 수도 있을 것 같은 차디찬 진왕 전하의 얼굴을 본 의원은 다리에 힘이 풀려 몇 번 심호흡을 한 후에야 용기를 내어 진맥했다.

방 안이 조용해졌다. 백리명향도 침착성을 되찾았다. 비록 무슨 일이 일어났는지는 모르지만 왕비마마가 그녀를 구하러 온 건 분명했다.

한운석의 상태를 진맥한 의원은 대롱거리던 심장이 겨우 내려앉았다.

"안심하십시오, 전하. 왕비마마께서는 극도의 피로로 인해 잠이 드셨을 뿐입니다. 충분히 주무신 후 깨어나실 것이고, 한동안 휴식을 취하면 큰 문제는 없습니다."

큰 병이 아니었기 망정이지, 만에 하나 무슨 병이기라도 했으면 진왕 전하의 발에 걷어차여도 이상하지 않았을 것이다. 그만큼 진왕 전하의 안색이 흉하기 짝이 없었다!

용비야는 얇은 입술을 꾹 다물고 있었는데 입꼬리가 그리는 곡선조차 싸늘했다. 그는 한운석을 안아 들고 밖으로 나갔다.

그때 백리 장군이 허둥지둥 말했다.

"명향, 어서 전하와 왕비마마께 감사의 절을 올리거라. 전하와 왕비마마께서 닷새간 밤낮없이 달려 약을 구해 오시지 않았다면 네 목숨은 벌써 끊어졌을 것이다!"

닷새간 밤낮없이 달렸다고?

전하께서도 함께?

그러니까, 왕비마마가 나 때문에 피로에 지쳐 쓰러지신 거였나? 그러니까, 진왕 전하의 눈동자에 가득한 저 핏발도 나 때문에 생긴 거였나?

백리명향은 심장이 죄어들었다. 그녀는 허약해진 몸에도 아랑곳없이 황급히 침상에서 내려와 차디찬 바닥에 꿇어앉아 머리를 조아렸다.

"목숨을 구해 주셔서 감사합니다, 진왕 전하. 감사합니다, 왕비마마!"

'콩콩' 이마를 찧는 소리가 들리건 말건, 용비야는 고개도 돌리지 않고 큰 발걸음으로 빠르게 걸어 나갔다.

백리명향이 약을 먹었는지, 완쾌했는지, 그는 별 관심이 없었다.

그가 완전히 사라졌는데도 백리명향은 여전히 꿇어앉아 있었다. 백리 장군이 황급히 딸을 부축해 일으키며 의원더러 살펴보게 했다.

의원은 상태를 검사하면서 계속 신기해했다.

"고 태의가 알려 준 약은 역시 신기하군요. 소저의 몸은 이

제 큰 문제없습니다만, 너무 허약해져 있어 천천히 조리해야 합니다."

백리 장군은 기쁜 나머지 의원에게 상을 주고 돌려보냈다.

그제야 백리명향이 입을 열었다.

"아버지, 전하께서······."

딸의 마음은 누구보다 아버지가 잘 아는 법이었다. 백리 장군은 미인혈 이야기를 비롯해 요 며칠간 있었던 일을 딸에게 들려주었다.

"어쩌자고 그렇게 말을 안 듣느냐? 왕비마마께서 천천히 복용하라 하셨는데도 단숨에 먹어 치우다니! 왕비마마께서 지치기만 하시고 큰 문제 없으셨기 망정이지 어쩔 뻔했느냐!"

백리 장군이 꾸짖었다.

백리명향은 고개를 숙이고 묵묵히 꾸지람을 들었다.

그녀가 열흘 치가 넘는 독약을 모조리 먹어 치운 것은 사실 계획적인 일이 아니었다. 그날 독이 발작했는데 견딜 수 없을 만큼 아팠고, 이성을 잃은 상태에서 독약이 눈에 띄자 한입에 삼키고 말았다. 그 후의 일은 잘 기억이 나지 않았다.

직접 겪어 보지 않고는 절대로 알 수 없는 통증이었다. 아무리 해약을 먹어도 소용이 없는데, 남들은 엄살을 부린다고만 생각했다.

"백리씨 집안의 사명은 곧 복종이라는 것을 잊었느냐?"

백리 장군이 큰 소리로 물었다. 비록 딸을 아끼고 사랑하지만 집안의 사명이 더 중요했다.

백리명향은 고개를 들고, 맑고 결연한 눈으로 말했다.

"제가 잘못했어요. 벌을 내려 주세요."

백리 장군은 답답한 숨을 내쉬었다.

"쓸데없는 생각은 말고 고분고분 몸조리하도록 해라. 조금 있다 시중들 하녀와 할멈을 보내 주마."

백리명향은 눈시울이 후끈해져 황급히 고개를 숙였다. 그 오랜 세월, 아버지가 이런 말을 해 준 건 처음이었다.

백리 장군은 일어나서 나가려다가 다시 말했다.

"명향, 이렇게 살아났으니 아비가 네 혼사를 준비하마."

명문가 자녀 중에 스스로 혼사를 정하는 사람이 있기나 할까? 시집을 가든 장가를 가든, 모든 것은 집안의 이익이 먼저였다. 며느리를 들이는 것은 다른 집안 세력을 끌어들이는 것과 같았고 딸을 시집보내는 것도 같은 의미였다.

백리 장군의 다른 딸들은 모두 운공대륙의 권세 있는 집안에 시집가서 친정의 세력 범위를 넓혀 주었다.

백리명향은 백리씨 집안의 막내딸이고 구혼자도 제일 많았다. 그녀가 마음만 먹으면, 친정에 세력이 엇비슷한 동맹을 끌어다 줄 수 있었다.

백리명향은 고개를 숙인 채 아버지의 말에는 대답하지 않았다. 어차피 혼사란 하루 이틀 안에 결정되는 일이 아니었고, 백리 장군도 딸에게 미리 알려 주려던 것뿐이어서 말을 마치자 곧바로 나갔다.

용비야는 진왕부에 돌아오자마자 고북월을 불렀다.

고북월을 경계하긴 해도 천녕국 도성에서 그가 믿을 만한 의술을 가진 자는 고북월뿐이었다.

고북월의 의술이라면 맥을 짚어 볼 필요도 없었다. 한운석을 한 번 보자마자 어떻게 된 일인지 알았지만 그는 심각하게 맥을 짚은 것도 모자라 소소하게 검사까지 하고서야 그녀가 단순히 피로로 쓰러진 것을 확인했다.

그가 눈을 잔뜩 찌푸리며 진지하게 말했다.

"전하, 왕비마마께서는 피로가 지나쳐 혼절하셨습니다. 무척 지치셨습니다."

"언제 깨어나느냐?"

용비야가 차갑게 물었다.

"말씀드리기 어렵습니다!"

고북월이 진지한 얼굴로 대답했다.

"전하, 피로로 인한 혼절은 가벼우면 하루 이틀, 무거우면……."

"무거우면?"

용비야는 초조해하는 게 분명했다.

고북월은 뒤로 물러나 고개를 숙이고 읍을 했다.

"무거우면 영원히 깨어나지 않습니다!"

퍽!

커다란 소리가 용비야의 탁자에서 터져 나왔다. 그 소리와 함께 흑단목으로 만든 귀한 차 탁자가 산산조각 났다.

옆에 있던 조 할멈과 소소옥은 깜짝 놀라 감히 다가가 치울 생각도 하지 못했다.

"그녀는 어떤 상태냐?"

용비야가 화난 목소리로 물었다.

"전하, 노여움을 푸십시오. 왕비마마의 상태는 그리 심각하지 않습니다. 언제쯤 깨어나실지 확답을 드릴 수는 없으나 사흘 안에는 반드시 깨어나실 겁니다. 부디 왕비마마께 앞으로는 절대 과로하지 마시라고 당부해 주십시오. 소관이 보약을 조금 지어드리겠습니다. 왕비마마께서 깨어나신 후 종종 드시면 됩니다."

고북월이 황급히 대답했다.

용비야는 그제야 크게 안도의 숨을 내쉬었다. 그 숨소리가 고요한 방에 유난히도 크게 울려 조 할멈은 저도 모르게 그쪽을 흘낏 바라보았다. 주인이 감정을 얼굴에 드러내는 건 처음이었다!

고북월은 그 자리에서 약방문을 썼다. 하나같이 무척 진귀한 보신용 약재들로, 일부는 태의원에도 없어 약성에서 고가로 사와야 하거나 숫제 세상에 단 하나뿐인 것도 있었다.

예를 들어 천 년 묵은 서덜취, 2천 년 묵은 영지, 3천 년 묵은 당삼黨參 같은 것은 가지고 있다 해도 소장용이지, 아까워서 먹을 수도 없는 것들이었다!

그렇지만 고북월은 용비야가 이런 약재들을 구해 한운석에게 먹일 능력이 있다고 믿었다.

사실 그는 한운석이 깨어날 정확한 시간까지 짚어 낼 수 있었다. 그가 일부러 과장한 것은 한운석이 온종일 이렇게 무리하며 지내는 것을 원치 않아서였다.

용비야 말고 이 여자를 단속할 수 있는 사람이 또 있을까?

한운석, 더 잘 지킬 수 있는 사람 곁에 당신을 두는 것도 수호라고 할 수 있을까?

한운석의 창백한 얼굴을 보자 고북월은 마음이 아프고 떠나기가 아쉬웠지만, 그래도 끝내 물러갔다.

용비야는 약방문을 흘낏 본 다음 초서풍에게 내밀었다.

"당장 가서 약재를 찾아라. 일단 세 첩 분량으로 가져오도록!"

초서풍은 걱정스러웠다. 이 약방문에는 반드시 찾을 수 있다는 보장이 없는 약재들도 있는데 세 첩 분량을 구해 오라니. 게다가 '일단'이라는 조건까지!

아아, 왕비마마께서 하루빨리 좋아지시길 기원하는 수밖에!

"전하, 물 드시지요. 너무 무리하시면 안 됩니다."

조 할멈이 조심스레 따뜻한 물 한 잔을 올렸다.

용비야는 잔을 받은 뒤 손을 저어 모두 물러가게 했다.

조 할멈과 소소옥까지 누각에서 내려가자 서릿발 같던 용비야의 차가운 얼굴이 차츰차츰 부드러워졌다. 한운석을 바라보는 그의 깊은 눈동자에는 안타까움이 가득 떠올라 흩어질 줄 몰랐다.

그는 한운석의 조그만 얼굴을 살며시 쓰다듬으며 어쩔 수 없는 목소리로 말했다.

"본 왕이 부주의해서 이렇게 됐구나."

그는 혼자 다니는 데 익숙해서 한 번도 다른 사람을 신경 쓸 필요가 없었다. 하지만 지금은 이 여자를 좀 더 신경 써야 한다는 것을 깨달았다.

손가락으로 한운석의 메마른 입술을 살짝 누른 채, 용비야는 따뜻한 물을 한 모금 마신 뒤 천천히 몸을 숙여 입에서 입으로 물을 먹여 주려고 했다. 그런데 바로 그때…….

물 한 모금 마시게 해 주세요

용비야가 입에 물을 머금고 가까이 갔을 때 느닷없이 한운석이 눈을 반짝 떴다.

뜻밖의 상황에 용비야는 머금었던 물을 불시에 꿀꺽 삼켜 그만 사레들릴 뻔했다. 이 여자가 왜 이렇게 빨리 깨어났지? 고북월이 빨라야 하루 이틀 후 깨어난다고 하지 않았나?

고북월이 과장한 것은 아니었다. 단지 한운석은 못다 한 일을 미루는 성격이 아니어서 지쳐 쓰러져 놓고도 무의식적으로 불안감을 느껴 깨어난 것뿐, 사실은 지금도 무척 피곤한 상태였다.

한운석은 몽롱한 눈길로 눈앞에 다가온 용비야를 쳐다보다가 다시 주변을 둘러본 뒤 황급히 물었다.

"제가 왜 여기 있죠? 백리명향은 어떻게 되었어요?"

용비야는 비키지 않고, 그녀의 양옆에 양손을 짚은 채 차가운 눈길로 내려다보며 사납게 말했다.

"너 자신부터 챙겨라!"

까닭 모를 분노에 한운석은 깜짝 놀랐다. 이 인간이 왜 이렇게 사납게 나오지?

"지쳐서 말도 나오지 않느냐?"

용비야가 화난 목소리로 물었다.

한운석도 대충 어떻게 된 것인지 알아차렸다. 피로를 이기지 못하고 쓰러진 게 분명했다. 해독시스템도 전원이 나간 듯 부팅 시간이 한참 걸렸다.

하지만 그건 중요하지 않았다. 어쨌든 사소한 일이었으니까. 그녀가 다시 물었다.

"전하, 백리명향이 약을 먹고 나았나요?"

방금까지는 눈빛으로만 불쾌하던 용비야가 이제는 얼굴까지 잔뜩 불쾌해진 채 내뱉었다.

"죽었다!"

"뭐라고요!"

한운석은 깜짝 놀라 벌떡 일어났지만 용비야가 거칠게 눌러 다시 눕혔다. 한운석은 짓눌려 아픈 것도 잊고 충격 받은 얼굴로 물었다.

"어떻게 그럴 수가 있죠? 약이 가짜였어요?"

그녀는 최선을 다했다. 지쳐 쓰러지는 한이 있어도 억지로 버티며 약을 먹였는데 어떻게 그럴 수가?

"고작 부하 하나에 뭐 하러 그렇게 마음을 쓰느냐?"

용비야가 차갑게 물었다.

한운석은 믿을 수 없는 듯 고개를 저었다.

"용비야, 부하는 사람 아니에요? 백리명향은 미인혈을 얻기 위해 수많은 고초를 겪었어요. 공로는 없을지언정 노고는 많았 다고요. 그렇게 매정하게 대하다가 사람들 마음이 돌아서면 어 쩌려고요?"

한운석은 이해할 수가 없었다. 이재민을 구호해 민심을 얻은 용비야가 어째서 부하들에겐 이처럼 매정할까?

용비야는 당황한 듯 말없이 한운석을 바라보았다.

어려서부터 이날 이때까지도 그는 공로가 무엇인지, 노고가 무엇인지 알지 못했다!

모비든 여 이모든 혹은 당자진이든, 심지어 백리원룡마저 그에게 이렇게 말했다. 대업을 위해서는 공로도, 노고도 없고, 오로지 명예만 있다고! 모든 것은 그 대업을 이루기 위한 대가였고 희생 또한 자랑스러워할 일이었다.

그는 지금껏 모비의 한마디를 기억하고 있었다.

'야아, 대업을 위해서는 모든 것을 버려야 한다. 네 목숨만 남기면 돼.'

한운석은 백리명향의 죽음 소식에 감정이 격해져 뱃속에서 화가 부글부글 끓어올랐다. 그녀가 화난 소리로 말했다.

"용비야, 백리명향에게 독을 준 사람은 나예요. 난 사형집행인은 되고 싶지 않았어요! 희망을 줘 놓고 구하지 못하는 건 더 싫다고요!"

그렇게 말하며 용비야를 밀치려 했지만 용비야는 다시 그녀를 눌러 눕히며 결국 말투를 누그러뜨렸다.

"죽지 않았다."

"네?"

한운석은 또 깜짝 놀랐다. 심장이 이리저리 날뛰어 숨을 제대로 쉴 수가 없었다.

"뭐라고요?"

"죽지 않았다. 침상에서 내려올 수 있었으니 무사할 것이다."

장군부를 떠나기 전에 백리명향이 침상에서 내려와 무릎 꿇고 감사 인사를 올리던 장면이 어렴풋이 기억났다.

이번에는 한운석이 용비야의 팔을 붙잡고 진지하게 물었다.

"정말이에요?"

용비야는 귀찮아하면서도 고개를 끄덕였다.

한운석은 곧바로 크게 안도의 숨을 내쉬었다.

"잘 됐어요, 다행이에요! 지금은 어때요? 가서 만나 볼래요."

그렇지만 용비야의 차가운 얼굴이 어둡게 가라앉았다. 그는 쓸데없는 말 따위는 집어치우고 직설적으로 경고했다.

"네가 침상에서 내려올 수 있을 것 같으냐?"

한운석은 당황했다. 그제야 자신이 어떤 엄한 사람에게 짓눌려 있다는 것을 깨달았다!

그때 꼬맹이는 구석으로 달아나 침상 위에 애매한 자세를 한 두 사람을 한참 동안 지켜보고 있었다.

운석 엄마와 용 아빠가 무슨 이야기를 나누는지는 몰라도 자세가 좀 그렇다는 생각이 들어서 괜히 부끄러웠다.

남의 사생활을 훔쳐보는 건 옳지 않지만……. 하지만 저 장면이 참 아름다워서 눈을 떼기가 아쉬웠다!

이런 자세에다 폭풍우가 몰아칠 듯한 용비야의 어두운 눈빛까지 더해지자 한운석은 순순히 따르기로 했다.

약이 가짜가 아니라면 백리명향도 목숨을 보전했을 것이고,

이제 조리만 잘 하면 되니 안심해도 될 만했다.

침상에서 내려간다느니 하는 일은 역시 시도하지 않는 편이 나았다.

용비야의 지금 눈빛이라면 사람을 죽일 수도 있었다. 한운석은 자신이 그렇게 위대한 사람이 아니라는 사실을 시인하지 않을 수 없었다. 백리명향의 목숨보다는 자기 자신이 더 소중했다.

한운석이 고분고분하게 입을 다물고 아무 말도 하지 않자 용비야는 차가운 눈길로 그녀를 바라보았다. 아니, 정확히 말하면 노려보았다.

사실 한운석은 알 수가 없었다. 그냥 지쳤을 뿐인데 왜 저렇게 사납게 구는 걸까?

방 안은 조용했고 오랫동안 침묵이 이어졌다. 한운석은 노려보는 눈길을 견디지 못해 시선을 피하며 차분하게 물었다.

"전하, 물 한 모금 마시게 해 주실 수 없나요?"

갈증이 났다!

용비야는 기분이 좋지 않았지만, 그래도 곧바로 물 잔을 가져왔고 일어나는 한운석을 부축해 주기도 했다.

그런데 그녀를 완전히 부축해 일으키기도 전에 갑자기 다시 밀어 눕혔다.

이 인간이 왜 이래?

다시 베개에 누운 한운석은 영문을 몰라 하마터면 화를 낼 뻔했다.

뜻밖에도 용비야가 물을 한 모금 마시더니 몸을 바짝 가까이 숙였다.

한운석은 눈을 동그랗게 떴다가 상황을 파악한 듯 제일 먼저 입을 가렸다. 용비야는 물을 머금고 있어서 말을 할 수 없었지만 한운석의 턱을 들어 올리며 입을 열라는 의사를 전달했다.

저 야릇한 동작, 저 사악한 표정. 어쩜 저렇게도 나쁠까!

너무 가까이 다가온 바람에 뜨거운 숨결이 얼굴에 뿌려지고 매끈한 턱이 슬쩍 슬쩍 얼굴에 닿았다.

한운석은 온몸을 바짝 긴장시켰다. 그처럼 매정하고 차가운 남자도 이렇게까지 나빠질 수 있구나하고 처음으로 깨달았다.

'물 한 모금 마시게 해 달라'는 말을 이런 식으로 받아들이다니, 졌다, 졌어.

한운석이 입을 열지 않자 용비야는 슬쩍 슬쩍 얼굴을 문질렀다. 한운석이 화난 눈길로 쏘아보자 그는 숫제 강압적으로 그녀의 입술을 눌렀다.

대들보 위의 꼬맹이는 양발로 눈을 가렸지만 발가락 사이로 몰래 훔쳐보았다. 운석 엄마는 갈수록 간이 커지고 용 아빠는 갈수록 나빠지고 있다는 생각이 들었다.

꼬맹이는 분명히 방관자였지만, 몹시 긴장했고 혹시 두 사람에게 발각될까 숨도 크게 쉬지 못했다.

한운석은 악착같이 버티며 움직이지 않았으나 용비야는 그렇게 순순히 넘어갈 사람이 아니었다. 그가 갑자기 손을 뻗어 한운석의 코를 잡았다.

이래도 돼?

용비야, 이건 아니잖아!

한운석은 황급히 그를 밀어냈지만 애석하게도 그는 꼼짝도 하지 않았다. 숨이 막힌 그녀는 버티지 못하고 입을 열었다.

용비야는 만족스러운 듯 때를 놓치지 않고 물을 먹였다.

이런 행동은 듣기만 해도 구역질나던 한운석이지만, 좋아하는 사람이 이렇게 나오자 반항하기는 해도 솔직히 전혀 싫지 않았다.

물론 이런 걸 해 본 경험은 없었다. 용비야가 진지하고 조심스럽게 물을 먹여 주자 그녀도 감히 반항하지 못한 채 용비야보다 더 조심스럽게 받아마셨다.

이것도 다 기술이 필요했다. 잘못하면 사레들리기 십상이니까!

한 모금을 다 먹이자 용비야는 다시 한 모금을 머금었다.

"전하, 한 모금이면 충분……."

한운석이 속삭였다.

용비야는 그녀를 무시한 채 다시 다가왔고 한운석은 반쯤 반항하고 반쯤 체념한 채 장단을 맞췄다.

이렇게 한 모금 한 모금 친밀하게 먹이다 보니, 똑같이 경험 없던 용비야도 점점 익숙해져 금세 물 한 잔을 다 먹였다.

마침내 저 못돼먹은 용비야가 물었다.

"아직 갈증이 나느냐?"

한운석은 즉시 고개를 저었다.

"아뇨."

뜻밖에 용비야가 또 물었다.

"배고프지는 않으냐?"

깜짝 놀란 한운석은 분명히 배가 등에 붙을 만큼 배고픈데도 단호하게 고개를 저었다.

"아뇨!"

다행히 용비야는 더 묻지 않고 기꺼이 일어났다.

"고북월을 불러 진맥했다. 피로가 지나쳐 혼절했고 상태가 심각하니 푹 쉬어야 한다더군."

고북월도 한운석의 병세를 과장했는데 뜻밖에 용비야까지 한 번 더 과장한 것이다.

자기 몸을 잘 아는 한운석이지만 용비야의 말을 듣자 저도 모르게 정말 심각하게 지쳤나 하는 생각이 들었다. 그래서 고분고분 고개를 끄덕였다.

"미접몽 문제는……. 서두를 것 없다."

용비야가 차분하게 말했다.

미인혈을 손에 넣었으니 미접몽 연구도 진전이 생긴 셈이었다.

본래 별 생각이 없었던 한운석도 그 한마디를 듣는 순간 이 인간이 자신을 걱정한다는 것을 깨달았다.

미접몽의 수수께끼를 푸는 중요한 일을 잠시 내려놓으라고 할 정도라니.

조금 전 일로 어지러웠던 마음이 갑자기 차분하게 가라앉았다. 조금 전 그의 분노가 곧 자신을 걱정하는 마음이었다는 것을 마침내 깨달은 것이다.

용비야를 바라보는 한운석의 눈빛이 부드러워지고, 목소리도 부드러워졌다.

"전하, 걱정 마세요. 전 괜찮아요."

한운석이 이런 눈으로 쳐다보자 용비야는 오히려 어색해하며 아무 말 없이 꼼꼼하게 이불을 덮어 준 뒤 일어났다.

그가 꼭꼭 덮은 이불에 단단히 감싸 안긴 한운석의 입가에 행복 가득한 웃음이 피어올랐다.

때로는 크고 화려한 맹세보다 사소한 동작 하나가 나을 수도 있었다.

문을 나선 용비야는 곧바로 조 할멈에게 식사를 준비하게 한 후 분부했다.

"왕비를 푹 쉬게 하고, 본 왕의 명령 없이는 나가지 못하게 해라!"

조 할멈은 기뻐서 펄쩍펄쩍 뛰었다. 매일같이 바쁘게 움직이고 이것저것 하는 왕비마마를 보면서, 차라리 병이 나서 운한각에 며칠 푹 쉬었으면 하고 바란 지 오래였다.

환자를 시중들고 몸조리를 하는 것은 조 할멈이 가장 자신 있는 일이었다!

피로 누적으로 해독시스템이 한동안 작동하지 않아 미접몽 연구는 잠시 쉬는 수밖에 없었다. 한운석은 나른하게 침상에 누워 창밖의 어두컴컴한 하늘을 바라보았다.

문득 게으름 피우기 딱 좋은 날씨라는 생각이 들었다. 병이 난 덕분에 반나절 한가하게 빈둥거릴 수 있어서 다행이었다!

그렇지만 날이 저물기도 전에 한운석은 자신이 빈둥거리는 일에는 맞지 않는다는 결론을 내렸다. 해독시스템을 켤 수도 없고 답답하기도 해서 서재에 내려가고 싶은데 조 할멈이 끝내 허락하지 않았다!

"왕비마마, 전하께서 푹 쉬라고 분부하셨습니다."

조 할멈은 그렇게 말하며 인삼탕을 내밀었다.

한운석은 완전히 폭발했다.

"또 마시라고? 내가 아이라도 낳은 줄 아는가?"

겨우 하루 동안 조 할멈은 탕을 열 그릇이나 가져왔다. 백 년 묵은 황기에 암탉을 푹 삶은 것이나, 천 년 묵은 설삼雪參(총상록 용호의 뿌리로 한약재로 사용함. 원기회복에 좋음)에 암탉을 푹 삶은 것이나, 복령과 백출에 암탉을 푹 삶은 것이나, 아교阿膠(나귀 가죽을 삶아 만든 것으로 한약재로 사용함. 보혈 및 지혈 작용을 함)에 암탉을 푹 삶은 것은 물론이고, 연와탕에도 암탉을 푹 삶아 내왔다!

"왕비마마, 일단 좀 참으시지요. 전하께서 고 태의에게 사람을 보내 약방문을 짓게 하셨으니 그동안 기혈을 보충하려고 탕을 올리는 겝니다."

조 할멈이 요점을 콕 짚었다.

한운석은 긴말하기도 귀찮아 물러가라며 손을 내저었다. 그런데 그때 용비야가 나타났다……

그녀가 좋아하지 않는 신분

용비야가 들어오자 조 할멈은 눈치도 빠르게 인삼탕을 침상 옆 앉은뱅이 탁자에 내려놓고 조용히 물러갔다.

한운석은 용비야가 오리라곤 생각지 못했다. 적어도 꼬박 하루는 잠들 줄 알았던 그가 또 올 줄이야.

한운석은 저 인삼탕을 용비야에게 먹여 기력을 보충해 주고 싶었지만, 용비야의 시선이 그릇에 닿는 순간 허둥지둥 그릇을 들어 단숨에 꿀꺽꿀꺽 마셨다.

물론 용비야의 장난이 두려워서였다.

그때 꼬맹이는 대들보 위에 웅크리고 있었다. 온종일 그러고 있었는데, 이유는 바로 먹을 것이 많아서였다. 맛은 보지 못하지만 구수한 닭곰탕 냄새만으로도 행복했다.

운석 엄마의 반응을 본 꼬맹이는 속으로 왜 저러나 생각했다.

운석 엄마는 용 아빠를 좋아했다. 말로도 그랬고 마음도 그런데, 영 행동을 하지 않는 걸 보면 분명 겁쟁이였다.

용 아빠는 운석 엄마를 좋아한다고 말한 적이 없고 속마음은 짐작조차 할 수 없지만, 그래도 행동을 보면 운석 엄마를 좋아하는 게 확실했다!

꼬맹이는 행동으로 좋아한다고 보여 주는 것이야말로 진짜 좋아하는 것이라고 굳게 믿었다!

한운석의 반응을 본 용비야의 입꼬리가 저도 모르게 휘어졌다. 그는 침상 옆에 앉았다.

"전하, 무슨 일 있으세요?"

한운석이 궁금한 듯 물었다.

한때 그녀가 용비야를 찾아갈 때 용비야가 늘 하던 질문이었다!

일이 없으면 오지도 못하나?

말문이 막힌 용비야는 어색해서 헛기침한 다음 태연하게 말했다.

"좀 나았느냐?"

"별일도 아닌걸요. 내일 바로 미인혈을 미접몽에 넣어 시험해봐야겠어요."

한운석이 진지하게 말했다.

"서두르지 말고 푹 쉬도록 해라."

용비야가 다시 한 번 강조했다.

한운석은 속으로 쿡쿡거렸다. 몰래 해독시스템에 넣어서 연구해도 그는 전혀 모를 테지.

"전하, 고칠찰이 미천홍련과 웅천을 찾을 수 있을까요?"

한운석은 그 문제를 떠올렸다. 미천홍련과 웅천은 평범한 약재가 아니라 귀한 약재 중에서도 더없이 진귀한 것이었다!

"다음 달 보름에 만나기로 했다. 그자가 찾아내지 못하면 다른 사람은 더욱더 희망이 없다."

용비야는 담담하게 말했다.

"저는 목령아에게 물어볼 생각이었어요."

벙어리 노파의 소식이 없고 생사가 불분명하지만 않았다면, 한운석은 일찌감치 목령아를 찾아갔을 것이다.

미독을 쓴 사람은 목영동일 가능성이 무척 컸다. 목령아는 목영동이 가장 예뻐하는 딸이지만 사실을 전부 알지는 못했다. 그러니 미독의 해독약방문을 주더라도 벙어리 노파를 치료하는 약이라고 생각지는 못할 터였다.

용비야는 잠시 망설이다가 떠보듯이 말했다.

"약재를 구하더라도 쓸 데가 없을지 모른다."

한운석은 탄식을 지었다.

"실마리가 그것뿐이니 차라리 목영동을 찾아가야겠군요."

사실은 영족 백의 공자도 뭔가를 알고 있을지도 몰랐다. 하지만 백의 공자가 했던 대답으로 미루어 보아 희망이 없었다.

그녀는 꼼짝도 하지 않는 사람 앞에서 애원하는 것도, 묻는 것도 싫었다.

그런 사람에게는 묻든 애원하든 대답을 얻지도 못하고, 주도권을 잃어버린 채 그 사람 손아귀에 놀아날 수밖에 없기 때문이었다.

"일단은 공연히 경계하게 만들지 마라."

용비야가 태연하게 말했다.

그가 이렇게 말하는 이유를 한운석도 알고 있었다.

목영동이 벙어리 노파를 감금한 것을 보면 마치 그녀를 미끼로 누군가를 유인할 생각 같았다. 그리고 지금은 이쪽 상황을 잘 알지 못하기 때문에 그들이 먼저 찾아오기를 기다리고 있었다! 어쩌면 목영동도 한운석을 조사하고 있을지 모른다.

상황을 확실히 모른 채 목영동을 찾아가 천심부인의 비밀을 묻는 것은 가장 어리석은 방법이었다.

"전하, 벙어리 노파가 정말 죽었다면 어떻게 하죠?"

한운석은 속수무책이었다.

용비야는 한참 동안 침묵한 끝에 물었다.

"한운석, 출신이 네게……. 중요한 문제냐?"

"아뇨! 전혀 중요하지 않아요!"

이 대답이 한운석의 진심이었다. 그녀는 진짜 한씨 집안 딸이 아니니, 한씨 집안 딸의 출신은 그녀와 아무 관계가 없었다.

하지만 그런 것까지 용비야에게 말할 수는 없었다. 이건 그녀 혼자만의 비밀이었다.

"어머니께서 난산으로 돌아가신 것이 아주 수상해요. 만약 누군가 어머니를 해쳤다면 어째서 절 살려 두었을까요? 천심부인이 바로 목심이라면 친아버지는 제 존재를 아실까요? 저를 찾아오실까요? 목영동에게 접촉했을까요?"

한운석은 진지하게 물었다. 정말 누군가 천심부인을 해쳤다면, 임산부까지 살려 두지 않는 행태로 보아 깊은 원한이 있는 게 분명했다. 그런 원한을 품은 사람이 왜 한운석을 살려 줬을까? 왜 한씨 집안을 내버려 두었을까? 수상쩍은 일이었다. 그녀를 살려 둔 데는 무슨 이유가 있을지도 몰랐다.

"그리고 영족의 공자도……."

한운석은 뭐라고 해야 좋을지 몰랐다. 백의 공자는 독 짐승 때문에 그녀를 도왔다고 재차 말했지만, 아무래도 그렇지 않다는 느낌이 들었다.

그는 목숨을 걸고 그녀를 보호했다!

잠시 망설이던 한운석이 다시 말했다.

"전하, 제가 정말 서진 황족 핏줄이라면 제 아버지가 서진 황족 사람이라는 뜻일까요? 그 백의 공자가 아버지를 아는 걸까요?"

한운석에게는 중요하지 않다고도 할 수 있지만, 중요하다고도 할 수 있는 문제였다.

비록 진짜 한씨 집안 딸은 아니지만, 한씨 집안 대소저의 몸에 들어왔으니 어쨌든 관련은 있었다.

그녀 자신이야 출신의 비밀을 모른 척할 수 있지만, 그 비밀을 아는 사람들은 그녀를 놓아주지 않을 것이다.

서진 황족의 핏줄이라는 신분은 너무나 눈부신 자리였고, 얼마나 많은 이들이 그걸 두고 입방아를 찧어 댈지 알 수 없었다! 게다가 친아버지도 있었다. 만약 아직 살아 있다면 나라를 재건하려고 하지 않을까?

영족 사람마저 나타났는데 다른 귀족들은 어떨까?

황족의 핏줄이란 자랑스러우면서도 무거운 자리였다. 책임이 너무나도 크고 원한도 너무 깊어, 그 어떤 신분보다 마음대로 할 수 없는 입장이었다.

한운석은 이런 신분이 제일 싫었다.

이 말이 그의 질문에 대답이 되었을까? 용비야는 담담하게 말했다.

"일단 목영동과 백의 공자가 어떻게 움직이는지 지켜보도록 하자."

한운석은 고개를 끄덕였다. 벙어리 노파에게서 실마리를 얻지 못한다면 상황 변화를 지켜볼 수밖에 없었다.

불행하게도 자신이 진짜 서진 황족의 핏줄이라면 언젠가는 반드시 누군가 찾아올 것이다.

두 사람이 이야기 나누는 동안 어느덧 밤이 깊었고 조 할멈이 야참을 가져왔다.

다행히 이번에는 암탉을 푹 삶은 탕이 아니라 한운석이 제일 좋아하는 담백하고 달콤한 간식이었다.

조 할멈 뒤를 따르는 소소옥은 무척 얌전하게 굴었고 시중들겠다고 나서지도 않았다.

아무래도 그녀는 용비야가 무서웠다. 그의 앞에 오래 서 있기만 해도 마음이 켕겨, 조 할멈이 도와 달라고 하지 않는 한 나서지 않으려 했다.

누각에서 내려온 다음에야 소소옥이 소리 죽여 종알거렸다.

"조 할머니, 시간이 늦었는데 전하께서 주무시고 갈까요?"

조 할멈은 고개를 저었다.

"그분 마음을 누가 알겠느냐."

진왕 전하가 어쩌면 정말 묵고 갈 수도 있고, 어쩌면 조금 있다 나가실 수도 있었다.

"조 할머니, 진왕 전하는 어째서 한 번도 왕비마마와 밤을 보내지 않으실까요?"

소소옥은 천진난만한 척 물었다.

"그런지 아닌지 네가 어찌 안다는 게야!"

조 할멈이 불쾌하게 반문했다.

"딱 하룻밤 주무셨는데 그땐 절대로 안 그러셨어요. 아주 아주 일찍 일어나셨잖아요!"

소소옥이 진지하게 말했다.

명문가나 귀족, 황실의 종친들이 처첩을 수없이 거느리는 것은 당연하기 짝이 없는 일이었다. 그래서 저택에 원락이 여럿 있고, 집안의 주인은 자기만의 원락을 갖고 누구와도 함께 살지 않으면서 마음 내킬 때 처첩의 원락을 찾아가 밤을 보내곤 했다.

황제가 후궁 비빈들을 대하는 것과 같은 도리였다.

이 도리에 따르면, 한운석도 진왕부에 별도의 원락을 가져야 했는데 그녀는 줄곧 용비야의 부용원에 머물렀다. 이것만 해도 무척 특별한 상황이었다.

조 할멈은 불쾌하게 말했다.

"어린 계집애가 그런 것까지 신경 써서 뭘 하려는 게야?"

"왕비마마가 걱정되니까 그러죠."

소소옥이 억울한 듯 말했다.

"냉큼 가서 일이나 해! 내일 쓸 찻잎과 간식을 준비해야지."

조 할멈이 재촉했다.

소소옥이 곧바로 대꾸했다.

"왕비마마는 몸조리 중이시니 내일 아침 일찍 일어나 차를 마시진 않으실 걸요."

"전하께서 주무시고 가시면? 전하께서도 안 드실까?"

조 할멈은 성질을 꾹 참으며 물었다. 소소옥이 똘똘하다고 느껴질 때도 있지만, 돼지처럼 멍청하게 느껴질 때도 있었다!

"알았어요. 당장 할게요!"

소소옥은 황급히 정원으로 달려가 준비했다. 정원 차 탁자에는 며칠 전부터 조그만 화로가 놓여 있었다. 바로 며칠 전 그녀가 말했던 그 화로였다.

소소옥은 재빨리 필요한 것을 갖다 놓았지만 쓸데없는 수작은 부리지 않았다. 용비야 앞에서 수작을 부릴 만큼 멍청하지도 않았지만, 그보다는 증거를 남길 만큼 멍청하지 않았다.

그녀는 고개를 들고 누각 위를 바라보며 속으로 냉소를 지었다.

"진왕 전하, 당신이 한운석과 밤을 보내기만 해도 저 여자가 다치는 건 피할 수 있었을 텐데!"

비록 그녀가 용비야를 무서워하긴 하지만, 아무리 강한 남자라도 운우지락에 빠지면 경계를 풀기 마련이고 그렇게 되면 몰래 엿볼 수도 있었다.

소소옥은 기다리고 또 기다렸지만 안타깝게도 실패였다.

밤이 깊자 용비야는 일어서서 낮에 그랬던 것처럼 한운석에게 이불을 꼭꼭 덮어 주며 말했다.

"잘 시간이군."

"전하께서도 일찍 쉬세요."

한운석도 그가 피곤하다는 것을 알 수 있었다.

용비야는 고개를 끄덕이고는 별말 없이 나갔다.

한운석도 뭔가 기대한 것은 아니지만 그가 나가서 문을 닫자 어쩐지 무척 실망스러웠다.

용비야가 나가고 얼마 후 그녀가 조 할멈을 불렀다.

"내일부터는 내게 주던 닭곰탕을 전하께서도 드실 만큼 준비 하게."

"예!"

조 할멈은 무척 기뻐했다. 조 할멈이 드시라고 해 봤자 전하 는 거들떠보지도 않겠지만 왕비마마께서 저렇게 말씀하신 이 상 온갖 미사여구를 갖다 붙여 전하를 설득할 수 있을 것이다.

이튿날, 한운석은 여전히 조 할멈의 시중을 받았다. 물론 이 제는 서재에 갈 수 있었지만 해독시스템이 복구된 지 얼마 되 지 않아 마구 쓸 수는 없었기에 미인혈과 미접몽은 잠시 한쪽 에 놔두었다.

사흘째 날, 한운석은 백리 장군부에 가서 백리명향을 만나려 고 했으나 뜻밖에도 용비야가 외출을 허락하지 않았다.

그녀가 뭐라고 해도 용비야는 꿈쩍도 하지 않았다. 그간 조 그만 행복에 푹 빠져 있던 한운석도 결국 이상하다는 것을 깨 달았다. 놀랍게도 용비야는 그녀가 외출하지 못하게 하라고 조 할멈에게 명령을 내려 두었던 것이다!

한운석은 속이 답답했다.

"전 이제 다 나았어요. 이건 감금이라고요!"

"최소한 한 달은 쉬어야 한다!"

용비야가 차갑게 말했다.

"고북월을 데려와 물어보세요. 정말 다 나았다니까요. 집 안에만 틀어박혀 있으니 오히려 답답해서 병이 나겠어요."

한운석이 진지하게 말했다.

용비야는 생각도 해 보지 않고 대답했다.

"집에서 한 달 쉬어야 한다고 한 사람이 고북월이다."

한운석은 울고 싶은 심정이었다. 그때 조 할멈이 바삐 들어왔다.

"전하, 손님이 찾아왔습니다."

손님?

진왕부를 찾아올 손님이라면 보통 인물이 아니었다. 진왕 전하는 기본적으로 손님을 만나지 않는다는 걸 누구나 알고 있기 때문이었다.

조 할멈이 보고하러 온 걸 보면 평범한 사람이 아닐 것이다.

한운석은 누굴까 고민했지만, 뜻밖에도 용비야가 아니라 그녀를 찾아온 사람이었다.

조 할멈이 말했다.

"전하, 백리 장군부의 명향 소저가 왕비마마를 뵙고자 합니다."

시작한 일은 끝을 봐야

백리명향이 왔다고!

"돌려보내라."

용비야는 차갑게 대답했다. 지금은 누구도 한운석을 만나게할 수 없었다. 이 여자는 쉬어야 하니 아무도 방해하면 안 되었다.

"전하, 신첩을 찾아온 사람이에요."

한운석이 조용히 일깨워 주었다.

용비야는 그녀를 무시하고 여전히 차가운 목소리로 조 할멈에게 말했다.

"왕비는 쉬어야 해서 만날 수 없다."

조 할멈은 미인혈에 대해 몰랐지만, 백리씨 집안이 진왕 전하에게 충성하는 것은 알고 있었고 개인적으로 백리명향을 무척 좋아하기도 했다.

물론 진왕 전하가 이렇게 말하면 조 할멈도 따를 수밖에 없었다.

"예."

한운석이 나가려는 조 할멈을 불러 세웠다.

"기다리게!"

조 할멈은 침울한 얼굴로 아무 말 없이 멈춰 섰다.

한운석이 차분하게 말했다.

"전하, 명향 소저가 찾아왔으니 신첩이 다녀오지 않아도 되겠군요. 명향 소저의 병이 독특하니 아무래도 신첩이 직접 보는 것이 좋겠어요."

한운석의 진지한 눈빛에 놀랍게도 용비야가 한발 양보했다. 말은 없었지만 그렇다고 막지도 않았다.

한운석이 조 할멈에게 눈짓하자 조 할멈은 황급히 손님을 모시러 나갔다. 초서풍을 찾아가 이제부터 주인들이 말싸움을 벌이면 누가 먼저 양보하는지 내기라도 해야 할 것 같았다.

백리명향이 조 할멈의 안내를 받고 들어왔을 때 용비야와 한운석은 정원에 앉아 차를 마시고 있었다. 소소옥이 옆에서 조심스럽게 시중을 들었다.

백리명향은 본래도 야윈 편인데 지난번 그 난리통을 겪으면서 피골이 상접해져 바람이 세게 불면 날아갈 것 같았다.

그녀는 들어오자마자 무릎을 꿇었다.

"전하, 왕비마마. 감사 인사를 올리러 왔습니다! 제 병 때문에 전하와 왕비마마께 수고를 끼쳤습니다."

옆에 사람이 있어 백리명향도 드러내 놓고 말하지는 못했다. 누가 뭐래도 미인혈에 관해 아는 사람은 손에 꼽을 만큼 적었다.

용비야는 신경 쓰지 않고 차만 마셨다. 그렇게 매정하게 굴면 인심을 잃을지도 모른다고 한운석에게 경고를 들었지만, 본래 성격이 그랬다.

오로지 가진 매력만으로 인심을 얻는 사람도 있었는데, 그런 사람들은 일부러 누군가의 마음을 얻으려 애쓸 필요가 없었다.

"일어나서 이리로 와 앉아요. 맥을 짚어 볼게요."

자기 힘으로 구해 낸 사람을 보자 한운석은 무척 기뻤다. 해독시스템이 완전히 복구되진 않았지만 맥상을 살펴볼 수는 있었다.

용비야가 한운석 옆에 앉아 있어서 백리명향은 너무 가까이 가거나 앉지도 못한 채 허리를 숙여 팔을 탁자에 올려놓았다.

그녀를 흘끔 본 소소옥은 백리 장군의 딸이라는 것을 알았지만 별로 마음에 두지 않았다. 누가 뭐래도 그녀가 진왕부에 온 이유는 딱 하나뿐이고, 그 밖의 일은 신경 쓰기도 싫었다.

"병은 나았는데 착실히 몸조리해야겠어요!"

한운석이 웃으며 말했다.

백리명향은 뒤로 물러났다가 또다시 무릎을 꿇었다.

한운석을 바라보는 그녀의 눈빛은 간절하고 고집스러웠다. 그녀가 진왕 전하 앞에서 다른 사람에게 더 몰두한 것은 이번이 처음일 것이다.

이 순간, 그녀의 눈, 그녀의 마음속에는 오로지 한운석뿐이었다. 반년이라는 시간을 들여 자신을 구하고 심지어 지쳐 쓰러지기까지 한 사람, 이 세상에서 유일하게 진심으로 자신을 대해 준 사람.

"왕비마마, 마마께서 제 목숨을 살려 주셨습니다. 말씀드린 것처럼 살아 있는 한평생 마마를 시중들고 싶습니다!"

백리명향은 그렇게 말한 후 바닥에 엎드렸다.

일순 모두 깜짝 놀라 그쪽을 바라보았다. 용비야도 마찬가지였다.

백리 장군부가 진왕 전하의 세력이라고는 하지만, 백리명향역시 귀하디귀한 소저였다. 그런데 평생 시녀 노릇을 하고 싶다고? 그건 좀……

이미 이야기를 들은 적 있는 한운석은 어쩔 줄을 몰랐다.

"자자, 일단 일어나서 이야기해요."

백리명향은 일어나려 하기는커녕 고개조차 들지 않고 계속바닥에 머리를 조아렸다.

"왕비마마, 허락해 주세요!"

한운석은 원치 않지만, 평소 완곡하게 거절하는 법을 몰랐기에 돌려 말하지 않고…… 직설적으로 거절했다.

"당신이 시중들 일은 없으니 더는 부탁하지 말아요."

"왕비마마, 저는 진심입니다!"

백리명향이 다급히 말했다.

"나도 진심이에요. 진심으로 필요 없다고요."

용비야더러 매정하다고 했지만 사실 그녀 자신도 매정하긴마찬가지였다.

백리명향은 잠시 말이 없다가 천천히 고개를 들어 한운석을바라보았다.

"왕비마마, 제발 부탁드립니다."

또다시 거절하려던 한운석은 문득 백리명향의 눈동자에서

의지할 곳 없는 무력감을 보았다. 은혜를 갚겠다기보다 오히려 도움을 청하는 것 같았다.

설마……. 내가 모르는 내막이 또 있는 걸까?

한운석은 용비야를 바라보며 떠보듯 물었다.

"전하, 전하의 뜻은 어떠신지요?"

백리명향은 재주가 있고 학식과 예절도 뛰어난 데다 영리하기까지 했다. 나이는 한운석보다 몇 살 많아 시녀 겸 친구로 곁에 두더라도 안 될 것이 없었다.

더욱이 백리명향은 완전히 믿을 수 있는 사람이었다. 적어도 옆에 있는 소소옥보다 믿을 만해서 한운석에게 시중들 사람이 필요하다면 괜찮은 선택이었다.

용비야는 태연하게 말했다.

"네가 결정해라."

그 말을 듣자 백리명향의 마음속에서는 온갖 복잡한 기분이 뒤엉켰다. 하지만 그녀는 이를 악물고 그 기분과 감정을 가슴속 깊이 묻었다.

새 삶을 얻은 순간부터 그녀는 스스로에게 다짐했다. 한평생 왕비마마의 시중을 들기로 결심한 이상 그 일, 그리고 그 감정은 영원히 마음속에 깊이 묻고 다시는 생각하지 말아야 한다고.

한운석은 용비야의 태도가 백리명향을 난처하게 만들지 않는 것 같자, 이번에는 백리 장군부에 무슨 일이 있는 게 아닐까 고민했다.

잠시 망설이던 그녀가 말했다.

"일단 남도록 해요. 고민해 보고 나중에 대답할게요."

이 정도면 한발 물러선 셈이었다! 백리명향은 무척 기뻐했다.

"감사합니다, 왕비마마!"

"인제 일어나도 되겠죠?"

한운석이 어쩔 수 없는 목소리로 물었다.

백리명향은 다소 민망해하며 황급히 몸을 일으켰다.

"왕비마마의 몸은 어떠신가요?"

"좋아졌어요. 별로 큰일도 아닌 걸요."

한운석이 말하며 찻잔을 하나 더 놓더니, 백리명향에게 앉으라는 눈짓을 하면서 자신과 백리명향의 찻잔에 차를 따랐다.

용비야가 있는데 백리명향이 어떻게 감히 동석할 수 있을까? 그녀는 여전히 서 있었다.

용비야는 자기 잔이 빈 것을 보자 한운석과 백리명향이 할 이야기가 있다는 것을 알았다. 이건 그만 가 보라는 뜻이나 다름없었다.

그 역시 두 여자의 수다에는 관심 없었다.

그는 조 할멈에게 차갑게 말했다.

"잘 시중들도록."

그런 다음 일어나서 사라졌다.

용비야가 떠나자 한운석은 생긋 웃었다.

"명향 소저, 이제 앉아서 편히 이야기할 수 있겠죠?"

그러나 백리명향은 여전히 신중하게 조 할멈과 소소옥을 흘 끗 바라보았다. 한운석도 곧 눈치채고 두 사람을 보냈다.

"당신 아버지가 뭐라고 했나요?"

한운석이 물었다.

백리명향은 빙그레 웃었다.

"왕비마마께선 과연 총명하시군요."

"무슨 일이죠?"

한운석은 답답했다. 백리명향이 미인혈까지 만들어 주었는데 백리 장군은 뭘 또 시키려는 걸까?

"왕비마마, 저는 아버지의 명 때문에 도피하러 온 것이 아닙니다. 진심으로 마마 곁에 남고 싶어요."

백리명향은 이 일을 명확하게 설명해야 했다.

하지만 한운석은 그렇게까지 깊이 생각하지 않았다. 어쨌든 백리명향이 오래 곁에 남아 있을 리 없다고 확신해서였다. 이렇게 젊은 낭자는 마음에 드는 사람이 생기는 순간 마음이 저 멀리 떠나 버릴 테니까.

사람이라면 당연한 일이어서, 은혜를 갚으니 하는 말은 한운석도 별로 심각하게 받아들이지 않았다.

"말해 봐요. 대체 무슨 일이에요?"

한운석이 물었다.

"아버지께서 제 혼사를 준비하시겠대요……."

그 말에 한운석도 이해가 갔다. 명문가 딸의 혼사가 그렇게 간단할 리 없었다.

백리명향이 더 설명하려고 했지만 한운석은 그만하라는 듯 손을 내저으며 시원스레 말했다.

"이렇게 하죠. 당신을 곁에 남겨 둘 순 있어요. 하지만 언젠가 시집가고 싶은 사람을 만나면 절대로 날 속여선 안 돼요."

한운석은 잠시 생각한 후 덧붙였다.

"조수로서 약을 만들거나 정원에 있는 독초를 보살피되 다른 건 할 필요 없어요."

아무리 그래도 명문가 출신인데 무슨 수로 하인들이 하는 궂은일을 해낼 수 있을까? 백리명향은 오랫동안 독약을 먹었으니 보통 사람들보다 독약에 민감해서 조수로 삼기에 적합했다.

한운석은 문득 자신이 착해졌다는 생각이 들었다. 아니면 백리명향과 인연이 있어서 그런 것일지도 모르지만, 어쨌든 한번 시작한 일은 끝을 보랬다고 했으니 끝까지 도울 생각이었다.

백리명향은 감동한 나머지 무슨 말을 해야 좋을지 몰랐다. 그녀가 다시 무릎을 꿇으려하자 한운석은 황급히 만류했다.

"됐어요, 됐어! 일단 돌아가서 몸조리하고 한 달 후에 다시 와요. 백리 장군 쪽은 내가 전하를 통해 말해 둘게요."

백리명향은 연신 고개를 끄덕였다.

"왕비마마, 전……. 저는……."

무슨 말이라도 해야겠다고 생각했지만, 심장을 가득 채우는 감동을 표현할 말이 도저히 떠오르지 않았다.

작별하고 물러가려던 그녀는 그제야 또 한 가지 무척 중요한 일이 있다는 것을 떠올렸다.

그녀는 소매 속에서 조심조심 도자기함 하나를 꺼내 내밀었다.

"왕비마마, 이건 백리씨 집안에만 있는 약초예요. 가장 깊은 해구海溝에서 캔 것인데 그 어떤 약초보다 보양에 좋답니다. 부디 받아 주세요."

가장 깊은 해구에서 캐낸 약초라고?

한운석은 궁금증이 일었다. 깊은 바닷속 식물이 그런 약효가 있다는 것은 처음 듣는 이야기였다. 함을 열어 보니 안에는 물이 있고 그 물속에 파릇파릇한 식물이 잠겨 있었다. 주머니에 들어갈 만한 크기인 것을 빼면 일반적인 해초와 다를 게 전혀 없었다.

"뭐라고 부르는 거죠?"

한운석이 물었다.

"어성조魚腥藻(남조류 속의 해초)라고 합니다. 맹물에 끓여 복용해야 하는데, 아침, 점심, 저녁에 한 번씩 끓이면 세 번째 끓였을 때 물에 녹지요. 그렇게 세 번만 복용하면 아무리 허약한 몸도 금방 회복됩니다. 부디 꼭 드세요."

백리명향은 한운석이 먹지 않을까 봐 약효를 한 번 더 강조했다.

"그렇게 신비한 걸 왜 당신이 먹지 않아요?"

한운석이 웃으며 물었다.

"저도 오늘부터 먹기 시작했어요. 한 그릇 먹었으니 돌아가서 계속 먹어야지요."

백리명향은 생긋 웃었다.

한운석은 약을 받아 넣었다. 이 어성조가 인어족에게는 몹시 귀한 보물이고 몇 천 년에 한 뿌리 난다는 사실을 그녀는 전혀 몰랐다. 지난날 백리원룽은 이 약초를 얻은 뒤 용비야의 모비에게 바쳤다.

용비야의 모비는 백리명향이 어리고 몸이 허약해 독 발작을 이겨 내지 못할까 봐 그녀에게 먹으라고 주었다.

백리명향은 아까워서 먹지 못하고 10여 년 간 숨겨 놓았다가 오늘 그 사실을 숨기고 한운석에게 준 것이다.

다행히 한운석은 어성조의 맛이 궁금해서 백리명향이 떠난 후 조 할멈을 불러 어성조를 내주며 말했다.

"하루에 세 번 맹물에 끓이게."

뜻밖에도 약을 다 먹고 나자 기운이 되살아난 것은 물론이고 원기가 왕성해지는 느낌도 들었다. 해독시스템도 완벽하게 동작했다.

"왕비마마, 약이 참 효과가 좋군요."

조 할멈도 왕비마마의 뺨이 훨씬 혈색 좋아졌다고 느꼈다.

"이렇게 좋으니 다음에 한 뿌리 달래서 꼬맹이에게 줘야겠군."

한운석도 웃으며 말했다.

한운석이 한 뿌리 더 달라고 할 때 백리명향은 뭐라고 설명할까……

진왕 전하의 소소한 취미

백리명향이 찾아왔으니 한운석이 외출할 이유가 하나 줄었다. 그녀는 한씨 집안에 가서 일곱째 소실댁과 한운일을 만나보려고 했지만 저지당했다.

일곱째 소실댁과 한운일은 가장을 잃은 외로운 처지지만 그래도 한씨 집안을 잘 지켜 냈다. 일곱째 소실댁은 사방의관 외에도 유료 의관을 한 채 지었고 사업은 순조로웠다.

물론 그 모든 것은 진왕 전하가 암암리에 손을 쓴 덕분이었다. 그렇지 않았다면 한 번 무너졌던 집안이 이 도성에서 다시 일어나기가 어디 말처럼 쉬웠을까?

그 많은 일들을 한운석은 알지 못했다.

분명히 몸은 나았지만 그녀는 여전히 답답한 요양을 계속해야 했다.

그간 용비야는 외출도 하지 않고 매일 운한각에 왔다. 매일 아침에 와서 한운석과 함께 차를 마셨고, 밤에도 종종 찾아와 그녀가 잠들었는지 보곤 했다.

그는 여전히 말이 별로 없었다. 몇 번인가 한운석이 잠들려고 누웠을 때 찾아와 아무 말 없이 이불을 잘 여며 준 후 돌아가기도 했다.

그날도 용비야는 차를 마신 후 떠나려 했지만 한운석이 불러 세웠다.

"전하, 서재로 가시지요. 보여드릴 게 있어요."

한운석은 조용히 말했다. 용비야는 말없이 일어나 그녀와 함께 서재로 갔다.

소소옥과 조 할멈은 곧 차 탁자를 치웠다.

"조 할머니, 전하께서 앞으로 매일 오셔서 차를 드실까요?"

소소옥이 궁금한 듯 물었다.

조 할멈은 흐뭇하게 말했다.

"당연히 그래야지!"

"전하께서 요즘 안 바쁘신가 봐요?"

소소옥이 또 물었다.

"바쁘시건 안 바쁘시건 매일 아침 반드시 오셔서 차를 드실 게다."

조 할멈은 소소옥의 시커먼 속은 꿈에도 모른 채 두 주인이 서로 다정하게 지내는 것을 무척 기뻐했다.

이제 왕비마마와 전하 사이에는 몇 걸음 남지 않았을 것이다.

소소옥은 별말 없이 화로로 눈길을 던졌다. 남은 시간이 많지 않았다. 앞으로 며칠 후면 초청가가 도착할 텐데, 주인은 초청가보다 일찍 올 수도 있었다. 그때가 되면 주인께 뭐라고 한담!

벌써 1년이 다 되어 가는데 그렇게 간단한 일조차 해내지 못하다니. 쳇!

용비야가 서재에 들어서자 한운석은 곧바로 문을 닫았다. 방 안에 있는 이는 두 사람 외에 꼬맹이뿐이었다.

꼬맹이는 요즘 높은 대들보에 올라가 있는 걸 좋아했다. 이유는 바로 대들보 위가 제일 안전하기 때문이었다. 용 아빠가 녀석의 존재를 잊어서 집어 던지는 일도 없었다.

용비야는 알아서 책상 앞 주인석에 앉았다. 누가 봐도 서재의 주인 같은 태도여서 도리어 한운석이 손님 같았다.

한운석은 몇 번 그를 흘끔거렸다. 그녀는 저 인간이 주인석에 단정하게 앉은 자세, 유난히 제왕 같아 보이는 저 모습을 좋아했다. 패기 넘치고 위엄 넘치는 모습!

"미접몽이냐?"

용비야가 물었다.

한운석은 고개를 끄덕였다.

"오늘 두 독약을 섞어 볼까 해요. 전하와 함께 보려고 청했어요."

지금까지 한운석은 벌써 오랜 기간 미접몽을 연구했다. 미접몽에 몇 가지 부식성 강한 독약을 섞어 보기도 했지만 눈여겨볼 만한 결과는 나오지 않았다.

오늘 실험에서는 뭔가 발견할 수 있을지 알 수 없었다.

용비야는 앉았고 한운석은 서서 실험을 했다. 그녀는 노련하고 재빠른 동작으로 실험 도구와 유리 접시, 유리 숟가락, 유리병 같은 것을 꺼냈다.

어쩔 수 없었다. 미접몽의 특수한 독성 때문에 특수한 유리 제품을 써야만 녹아내리지 않기 때문이었다.

작업을 시작하자 한운석의 우아한 얼굴은 언제나처럼 전문

적이고 엄숙하게 변했고, 심지어 매서워지기까지 해서 도전을 허락하지 않는 권위감이 풍겼다. 그녀를 모르는 사람이라면 감히 접근하지 못하고 멀찌감치 피했을 것이다.

하지만 용비야는 그 표정을 보자 방해하고 싶은 기분이 무럭무럭 솟았다.

그는 장난스러운 얼굴로 한동안 바라보다가 느닷없이 불렀다.

"한운석."

한운석은 미접몽을 꺼내던 중이라 용비야의 부름에 신경 쓰지 못했다.

용비야는 더욱더 재미있어하며 또 불렀다.

"한운석!"

뜻밖에도 한운석은 여전히 듣지 못했다. 그녀는 조그마한 숟가락으로 미접몽을 덜어 낸 후 지금은 이미 굳어 버린 미인혈을 덜어내는 중이었다.

용비야는 포기하기 싫은 듯 일어나서 가까이 다가갔다.

한운석은 두 가지 독을 내려놓고 해독시스템으로 분량을 측정한 다음 옆에 있는 종이에 수치를 기록했다.

전문적이라는 것은 곧 습관이었다. 아무리 사소한 것도 절대 소홀히 다루지 않는 습관.

용비야가 옆에 와 섰는데도 그녀는 알아차리지 못했다.

용비야는 소리 없이 손을 뻗었다. 그녀의 앞머리를 쓰다듬으려는 것인지, 턱을 들어 올리려는 것인지는 몰라도 어쨌든 손을 뻗었다.

그러나 바로 그때 모든 준비를 끝낸 한운석이 느닷없이 고개를 돌렸다.

"전하……."

용비야의 동작이 우뚝 멈췄다. 커다란 손을 허공에 뻗은 채였다. 한운석은 멍한 얼굴로 그와 그의 손을 번갈아 보더니 본능적으로 경계하며 내뱉듯이 물었다.

"뭐 하시는 거예요?"

용비야의 커다란 손은 한운석을 지나 탁자에 놓인 미접몽 병을 집어 들었다. 그가 쌀쌀하게 말했다.

"얼마나 남았는지 보려는 것이다."

방금 그 질문은 한운석이 정말 하고 싶었던 말이 아니라 조건반사적으로 튀어나온 것뿐이었다.

용비야의 쌀쌀한 대답에 그녀는 더욱더 겸연쩍어졌다. 쓸데없는 생각이었군…….

한운석은 용비야를 흘낏 살폈지만 그가 방금 있었던 일에 별로 신경 쓰지 않자 속으로 겨우 안도했다.

"전하, 시작할게요."

"음."

용비야는 고개를 끄덕였다. 모든 것이 너무도 자연스러웠고 빈틈 하나 없었다.

두 사람은 마음을 가라앉혔다. 한운석이 미인혈을 미접몽 위에 떨어뜨리자 불가사의한 장면이 나타났다.

미인혈이 미접몽에 닿는 순간 핏덩어리 주변에 보글보글 거품이 일기 시작했다. 처음에는 가장자리만이었지만 점점 미접 몽 전체가 마치 끓어오르는 것처럼 거품을 일으켰다.

한운석은 미인혈이 미접몽 속에 융해되리라고 추측했는데, 뜻밖에도 결과적으로는 미접몽이 미인혈 속에 녹아 들어갔다.

약은 부글부글 끓다 마지막에는 조그만 핏방울 하나로 변했 다. 짙은 빨간색, 피보다 더 핏빛 같은 빨간색이었다.

좀 더 기다렸더니 빨간 핏방울은 곧 굳었다.

독에 관해서는 전혀 모르는 용비야는 조용히 쳐다보며 기다 릴 뿐 꼬치꼬치 묻지 않았다.

묻지 않는다는 건 방해하지도 않는다는 말이었다. 한운석은 핏방울을 응시하면서 남몰래 해독시스템으로 스캔하고 검사 했다.

예전에는 해독시스템도 미접몽에 대해 아무것도 몰랐고 아무 것도 검출하지 못했지만, 이번에는 이 핏방울에 관해 뭔가 검출 해냈다.

"전하, 이건 만성 부식성을 가진 독약이에요. 부식성이 미접 몽만큼 강하지 않군요. 적어도 절반 정도 약해졌어요."

한운석이 진지하게 말했다.

해독시스템의 원리는 기록에 기반한 검사인데, 이런 독에 관 한 기록이 없어서 뭐라고 부르는 독인지는 알아내지 못했다.

그저 미인혈을 만드는 데 사용한 만성 독약에 관한 기록과 부식성 강한 독 난초 기록에 따라 독성을 추측해 낼 수밖에 없 었다.

"성분을 분석할 수는 없느냐?"

용비야가 물었다.

한운석은 고개를 저을 수밖에 없었다. 그녀는 유리 칼로 독약을 긁어내 맑은 물에 탄 다음 흰쥐에게 먹였다. 오래지 않아 쥐의 내장이 모두 녹아내렸다.

"부식성을 가진 독약에 중독되었을 때 나타나는 현상이에요."

한운석이 내릴 수 있는 결론은 이것뿐이었다.

미인혈은 미접몽의 수수께끼를 푸는 열쇠였고, 미접몽을 얻는 자는 천하를 얻을 수 있다고 했다.

다시 말해, 그들이 손에 넣은 이 핏방울을 분석할 수 있다면 답을 얻을 수 있을지도 몰랐다.

그렇지만 아무런 실마리도 없는데 무슨 수로 분석한담!

쓰임새를 알아내야 할까, 아니면 배합 방법을 알아내야 할까? 이 핏방울은 지난번 독종의 독초 창고에서 발견한 독 난초와 어떤 관계가 있을까?

아무리 생각해도 머리만 아팠다.

"전하, 짐작 가는 데가 전혀 없어요. 정말 골치 아프네요."

"서두를 것 없다. 천천히 해라."

당문 쪽 여 이모와 당자진은 이 일에 가장 몸이 달아 있었지만 용비야는 그다지 서두르지 않았다.

한운석도 독약을 분석하는 일은 서두른다고 되지 않는다는 것을 누구보다 잘 알고 있었다. 10년이나 20년 동안 연구해도 결과를 얻지 못하는 때도 있었다.

"네, 최선을 다할게요."

그녀는 핏방울을 보며 말했다.

"전하, 이 새로운 약에 이름을 붙여 주세요."

용비야는 잠시 생각하다가 담담하게 말했다.

"미인루美人淚?"

"딱 맞아요!"

한운석이 생각한 이름도 그것이었다. 미인혈에서 나온 것이고 모양도 눈물 같으니 그 이름이 꼭 맞았다.

한운석은 미인혈과 미접몽을 치웠다. 잠시 머리를 식힌 다음 다시 생각해 볼 필요가 있었다. 어쩌면 정말 방향이 틀렸을 수도 있고, 또 어쩌면 미인혈과 미접몽의 관계가 단순히 섞는 것이 아닐 수도 있었다.

미접몽을 푸는 일은 여기서 잠시 멈췄지만, 한운석의 몸조리는 계속되었다.

한운석같이 가만히 집에 틀어박혀 있지 못하는 사람에게 부용원에 한 달이나 갇혀 있는 것이 얼마나 고역인지는 충분히 상상할 수 있었다. 그보다 더 견디기 힘든 것은 매일 많이 먹어야 한다는 것이었다. 여기서 더 살이 찌면 못생겨지지 않을지 누가 알까?

심심해진 한운석은 용비야에게 달려가 따지고픈 충동이 일었지만, 애석하게도 그녀의 간이 아무리 커도 그 정도까지는 못 되었다.

그러다 마침내 한운석이 외출할 일이 생겼다.

드디어 초청가가 도착한 것이다!

초청가는 천녕국과 서주국의 화친을 위해 천휘황제에게 시집왔다. 천휘황제가 파견한 신부맞이 행렬은 서주국 도성에서 천녕국 도성까지 초청가를 호송해 드디어 오늘 도착했다.

황후 책봉식만 나랏일로 간주해 조정에서 성대한 예식을 올릴 뿐, 황후 다음가는 귀비라도 후궁에서만 책봉식을 치렀다.

하지만 초청가는 아무래도 서주국의 군주이고 이번에 성사된 화친에 의미가 깊었기 때문에 조정에서 책봉식을 거행했다.

천휘황제는 문무백관 앞에서 초청가를 전각 위로 불러들여 대중 앞에서 귀비로 봉한 후, '덕德'이라는 봉호를 내리고 청녕궁淸甯宮을 하사했다.

물론 이 책봉식은 한운석과 아무런 관계가 없었고 참석할 필요도 없었다. 평소 조정에 나가지 않던 용비야 역시 자연히 그 자리에 나가지 않았다.

그렇지만 이튿날, 태후가 한운석을 불렀다.

도리를 따지면 진왕비인 한운석과 황제의 귀비는 아무 관계가 없었다.

초청가가 황후가 되었다면, 왕비는 황후보다 지위가 낮은 데다 동서 관계이기도 해서 반드시 입궁해서 문안을 올려야 했다.

그렇지만 지금은 달랐다. 한운석은 진왕의 정비, 곧 정실이었다. 초청가는 비록 귀비라고 해도 결국 측실이었다.

진왕의 존귀한 신분과 세력 덕에 한운석의 지위가 초청가보다 낮다고 할 수 없었고, 종실 내 관계에서도 초청가는 아직 한운석의 동서가 아니었다.

그래서 초청가가 아무리 영광스럽게 시집왔다고 해도 한운석이 찾아가 체면을 세워 주지 않아도 상관없었다.

하지만 태후의 명이 있으니 갈 수밖에 없었다.

후궁에는 주인이 없어 태후가 다스리고 있었다. 황제가 새 측실을 맞이하고 후궁에 새 사람이 들어왔으니, 태후가 비빈들을 소집해 서로 인사시키는 것은 당연했다.

태후는 이미 서산에 버려진 황후에게서 희망을 접었다. 초청가의 등장이 동궁에 위협이 된다는 것을 너무나 잘 아는 그녀는 그 때문에 제일 먼저 한운석을 이용하기로 했다.

한운석과 초청가 사이에는 원한이 있었다!

복잡한 형세

아침 일찍부터 한운석은 태후의 입궁 명령을 받았다.

이런 때 태후가 무슨 일로 자신을 불러들이는지는 발로 생각해도 알 수 있었다. 평소라면 분명히 거절했겠지만 이번은 달랐다.

거의 한 달가량 외출하지 못했으니, 이렇게 좋은 기회가 온 이상 이 틈에 바람이라도 쏘여야 하지 않을까? 태후를 뵈러 갔다가 다른 곳에 잠시 들른다한들 용비야는 모를 것이다.

기분이 좋아진 한운석은 특별히 예쁜 옷으로 갈아입었다. 그런데 방문을 나서기도 전에 용비야가 나타났다.

"전하, 태후께서 신첩에게 입궁하라 하시니 죄송하게도 함께 시간을 보내지 못하겠군요."

한운석이 선수를 쳤다.

그런데 용비야의 대답은 뜻밖이었다.

"본 왕도 입궁할 일이 있으니 함께 가자."

한운석은 기분이 축 처졌다. 용비야, 일부러 이러는 거지?

이 인간은 입궁하는 걸 좋아하지 않아서 천휘황제가 불러도 시간에 딱딱 맞춰 가지 않았는데 오늘은 왜 이렇게 적극적이람?

"전하, 무슨 일로 입궁하시는지요?"

한운석이 일부러 물어보았다.

"음, 북려국 남도南都 마장에서 대규모 말 전염병이 발생해 삼도전장에서 병사를 물린다는 소식이 왔다. 폐하께서 그 일을 상의하고자 본 왕을 부르셨다."

용비야의 말투는 무척 차분했지만 한운석은 깜짝 놀랐다!

용비야가 대체 무슨 이유로 북려국이 먼저 전쟁을 일으키지 못한다고 확신했는지 내내 고민했는데 이제야 알 수 있었다! 이제보니 용비야의 세력은 북려국 마장까지 뻗어 있었던 것이다!

정말 대단한 일이었다!

북려국에는 남도, 홍성洪城, 천택天澤 마장이라는 유명한 삼대 마장이 있었다. 조정에 바칠 군마만 기르는 마장들로, 북려국, 나아가 운공대륙 전체에 중요한 위치를 차지하고 있었다.

비록 남도 마장이 가장 중요한 군마 공급지는 아니지만, 북려국 철기군에 영향을 미치기에는 충분했다. 더군다나 무엇보다 끔찍한 것은 바로 전염병이라는 사실이었다.

말이 사람보다 많은 북려국에서 일단 대규모 말 전염병이 일어나면 그 피해는 군마에 그치지 않았다. 군마 외에도 가축으로 기르는 셀 수 없이 많은 말이 있었다! 그야말로 북려국 민생 계획에 직접적인 영향을 미치는 큰 문제였다!

한운석은 한참 동안 용비야를 바라보다가 물었다.

"남도 마장에는 일찍부터 전염병이 돌았는데 여태 알려지지 않았던 거겠지요? 북려국 황제가 삼도전장에 군대를 보낸 건 천휘황제를 놀라게 하려는 허장성세에 불과했던 거예요!"

용비야는 고개를 끄덕였다.

"그러니까 남도 마장에도 전하의 사람이 있군요?"

한운석이 또 물었다.

말 전염병을 인위적으로 일으키긴 어려우니, 지난번 용비야가 그처럼 확신했던 것은 분명 일찌감치 소식을 들어서였을 것이다.

용비야는 부인하지 않고 또 고개를 끄덕였다.

이게 바로 그가 천휘황제에게 주려던 큰 선물이었다! 북려국이 병사를 물리면 백리 장군의 수군은 계속 어주도를 포위할 수 있었다. 천휘황제에게는 수군을 움직일 다른 이유가 없었다.

군역사, 설령 평생 수군 전체를 동원해 너를 잡아둔다 하더라도 본 왕은 아깝지 않다!

용비야를 보는 한운석의 눈빛은 존경과 두려움으로 변해갔다.

북려국 삼대 마장의 경비는 황궁보다 삼엄했고, 일하는 이들도 외부에서 고용하지 않고 대대로 세습했기 때문에 마장의 소식이 밖으로 새어나가기란 거의 불가능했다. 마장에 사람을 들여보내 전염병이 크게 번지기 전에 소식을 듣는 것은 결코 하루 이틀 안에 해낼 수 있는 일이 아니었다.

다시 말해 용비야는 일찍부터 북려국에 손을 쓰기 시작했다는 말이었다.

멍해진 한운석을 보자 용비야는 그녀의 앞머리를 쓰다듬었다.

"가지 않고 뭘 하느냐?"

한운석은 헤죽 웃으며 말했다.

"전하, 그 내기는……. 제가 이긴 것 같네요?"

말했듯이 그녀가 이기면 천산검종에 데려가 주기로 했다.

용비야의 손이 살짝 굳어지는가 싶더니 곧 한운석을 잡아당겼다.

"안심해라. 언젠가 데려갈 테니."

"네, 기억해 둘게요."

한운석은 뻔뻔하게도 전혀 양심에 걸려 하지 않았다!

이번 행차에서 한운석은 조 할멈을 데려가지 않고 도리어 소소옥을 데려갔다.

지난번 누각 층계참에서 야경을 선 일로 한운석에게 혼이 난 후로 소소옥은 오랫동안 얌전히 굴었다. 게다가 진왕 전하 앞에서는 겁을 먹어 더욱더 그랬다.

용비야는 어린 하녀에게까지 신경 쓸 만큼 한가하지 않았지만 조 할멈은 한마디 했다.

"마마, 역시 이 늙은이가 가는 것이 낫지 않겠습니까?"

"이 아이를 데려가 보여 줄 사람이 있네."

한운석이 소리 죽여 말했다.

소소옥은 궁금해했다.

"누구 말씀이세요?"

"가 보면 알아."

한운석은 비밀이라도 있는 척했다.

사실 소소옥도 짚이는 데가 있었다. 지난번 객잔에서 그녀를 괴롭혔던 초청가가 분명했다.

소소옥의 진짜 주인은 초천은이지만 애석하게도 초청가조차 그 사실을 몰랐다. 객잔에서의 사건은 우연이 아니라 주인이 꾸민 일이었다.

이제 초청가가 시집왔으니 주인도 벌써 도성에 도착했을 것이다. 지금까지 임무를 완수하지 못한 소소옥은 주인을 만나러 갈 용기가 나지 않았다.

아아, 슬퍼라!

용비야와 한운석이 동행하자 소소옥은 뒤에서 조심조심 따랐다. 그녀의 속마음을 누가 알까?

궁에 도착하자 용비야는 어서방 쪽으로 갔고 한운석은 태후의 건곤궁으로 향했다.

헤어지기 전에 용비야가 한마디 했다.

"끝나면 함께 돌아가자."

몰래 빠져나가려던 한운석의 계획은 철저하게 무너지고 말았다.

한운석이 건곤궁에 도착해 보니 후궁 비빈들도 모두 와서 양쪽에 서열대로 앉아 있었다.

이 장면에 한운석은 처음 입궁했던 날을 떠올렸지만, 안타깝게도 풍경은 여전하나 사람은 달라져 있었다.

태후가 주인석에 앉았지만 그 왼쪽 옆에 앉은 사람은 황후가 아니라 최근 가장 총애를 받는 이 귀비였다. 이 귀비 옆에는 태자비 목유월이, 태후의 오른쪽 옆에는 영 귀비가 앉았고, 영 귀비의 다음 자리는 비어 있었다. 초청가가 아직 도착하지 않은 게 틀림없었다.

한운석의 신분은 아무리 낮게 봐도 네 귀비와 동등했지만, 이곳에는 그녀의 자리가 없었다.

한운석은 이런 시위에 이미 익숙했다. 태후가 자리를 마련해 두었다면 도리어 불안했을 것이다.

예를 올린 후 태후가 자리를 내주라고 하자 계 상궁이 목유월 옆에 의자를 놓았다. 한운석은 화내지도 않고 태연자약하게 그 자리에 앉았는데, 그 자리에 있는 누구 못지않은 기세였다.

태후의 속내를 한운석이 왜 모를까?

자리에 앉은 사람들을 훑어보자 모든 것이 일목요연해졌다.

태후 옆에 앉은 이 귀비는 국구부였던 이씨 집안 서녀로, 비록 총애를 받고 있지만 서출인 데다 횡령 사건에 연루되었다는 오점 때문에 영원히 황후가 될 수 없었다. 그녀에게는 초청가와 총애를 다툴 자격만 있을 뿐 황후 자리를 다툴 자격은 없었다.

이제 초청가가 왔으니, 이씨 집안 사람인 태후가 가장 꺼리는 것은 바로 초청가가 황후 자리를 빼앗아가는 것이었다. 황후는 실성했고 이씨 집안은 무너졌지만, 그래도 태후는 건재했다! 태자는 아직 후계자 자리를 공고히 할 필요가 있었다.

후궁에 황후가 없는 동안에는 태후가 후궁을 맡아 다스릴 수 있었다.

만에 하나 초청가가 황후가 되면 황후가 육궁六宮을 다스리는 것이 당연한 이치였다. 그때가 되면 태후는 정말로 의태비를 본받아 채식이나 하고 염불이나 하며 지내야 했다!

한운석은 시선을 거두고 옆에 있는 목유월을 흘낏 바라보았다. 목유월은 태자비이니 장래 황후가 될 가능성이 컸고, 따지고 보면 그녀와 초청가 사이에도 '황후 자리다툼'이 일어날 수 있었다. 만에 하나 초청가가 황후가 되어 황자를 낳으면 태자의 후계자 자리가 위협을 받을 것이다.

후궁의 권력 싸움과 여자들의 총애 싸움은 이렇게 가닥가닥 얽혀 몹시 복잡했다! 하지만 이 모든 것은 한운석과 무관했다. 그녀는 후궁의 비빈이 아니라 진왕의 유일한 왕비였다.

태후가 그녀를 불러들인 것은 말할 것도 없이 그녀와 초청가를 싸움 붙이고 앉아서 어부지리를 얻겠다는 뜻이었다.

솔직히 한운석도 초청가를 좋아하지는 않지만, 오늘은 그냥 구경이나 하러 왔지 후궁의 진흙탕 싸움에 끼어들 생각은 없었다.

한운석은 찻잔을 들어 천천히 음미하며 태후와 이 귀비, 목유월이 웃음꽃을 피우든 말든 아무 말도 하지 않았다.

곧이어 바깥에서 보고하는 소리가 들려왔다.

"초 귀비 듭시옵니다!"

초청가가 성장을 하고 나타났다. 화려한 치마는 자락이 기다랗게 늘어져 치맛자락을 전문으로 관리하는 시녀 두 명이 받쳐 들었고, 왼쪽에는 시녀 두 명, 오른쪽에는 늙은 태감 두 명이 서서 손을 잡아 주었다.

저 정도면 예전의 황후 이 씨 못지않은 차림이었다.

청수한 미인이 화려한 궁중 예복을 입으니 남달리 아름다워 보이는 것은 말할 필요도 없었다.

하지만 최근 반년 동안 썩 좋은 나날을 보내지 못한 것 같았다. 지난번 보다 훨씬 야위었기 때문이었다.

한운석은 못되게도 그런 그녀를 바라보며 천휘황제가 틀림없이 초청가의 저런 차림을 좋아하겠다는 생각을 했다.

입궁한 지 겨우 이틀째에 문안 올리러 와서 저렇게 위세를 부리는 것을 보자 태후는 속으로 무척 불쾌했지만 겉으로는 늘 그렇듯 자상한 표정을 지었다.

"초 귀비, 어서 일어나시게. 자, 얼굴 좀 보게 이리 가까이 오시게."

한운석은 냉소를 지었다. 그녀가 처음 문안 인사를 왔을 때도 저렇게 말했었지?

초청가는 앞으로 나아가 태후 가까이 앉았지만 원한에 찬 시선은 한운석에게 꽂혀 있었다. 오늘 이 자리는 한운석과 아무 상관없잖아?

뭐 하러 온 거지? 날 비웃어 주려고?

태후는 그녀의 손을 잡아 당겨 꼼꼼히 뜯어보더니 참지 못하고 탄식했다.

"어쩐지 황제가 그처럼 마음에 들어 하더라니, 이 후궁에서 이처럼 고운 사람이 초 귀비 말고 또 있을꼬."

초청가는 도도한 성품이어서 겸양하지 않고 빙그레 웃기만 했다.

옆에 앉은 한운석도 웃었다. 태후의 칭찬은 초청가에게 수많은 적을 만들어 준 셈이었다. 후궁 여자 전체에게 미움을 산 것이다.

이 귀비가 웃으며 말했다.

"모후, 이 후궁에서 이처럼 혼수를 많이 가져온 사람도 초 귀비밖에 없을 것이랍니다!"

초청가가 시집오기 전부터 오라버니인 초천은은 이미 천녕국 후궁의 이해관계를 분석한 뒤 천녕국의 황후 자리를 얻는 것을 그녀의 임무로 결정했다.

태후와 이 귀비가 무슨 꿍꿍이를 품었는지 똑똑히 아는 그녀가 반격하려는데, 뜻밖에도 느닷없이 목유월이 나섰다.

"혼수를 전혀 가져오지 않은 사람도 딱 한 사람 있지 않아요?"

"혼수를 가져오지 않은 사람? 그런 일이 있다고?"

태후는 의아해했다.

"황조모님, 진왕비는 혼수도 없이 시집오지 않았나요? 하긴, 사람은 제각기 장단점이 있고 물건도 다 제 쓰임이 있다고 했으니 비교할 것은 없겠죠. 다른 이야기나 하시지요."

한운석이 바로 옆에 있는데도 목유월은 눈 하나 까딱 않고 큰 소리로 웃으며 말했다. 너무 심한 도발이었다.

이 한마디로 한운석에게 흠집을 내면서 초청가의 위기를 풀어 준 것만 봐도 목유월의 말솜씨가 나아진 것은 사실이었다.

그러나 안타깝게도 한운석은 꿈쩍도 하지 않았다. 그렇게 쉽게 흥분하면 한운석이 아니었다.

태후와 이 귀비는 의미심장한 눈길로 마주 보았지만 아무 말 하지 않았다.

초청가도 의아했다. 목유월 저 계집이 왜 저렇게 나오지? 어쩌자는 거야? 날 도울 생각인가?

한운석 때문에 목유월의 평판이 땅에 떨어진 것은 초청가도 알고 있었다.

오기 전에 오라버니가 다시는 한운석과 충돌하지 말라고 재차 당부했지만, 도저히 원망을 억누를 수 없었다.

오라버니와 손발을 맞추어 황후 자리를 차지하긴 하겠지만, 한운석은 절대로 그냥 놓아줄 생각이 없었다!

"혼수를 가져오지 않은 사람? 그럴 리가요?"

결국 참지 못한 초청가가 한운석을 바라보며 말했다.

한운석은 정말이지 이런 시시한 화제에 끼어들고 싶지 않았다. 그래서 계속 차를 마시며 아무 말 하지 않고 등판한 목유월이 뭘 보여 줄지 지켜보았다.

무식에는 무식으로

목유월이든 초청가든 이런 자리에서 한운석을 앞에 두고 '혼수' 운운하는 것은 대놓고 모욕하겠다는 뜻이 분명했다.

장내의 거의 모두가 한운석이 후궁의 '새로 온 귀한 분'들과 큰 싸움을 벌일 줄 알았으나 예상과 달리 한운석은 동요하지 않았다.

마음대로들 떠들라지. 이런 말도 있잖아.

적이 강하면 강한 대로 두어라, 맑은 바람 산언덕을 스치리니. 적이 난폭하면 난폭한 대로 두어라, 밝은 달 큰 강을 비출지니. (김용의 소설 《의천도룡기倚天屠龍記》에 나오는 '구양진경九陽真經'의 한 구절로, 바깥 환경이나 몸 상태에 영향 받지 않고 기를 움직여 수련하라는 뜻) 한운석은 아무 일도 없는 양 미소를 머금고 있었다.

그녀는 시끌시끌한 사람들을 구경하는 건 좋아했지만 절대 스스로 구경거리가 되지는 않았다.

한운석이 대답하지 않자 민망해진 초청가가 자문자답이라도 하려는데 목유월이 곧바로 도움의 손길을 내밀었다.

목유월은 웃으며 말했다.

"물을 필요도 없죠. 애초에 신부맞이 행렬에 혼수가 없었던 걸 도성 사람 모두가 봤잖아요!"

이날을 손꼽아 기다린 목유월은 필사적이었다.

그간 동궁에서 생과부처럼 지냈는데 이제는 견딜 수가 없었다. 태자비라는 이름은 화려하기 짝이 없지만 진짜 고통을 아는 사람은 그녀 자신뿐이었다.

훗날 태자가 즉위해도 친정 세력 덕에 태자비 자리를 지키고 순조롭게 황후가 될 수야 있겠지만, 그런들 무슨 소용일까? 여전히 고통의 나날일 텐데!

지금 목유월의 머릿속에는 한 가지 생각뿐이었다. 한운석이 날 망쳤으니 나도 한운석을 망치겠어! 그러니 초청가와 손잡는 것이 제일 좋은 선택이었다.

오늘 이 자리에서 초청가를 도와 좋은 인상을 심어 주면 나중에 훨씬 쉽게 힘을 합칠 수 있을 것이다.

그래, 한운석. 말을 안 하겠다 이거지? 그럼 말 할 때까지 몰아붙여 줄게.

목유월은 일부러 한운석을 돌아보며 큰 소리로 물었다.

"황숙모, 차마 인정하지 못하시는 건가요?"

초청가는 이제 막 시집와서 그래도 얌전하게 행동했지만, 목유월은 대놓고 담판을 짓자는 듯 직설적으로 나왔다!

어휴, 무서워라!

장내가 조용해지고 모두의 시선이 한운석에 쏠렸다. 적잖은 이들이 까닭 없이 긴장하기 시작했다.

한운석은 태연자약하게 잔에 든 차를 다 마시고 우아하게 내려놓은 다음 말했다.

"인정하지 못할 것도 없지. 난 확실히 혼수를 하지 않았으니까. 내가 시집간 것만으로도 전하의 영광인데 뭐 하러 혼수까지 하겠니?"

이 말에 조용했던 대전 안은 더욱더 조용해져 바늘 떨어지는 소리까지 들릴 정도였다.

목유월은 말문이 막혔고 초청가는 눈을 휘둥그레 떴다. 두 사람 다 한참 동안 대꾸를 할 수가 없었다.

한운석은 정말이지 이 흙탕물에 뛰어들고 싶지 않았지만 별수 없었다. 이렇게까지 몰아붙이는데 무식한 짓은 무식한 짓으로 상대하는 수밖에. 사람이 무식하면 천하무적이라고 했나니!

태후 일당은 그녀와 초청가가 싸우기를 바랐고 초청가는 그녀와 태후가 싸우기를 바랐지만, 그녀는 양쪽 다 싸울 생각이 없었다.

그래서 진왕을 팔아 방패막이로 삼기로 했다. 진왕 전하가 꾸중하든 말든 그건 진왕과 그녀의 개인적인 문제였다.

제일 먼저 정신을 차린 것은 초청가였다. 그녀는 도저히 참을 수가 없어 화를 냈다.

"잘난 척이 심하군요!"

한운석은 생긋 웃더니 태후를 돌아보았다.

"태후 마마, 마마께서 저를 진왕 전하와 짝지어 주셨습니다. 마마께서 내리신 은혜이니 진왕 전하께는 영광이라 할 수 있지 않을까요? 저더러 잘난 척한다고 하는데 마마의 뜻은 어떠신지요?"

한운석은 정말 천재였다!

단 몇 마디로 난제를 태후에게 넘긴 것이다. 내내 방관하던 태후는 갑작스러운 사태에 당장 대답할 말을 찾지 못했다.

한운석의 말을 반박하자니 제 낯을 깎는 짓이자 자신이 진왕보다 존귀하지 않다고 인정하는 꼴이고, 그렇다고 한운석에게 동조하자니 너무 대놓고 초청가의 체면을 깔아뭉개는 꼴이었다.

태후는 아무리 생각해도 좋은 방법이 없어 결국 중재자로서 아픔을 눌러 참으며 화제를 끝맺었다.

"됐다, 됐어. 그 이야기는 하지 말자꾸나."

이렇게 말한 다음 그녀는 다시 초청가의 손을 잡아끌며 웃었다.

"여자란, 평범한 집안에 시집을 가든 황실에 시집을 가든 결국 바라는 것은 총애가 아니겠나! 초 귀비, 황제는 자네를 어찌나 예뻐하시는지 장신구며 비단을 남들보다 두 배로 하사하시고 노비까지도 두 배로 내렸더군."

태후는 큰 소리로 웃었다.

"내게 문안 올리러 오는 사람은 많지만 귀비다운 모습을 한 사람은 자네뿐일세!"

칭찬인 것 같지만 사실은 띄워 올렸다가 망신 주려는 속셈이었다!

초청가의 눈에 노기가 스쳤다. 천녕국 후궁에서 이 늙은 태후가 가장 입이 매운 데다 듣기 좋은 말 속에 칼을 숨기고 겉으로는 부드러워 보여도 속은 날카롭다더니, 오라버니의 말이 옳았다!

　제일 조심해야 할 사람이 바로 이 늙은 태후였다. 오라버니가 서로 다른 편이라고 알려 주지 않았다면 분명히 늙은 태후의 속임수에 넘어갔을 것이다.

　초청가가 대답하려는데 뜻밖에도 목유월이 또 끼어들었다.

　"황조모님 말씀대로예요! 귀비는 귀비다움이 있어야 하고 왕비도 왕비다움이 있어야죠! 특히 황조모님께 문안 올리러 오면서 아무 옷이나 입고 어린아이를 데려오는 건 황조모님을 존경하지 않는 처사라니까요!"

　목유월의 말에 사람들은 또다시 한운석에게 시선을 보냈다.

　이 자리에 있는 여자들은 모두 단정한 궁중 예복에 신분에 맞는 장식을 했고, 딸린 시종도 각 궁의 담당 상궁이었다. 한운석 혼자만 예쁜 옷을 입고 장신구 하나 하지 않은 데다 데려온 하녀는 풋내기였다!

　저 나이의 하녀는 궁에도 많지만 절대로 이런 자리에서 시중들 수 없었다.

　한운석은 어쩔 수 없이 차로 답답함을 달랬다.

　목유월이 자신에게 생각보다 더 깊은 원한을 품고 있다는 것을 알 수 있었다!

　초청가는 복잡한 눈빛으로 목유월을 바라보았다. 태후는 계속 그녀에게 적을 만들려 하고 은근슬쩍 비꼬는데, 목유월은 재차 화제를 한운석에게 넘겨 트집을 잡으려고 했다.

　목유월은 태자비이고 그녀와는 완전히 대립하는 위치에 있었지만, 오늘 보니 개인적으로 목유월과 만나 봐도 좋을 것 같았다.

불똥이 자신에게서 한운석에게로 옮아가자 초청가는 때를 놓치지 않고 웃으며 말했다.

"어머나, 태자비께서 말씀하지 않으셨다면 모를 뻔했군요. 진왕비 곁에는 제대로 된 하인이 없는 건가요?"

한운석은 곧바로 그 말투를 흉내 냈다.

"어머나, 초 귀비. 바쁘신 몸이라 잊으셨나 보군요!"

초청가는 어리둥절했다.

"무슨 말이죠?"

한운석은 일부러 소소옥을 앞으로 잡아끌었다.

"초 귀비, 이 아이는 본래 거지였답니다. 객잔에서 귀비에게 구걸을 했는데 귀비께서 아낌없이 따귀 한 대를 선사하셨지요. 기억이 나지 않나 봐요?"

한운석이 오늘 일부러 소소옥을 데려온 것은 소소옥에게 원수를 보여 주고 기억하게 하려던 것뿐, 다른 뜻은 없었다.

그렇지만 사람을 때려놓고 씻은 듯 잊어버린 초청가를 보자 다시 일깨워 주기로 한 것이다.

"오늘은 귀비에게 감사 인사를 올리라고 일부러 이 아이를 데려왔지요. 당시 귀비께서 따귀를 내리지 않았더라면, 내가 마음이 약해져 이 아이를 왕부에 데려가는 일도 없었을 테니까요."

한운석은 웃으며 말했다.

소소옥도 한운석이 이런 장난을 칠 줄은 예상하지 못했다.

비록 초천은의 부하지만 주인의 오만한 누이동생을 좋아하지 않았던 소소옥은 한운석의 장난이 마음에 쏙 들었다!

소소옥은 재빨리 앞으로 나아가 무릎을 꿇고 머리를 조아렸다.

"소소옥이 따귀를 내려 주신 초 귀비 마마께 감사드립니다! 초 귀비 마마, 천세 천세 천천세!"

그녀의 진지한 표정과 공손한 동작에 적잖은 이들이 고소해하며 웃음을 터트렸다.

이보다 더 우스꽝스러운 일이 또 있을까?

속이 밴댕이 소갈딱지보다 못한 초청가는 거지를 가엾이 여기긴커녕 때리기까지 했다. 당당한 초씨 집안의 대소저요, 천녕국의 귀비가 어린 거지를 괴롭힌 것은 실로 우스꽝스럽고 기가 막힌 노릇이었다!

아마도 이 일은 금방 후궁에 쫙 퍼질 것이고, 심지어 궁 밖까지 소문이 날 것이다.

초청가의 안색이 시커메졌다. 그녀도 당연히 객잔의 일을 기억하고 있었지만 자신이 목령아와 한운석에게 처참하게 당했다는 것만 기억할 뿐이었다. 오라버니가 제때 구해 주지 않았다면 목령아 손에 벌거숭이가 되었을 것이다.

뺨을 때렸던 어린 거지 따위는 얼굴도 기억나지 않고 이름도 몰랐다!

저렇게 진지하게 감사 인사를 하는 소소옥을 보면서, 그녀는 설명할 수도, 부인할 수도, 사과할 수도 없었다. 해명하거나 부인하는 순간 한운석은 분명 그때 있었던 일을 죄다 쏟아 낼 것이고, 그렇다고 사과하자니 도저히 내키지 않았다.

'띄워올렸다 던져 죽이는' 솜씨는 한운석이 태후보다 몇 배 더 훌륭했다.

속으로는 천 번 만 번 싫어하면서도 초청가는 어쩔 수 없이 소소옥에게 말했다.

"일어나거라!"

초청가가 한운석의 도발에 화가 나 안색마저 변하자 태후와 이 귀비는 서로 마주 보며 무척 만족스러워 했다.

그들이 제일 보고 싶었던 것이 바로 이 장면이었다.

그런데 뜻밖에도 한운석이 벌떡 일어나 무척 진지하게 말했다.

"태후마마, 신첩은 초 귀비야말로 가장 귀비답다고 생각합니다. 하지만 이 자리에 있는 누군가는 초 귀비를 안중에도 두지 않는 것 같군요. 신첩이 보기에는 벌을 받아 마땅합니다!"

초청가를 할퀴어 댄 이상 태후 일당을 가만둘 수는 없었다.

그녀는 진정한 중립파였다. 양쪽 모두 가만히 놔두거나 양쪽 모두에게 철저하게 한 방 먹이거나! 어느 쪽이든 홀로 고고한 척 나 몰라라 구경할 생각은 말아야 했다!

"허튼소리. 누가 그처럼 대담하다는 말인가?"

이 귀비가 즉시 반박했다.

"당신이에요!"

한운석이 지목했다.

이 귀비는 크게 당황했다.

"진왕비, 음식이야 아무렇게나 먹어도 되지만 말은 아무렇게나 하는 게 아닐세! 태후마마께서 계시는 자리에서 증거도 없이 함부로 모함하지 말게!"

"제 기억이 틀리지 않았다면 후궁 규칙에는 황후와 네 귀비의 수장만이 두 배의 상을 받을 수 있다 했습니다. 태후마마께서 방금 말씀하셨듯 폐하께서 초 귀비에게 두 배의 상을 내리셨다니 이는 곧 네 귀비의 수장이라는 뜻이지요. 황후께서 궁에 계시지 않으니 태후마마 옆 자리는 네 귀비의 수장이 앉아야 하는 자리입니다. 그런데 이 귀비께서 제멋대로 네 귀비의 수장 자리를 차지하다니 참으로 담력이 대단하시군요!"

그 말이 떨어지자 화가 치민 이 귀비는 신중하게 대처하지 못하고 벌떡 일어나 노성을 터트렸다.

"폐하께서는 그녀를 귀비로 봉하셨을 뿐, 네 귀비의 수장으로 삼으신 게 아닐세!"

그 말에 태후의 손이 움찔 굳었다. 이 귀비 역시 곧바로 후회했지만 이미 늦은 후였다.

그녀는 그늘에 숨어서 계략만 꾸밀 뿐 지금껏 초청가와 직접 대적하는 것을 피해 왔다. 그런데 한 번의 실수로 가면이 깨지고 만 것이다.

한운석은 또다시 '어머나' 하고 감탄을 터트렸다.

"네 귀비의 수장으로 봉하지 않았다고요? 전 또 그런 줄 알았군요. 하지만 폐하께서 초 귀비를 총애하시는 것을 보면 수

146

장으로 삼는 것은 시간문제일 겁니다. 너무 흥분하지 마시지요, 이 귀비!"

"나……. 나는……. 흥분한 게 아닐세. 그게……. 그러니까……."

조금 전 이 귀비의 반응을 모두가 똑똑히 보았으니, 그녀 자신조차 무슨 변명을 해도 헛수고라는 것을 알고 있었다.

한운석이 웃으며 말했다.

"이 귀비, 설명하실 것 없습니다. 제가 오해했습니다. 그 자리는 이 귀비께서 잠시 앉아 계시지요."

그걸 말이라고 해?

이 귀비는 소매 속에 숨겨진 손을 힘껏 움켜쥐었다. 달려가서 한운석의 뺨을 올려붙이고 싶어 이가 부득부득 갈렸다. 정말 지독한 여자였다!

초청가를 돌아보니, 마침 초청가 역시 그녀를 바라보고 있었는데 눈동자에 경멸의 빛이 가득했다.

마침내 한운석에게 한 방

초청가는 차갑고 오만한 여자여서 평소에도 사람들을 멸시하듯 바라보았다. 그러니 정말 누군가를 경멸할 때의 눈빛은 더욱더 그랬다.

저 경멸하는 눈빛, 멸시하는 표정. 이 귀비는 눈꼴시어 두고 볼 수가 없었다. 일단은 초청가에게 직접 맞서지 말고 한운석을 이용하자던 태후의 분부만 없었다면, 이 자리에서 초청가의 체면을 봐주지 않았을 것이다.

저 멍청한 여자가 무슨 뜻으로 저렇게 경멸에 차 나를 바라보는 거지? 태후가 일부러 떠받들어 줬더니 정말 자기가 존귀한 줄 알아? 정말 폐하께서 자신을 네 귀비의 수장으로 봉하리라 생각하는 건가?

정말이지 멍청하기 짝이 없군!

지난번 태후의 생신 연회에서 있었던 일과 운 귀비 독살 사건에서 초청가는 멍청함을 여실히 드러내 보였다. 초씨 집안의 높은 위세가 아니었다면 황제의 총애를 받더라도 후궁에서는 아무도 눈여겨보지 않았을 것이다!

본래는 단순히 적대적인 사이였지만 한운석의 도발로 이 귀비의 마음속에도 원한의 씨앗이 심겼다.

초청가는 모를 수도 있지만, 한운석은 '네 귀비의 수장'이라는 말이 이 귀비의 금기이자 치명적인 약점이라는 것을 잘 알고 있었다!

본래는 후궁 네 귀비 가운데 소 귀비가 수장이었지만, 총애를 잃은 후로 아무도 그녀를 안중에 두지 않았다. 유명무실해진 그녀는 후궁의 어떤 자리에도 참석하지 않게 되었고, 사람들도 그녀를 청하지 않았다.

소 귀비가 총애를 잃고 운 귀비가 독살당한 후 이 귀비가 총애를 얻었다. 그녀는 태후라는 커다란 후견인 덕분에 후궁에서 일인지하一人之下 만인지상萬人之上의 자리에 올랐다.

이 귀비는 황후로 책봉될 자격이 없지만, 그래도 네 귀비의 수장이 될 수는 있었다. 황후 자리에는 희망이 없으니 네 귀비의 수장 자리야말로 이 귀비가 늘 꿈꾸던 것이었다.

줄곧 품어 온 그 꿈은 결코 비웃음을 당하거나 경멸을 받아서는 안 되었다!

대립하는 것과 원한을 갖는 것은 전혀 달랐다.

단순히 대립하는 사이라면 이 귀비도 총애만 다투려고 했을지 모른다. 하지만 원한이 싹트면서 이 귀비는 초청가를 해칠 마음을 품었다. 총애만 다투는 것이 아니라 초청가가 편히 지내도록 놔두지도 않을 것이다!

초청가는 그렇게까지 깊이 생각하지 않았다. 그녀는 확실히 이 귀비가 경멸스러웠다. 한참 이 귀비를 바라보던 그녀는 알아서 자리로 갔는데, 그 자리란 바로 영 귀비 다음이었다.

목유월은 이 귀비와 초청가를 번갈아 바라보며 속으로 냉소를 참지 못했다. 이 귀비와 손잡기를 거부해서 다행이었다. 그렇지 않았다면, 지금 상황으로 보아 목유월 자신도 이 귀비처럼 초청가의 경멸을 당했을 것이다.

초청가가 앉자 이 귀비도 시시콜콜 해명할 필요가 없어져 별수 없이 자리에 앉았다.

차를 몇 잔 마신 뒤 태후가 사람을 불러 초청가에게 줄 상을 가져오게 했다. 개수가 많지 않았고 별달리 희귀한 것은 아니지만 모두 정교하기 짝이 없는 물건들이었다.

초청가는 기쁜 척하며 받았고, 준비한 선물을 태후에게 바쳤다. 똑같이 별달리 진귀한 것은 아니지만 그럭저럭 값어치는 나가는 것들이었다.

후궁 규칙에 따르면 새로 온 후궁은 다른 후궁들에게 첫인사 선물을 올려야 하고 다른 후궁들 역시 답례 선물을 주게 되어 있었다. 정확히 말하면 선물 주고받기였다.

태후가 상을 내리자 이 귀비 등이 차례차례 선물을 가져왔고 초청가도 일일이 답례했다. 목유월을 위한 선물까지 준비해 두고 있었다.

한동안 시끌시끌하다가 마침내 선물 주고받기가 끝났다. 한운석은 옆에서 한참 지켜보고 있었는데, 아무것도 받지 못한 사람은 그녀뿐이었다!

"초 귀비, 황숙모께 드릴 선물을 준비하셨나요? 어서 꺼내 보여 주세요!"

목유월이 몸 달아 하며 물었다. 한참 지켜본 그녀는 초청가가 한운석의 선물을 준비하지 않았다고 확신하고 있었다.

마침 이 말을 기다리고 있었던 초청가는 점점 더 목유월이 좋아졌다.

"어머나, 궁에서 왕비마마를 뵙지 못할 줄 알고 준비하지 못했군요. 왕비마마, 괜찮으시지요?"

초청가는 짐짓 미안한 척했다.

그 말인즉, 한운석은 왕비지만 황제의 비빈이 아니므로 이 자리에 참석할 자격도 없고, 나아가 자신과 선물을 주고받을 자격이 없다는 뜻이었다.

자리에 있는 모두가 선물을 받았는데 한운석은 아무것도 받지 못했으니, 저도 눈치가 있다면 부끄러워하며 낯을 들지 못해야 마땅했다.

반년 못 본 사이 초청가의 말솜씨도 꽤 발전해 있었다.

한운석은 태연자약하고 오만하게 말했다.

"괜찮아요. 본 왕비는 본래 초 귀비의 선물을 받을 생각이 없었으니까요. 그냥 두시죠!"

순간 장내는 또다시 죽음 같은 정적에 빠져들었고 새들조차 조용해졌다!

세상에 한운석, 어디까지 그렇게 간 큰 말을 할 참이지?

초청가는 반박하려 했으나 할 말이 없었다. 분노가 가슴을 틀어막아 제풀에 속이 터져 죽을 것 같았다!

목유월은 더욱더 답답했다. 매번 초청가를 도와 기회를 만들어 줬는데 어째서 한 번도 성공하지 못하는 걸까?

태후도 더는 두고 볼 수가 없었다. 황후가 있었다면 얼마나 좋았을까? 이 귀비든 목유월이든 하나같이 밥통이었다!

태후는 냉소의 눈빛을 띤 채 말했다.

"진왕비, 그 말투는……. 기분이 상했느냐?"

"그럴 리가요?"

한운석은 생긋 웃었다.

"기분이 상한 게야! 내 눈엔 다 보인다!"

태후는 그렇게 단정하더니 한운석에게 반론할 틈을 주지 않고 말했다.

"내 탓이니라. 진왕비를 초청해 놓고 초 귀비에게 미리 알리지 않았으니. 첫인사로 선물을 주고받는 건 궁의 오랜 규칙이니 어길 수야 없지! 진왕비가 이 자리에 온 이상 선물은 반드시 해야 한다!"

그렇게 말한 태후가 일어나 한운석과 초청가를 잡아 당겼다.

"내가 중재하마. 준비한 것이 없다니 두 사람이 각자 가진 패물을 선물 삼아 서로 교환하고 마음을 전하도록 해라!"

생강은 역시 늙어야 맵다더니!

그 자리에 있는 사람 모두가 보았듯이 한운석이 가진 패물은 단 하나, 머리를 묶은 백옥 비녀뿐이었다. 태후는 목유월처럼 멍청하게 선물을 핑계로 한운석의 초라한 행색을 비웃지 않았다. 태후의 진짜 목적은 한운석의 백옥 비녀를 뽑는 것이었다!

그녀는 초청가가 한운석에게 머리 장식을 줄 만큼 멍청하다고는 생각지 않았다. 그리고 자신이 떡 버티고 있는 한 한운석이 후궁에서 머리를 묶을 만한 다른 것을 찾아낼 수 있다고도 믿지 않았다. 그러니 한운석은 사람들 앞에서 비녀를 뽑아 머리를 푸는 수밖에 없었다.

비녀를 뽑아 머리를 푸는 것은 여자에게 있어 몹시 중대한 일로, 옷을 벗는 것이나 다름없어서 규방이나 침실이 아니면 절대 있을 수 없는 일이었다!

이 일이 소문나면 세상 사람들이 비웃을 것이고 진왕 전하의 명성마저 먹칠을 당할 것이다.

한운석의 눈동자가 싸늘하게 번쩍였고, 풀이 죽었던 초청가는 곧바로 기운이 펄펄 났다. 그녀는 진심으로 늙은 태후에게 감탄했다. 정말이지 절묘한 수였다!

"태후께서 명령하시니 받들어 모시겠습니다!"

초청가는 특별히 큰절까지 해 가며 태후의 말을 거역할 수 없는 명령으로 만들었다.

한운석은 똑똑히 알았다. 태후의 말이 제안이든 명령이든, 태후가 이 기회를 놓치지 않고 말한 이상 어길 수 없다는 것을.

진왕부의 세력이 강해 천휘황제마저 삼 푼쯤 두려워할 정도라 해도, 결국 군주는 군주요 신하는 신하였다. 그 관계가 완전히 깨어지지 않는 한 그들은 결국 황권의 구속을 받아야 했다.

머리싸움으로 넘어갈 수 있을 때도 있었고 피할 수 없을 때도 있었다.

한운석은 오늘 이 액운을 피하기 어렵다는 것을 알아차렸다.

그녀는 평소 덕지덕지 장신구를 하는 것을 좋아하지 않았다.

아무래도 번거로워서 머리를 묶는 비녀 말고는 옥정석 팔찌가 유일한 장신구였다.

이 팔찌는 용비야가 준 첫 번째 선물이었다. 값어치를 떠나 설령 흔한 물건이라 해도 절대로 다른 여자에게 줄 수는 없었다!

어쩌지?

이런 자리에서 치맛자락을 찢어 머리를 묶을 수도 없잖아? 그렇다고 소소옥 같은 하녀에게 비녀를 빌릴 수도 없고.

그녀 자신이야 아무래도 상관없지만, 후궁 여자들 앞에서 그렇게 하면 소문이 쫙 퍼질 게 분명했다.

세상 모두가 진왕비가 초 귀비와 선물을 주고받느라 낭패한 꼴을 당했다는 것을 알게 될 텐데, 무슨 낯으로 돌아간담? 용비야의 체면도 한없이 떨어질 것이다.

그때 초청가는 이미 팔에 찬 팔찌를 벗어 두 손으로 받쳐 올리고 있었다.

"진왕비, 강남의 명장 안여옥顔如玉 장인이 손수 만든 자마금 팔찌로, 내가 가장 좋아하는 것이랍니다. 이걸 드리지요. 부디 지난 허물은 잊고 많은 가르침 주시기 바랍니다."

기분이 좋아서 말투도 훨씬 겸손해져 있었다.

한운석은 팔찌를 바라보며 한참 동안 손을 내밀지 못했다. 이제 모든 사람은 자마금 팔찌에 시선을 집중한 채 한운석의 반응을 기다리고 있었다.

곧 목유월이 차갑게 말했다.

"황조모님 앞인데도 황숙모의 위세가 참 대단하군요. 왜요,

초 귀비가 새로 왔다고 무시하는 건가요?"

후궁 싸움의 무서움이란 바로 이런 것이었다. 조금 전만해도 한운석이 유리했지만 바로 다음 순간 곤경에 빠진 것이다.

그녀 앞에는 두 갈래 길밖에 없었다. 선물을 받고 답례품을 주거나 초 귀비를 무시한 죄로 태후에게 처벌을 받거나.

두 번째 길을 선택하면 더욱 비참해진다는 것을 한운석도 잘 알았다!

그녀는 과감하게 초청가가 내민 자마금 팔찌를 받고 웃으며 말했다.

"정말 아름답군요. 고마워요, 초 귀비."

그 순간 장내는 무서울 만치 조용해졌고 공기도 딱딱하게 굳은 것 같아서 숨 쉬기가 어려워졌다. 이제 한운석이 답례할 차례였다.

모두가 긴장해서 기다렸고, 한운석 뒤에 있는 소소옥도 저도 모르게 긴장했다. 어쨌든 당당한 진왕비가 장신구 하나 선물로 내놓지 못해 사람들 앞에서 비녀를 뽑아 머리를 푼다는 건 정말이지 망신이었다.

"황숙모, 초 귀비에게 뭘 선물하실 거예요? 구경 좀 하게 어서 보여 주세요!"

목유월은 즐겁게 웃었다. '황숙모'라는 단어를 이렇게 즐겁게 입에 담은 건 이번이 처음이었다.

"아무렴, 진왕비. 모두 기다리고 있네! 좋은 걸 가지고 있다는 건 알고 있으니 뜸은 그만 들이게."

이 귀비도 웃으며 말했다.

초청가는 기대에 부풀어 차가운 얼굴 위로 모처럼 웃음을 떠올렸다. 화친 소식을 들은 이후 반년 만에 처음으로 느껴보는 기쁨이었다.

한운석, 오늘 망신당하는 맛을 이 초청가가 제대로 보여 주마!

한운석의 눈동자에 줄기줄기 어둠이 번졌다. 보란 듯이 장신구를 하고 오지 않은 것이 진심으로 후회스러웠다. 온갖 풍파를 다 넘겼는데 어쩌다 장신구를 하지 않는 나쁜 습관 때문에 발목을 잡혔을까?

곧이어 나서기 좋아하는 비빈들이 따라서 재촉해 댔다. 한운석은 물러날 곳이 없다는 것을 깨닫고 과감하게 소소옥을 돌아보았다.

모두가 보는 앞에서 소소옥 같은 하녀에게 비녀를 빌려 머리를 묶는 것도 진왕비의 신분에 맞지 않는 일이지만, 이런 위기 앞에서는 어떻게든 해야 했다.

치맛자락을 찢는 것보다 소소옥에게 비녀를 빌리는 편이 덜 망신스럽지 않을까?

한운석이 돌아서자 태후와 이 귀비, 초청가, 목유월은 저도 모르게 흥분했다.

마침내! 마침내 한운석 저 여자에게 한 방 먹였다!

그런데 아무도 예상하지 못한 일이 벌어졌다. 한운석이 소소옥에게 말을 걸기 전에 밖에서 통보하는 소리가 들려온 것이다.

"진왕 전하 듭시옵니다!"

이렇게 여인을 아낄 줄 알다니

진왕 전하가 왔다고?

초청가가 제일 먼저 문 쪽을 돌아보았다. 꼭 다문 입술에서 마음속 흥분과 긴장이 고스란히 드러났다.

곧바로 뒤따라 고개를 돌린 목유월도 눈동자에서 기대를 숨기지 못했다. 혼례식 때 차를 올리며 진황숙이라고 부른 이후로 다시는 진왕 전하를 만나지 못한 그녀였다.

곧 모두가 믿을 수 없는 표정이 되어 일제히 문 쪽을 바라보았다.

진왕 전하가 왔다고? 어떻게 그럴 수가?

진왕 전하는 1년 중 입궁하는 날이 손에 꼽을 정도였다. 입궁하라는 명이 없으면 나타나지 않았고 특히 태후궁으로 오는 일은 극히 적었다. 오늘 이 자리는 초 귀비가 후궁 비빈들과 인사를 나누는 자리로, 진왕 전하가 올 리도 없고, 와서도 안 되었다!

그런데 뭐 하러 왔을까?

한운석도 무척 의외였다. 그녀도 장내 다른 사람들과 마찬가지로 잘못 들은 게 아닐까 의심했다.

하지만 이어지는 통보 소리는 점점 커지고 점점 또렷해져 모두가 똑똑히 들을 수 있었다. 잘못 들은 게 아니었다! 진짜 용비야가 온 것이다!

한운석은 아직 돌아보지 않았다. 그녀는 소소옥을 바라보며 입꼬리를 영악하게 올렸다. 이제 그녀는 무사했다!

이곳이 호랑이 굴이든, 빠져나갈 수 없는 그물이든, 칼날이 춤추는 불바다든, 저 남자만 오면 그녀는 아무 일 없었다!

대청 문가에 있던 태감이 마지막으로 통보했을 때에야 한운석도 고개를 돌렸다.

시간도 딱 맞았다. 1초라도 앞섰으면 너무 이르고 1초라도 뒤졌으면 너무 늦었을 것이다. 곧고 우뚝한 그림자가 대청 입구에 나타났는데, 해를 등진 덕에 완벽한 몸매에 금빛 광채를 덧입힌 것 같아 마치 신처럼 존귀하면서도 신비로워 보였다.

한운석의 입꼬리가 더욱 올라갔고, 눈동자는 환해지면서 눈부신 웃음을 떠올렸다!

사방팔방이 소리 없이 고요한 가운데 한운석의 맑은 목소리가 유난히 곱게 울려 퍼졌다. 그녀는 허리를 숙이며 말했다.

"신첩이 전하께 인사 올립니다. 전하, 천세 천세 천천세!"

이 말이 떨어지자 사람들도 그제야 차례차례 정신을 차렸다.

비빈들이 우르르 일어났다. 이 귀비나 영 귀비 같은 사람도 예외는 아니었다.

그들은 제자리에서 허리를 숙였다.

"진왕 전하, 만수무강하십시오."

"일어나시오."

용비야가 담담하게 말했다.

비빈들이 일어나 자리로 돌아가자 이제 목유월같이 항렬이 낮은 태자비가 예를 올릴 차례였다. 목유월은 어쩔 수 없이 허리를 숙였다.

"진황숙, 만수무강하십시오."

용비야는 그녀를 거들떠보지도 않고 손을 내저었다. 목유월은 일어났지만 달아오른 심장은 괴로움으로 쩍 갈라질 것 같았다.

이어서 용비야가 태후에게 예를 올렸다.

초청가는 새로 온 사람이어서 누군가 인사시켜 주기 전에는 옆에서 기다릴 수밖에 없었다.

태후는 눈동자를 차갑게 번뜩였다. 오늘 사람들 앞에서 한운석의 비녀를 뽑아 망신 주기로 단단히 결심했으니, 설사 용비야가 왔다 해도 한운석이 초청가에게 선물 주는 것을 면해 줄 생각은 없었다.

그녀는 속으로 음흉한 웃음을 지으며 장난스럽게 말했다.

"누구 없느냐? 어서 나가 보려무나. 대체 무슨 바람이 불었기에 진왕이 건곤궁까지 왔을꼬."

태후 시중을 드는 상궁이 정말 밖으로 나가 볼 만큼 멍청할 리 없었다. 상궁은 웃으며 대답했다.

"태후마마, 오늘은 초 귀비의 첫인사 자리이니 중요한 일이 아니라면 전하께서 이리 찾아오시지는 않으셨을 겁니다."

허허!

한운석은 속으로 감탄했다. 태후 시중을 드는 상궁답게 말솜씨가 제법이었다.

"하긴 그렇지. 진왕은 무슨 일로 이곳까지 왔는고?"

태후가 진지한 목소리로 물었다.

"확실히 중요한 일이 있습니다."

용비야가 태연하게 말했다.

그 말에 사람들은 고개를 갸웃했다. 진왕 전하는 한운석 때문에 온 게 분명한데, 그 밖에 무슨 중요한 일이 있다는 걸까?

친왕이라는 신분으로 초 귀비의 첫인사 자리에 나타나는 것은 확실히 부적절했다.

태후도 궁금하긴 마찬가지였다. 설마 진짜 무슨 일이 있는 건가?

나쁜 짓을 많이 한 태후는 괜히 긴장해서 한참 생각한 끝에 떠보듯 물었다.

"무슨 일인가?"

뜻밖에도 용비야는 차갑게 대답했다.

"요즘 진왕비의 몸이 좋지 않아 좀 쉬도록 데려가려고 왔습니다."

뭐…….

그 말이 떨어지자 그 자리에 있던 사람들의 눈이 휘둥그레졌다.

지금 꿈을 꾸는 건 아니겠지? 저 사람이 정말 차갑기로 유명한 진왕 전하 맞아?

저 남자가 언제부터 여자의 몸을 걱정하는 사람이 됐지?

태후는 놀림을 당한 기분이었다. 이게 무슨 중요한 일이라고!

"허허허, 진왕. 그게 이 늙은이를 찾아온 중요한 일이란 말이지?"

태후가 냉소를 흘렸다.

"오해이십니다, 태후. 본 왕은 진왕비를 찾아왔습니다."

용비야가 차갑게 말했다.

태후 앞에서는 한운석은 다소 삼갈지 몰라도, 용비야는 한 번도 그런 적이 없었다!

태후는 주먹을 움켜쥐었다. 버럭 화를 내고 싶었지만 누가 뭐래도 그녀는 아직 이성적이었다. 진왕과 직접 맞서서는 이길 수 없었다.

태후는 노기를 억누르고 여전히 웃음을 지었다.

"진왕이 언제부터 그처럼 사람을 아낄 줄 알게 되었던고?"

용비야는 대답하지 않고 한운석에게 말했다.

"어서 태후께 작별 인사 올리지 않고 뭘 하느냐?"

조금 전까지만 해도 위풍당당하고 여왕처럼 콧대 높게 굴던 한운석은 금세 고분고분해져서 더없이 공손하게 말했다.

"예, 전하."

모르는 사람이 보면 순종하는 모습이라고 생각했겠지만, 사실은 부부가 손발을 척척 맞춘 연극이었다!

태후는 한운석이 인사할 틈을 주지 않고 먼저 웃으며 말했다.

"진왕, 진왕비는 당장 갈 수가 없네."

"무엇 때문입니까?"

용비야가 차갑게 물었다.

태후는 태연한 얼굴이 되어, 그제야 한참 무시당한 초청가를 소개했다.

"진왕, 이쪽은 폐하가 어제 새로 책봉한 초 귀비라네. 서주국 초씨 집안 사람이지."

초청가는 한참 동안 서서, 한참 동안 용비야를 바라보고, 한참 동안 기다린 끝에 마침내 소개를 받았다.

언제나 오만하던 그녀의 눈동자는 표현할 길 없는 슬픔을 머금고 있었다. 용비야, 용비야! 이 마음을 표현하지도 못했는데 이렇게 형수와 시동생 사이로 다시 만나게 될 줄이야!

용비야가 돌아보리라고 생각하자 오만한 초청가는 자존심 때문일 수도 있고 비참한 마음 때문일 수도 있지만, 어쨌든 혹시나 영리한 그가 알아차릴까 봐 눈동자에 떠올렸던 감정을 거뒀다.

그런데 웬걸, 용비야는 고개를 돌리지도, 그녀를 바라보지도 않았다. 초청가의 심장이 아무 예고도 없이 끝없는 심연으로 곤두박질쳤다.

"초 귀비, 이쪽은 진왕 전하일세. 지난번 내 생일 연회에서 본 적이 있을 테지."

태후가 이어서 소개했다.

초청가는 억울함과 불만을 가득 품고 몸을 숙였다.

"진왕 전하께 인사 올립니다. 만수무강하십시오."

"일어나시오."

용비야의 목소리에 담긴 귀찮음은 누구라도 느낄 수 있었다.

"태후마마, 어째서 진왕비가 갈 수 없다는 말씀입니까?"

태후는 그제야 한운석과 초청가가 서로 선물을 주고받아야 한다는 이야기를 했다. 그러는 동안 한운석은 감히 용비야를 쳐다볼 수가 없었다. 이런 일로 발목을 잡혔으니 용비야가 경멸스럽게 여길 것이 분명했다.

한운석은 감히 쳐다보지 못했지만 용비야의 깊고 날카로운 눈빛은 줄곧 한운석에게 못 박혀 있었다!

"진왕, 자네 왕비가 인색한 사람은 아니겠지?"

태후가 웃으며 말했다.

태후 열 명이 와도 용비야 한 사람의 지혜에 미치지 못했다. 용비야는 한운석의 머리를 한 번 쳐다본 뒤 즉시 상황을 파악했다.

태후와 긴말하기 싫었던 그는 사람들이 보는 앞에서 망설임 없이 소맷자락을 찢어 기다란 비단 끈을 만들었다.

뭘 하는 거지?

사람들이 믿을 수 없는 얼굴로 쳐다보았다. 무슨 일인지 영문을 알 수가 없었다.

한운석도 의아했다. 그런데 놀랍게도 용비야가 그녀의 뒤로 오더니 찢어낸 옷자락을 쪽찐 머리에 가져다대며 담담하게 물었다.

"어떻게 묶느냐?"

이건…….

순간, 모두가 찬 숨을 들이켰다. 진왕 전하가 자기 소매를 찢어 한운석의 머리끈으로 쓸 줄은 누구도 예상하지 못한 일이었다!

게다가 저 자세를 볼 때, 사람들 앞에서 한운석의 머리를 묶어 줄 모양이었다.

높디높으신 진왕 전하가! 그의 두 손은 천하를 발칵 뒤집고, 장막 안에서 계략을 짜고, 천하를 장악할 손이었다!

모두들 그가 여자를 위해 손수 이런 일을 하리라곤 꿈에서도 생각지 못했다. 더욱이 사람들이 보는 앞에서!

목유월은 당장이라도 울음을 터트릴 듯 입을 꾹 다물었고, 초청가는 씁쓸한 마음에 아무 말도 할 수 없었다.

지금까지도 이 남자가 한운석을 좋아한다고는 믿지 않았다. 설사 총애한다고 해도 한계가 있을 것으로 생각했다.

하지만 오늘에야 알았다. 천녕국 얼음왕 용비야는 정말로 저 여자를 아끼고 있다는 것을.

태후는 차가운 눈으로 바라볼 뿐 아무 말도 하지 않았다.

그녀는 목유월이나 초청가 같이 정에 푹 빠진 소녀가 아니었다. 그녀는 분노했고, 받아들일 수 없었다!

어렵게 얻은 기회고 용비야도 해결하지 못할 줄 알았는데, 이런 행동을 할 줄이야.

그녀가 꾸민 함정에서 벗어나는 길은 두 가지밖에 없었다. 하나는 머리를 풀고 옥비녀를 초청가에게 준 다음 머리를 묶을 방법을 찾는 것이었다. 다른 하나는 먼저 머리를 묶을 것을 찾은 다음 옥비녀를 뽑아 초청가에게 주는 것이었다.

사람들 앞에서 머리를 푸는 것은 지독한 망신이었다.

두 번째 방법은 사람들 앞에서 머리를 풀어헤치는 건 피할 수 있지만 소소옥의 비녀를 빌리건 제 치맛자락을 찢건 부끄럽고 체면 깎이기는 마찬가지여서 소문이 나면 크게 웃음거리가 될 터였다.

그렇지만 진왕이 대신 옷자락을 찢으면 소문이 나더라도 웃음거리가 아니라 미담이 될 것이다!

진왕 전하가 진왕비를 몹시 총애한 나머지 손수 소맷자락을 찢어 머리를 묶어 주었다.

그 소문을 듣고 어떤 여자가 부러워하지 않을까?

대청에 가득한 여자들은 안절부절못했지만 용비야는 마치 아무도 없는 것처럼 한참 동안 한운석의 머리 위에 이리저리 끈을 대보았다. 표정은 진지하면서도 엄숙했고 눈썹은 잔뜩 찌푸린 채였다.

젠장, 천군만마로도 막을 수 없는 그가 고작 '머리 묶기' 같은 사소한 일에 쩔쩔매게 될 줄이야.

정말이지 방법을 알 수가 없었다.

그러는 동안 한운석은 생각지도 못한 행복에 푹 빠져 한참 동안 도와줄 생각을 하지 못했다.

용비야가 방법을 내어 자신을 데려갈 줄은 알았지만, 이런 방법을 쓸 줄은 그녀도 예상하지 못했다.

찢어진 용비야의 소맷자락을 보고 있자니 괜히 웃음이 났다.

결국 기분이 나빠진 용비야가 소리 죽여 말했다.

"어떻게 묶느냐?"

그제야 정신이 든 한운석은 비녀를 뽑고 쪽찐 머리를 다듬어 손가락으로 그러모아 말총머리를 만들었다.

"전하, 이대로 묶으시면 돼요."

사람들이 모두 보고 있었고 분명히 제 손으로 묶을 수 있는데도 그녀는 그러지 않았다. 분명히 그녀에게 끈을 넘길 수 있는데도 그 역시 그러지 않았다.

용비야는 검을 쥐는 커다란 손으로 한참 끙끙댄 끝에 마침내 한운석의 머리를 묶을 수 있었다. 깔끔하지는 않지만 그래도 튼튼해서 풀릴 일은 없었다.

드디어 무사히 비녀를 빼냈다.

"초 귀비, 이 백옥 비녀를 드리지요."

한운석이 비녀를 건넸다.

초청가는 풀이 죽은 채 받았다. 이 백옥 비녀는 무척 흔한 물품이어서 열 개를 합쳐도 그녀가 방금 준 팔찌에 미치지 못했다.

그 자리에 있던 여자들은 모두 눈이 날카로워 한눈에 두 선물의 가격 차이를 알아보았다. 첫인사 자리에서 이런 식의 선물이 왔다 갔다 한 적은 없었다. 이 일이 알려지면 진왕부가 가난하다는 소문이 퍼질 것이다.

이 귀비가 가소로운 눈빛으로 입을 열려는데 한운석이 왼쪽 손목을 드러냈다.

그녀는 손목에 찬 하얀 옥정석 팔찌를 살며시 쓰다듬으며 어쩔 수 없는 듯이 말했다.

"아아, 진왕부가 가난해서 본 왕비도 귀중한 장신구를 가진 게 없군요. 부디 그 백옥 비녀를 하찮다고 생각지 말아 줘요, 초 귀비. 선물보다 마음이 중요하다고 하잖아요."

시샘에서 질투에서 원한으로

진왕부가 가난하다는 것은 진왕이 가난하다는 말이었다!

진왕 전하 앞에서 저런 말을 해도 정말 괜찮을까?

진왕 전하가 자선 경매에서 낸 돈이 얼마였더라? 진왕 전하가 가진 한도 없는 금패가 몇 장이고, 산장과 원림이 몇 개였더라? 진왕 전하는 조정의 봉록이나 황족의 용돈을 받은 적이 없지만, 휘하에 둔 부하가 얼마나 되더라?

저 망할 한운석을 빼고, 누가 감히 진왕이 가난하다는 말을 할 수 있을까!

용비야는 입꼬리를 실룩였지만 내버려 두었다.

용비야 외에 그 자리에 있는 모든 이들이 이보다 더할 수 없을 만큼 처절하게 무너졌다.

태후를 포함한 모두가 한운석이 찬 팔찌를 응시했다. '놀람'이라는 단어만으로는 그들의 표정을 설명할 수 없으니, '충격'이라는 단어를 쓸 수밖에 없었다!

팔찌는 투명하고 물처럼 매끄러운 데다 잡티 하나 없고, 형광 백색 속에 희미하게 보랏빛이 비쳐 환상처럼 아름다웠다.

태후의 건공궁에 앉아 있을 만한 여자 중에 물건 볼 줄 모르는 사람이 있을까? 그들은 한눈에 한운석이 찬 팔찌가 뭔지 알아차렸다.

옥정석이었다!

옥정석은 운공대륙에서 가장 희귀한 보석으로, 황금이나 비취, 야명주보다 훨씬 귀했다. 게다가 한운석이 찬 것처럼 하얀색에 보랏빛을 띤 옥정석이 제일 귀해서 아주 작은 크기라도 그 값어치는 성 하나에 맞먹을 정도였다.

지금까지 발견된 것 중 가장 큰 옥정석은 엄지손가락만 한 것이었고, 지금은 북려국 황제가 반지로 만들어 끼고 있었다. 생각해 보면 그 옥정석을 발견했을 때 천하의 부자들이 서로 사려고 난리였다.

그런데 누가 예상이나 했을까? 한운석 저 여자가 손에 찬 것이 옥정석 팔찌라니!

팔찌!

팔찌가 무엇인가? 장신구를 통틀어 가장 재료가 많이 들어가는 게 팔찌였다. 옥정석으로 팔찌를 만들려면 옥정석 원석은 저 팔찌보다 더 커야 했고, 더구나 원석 전체에 흠집이 전혀 없어야 했다.

저런 옥정석 팔찌를 만드는 데 얼마나 큰 옥정석 원석을 사용했는지는 상상할 수 있다 해도, 저 팔찌의 값어치가 얼마나 될지는 상상조차 할 수 없었다!

상상조차 할 수 없는 물건이 정말 한운석 손에 있었다. 광택이 좔좔 흐르고 환상처럼 신비로움을 간직한 것을 보면 절대 위조품일 수 없다.

그런데……. 진왕부가 가난하다고? 어디가? 어디가?

한운석은 분명히 돈 자랑을 하고 있었다!

초청가는 화가 나서 울음이 터질 것 같았다. 이렇게 당하고 싶지 않았다! '선물보다 마음'이라는 한운석의 말에 뭐라고 대답해야 할까?

'값어치가 나라에 맞먹는' 팔찌를 차고 있으면서 은자 두세 냥이면 살 수 있는 백옥 비녀를 선물로 주다니. 그건 그렇다 치자. 그런데 구태여 사람들이 보는 데서 저 팔찌를 내보이기까지 하다니!

방금 모두 보았듯, 초청가가 한운석에게 준 것은 그녀가 자랑해 마지않던 자마금 팔찌였다. 한운석이 손목에 찬 팔찌를 보여 준 지금, 두 팔찌가 비교되는 건 당연했다. 한운석이 이런 방식으로 자마금 팔찌 따위는 눈에 차지 않으니 하고 다니지 않겠다고 선언했다는 건 바보라도 알 수 있었다!

항상 오만하고 무엇이든 멸시하던 초청가는 처음으로 자존심에 타격을 입었다.

한운석이 가진 모든 것은 다 저 여자 뒤에 서 있는, 저 여자의 머리카락을 묶어 준 저 남자가 준 것이었다! 그렇지만 초청가 자신은 구중궁궐에 들어오자마자 황후 자리를 놓고 싸우는 처지여서, 평생 그럴 기회가 없었다.

초청가는 한운석 뒤에 선 용비야를 바라보았다. 분명히 같은 방에 있는데, 분명히 열 걸음도 떨어지지 않은 곳에 있는데, 영원히 그의 앞으로 갈 수 없는 기분이었다.

바라보고 또 바라보고, 생각하고 또 생각하는 동안 놀랍게도 초청가의 눈가가 촉촉해졌다…….

이 귀비는 본래 초청가의 자마금 팔찌와 한운석의 백옥 비녀를 비교하며 한운석의 인색함을 비웃고 진왕부가 가난하다고 비웃을 생각이었다. 그런데 지금은 속으로 다행이라며 가슴을 쓸어내렸다. 말이 느렸기 망정이지 정말 입 밖으로 냈다면 제 발등 찍는 일이 벌어졌을 것이다.

가장 체면이 깎인 사람은 목유월이었다. 계속 한운석의 차림새를 비웃었는데, 지금 눈앞에 펼쳐진 모든 사실은 자신의 얕은 지식과 무지함을 증명하고 있었다!

사실 가난한 점이라면, 이 자리에서 목유월만한 사람이 없었다.

태자는 청렴했고, 또 지난번 구호 활동에 지출이 커서 동궁의 재정은 늘 빡빡했다. 태자비인 목유월이 매달 받는 용돈에도 제약이 생겼다.

'시샘이 질투가 되고, 질투가 원한이 된다'는 말에 눈에 보이는 형체가 있다면, 지금 이 대청 안에 가득할 것이 분명했다!

태후조차 속에서 질투가 치밀었다. 한운석 같은 평민 출신 여자가 어떻게 저런 귀한 팔찌를 찰 수 있지? 태후도 저런 팔찌가 무척 갖고 싶었다.

물론 태후는 더 많은 생각을 했다.

오늘 한운석이 건곤궁에서 돈 자랑을 한 것은 후궁 여자들과 싸우기 위해서지만, 자랑한 부와 실력은 진왕의 것이었다.

진왕이 재산을 불리는 재주가 있어 가진 재산이 적지 않다는 것은 조정에서 공공연한 비밀이었다. 자선 경매에서도 진왕부의 주머니가 두둑하다는 것이 더욱 훤히 드러났다.

그러나 오늘 보여 준 옥정석 팔찌는 단순히 재산이 많은 것을 넘어 황족과 조정의 재력에 맞설 수 있는 부를 가지고 있음을 의미했다. 말 그대로 나라에 맞먹는 부유함이었다.

태후는 생각할수록 걱정스러웠다. 진왕의 실력은 그녀와 천휘황제가 예상한 것보다 훨씬 강했다.

초청가가 미적미적 대답이 없자 한운석은 어깨를 으쓱하며 그녀를 내버려 두었다.

"태후마마, 그만 물러가도 되는지요?"

물은 사람은 한운석이지만 용비야가 물은 것이나 다름없었다.

용비야가 한운석 뒤에 버티고 있으니 태후가 무슨 수작을 부릴 수 있을까?

사실 용비야 같은 사람은 어서 빨리 내보내고 싶은 게 태후의 마음이었다. 이제는 거짓 웃음도 지을 수가 없었다.

"몸이 좋지 않다니 돌아가서 푹 쉬거라."

용비야와 한운석은 곧바로 작별 인사를 했다. 사람들의 시선이 쏠린 가운데 용비야는 한운석의 손을 잡고 밖으로 나갔다. 동작이 무척 자연스러워서 이미 습관이 된 것 같았다.

대청은 조용했고 사람들의 시선이 그들을 뒤쫓았다. 천휘황제 후궁 중에도 젊은 시절 진왕 전하에게 마음이 흔들렸던 사람들이 얼마쯤 있었다! 하지만 천휘황제는 이미 그들에게 따질 틈이 없었다.

그때 천휘황제는 북려국에 번진 말 전염병 때문에 화가 나서 탁자를 쓸어버린 참이었다. 등극한 이래 처음으로 북려국과의 전쟁을 기대하고 있었는데, 뜻밖에도 북려국에 말 전염병이 일어난 것이다. 이렇게 되면 어주도에 있는 수군을 움직일 핑계가 없었다!

이럴 줄 알았다면 북려국이 삼도전장에서 위협을 가하든 말든 백리원륭이 제멋대로 병사를 움직인 일을 끝까지 추궁했을 텐데! 그랬다면 적어도 병권을 되찾을 수는 있었을 것이다.

이재민 구호부터 북려국의 퇴각까지 천휘황제가 이익을 본 것은 하나도 없고, 도리어 좋은 기회만 한 번 또 한 번 놓치고 말았다!

그러니 화가 나지 않을 수 있을까?

한운석이 찬 옥정석 팔찌 이야기는 분명히 금방 천휘황제의 귀에 들어갈 것이니, 곧 분노에다 걱정까지 해야 할 상황이었다!

진왕의 권력이 조야에 미치는데 부까지 나라에 맞먹을 정도라면, 그가 앉은 이 황위를 언제까지 지킬 수 있을까?

한운석과 용비야가 떠난 후 건곤궁 안은 쑥덕거림으로 가득 찼고, 태후 일행이나 초청가는 흥이 싹 가셨다.

태후는 한운석과 초청가를 불러 함께 먹으려고 식사까지 준비해 놓았지만 이제 필요 없었다.

겉으로만 기분 좋게 한담을 몇 마디 나눈 뒤 태후는 곧 사람들을 돌려보냈다.

초청가가 건곤궁 대문을 나서자마자 목유월이 허겁지겁 쫓아왔다.

"초 귀비, 잠깐만요."

초청가는 멈추지 않았지만 걷는 속도는 확실히 느려졌다. 목유월이 그녀 옆으로 달려와 나지막이 말했다.

"초 귀비, 잠시 이야기하지 않겠어요?"

초청가는 한참 말이 없다가 비로소 대답했다.

"그러죠!"

두 사람 뒤, 높은 누대 위에서는 태후와 이 귀비가 난간에 기대어 그들의 뒷모습을 응시하고 있었다.

"모후께서는 참으로 영명하십니다. 과연 짐작하신 대로군요."

이 귀비가 비위를 맞췄다.

목유월을 찾아가 초청가와 맞서자고 청했다가 성공하지 못하자 그녀는 곧 태후를 찾아가 그 일을 고했다. 뜻밖에도 태후는 목유월의 어리석음에 화를 내기는커녕 도리어 무척 기뻐했다.

"허허허, 초청가가 유월 그 아이를 배척하지만 않는다면 우리에게 희망이 있다!"

태후의 눈이 음흉하게 번쩍였다.

목유월과 초청가는 둘 다 한운석에게 원한이 있었다. 목유월이 초청가의 신임을 얻고 손을 잡으면, 태후와 이 귀비는 훨씬 일을 덜 수 있었다.

필요하면 목유월을 이용해 초청가를 함정에 빠뜨릴 수 있을 것이다!

직접 나서서 싸우기보다 목유월 저 멍청이를 이용하는 편이 나았다.

"모후, 만약 초청가도 우리와 같은 생각을 한다면……."

이 귀비가 미심쩍게 말했다.

어쨌든 한운석과의 원한과 황후 자리싸움은 별개의 문제였다. 만에 하나 초청가가 목유월을 이용해 그들을 상대하려고 한다면 상황을 장악하기 쉽지 않았다.

태후는 냉소를 터트렸다.

"초청가 그 아이는 그만한 심계가 없다. 허허허, 한 1년쯤은 황후 자리를 생각할 마음도 없을 게다."

후궁에서 반평생을 산 태후가 설마 젊은 궁녀나 비빈들의 속을 한눈에 꿰뚫어 보지도 못할까?

초청가의 성품과 지난 행동으로 보아, 적어도 짧은 시일 안에는 황후 자리가 아니라 한운석에게 복수하는 것을 가장 중요하게 생각할 것이다.

물론 초청가가 한운석을 뼈에 사무칠 만큼 미워하게 만들기 위해 목유월을 통해 여러 가지 술수를 써야 했다.

"영명하십니다!"

이 귀비는 무척 기뻐했다.

태후는 그녀를 흘낏 쳐다보았지만 별말 하지 않았다. 그녀는 속으로 내내 황후를 그리워하고 있었다. 황후가 있었다면 오늘 태후 자신이 그렇게까지 힘을 쓸 필요도 없었을 것이다.

이 귀비가 떠난 후 태후는 그제야 가까이 부리는 심복을 찾았다.

"의성 쪽에 소식이 있느냐?"

명의 십여 명이 실성한 황후를 치료할 수 없다고 진단했지만 태후와 태자는 의원을 찾는 일을 포기하지 않았다. 그들은 의학원 대장로, 나아가 원장을 청할 수 있지 않을까 하는 생각에 계속해서 의성 쪽에 선을 대려고 했다.

"아직 추진 중이지만 아마도……."

심복은 다소 자신 없어 했다.

태후는 눈을 찌푸린 채 한참 만에야 나지막이 말했다.

"계속 진행해라. 이 일은 절대 이 귀비가 알면 안 된다!"

후궁에서 사람과 사람의 관계는 이처럼 복잡했다. 설사 태후와 이 귀비라 해도 그 사이에는 틈이 있었다. 황후가 돌아오는 문제에 대해서라면 이 귀비도 초청가와 같은 입장이었다.

황후가 돌아오면 이 귀비가 위로 올라갈 기회는 더욱더 없었다!

사실 태후가 가장 지지하고 믿어 줘야 할 사람은 목유월이었다. 태자비이자 황후의 며느리, 태후 자신의 손자며느리인 목유월. 하지만 안타깝게도 목유월은 지지해 줘 봤자 제대로 설 수도 없는 인물이었다.

그때 한운석은 이미 용비야에게 이끌려 궁을 나가고 있었다.

그녀는 몰랐지만, 그들의 출궁과 동시에 진왕 전하가 '소매를 찢어 진왕비의 머리카락을 묶어 준' 이야기도 따라 나갔다. 오래지 않아 그 이야기는 천녕국 도성에 쫙 퍼져 머리끈 열풍을 일으켰고, 길고 흰 비단 끈은 공급이 부족해 팔고 싶어도 팔 수 없을 지경이었다!

'소매를 찢어 머리카락을 묶다'는 말은 고백의 의미가 되어 구혼하는 새로운 방식으로 자리 잡았고, 수많은 남자가 경쟁하듯 따라 하게 되었다.

왕부로 돌아가는 마차에서 한운석은 용비야의 찢어진 옷소매를 힐끔힐끔 훔쳐보았다…….

정말 아름답구나

만약 예전에 용비야가 이 많은 사람 앞에서 자신을 보호하고 아껴 주었다면 한운석은 분명히 불안해 어쩔 줄 몰라 하고 나아가 그에게 다른 목적이 있지 않나 의심했을 것이다.

그때는 혼자만의 짝사랑이었으니까.

하지만 요 반년 함께 하는 동안 그런 마음은 사라졌고, 진왕이 주는 총애를 당당하게 누렸다. 이제는 알고 있었다. 이 남자가 자신을 좋아한다는 것을.

그가 좋아하고 그녀도 좋아하면, 아무리 큰 은총이라도 받아들일 수 있었다!

한운석이 한참 동안 소매를 응시하고 있었더니 마침내 용비야가 그녀에게 시선을 던졌다.

"뭘 보느냐?"

한운석은 그제야 시선을 거두고 일부러 진지한 목소리로 말했다.

"구해 주셔서 감사합니다, 전하."

용비야는 눈썹을 치키며 그녀를 훑어보았다.

"음."

그게 다야? 뭐 할 말 없어? 위로해 주지도 않았잖아? 조금 전 상황은 정말 위험했고, 그녀도 속으로는 진짜 긴장했다.

"전하께서 한발만 늦으셨어도 신첩은 정말 망신당했을 거예요."

한운석이 다시 말했다.

용비야는 또다시 담담하게 대답했다.

"음."

"전하께서 신첩을 찾아오셔서 신첩은 정말 기뻐요."

그녀는 또다시 떠보았다.

"음."

용비야는 꿈쩍도 하지 않았다.

그래, 이렇게 나올 줄 알았어. 그녀가 큰절을 올리며 감사를 표해도 그는 아마 무표정한 얼굴로 고개를 끄덕일 것이다.

답답하고 차가운 인간!

한운석은 다시 찢어진 옷소매에 눈길을 주었다가 나른하게 창가에 기대어 떠들썩한 창밖 풍경을 구경했다.

아아, 너무 오래 갇혀 있었어. 바깥바람 쐬고 싶어 죽겠네!

그렇게 넋을 놓고 있는데 갑자기 머리카락에 뭔가 닿는 것이 느껴졌다. 그녀가 미처 반응을 보이기도 전에 용비야가 비단 끈을 살짝 당겼고, 숱 많고 윤나는 머리카락이 풀어지는 끈을 따라 스르르 쏟아져 내렸다.

한운석은 무의식적으로 고개를 돌렸다. 부드럽게 어깨 위로 늘어진 긴 머리카락은 화장기 없는 동그란 얼굴을 더욱 청순하고 아리따워 보이게 했고, 평소의 소탈함과 당당함을 조금 가리는 대신 여성스러운 부드러움을 더해 주었다.

그녀는 멍해졌다. 이 인간이 뭐하는 거지?

"전하……."

물으려던 그녀가 문득 입을 다물었다. 용비야는 자신을 꼼꼼히 뜯어보고 있었다. 저 새까만 눈동자는 깊고도 깊어 그 속으로 빨려들 것만 같았다.

까닭모를 두려움에 한운석은 황급히 시선을 피했다.

마차 안은 조용해졌다. 한참 동안 용비야도 아무 소리 내지 않았다. 한운석의 심장은 무엇엔가 자극을 받은 것처럼 가만히 있질 못했다.

이 인간 대체 뭘 하려는 걸까?

그녀는 눈꺼풀을 내린 채로 그를 훔쳐보려다가 공교롭게도 용비야에게 딱 들키고 말았다. 용비야는 내내 그녀를 보고 있던 것이다.

이럴 바에야 하고 고개를 돌려 그를 똑바로 바라보았는데, 뜻밖에도 용비야의 눈빛은 더욱더 무례해졌다. 그녀는 두려워하지 않고 머리카락을 그러모아 손으로 고정했다.

용비야가 즉시 강압적으로 그녀의 손을 떼어 냈고, 부드러운 머리카락이 다시 흘러내렸다. 한운석이 다시 올리자 용비야는 또 손을 떼어 냈다. 한운석이 또다시 잡아 올리자 용비야가 묵직하게 잠긴 소리로 말했다.

"정말 아름답구나."

여자의 머리카락을 정절의 상징으로 보는 일도 왕왕 있었다.

여자가 머리카락을 늘어뜨릴 때는, 옷을 제대로 챙겨 입지 않거나 옷고름을 풀고 잠들거나 아니면 옷을 모두 벗고 목욕할 때였다.

머리를 푼 여자의 아름다움을 볼 수 있는 사람은 가까이에서 시중드는 하녀 아니면 그녀의 남자밖에 없었다.

뒤늦게야 깨달은 한운석의 두 뺨이 발갛게 달아올랐다. 그녀가 긴 머리카락을 잡아 올리자 그도 결국 끈을 건네며 더는 장난치지 않았다.

한운석은 속으로 가만히 생각했다.

이 인간은 본래부터 이렇게 나빴을까, 아니면 나빠진 걸까?

침묵. 분위기가 이상해지고 공기 속에서 뭔가 움트는 것 같았다.

이런 상황에서 용비야는 절대로 입을 열 사람이 아니었고, 한운석은 이 분위기를 견딜 수가 없었다.

그녀는 억지로 화제를 찾았다.

"전하, 목 대장군은 어쩌다 딸을 저렇게 멍청하게 키웠을까요?"

조금 전 싸움에서, 한운석은 목유월의 행동이 가장 경멸스러웠다.

"모른다."

용비야는 담담하게 대답했다. 태후궁에서 그녀를 데리고 나왔으면 됐지, 후궁 여자들의 싸움에 관심을 가질 만큼 한가하지 않았다.

그 여자들은 적어도 아직은 대국에 영향을 미치지 못했다.

화제를 꺼내자 한운석도 숨이 트이는 것 같았다. 그녀는 진지하게 물었다.

"전하, 초청가와 초천은이 지난번 독종의 지하 동굴에 온 이유가 미접몽 때문은 아니겠죠?"

그녀와 초청가가 처음 원한을 맺은 곳은 바로 독종의 지하 동굴이었다. 그날만 아니었다면 어쩌면 두 사람의 관계가 지금처럼 나빠지지 않았을지도 몰랐다.

그 일은 용비야도 벌써 염두에 두고 있었으나 여태껏 말을 꺼내지 않은 것뿐이었다.

그는 복잡한 눈빛을 하며 담담하게 말했다.

"초청가는 독술이 뛰어나니 약재를 찾으러 갔을 것이다."

그곳은 독종의 독초 창고로, 천하의 각종 독초가 모여 있어 독술계에 몸담은 적잖은 사람들이 종종 독초를 훔치러 가곤 했다.

"전하, 이상하지 않으세요? 초씨 집안은 장군 가문인데 초청가 같은 여자가 왜 독술을 배웠을까요?"

한운석이 또 물었다.

"그건 그 여자 일이다."

용비야는 담담하게 말했다. 별로 이야기하고 싶지 않은 게 분명했다.

어쩌면 괜한 생각이었는지도 몰랐다. 용비야의 태도에 한운석도 더는 묻지 않았다…….

진왕부로 돌아온 그날 저녁, 한운석은 조 할멈을 통하고, 조 할멈은 또 초서풍을 통하는 등 몇 단계를 거친 끝에 소매가 찢어진 용비야의 옷이 한운석 손에 들어왔다.

"왕비마마, 전하의 물건을 훔치시다니⋯⋯. 괜찮을까요?"

조 할멈이 조심스레 물었다.

물론 초서풍은 전하께서 이 옷을 다시 입지 않으실 것이라고 했지만 그래도 버린 것은 아니었다! 전하의 허락 없이 가져오는 건 아무래도 좋지 않았다.

한운석이 눈을 흘겼다.

"내가 훔치는 걸 봤나?"

헉⋯⋯.

조 할멈은 울고 싶었다. 당연히 왕비마마가 훔치는 걸 본 사람은 아무도 없었다. 이걸 훔친 사람은 초서풍과 조 할멈 자신이었으니까!

조 할멈은 또 한 가지 진리를 깨달았다. 절대로 왕비마마께 잔소리하지 말라. 해 봤자 짓밟혀 죽을 뿐이다.

조 할멈이 조용해지자 한운석도 귀가 시원해졌다. 그녀는 남 몰래 웃으면서 용비야의 장포를 안고 누각 위로 올라갔다.

이 장포와 장포에서 찢어낸 끈은 상자 제일 밑에 보관해 둘 생각이었다.

이튿날이 되었지만 침궁 쪽은 조용했다. 용비야가 옷이 사라진 것을 발견했는지 아닌지는 아무도 확실히 알지 못했다.

진왕 전하의 마음속을 누가 들여다볼 수 있을까?

며칠 지나지 않아 초서풍이 높이가 1미터쯤 되는 커다란 상자를 메고 왔다.

"왕비마마, 전하께서 보내신 것입니다. 무엇인지 맞혀 보시지요!"

한운석은 한참 동안 살펴보다가 미심쩍게 물었다.

"약재?"

이렇게 큰 상자에 넣으려면 약재가 얼마나 있어야 할까?

초서풍이 고개를 젓자 한운석이 다시 물었다.

"옷?"

초서풍은 여전히 고개를 저었고 조 할멈이 황급히 물었다.

"의서?"

초서풍은 또 고개를 젓자 조 할멈은 짜증을 냈다.

"이놈아, 어디 왕비마마 앞에서 뜸을 들여?"

"왕비마마, 무척 무거운데 저도 무엇인지 모릅니다."

초서풍이 억울한 얼굴로 말했다.

그는 엄청난 힘을 들여 이 상자를 유각에서 여기까지 메고 온 참이었다.

한운석은 더욱 호기심이 일어 황급히 상자를 열어 보았다. 안에 든 물건을 보는 순간 세 사람은 모두 눈이 휘둥그레졌다.

놀랍게도 커다란 상자에 든 것은…… 장신구였다.

1미터나 되는 상자를 가득가득 채운 것은 모두 장신구, 가지각색의 형태에 가지각색의 재질로 된 장신구들이었다. 한운석의 말을 빌리자면, 하늘에 있는 별처럼 많고 공짜였다!

조 할멈은 참다못해 솔직히 말했다.

"왕비마마, 이건 씀씀이가 후하신 게 아니라 여자에게 선물하는 방법을 전혀 모르시는 겁니다!"

이런 식으로 선물하는 법은 없었다. 특히 장신구 같은 것은. 도매상을 하자는 건지, 선물을 하자는 건지!

조 할멈 말이 옳았다. 확실히 용비야는 선물하는 법을 몰랐다.

한운석은 패물을 보면서 바보처럼 웃고만 있었다. 장신구를 좋아하지도 않고 장신구를 하는 데 익숙하지도 않지만, 눈앞에 가득한 마음 씀씀이에 기분이 무척 좋았다.

오늘부터는 열심히 좋은 옷을 입고 장신구를 해서 더욱 아름답게 치장해야지!

"전하는 어디 가셨지?"

한운석이 물었다.

"유각에서 백리 장군과 의논 중이십니다."

초서풍이 재빨리 대답했다.

보통은 모른다고 대답하던 그가 뜻밖에도 이번에는 꽤 자세한 대답을 내놓았지만, 안타깝게도 한운석은 기쁨에 푹 빠져 그 차이에 신경 쓰지 못했다.

초서풍은 곧 물러갔다. 진왕 전하를 모시고 서둘러 약귀곡으로 가야 했다!

약귀를 만나기로 한 보름은 아직 멀었지만 전하는 미리 출발하실 생각이었다.

지난번 백리명향의 약을 구하러 갔다가 왕비마마가 전하와 약귀의 약속을 알게 되었으니 아무래도 가서 처리할 필요가 있었다.

일단 숨기기 시작한 이상, 전하의 성격이라면 끝까지 숨길 게 분명했다!

커다란 상자 가득 장신구를 선물 받자 한운석의 몸조리하는 나날도 더는 심심하지 않게 되었다. 장신구는 개수가 무척 많았지만 어느 하나 할 것 없이 잘 만든 물건이고 값도 비쌌다.

조 할멈과 소소옥이 돕긴 했지만 사흘 동안 정리를 했는데도 겨우 일부밖에 처리하지 못했다.

"왕비마마, 전하께서는 틀림없이 마마를 좋아하시는 거예요."

소소옥이 말했다.

"어허, 당연한 말을."

조 할멈이 눈을 흘겼다.

한운석은 아무 말 없이 장신구를 정리하며 남몰래 생각에 잠겼다. 어떻게 이 장신구에 독을 먹이고 어떻게 독침을 숨길 것인가 하는 생각이었다.

그녀는 무공을 할 줄 몰라 항상 자신을 보호하고 적을 상대할 방법을 생각했다.

"왕비마마, 정말 너무 많군요. 장신구 함에 모두 넣으려면 함이 몇 개나 있어야 할까요?"

조 할멈이 자포자기한 목소리로 말했다.

한운석은 잠시 생각하더니, 조 할멈에게 약 궤짝 하나를 만들어 오게 한 후 장신구를 약재처럼 나누어 서랍에 넣었다.

"왕비마마, 뭘 하시는 거예요?"

소소옥이 궁금해하며 물었다.

"왕비마마, 그런 식으로 보관하면 부적절하지 않을까요?"

조 할멈도 이해가 가지 않았다.

한운석은 이 장신구에 독을 주입해 몸에 지니고 있다가 암기처럼 쓸 생각이란 것을 두 사람에게도 말해 주지 않았다. 아는 사람이 많아지면 암기라고 할 수 없었다.

"쓸데없는 말 말고 어서 움직이게!"

한운석이 사납게 재촉하자 조 할멈과 소소옥도 감히 머뭇거리지 못했다.

하루가 지나자 정리가 끝난 약 궤짝이 서재로 옮겨졌다.

한운석은 소소옥과 조 할멈의 도움을 받지 않고 자신만 아는 자모字母로 서랍마다 표지를 붙이고 분류하기 시작했다.

솔직히 너무 어마어마한 작업이어서 믿을 만한 조력자가 필요할 것 같았다. 조 할멈과 소소옥도 믿을 만했지만, 독에 관해서는 아무것도 모르는 데다 그녀 역시 가르칠 여력이 없었다.

장신구를 정리하는 것은 급한 일도 아니니 당장 처리할 필요는 없지만, 한운석은 미루는 걸 좋아하지 않아서 할 수 있는 일은 가능한 한 빨리 처리하는 걸 선호했다.

졸릴 때 베개 내민다더니, 한운석이 밥 먹을 시간조차 없이 바빠 일하고 있을 때 백리명향이 작은 짐 보따리를 들고 찾아왔다.

이미 이야기해 두었기 때문에 낙 집사는 그녀를 곧바로 운한각으로 안내했다.

한운석은 그 일을 까맣게 잊고 있었다.

그녀가 서재에서 나와 보니 정원에 백리명향이 서 있었다.

소박하고 점잖은 시녀 차림에 머리카락도 깔끔하게 빗어 올리고 두 손을 앞에 공손히 포갠 자세였다.

몸은 이제 거의 회복되었다. 저승 문 앞까지 다녀온 후로 화장을 싹 지워 전체적으로 침착하고 조용해진 모습이었는데, 그 차림이며 분위기가 태후 곁에서 일하는 궁녀보다 더 모범적이라고 해도 이상하지 않을 정도였다!

이 내 마음 임과 같라섭니다

고작 한 달 만에 백리명향은 마치 환골탈태한 것 같았다.

한운석은 그녀에게 육체적인 변화뿐 아니라 심리적인 변화도 있었다는 것을 어렴풋이 느꼈다.

한운석이 문에서 나오자 백리명향은 곧 몸을 숙여 예를 올렸다.

"소인이 왕비마마께 인사 올립니다."

무슨…….

우선 돌아가서 몸을 추스른 뒤 운한각에 와서 하녀 노릇을 하라고 말은 했지만, 그래도 이런 상황은 다소 당황스러웠다.

사실 한운석뿐만 아니라 옆에 있던 조 할멈과 소소옥까지 낯설어했다.

한운석은 다가가서 백리명향 주위를 한 바퀴 돌며 살폈다. 가슴속에서 만감이 교차했다. 마침내 그녀는 몸소 백리명향을 부축해 일으키며 나지막하게 말했다.

"다른 것은 몰라도 한마디만 할게요. 언젠가 떠나고 싶으면 떠나도 좋아요. 억지로 붙잡지 않을 거예요."

"명심하겠습니다."

백리명향도 나지막하게 대답했다.

어차피 이렇게 되었으니 한운석도 받아들였다. 마침 일손도 부족한 차였고 지난번에도 백리명향더러 조수 일을 하라고 말한 적이 있었다. 오랫동안 독약을 접한 백리명향은 분명히 깨달음을 얻었을 것이니 크게 힘들이지 않고 가르칠 수 있을 것이다.

"조 할멈, 층계 아래쪽 방을 명향에게 내주고 데려가서 왕부의 규칙을 익히게 하게."

한운석이 분부했다.

조 할멈은 백리명향을 좋아해서 소소옥더러 방을 치우게 한 후 직접 백리명향에게 이곳을 소개해 주었다.

의태비가 관장할 때만 해도 진왕부의 규칙은 몹시 복잡했다. 왕부에 자체 규칙이 있는데도 각 원락마다 별도의 규칙을 세웠다. 빨래방 같은 곳까지도 별도 규칙이 있었을 정도였다. 하지만 진왕비가 관리하게 된 후로 모든 것은 상당히 간소해졌다. 그녀의 요약 한마디를 빌리자면, "말이든 행동이든 진왕부의 체면을 떨어뜨리지 않게 하면 된다"였다.

조 할멈은 백리명향을 데리고 왕부를 한 바퀴 돈 다음 마지막으로 부용원으로 돌아갔다.

"명향 소저, 앞으로는 늘 이곳을 왔다 갔다 할 테니 오늘은 그냥 넘어가시지요."

조 할멈은 진왕 전하가 묵는 침궁을 가리키며 또 말했다.

"저쪽은 전하의 침궁입니다. 전하와 왕비마마의 허락 없이는 함부로 들어갈 수 없지요."

"명심할게요. 그리고 조 할멈, 앞으로는 명향이라고 불러요."

백리명향이 담담하게 말했다.

조 할멈도 어쩔 수 없이 고개를 끄덕인 후 계속 말했다.

"부용원에는 그것 말고는 규칙이 없습니다. 운한각 쪽은 특히 자유로워서 맡은 일만 잘 하면 되지요. 시간이 늦었으니 그만 돌아가시지요."

백리명향은 고개를 주억거리며 몇 걸음 걷다가, 고개를 돌리고 고요하고 장엄한 침궁을 돌아보았다. 무슨 결심이라도 한 듯 무척 엄숙하고 단호한 표정이었다.

"명향 소저, 뭘 보십니까?"

조 할멈이 의아해하며 물었다.

"아니에요, 가요."

백리명향은 의연하게 고개를 돌렸다.

백 갈래 연정, 천 갈래 그리움. 오늘 이 명향의 마음茗心(향기로운 마음이라는 뜻이자 명향의 마음이라는 두 의미가 있음)은 임과 갈라서렵니다.

진왕 전하, 오늘부터 명향은 평생 온 마음을 다해 시중을 들겠습니다. 오늘부터 명향의 마음속에 더는 전하를 담을 수 없습니다…….

백리명향과 조 할멈이 운한각으로 돌아왔을 때 소소옥은 아직 방을 다 치우지 못한 상태였다. 조 할멈이 물을 떠 와 척척 도왔다.

"명향 소저, 잠시 기다리시지요."

조 할멈의 마음속에서는, 아무리 백리명향이 하녀 노릇을 해

도 왕비마마의 하녀일 뿐 진짜 하인들보다는 신분 높은 사람이
었다.

소소옥이 꿍얼댔다.

"조 할머니, 같이 치우면 더 빠를 텐데요."

일부러 그랬는지 무심코 그랬는지 모르지만, 어쨌든 백리명
향도 그 투덜거림을 들었다.

백리명향은 진지하게 소소옥을 한번 훑어보더니 아무 말 없
이 소매를 걷어붙이고 들어가 일하려고 했다.

"안 됩니다, 안 돼요!"

조 할멈이 황급히 가로막았다.

"명향 소저, 왕비마마께서 말씀하지 않으셨습니까. 소저는
마마를 도와 독약을 관리하시면 되고, 차를 나르거나 하는 힘
든 일은 하지 말라 하셨습니다."

"이곳은 내가 묵을 방이니 내가 치워야죠. 그리고 한 번 더
명향 소저라고 부르면 대답하지 않겠어요."

부드러워 보이는 백리명향이 진지해지자 꽤 엄숙해 보였다.

"명향 소저……."

조 할멈이 입을 열자 백리명향이 곧 눈을 찌푸렸다. 진지한
눈빛에 어렴풋이 위엄이 묻어 있어서 조 할멈도 순순히 물러날
수밖에 없었다.

조 할멈은 속으로 감탄했다. 역시 주인 노릇하던 사람은 다
르구나. 아무리 나이가 어려도 위세가 있다니까.

조 할멈과 소소옥이 나가자 백리명향은 곧바로 문을 닫았다.

"고얀 것, 이제 다 컸다고 신참 길들이기라도 하겠다는 게냐?"

조 할멈이 소소옥의 코를 잡아 비틀며 질책했다.

소소옥은 억울해했다.

"조 할머니, 왕비마마께서 저 사람을 받아 줄 생각이 없었다는 건 할머니도 아시잖아요."

"그게 너와 무슨 상관이냐!"

조 할멈은 불쾌하게 물었다.

"우리가 조금씩 괴롭혀서 알아서 떠나게 하는 거예요!"

소소옥이 소리 죽여 말했다.

소소옥은 최근 속이 타들어가 어쩔 줄 몰랐다. 한운석은 종일 서재에서 장신구를 정리하느라 바빠 며칠째 아침에 정원에 나와 차를 마시지 않았고, 덕분에 그녀의 빈틈없는 계획은 수행할 기회조차 없었다. 벌써 계획을 변경해 서재에서 손 쓸 기회를 찾았는데, 이럴 때 백리명향이 나타났으니 거추장스러워 죽을 지경이었다!

"네 말도 일리는 있구나. 그래, 어떻게 괴롭힐 생각이냐?"

조 할멈이 그럴듯하다는 듯이 말했다.

소소옥은 무척 기뻤지만, 입을 열기도 전에 조 할멈의 안색이 좋지 않은 것을 알아채고 슬그머니 입을 다물며 고개를 숙였다.

"머리에 피도 안 마른 것이 그런 못된 생각을 품어? 나중에 뭐가 되려고!"

조 할멈이 호되게 야단쳤다.

소소옥은 가슴이 철렁 내려앉고 등에서 식은땀이 주르륵 흘렀다. 너무 서두른 모양이었다.

"제가 잘못했어요. 쓸데없이 나서는 게 아니었어요. 전 못된 생각을 품은 게 아니라 그저 왕비마마를 돕고 싶었던 것뿐이에요. 당장 가서 명향 언니에게 사과할게요!"

소소옥이 말하며 정말 방문을 두드리려고 했지만 조 할멈이 잡아 당겼다.

"왕비마마와 명향의 일에 네가 무슨 도움을 줄 수 있다는 게야? 분수를 알아야지! 썩 돌아가서 벽 보고 서 있거라!"

소소옥은 억울한 표정을 지었지만 속으로는 안도의 숨을 내쉬었다. 그녀는 조 할멈이 이렇게 말했다는 것은 더 야단치지 않겠다는 뜻임을 알고 있었다.

소소옥이 사라진 후 조 할멈은 다시 방으로 돌아가 도우려고 했지만, 조금 전 백리명향의 표정이 떠올라 문 앞에서 기다렸다.

그런데 그 기다림이 한 시진이나 이어질 줄은 아무도 예상하지 못했다. 안에서 치우는 소리가 계속 들리지만 않았다면, 조 할멈은 백리명향이 혼절해 쓰러진 줄 알았을 것이다.

저녁 식사 시간이 되자 방에서 나온 한운석이 그 모습을 보고 의아한 듯 물었다.

"뭐 하는 것인가?"

조 할멈은 사실대로 고했다.

"왕비마마, 아무래도 아직 정리를 못한 모양입니다."

"자기 방도 치우지 못하는 사람을 남겨서 뭐하겠나."

한운석은 큰 소리로 그 말만 남기고 식사하러 갔다.

방 안에 있는 백리명향도 당연히 그 말을 들었다. 그녀는 생긋 웃으며 계속 부지런히 움직였다.

밤이 깊고 조용해질 무렵 백리명향이 마침내 방 청소를 끝냈다. 본래 손에 물 한 번 안 묻히고 살다가 이런 고생을 했더니 허기지고 잔뜩 지쳤다. 허리가 끊어질 듯 아픈 것은 말할 것도 없고 열 손가락마저 벌겋게 부어 있었다.

그러나 이런 아픔은 독이 발작할 때의 아픔에 비하면 아무것도 아니었다.

백리명향은 짐 정리를 한 다음 밖으로 나갔다. 뜻밖에도 한운석이 팔짱을 낀 채 벽에 기대어 있고 조 할멈은 김이 모락모락 나는 야참을 들고 옆에 서 있었다.

자세로 보아 그녀를 기다린 게 분명했다. 모두 잠든 줄 알았는데.

따스한 기운이 심장에 퍼졌다. 백리명향이 입을 열려는데 한운석이 피곤한 듯 허리를 펴며 무심하게 말했다.

"잘됐네. 같이 야참 먹어요."

백리명향은 희미하게 미소하며 몸을 숙였다.

"예. 감사합니다, 왕비마마."

이튿날 아침 일찍, 백리명향은 서재 문 앞에서 기다렸다.

한운석이 웃으며 말했다.

"소옥이보다 일찍 일어나는군요."

예전에는 소소옥이 제일 먼저 일어났다. 조 할멈보다 더 일렀다.

"안녕히 주무셨습니까, 왕비마마."

백리명향은 허리를 숙여 인사했다. 그녀는 어제 왕부에 들어온 후 지금까지 예의범절을 깍듯하게 지켰다.

서재로 가려던 한운석은 생각을 바꾸었다.

"정원에 나가 차를 마시죠. 명향이 끓인 차를 마신 지 한참 되었잖아요."

백리명향의 다도는 일류였다. 다기를 준비하고, 물을 고르고, 불을 피우고, 끓기를 기다리고, 첫물을 따라 버리는 등 일련의 동작은 물 흐르듯이 능숙하면서도 우아하고 안정적이었다.

차 마시는 시간 동안 한운석은 독을 주입하는 방법을 백리명향에게 가르쳐 주었다. 백리명향은 방 치우는 능력은 부족해도 다른 능력은 무척 강했다.

그녀는 차를 끓이면서 한운석의 설명을 들었다. 한 번에 두 가지 일을 하면서도 딱 알맞게 차를 끓였고, 물 한 방울 흘리지 않아 돌 탁자가 깨끗했다. 그리고 한운석이 말한 내용도 거의 이해해서 더 설명해 줄 필요가 없었다.

그제야 깨어나 정원의 풍경을 본 소소옥은 걸음을 딱 멈췄다.

어라, 왕비마마께서 며칠 차를 안 드시더니 오늘은 마음이 바뀌셨나 봐!

화로를 흘낏 바라보는 소소옥의 눈동자에 득의양양한 웃음이 스쳤다. 보아하니 내일은 더 일찍 일어나야 할 것 같았다.

반 시진쯤 앉아서 해야 할 일을 대강 설명하고 나자 한운석은 백리명향을 데리고 서재로 들어갔다.

요 며칠간 그녀는 장신구를 모두 분류해 각각 다른 서랍에 나눠 넣어 두었다. 이제 한 종류씩 독을 주입할 차례였다.

대범하게도 한운석은 작업이 간단하고 쉽게 감염되지 않는 순으로 모두 백리명향에게 맡겼다. 백리명향은 처음에는 조금 서툴렀지만 몇 번 반복하고 나자 곧 익숙해져 전혀 실수하지 않았다.

꼬맹이는 대들보 위에 엎드려 백리명향의 일거수일투족을 남몰래 지켜보았다. 한참 지켜본 후 녀석은 결론을 내렸다. 저 여자는 똑똑해! 녀석은 저런 조수가 생겼으니 앞으로는 운석 엄마 혼자 힘들게 일하지 않아도 되겠다 싶었다.

소소옥과 조 할멈에 비해 백리명향은 말이 훨씬 적었다. 한운석이 묻지 않으면 평소에는 묵묵히 일만 하고 쓸데없는 말은 하지 않았다.

그러나 오후가 되자 그녀도 몹시 궁금했는지 참지 못하고 입을 열었다.

"왕비마마, 비록 숨기기는 쉽지만 이렇게 귀한 장신구에 독을 주입하는 건 정말 아깝군요."

"모두 전하께서 주신 거예요. 난 이렇게 펑펑 쓸 만큼 돈이 많지 않다고요."

한운석은 자포자기한 투로 말했다.

백리명향의 심장이 살짝 떨렸다. 그제야 이 장신구들이 어디서 났는지 알았지만 도저히 믿을 수가 없었다.

"전하께서……."

"귀찮은 거죠. 고르기 귀찮으니 아예 상자 째로 주며 알아서 좋아하는 걸 고르라는 뜻이에요."

한운석이 농담을 했다.

"그렇다면 어째서 나머지는 돌려주지 않으셨는지요?"

백리명향이 무척 진지하게 물었다.

한운석은 처음에는 당황했지만 곧 그녀도 농담한 것을 알고 웃으며 말했다.

"하필이면 다 마음에 들었거든요!"

백리명향도 웃었다.

"왕비마마, 전하께서 정말 귀찮으셨다면 아예 보내지도 않으셨을 겁니다. 전하께서는 마마를 아끼신답니다."

한운석도 그렇게 생각했다. 그녀는 잠시 생각하다 물었다.

"답례로 뭘 선물하는 게 좋을까요?"

용비야에게 이렇게 많은 걸 받았으니 아무래도 답례를 해야 겠다는 생각이 들었다. 하지만 차 말고는, 용비야가 뭘 좋아하는지 정말이지 아는 게 없었다.

왕부에 큰일이 벌어지다

진왕 전하는 뭘 좋아하실까?

한운석이 모른다면 백리명향은 더 몰랐다.

한운석의 질문에 백리명향은 한참을 주저하다가 진지하게 말했다.

"왕비마마, 후한 선물이란 마음입니다. 왕비마마 자신의 마음 말이지요."

한운석은 별로 진지하게 받아들이지 않았다.

"허튼소리. 안 하느니만 못 한……."

"왕비마마, 좋아하는 사람이 주는 선물은 무엇이든 다 마음에 들기 마련이랍니다. 안 그런가요?"

백리명향이 또 말했다.

"빈말이에요."

한운석은 한 귀로 듣고 한 귀로 흘렸지만, 눈앞에 그득하게 쌓인 장신구를 볼 때면 속으로 남몰래 웃었다.

얼마 후, 그녀가 다시 물었다.

"명향, 누군가를 좋아해 본 적 있군요? 그렇지 않고서야 어떻게 알죠?"

백리명향은 깜짝 놀라 황급히 부인했다.

"아니에요."

"거짓말. 뜨끔하는 것 좀 봐!"

한운석의 꿰뚫어 보는 듯한 눈동자가 백리명향의 간담을 서늘하게 만들었다. 그녀는 이미 그 비밀을 마음속 깊은 곳에 단단히 봉했다. 그 대담무쌍한 연모의 감정이 발각되었을 때의 결과는 상상할 수도 없었다.

"왕비마마, 정말 아닙니다. 저는 그저 왕비마마께서 이 장신구들을 무척 좋아하시니 드린 말씀이랍니다. 전하께서 고철 더미를 보냈다 해도 좋아하셨겠지요. 아니신지요?"

똑똑한 백리명향은 곧 화제를 한운석에게로 돌렸다.

한운석은 사람들과 좋아하네 마네 하는 이야기를 나누는 것을 별로 좋아하지 않았다. 그런 문제를 의논하는 것은 정말이지 무의미하고 바보 같다고 생각했는데, 오늘은 어쩌다 백리명향과 이런 이야기를 하게 됐는지 알 수가 없었다.

백리명향의 대답을 들은 그녀는 이 화제를 계속할 생각이 없어 장난스레 말했다.

"좋아요! 전하께 고철 더미를 보내죠 뭐!"

백리명향은 생긋 웃더니 역시 입을 다물었다.

한참 후에야 한운석이 다시 물었다.

"전하께서는 요 이틀간 백리 장군과 함께 계신가요?"

장신구 한 상자를 보내던 날부터 한운석은 용비야를 보지 못했다. 밤에도 돌아온 적이 없었다.

나는 외출도 못 하게 해 놓고 저는 어딜 간 거야?

"전하와 아버지의 일은 한 번도 여쭌 적이 없습니다."

백리명향은 사실대로 말했다.

한운석은 고개를 끄덕이며 용비야가 정말 외출했다면 조 할멈이 막건 말건 하던 일을 마치면 반드시 바람 쐬러 나가겠다고 다짐했다!

"이걸 정리한 다음 맛있는 거 먹으러 나가요. 조 할멈이 쫓아오지 못하게 몰래 빠져나갈 거예요!"

한운석이 소리 죽여 말했다.

"감사합니다, 왕비마마."

백리명향은 공손하게 대답했다. 그녀는 진왕 전하가 왕비마마에게 내린 외출금지령이 아직 해제되지 않았다는 것을 몰랐다.

한운석과 백리명향은 이틀간 바삐 일한 끝에 결국 그 많은 장신구에 독을 주입하고 분류해서 약 궤짝에 넣었다. 그리고 남은 뒤처리도 다시 반나절 동안 바쁘게 움직여서 끝냈다.

한운석은 그동안 용비야가 돌아오지 않은 것을 확인하고, 내일 오후에 나가기로 백리명향과 약속했다.

이른 아침, 백리명향은 평소처럼 일찍 일어났다. 그녀가 막 문을 열고 나가보니 소소옥이 제 방으로 들어가는 게 보였다.

"소옥, 오늘은 왜 이렇게 일찍 일어났니?"

백리명향이 물었다.

이곳에 온 후로 그녀는 매일같이 제일 먼저 일어나 제일 먼저 찻잎과 간식을 준비해 왕비마마를 기다렸다. 그때마다 그녀가 준비를 마치고 나면 소소옥이 일어났다.

"측간 다녀왔어요!"

소소옥은 졸린 눈을 비비며 나른하게 대답했다.

백리명향을 보면 짜증이 났다. 연달아 며칠째 일부러 일찍 일어났지만 이 여자는 늘 한발 빨랐다.

밤에 손을 쓸까 싶기도 했지만, 누각 위에 사는 사람이 올빼미형이다 보니 한밤중까지 잠들지 않고 창가에 멍하게 서 있을 때가 왕왕 있어서 함부로 움직일 수가 없었다.

소소옥은 어쩔 수 없이 밤을 꼬박 새웠다. 확실히 안전하고 일도 해내는 방법이었다. 그런데 들어가는 길에 백리명향과 마주칠 줄이야.

아무도 하인으로 생각하지 않는데 왜 저렇게 열심이람?

소소옥이 방으로 들어가자 백리명향도 신경 쓰지 않고 여느 때처럼 정원에서 다과를 준비했다.

한운석이 내려올 때쯤 해는 벌써 훤히 떠올라 있었다. 늦봄과 초여름 사이의 아침은 시원한 바람이 솔솔 불고 날씨도 쾌적했다.

"왕비마마, 안녕히 주무셨는지요?"

백리명향은 살짝 몸을 숙여 인사했다. 고요한 아침처럼 평온한 태도였다.

"기문홍차 향이 누각 위까지 나요."

한운석은 웃으며 자리에 앉았다.

돌 탁자 위의 흑단목 차 쟁반과 백자 찻잔, 암적색 차탕茶湯(좁쌀 같은 것을 끓여 만든 죽, 차처럼 우려낸다고 해서 차탕이라 불림), 청록빛 간식은 대충 놓은 것 같지만 들쭉날쭉한 운치가 있어서 눈을 즐겁게 했다.

모락모락 피어오른 차 향기가 코를 통해 심장 깊숙이 스며들었다.

백리명향은 흰 손을 막힘없이 움직여 난초 같은 열 손가락으로 첫 번째 잔을 올리면서 차분하게 말했다.

"마마, 드시지요."

한운석은 달리 말없이 살짝 향기를 맡아 깊이 음미했다. 마음이 평온해졌다.

공부차의 정수는 바로 '공부'라는 두 글자에 있었다. 공부란 열심히 노력하고, 천천히 익혀나가는 것이었다. 그 느림 속에서 조용함을 얻고 조용함을 통해 차분해지고 차분함을 통해 생각하는 것이 그 정수였다.

정원은 조용했다. 차 마시는 사람이나 끓이는 사람 모두 조용했고, 돌 탁자 위 조그만 숯 화로만이 보글보글 물 끓는 소리를 내며 김을 뿜어내는 것이 전부였다.

백리명향은 정교하게 만든 조그만 조롱박으로 물을 떴다. 조롱박 안에서도 보글거리는 것을 보니 물이 펄펄 끓고 있다는 것을 알 수 있었다.

이렇게 펄펄 끓는 물을 써야만 공부차의 빛깔과 향을 우려낼 수 있었다.

소소옥은 멀리 방 안에 숨어 창틀에 엎드린 채 이 장면을 지켜보았다.

분명히 어린아이지만 흑백이 분명한 눈동자는 비할 데 없이 날카롭게 변해 있었고, 성공을 확신하는 냉혹함과 과감함이 담겨 있었다. 지금 이 순간의 소소옥은 오랫동안 잠복하고 있던 사냥꾼이 마침내 사냥감을 찾은 것 같았다.

이 모든 것을, 정원에 있는 사람들이 전혀 알지 못했다.

차를 몇 잔 마신 후, 한운석이 진지하게 말했다.

"서재에 있는 걸 정리한 다음 내일부터는 정원에 있는 독초를 당신이 관리하도록 해요. 때맞춰 물과 독을 주고, 열흘마다 내게 표본을 채집해서 독성 변화를 관찰해야 한다고 알려 주면 돼요. 오른쪽에 있는 건 독 난초인데 부식성이 아주 높으니 절대로 직접 만지면 안 돼요. 특히 줄기 부분을요. 그리고……."

한운석은 천천히, 자세히 설명했고, 백리명향은 진지하게 귀를 기울이며 머리에 새기는 한편 이따금 차를 따라 주기도 했다. 두 사람 다 무척 진지한 얼굴이었다.

바로 그때!

화로 위에 올려놓은 물이 넘칠 것처럼 격렬하게 부글거리기 시작했다.

한운석과 백리명향이 일제히 돌아보았지만, 무슨 일인지 확인하기도 전에 예고도 없이 뜨거운 물이 '펑' 소리를 내며 폭발해 사방으로 튀었다!

한운석과 백리명향은 무의식적으로 몸을 피했다. 한운석은 재빨리 물러났지만 가까이 있던 백리명향은 미처 피하지 못하고 바닥에 쓰러졌다. 팔이 흠뻑 젖었고, 펄펄 끓은 물에 소매와 피부가 찰싹 달라붙고 말았다!

넘어진 백리명향은 자기 팔을 쳐다보며 넋이 나갔다.

한운석은 멀쩡하던 물이 왜 갑자기 폭발했는지 생각할 겨를도 없이 쏜살같이 다가가 과감하게 백리명향을 끌어당겼다. 어서 빨리 냉수를 찾아 온도를 떨어뜨려야 했다. 옷과 피부가 완전히 붙으면 치료하기가 골치 아팠다!

"어서 일어나요!"

백리명향은 정신을 차리고 일어났지만 뜻밖에도 그녀가 일어나는 순간 한운석 뒤에 있던 화로에서 갑작스레 불길이 높이 일었다.

백리명향은 어떻게 된 일인지 몰랐지만, 분명히 이상하다는 것은 알 수 있었다.

"왕비마마, 조심하세요!"

그녀는 망설임도 없이 한운석을 힘껏 끌어안고 몸을 빙글 돌려 자신의 등으로 화로를 가렸다!

펑!

굉음이 터졌다.

화로가 통째로 폭발했고, 파편과 숯이 튀어올라 백리명향의 등을 세게 때렸다.

사고는 한순간이었다. 바닥에 파편이며 불꽃이 어지러이 쏟아지더니 모든 것이 금세 조용해졌다. 하지만 한운석은 백리명향이 부들부들 떠는 것을 분명히 느낄 수 있었다.

"백리명향!"

황급히 안은 팔을 뿌리치고 백리명향의 뒤로 돌아간 한운석은 '헉' 하고 찬 숨을 들이켰다. 백리명향의 등은 달아오른 숯과 파편에 여기저기 데이고 옷은 불에 타 찢어져있었다. 상처 부위는 피부가 벗겨지고 살이 짓물러 엉망이었다.

한운석은 폭발한 화로를 돌아보고 이어지는 폭발이 없는 것을 확인한 후 즉시 백리명향을 바닥에 앉혔다. 그리고 조 할멈과 소소옥을 부르는 한편 찬물을 가져와 백리명향의 상처에 부었다.

정원 밖에 있던 조 할멈은 폭발 소리를 듣고 즉시 달려왔고, 소소옥에게 의원을 부르라고 외치면서 찬물을 떠 왔다.

"왕비마마, 괜찮으시지요? 데인 곳은 없으십니까? 어떻게 이런 일이? 멀쩡하던 것이 어쩌자고 폭발을 한다지요?"

조 할멈의 최대 관심사는 역시 여주인이었다. 다른 사람이 다치는 건 별일 아니지만 만에 하나 여주인이 다치면 여기 있는 모두가 재앙을 맞이해야 했다.

한운석은 백리명향이 입은 상처의 온도를 낮추느라 바빠 조 할멈에게는 신경도 쓰지 않았다.

소소옥은 눈에 띄지 않는 곳에 숨어 백리명향을 죽일 듯이 노려보았다. 저 여자를 갈기갈기 찢어 죽이고 싶은 심정이었다!

일찌감치 화로에 손을 써 놨고 계획도 완벽했다. 한운석이 화로를 등지고 있을 때 암기를 날려 화로를 폭발시켰는데 백리명향이 방해할 줄이야!

젠장!

상처의 온도를 낮춘 한운석은 곧바로 백리명향을 데리고 방으로 돌아가 서둘러 치료를 시작했다. 어느덧 비밀 시위도 도착해 현장을 조사했다.

소소옥은 걱정스러운 눈빛을 짓더니, 감정을 추스르고 허둥지둥 달려갔다.

백리명향이 침상에 엎드려 있고 한운석은 그 등의 상처를 치료하는 중이었다. 다행히 제때 온도를 떨어뜨려 놓아 옷과 피부가 한데 엉기지는 않았다. 그렇지 않았다면 더 골치 아팠을 것이다.

옆에 서서 짓뭉개진 살과 벌겋게 짓무른 상처를 본 조 할멈은 심장이 조여드는 것 같았다. 하지만 백리명향은 아프다는 소리 한 번 하지 않았다. 양손으로 이불을 꽉 움켜쥐기만 했을 뿐 화상 입은 사람 같지 않게 차분했다.

방 안은 조용했다. 한운석은 조심조심 옷과 상처를 떼고, 소독하고, 약을 바르고, 상처를 싸맸다.

등의 화상을 처리한 후에는 숨 돌릴 틈도 없이 팔에 난 화상을 치료했다.

조 할멈은 팔의 상처가 심하지 않을 줄 알았는데, 뜻밖에도 조금 전까지는 벌겋게 부어오르기만 했던 팔에 언제 생겼는지 커다란 물집이 잡혀 있었다. 손바닥만 한 물집이었다!

이를 본 한운석의 손이 움찔했고, 옆에 선 소소옥도 온몸에 소름이 끼쳤다. 이 사달을 벌인 사람마저 두려움을 느낄 만큼 어마어마한 크기였다.

작은 물집은 놔둬도 되지만 큰 물집은 반드시 터트려야 했다.

한운석이 주저하며 손을 대지 못하자 백리명향이 입을 열었다.

"왕비마마, 왜 그러시지요?"

열감과 콕콕 찌르는 통증이 등과 팔에 퍼져나갔다. 아프지 않은 게 아니라 아프다고 소리 지르는 것에 익숙지 않은 것뿐이었다.

"걱정 말아요, 별일 없을 거예요."

나지막하게 말하는 한운석의 분위기가 무겁게 가라앉았다. 그녀도 알고 있었다. 이 상처는 자신이 입어야 했었다는 것을.

그녀는 마음을 독하게 먹고 소독한 금침을 꺼내 조심조심 물집을 찔러 터트린 다음 안에 있는 삼출물을 깨끗이 처치했다.

물집이 잡혔을 때는 통증이 없었지만 일단 터지고 삼출물을 닦아 내자 곧바로 찌르는 듯한 통증이 나타났다.

물집이 이렇게 크니 당연히 통증도 지독했다!

사고인가 계획된 일인가

　백리명향의 몸도 뻣뻣하게 굳었지만, 그녀는 여전히 아무 소리도 내지 않았다.

　한운석은 몹시 조심스럽게 움직여 약을 바르고 상처를 싸맸다. 평소 치료나 해독할 때는 차분하고 자연스러웠는데, 지금은 잔뜩 찌푸린 눈썹에 초조함이 묻어 있었다.

　이 뜻밖의 사고가 그녀를 초조하게 만든 것이 틀림없었다.

　상처를 전부 치료하자 조 할멈이 백리명향의 옷을 갈아입히려고 했지만 한운석이 막았다. 그녀는 상처를 건드리지 않도록 가위를 가져와 백리명향의 옷을 모두 잘라 벗겨냈다.

　백리명향의 매끄러운 등을 보자 소소옥은 눈을 흘기며 시선을 돌렸다.

　'본데없는 계집이 사고는 많이 친다니까!'

　소소옥은 속으로 투덜거렸다. 백리명향 저 본데없는 계집이 나서지만 않았다면 지금쯤 한운석의 등을 볼 수 있었을 것이다. 한운석의 등에 진짜 봉황 깃 모반이 있는지, 한운석이 정말 주인 집안이 지금껏 찾고 있던 그 사람인지 확인할 수도 있었을 것이다.

　그렇게 공들여 준비한 일이 말짱 꽝이라니! 증거는 전혀 남기지 않았지만, 화로가 갑자기 폭발해 필시 한운석과 비밀 시위의 경각심을 불러일으켰을 테니 다시 하려고 해도 지금처럼 쉽지 않았다.

소소옥은 생각할수록 울적해 원망스레 눈을 번뜩였다. 저 밉살맞은 백리명향에게 한 번 더 끓는 물을 들이붓고 싶었다! 아니, 아예 끓는 물에 던져 죽여야만 속이 시원할 것 같았다!

악독한 소소옥과 달리 조 할멈의 눈동자에는 연민이 가득했다. 다친 순간부터 지금까지 백리명향이 아프다는 말 한 번 하지 않은 것을, 조 할멈은 놓치지 않았다. 이 나이가 되도록 살면서 젊은데도 저렇게 용감한 낭자는 처음이었다.

치료가 끝나자 한운석은 겨우 참았던 숨을 푹 내쉬며 차분하게 말했다.

"고마워요."

"무슨 말씀이십니까, 왕비마마. 본래 소인이 해야 할 일입니다."

백리명향이 황급히 대답했다.

그녀가 이렇게 나올 줄 짐작한 한운석은 묵묵히 마음속에 은혜를 새겼다. 한운석이 조 할멈에게 백리명향을 잘 보살피라고 이른 뒤 나가려는데 뜻밖에도 백리명향이 조용히 말했다.

"왕비마마, 한 가지 부탁이 있습니다. 혹시……."

그 말을 듣는 순간 소소옥은 속으로 냉소를 지었다. 백리명향이 그리 단순한 사람이 아닌 줄은 알고 있었다. 공을 세웠으니 이참에 받을 건 받아야지, 안 그래?

"뭐든 마음 놓고 말해 봐요."

한운석은 의아하게 생각하며 말했다. 백리명향은 쉽사리 남에게 부탁할 사람이 아니었다.

"다소 개인적인 일입니다."

백리명향이 약간 난처해했다.

한운석은 곧 조 할멈과 소소옥을 내보냈다.

직접 방문을 닫은 뒤에야 그녀가 물었다.

"무슨 어려운 점이 있는지 꺼리지 말고 말해 봐요."

백리명향은 소리를 죽였다.

"왕비마마, 오늘 일은 사고 같지 않습니다. 저도 지금껏 몇 번 썼던 화로인데 그렇게 폭발할 까닭이 없지요. 누군가 화로에 수작을 부렸을 겁니다!"

그 말에 한운석은 깜짝 놀랐다. 화로가 아무 이유 없이 폭발했으니 당연히 한운석도 의심했고, 그러잖아도 비밀 시위에게 조사 중에 발견한 게 있는지 물어볼 참이었다.

그녀가 놀란 것은 백리명향의 태도 때문이었다.

방금 백리명향은 부탁할 일이 있다는 핑계로 조 할멈과 소소옥을 따돌렸다. 그 말은 설마…….

"그러니까 두 사람을……."

한운석은 믿을 수가 없었다.

하지만 백리명향은 단호하게 말했다.

"누군가 계획한 일이라면, 그 사람은 조 할멈 아니면 소소옥입니다!"

한운석은 심장이 철렁했다. 두 사람 중 한 사람은 수년간 용비야에게 충성을 바쳐 온 늙은 하녀이고 다른 한 사람은 채 열 살도 안 된 어린아이였다. 정말이지 의심하기 힘든 사람들이었다.

"왕비마마, 잘 생각해 보시지요."

백리명향은 진지하게 말했다.

한운석은 침상 가장자리에 앉아 곰곰이 생각했다. 지금껏 문제없이 썼던 화로였고 오늘 백리명향이 사용한 숯도 늘 쓰던 것이어서 확실히 사고일 수는 없었다.

사고가 아니라면, 의심할 수 있는 사람은 조 할멈과 소소옥밖에 없는 것 같았다. 운한각에는 다른 하녀가 없고, 더욱이 화로는 여러 차례 썼던 것이니 운한각에 가져오기 전부터 누군가 수작을 부렸을 리는 결코 없었다.

한운석은 줄곧 진왕부를 가장 안전한 곳으로 생각해 왔다. 모용완여가 출가하고 의태비가 집안일에서 손을 뗀 뒤로, 그녀는 다시는 이 왕부에서 일어나는 모든 일에 대해 아무런 경계도 하지 않았다.

그런데 지금 보니 이번 사건은 확실히 갑작스러웠다. 정말 사고가 아니라 누군가 계획한 일이라면 얼마나 가슴 철렁한 일일까!

한운석의 심각한 표정을 보자 백리명향은 한숨을 쉬었다.

"사고라면 얼마나 좋을까요. 하지만 소인은 그렇다고 생각지 않습니다."

다치고 약해진 백리명향을 바라보는 한운석의 눈동자에 감탄의 빛이 스쳤다. 이 여자는 외유내강하고 겉과 속의 아름다움을 모두 갖춘 사람이었다. 저 차분함과 침착함은 보통 사람들이 가질 수 있는 것이 아니었다. 명문가 규수는 말할 것도 없고 평범한 하녀라도 이런 상처를 입으면 울며불며 소리를 질러 대지, 사고인지 계략인지 고민하지도 않을 것이다.

"내가 확실히 알아볼 테니 푹 쉬어요. 정말 계략이라면 배로 돌려줄 거예요!"

한운석은 차갑게 말하며 눈동자를 무자비하게 빛냈다.

한운석이 나갔을 때 비밀 시위 몇 명은 여전히 정원에서 조사 중이었다. 낙 집사도 와 있고 조 할멈과 소소옥은 옆에서 지켜보고 있었다.

한운석은 조 할멈과 소소옥에게 일을 맡겨 따돌렸다.

한운석이 다가오자 낙 집사는 '철퍼덕' 소리가 나도록 바닥에 꿇어앉았다.

"소인이 꼼꼼히 처리하지 못한 탓입니다. 벌을 내려 주십시오, 왕비마마!"

"무슨 일인가? 저 화로에 무슨 문제라도 있나?"

한운석이 눈을 찌푸리며 물었다.

"왕비마마, 화로 설계에는 문제가 없습니다. 지금 상황으로 볼 때 숯에 문제가 있었을 가능성이 큽니다."

서동림이 사실대로 보고했다.

한운석은 속으로 약간 놀랐다. 화로 설계에 문제가 없다면 이번 사건은 확실히 사고 같지 않았다.

그녀는 태연하게 물었다.

"숯에 무슨 문제가 있지?"

숯에는 백탄白炭과 흑탄黑炭, 두 종류가 있었다.

진왕부가 쓰는 숯은 값이 제일 비싼 백탄으로, 연소 시간도 길고, 연기가 나지 않고, 냄새도 적고, 염료도 적게 쓰는 데다 보통 사람들이 쓰는 흑탄보다 터지는 빈도도 훨씬 낮았다.

여기서 터진다는 것은 숯이 탈 때 탁탁 소리를 내고 불꽃이 튀어 사람을 해친다는 의미였다.

방금 그 상황은 단순히 터진 것이 아니라 대폭발이었다!

그러니 숯 자체에 문제가 있어도 폭발을 일으킬 정도는 아니었다. 가능성은 단 하나, 숯에 폭발을 유도하는 물질을 섞는 것이었다!

서동림은 난처했다.

"아직 확실하지는 않습니다. 남아 있는 찌꺼기를 분석했지만 폭발 유도 물질은 찾지 못했습니다. 소인이 남은 숯을 조사했는데, 왕부 곳곳에서 쓰고 있거나 비축해 둔 숯은 안전합니다."

이상한걸?

숯은 벌써 태반이 타서 재가 되어 있었지만 이상한 점이 있다면 재에서도 뭔가 나와야 했다.

사고 이후 지금까지 현장에 손댄 것도 없는데 왜 아무것도 발견하지 못했을까?

"그 말은, 지금 숯에만 문제가 있다고 확신하는 것이냐?"

한운석이 물으면서 직접 재를 살폈는데 확실히 아무 이상이 없었다.

서동림은 고개를 끄덕이고 나지막이 말했다.

"이 숯을 가져올 때 실수로 뭔가 섞였는데 고른 사람이 발견하지 못했거나 아니면……."

여기까지 말한 뒤 서동림은 더욱더 목소리를 낮췄다.

"아니면 누군가 일부러 뭔가 넣었을 겁니다."

한운석의 눈동자에 초조함이 스쳤다. 결과적으로 이 일이 사고인지 계획적인 일인지는 아직 확실치 않은 데다, 나아가 지금은 증거나 실마리도 전혀 없다는 말이었다.

한운석은 잠시 고민하다가 담담하게 말했다.

"이 일은 외부에 알리지 마라. 낙 집사, 숯을 좀 더 사서 살펴보게. 그리고 숯을 잘 아는 사람을 찾아 이 재를 보여 주게."

낙 집사는 왕비마마가 벌을 내리지 않자 무척 기뻐했다. 진왕 전하였다면 그 자리에 있는 모두가 화를 당했을 것이다. 그는 지체하지 않고 일어나 시킨 일을 하러 갔다.

서동림과 다른 비밀 시위들이 현장을 정리하는 사이 나가려던 한운석이 다시 돌아와 타다 남은 숯과 재를 조금씩 챙겼다.

"왕비마마, 무슨……."

서동림이 소리 죽여 물었다.

"유일한 단서니 조금 남겨 두려는 거다."

한운석은 이 말만 남기고 자리를 떴다.

숯과 재가 독이 아닌 게 아쉬웠다. 독이기만 했다면 해독시스템으로 스캔만 하면 안에 폭발하기 쉬운 물질이 있는지 금방 알아냈을 텐데. 아무래도 육안으로는 볼 수 없는 물질들이 존재하니까…….

이 일은 곧 멀리 약귀곡에 있는 용비야의 귀에 들어갔다. 그는 백리명향을 걱정하는 말은 한마디도 하지 않고 차갑게 초서풍에게 한마디 툭 던졌다.

"명령을 전하도록. 이 일은 천천히 조사한다. 그보다는 먼저 왕부의 하인들을 모두 바꿔라! 백리원륭에게 하인을 뽑아 보내라고 해라."

진왕부를 대거 물갈이하겠다는 소리였다!

용비야의 성격상 이렇게 하는 게 정상이긴 했다.

증거도 단서도 전혀 없어 결론을 내리거나 조사하기 어렵고, 곰곰이 생각해 봐도 이 일이 계획적인지 사고인지 판별할 수 없다면, 사람을 싹 갈아치우는 것이 가장 근본적인 해결책이었다.

초서풍은 입을 실룩였다. 자신이 왕부가 아니라 유각에 속한 비밀 시위라는 사실이 어쩜 이렇게도 다행인지! 그렇지 않았다면 그 역시 쫓겨났을 것이다!

진왕 전하 눈에, 손수 길러 낸 비밀 시위 조직과 목숨 바쳐 충성하는 백리씨 집안을 빼면, 언제까지나 믿을 수 있는 사람은 없는 걸까?

초서풍이 제일 먼저 떠올린 사람은 조 할멈이었다. 조 할멈이 그렇게 오래 일했는데도 진왕 전하는 그 노인장에게 알리지 않는 것이 많았다.

아아, 조 할멈이 이 명령을 들으면 얼마나 슬퍼할까! 조 할멈뿐만 아니라 왕부에는 오래 일해 온 하인이 제법 있었다. 그 나이에 의심을 받고 쫓겨나면 얼마나 상심할까?

초서풍은 이 일이 사고일 확률이 높다고 생각했다. 어쨌든 왕부 하인들은 하나같이 꼼꼼하게 고르고 고른 이들이었으니까. 물론 누가 꾸민 일이라면 초서풍이 제일 먼저 의심할 사람은 바로 소소옥이었다.

소소옥은 어린아이고 내력을 조사한 결과 문제가 없었지만, 그래도 가장 최근에 들어왔으니 의심을 사는 건 어쩔 수 없었다.

아이는 매수당하기 쉽고, 더욱이 아이라면 뭘 해도 쉽사리 이목을 끌거나 의심을 사지 않았다.

초서풍은 여러 가지 경우를 생각했지만, 안타깝게도 감히 진왕 전하 앞에서 허튼소리를 할 수는 없었다.

충분한 증거 없이는 의문이든 추측이든 모두 허튼소리였다. 주인이 원하는 것은 완벽한 안전이고, 그 때문에 많은 사람이 마음을 다치더라도 주인은 신경 쓰지 않았다.

이 명령이 진왕부에 전해지자 서동림은 제일 먼저 한운석을 찾아갔다.

"왕비마마, 이렇게 부탁드리니 저희 숙모님은 남겨 주십시오! 숙모님은 조 할멈과 같은 날 궁에 들어가셨고 의태비께서 출궁하실 때 따라 나오셔서 진왕부에서 시중을 드셨습니다. 평생 전전긍긍하며 의태비와 진왕 전하께 충성을 바치신 분이고, 한 번도 두 마음을 품으신 적이 없습니다! 그분은 전하에 관해 아시는 것도 별로 없고, 더군다나 운한각에는 한 번도 들어오신 적이 없으니 분명히 아무 죄가 없습니다!"

한운석은 무슨 말인지 몰라 어리둥절했다.

이 몸께서 네 놈을 요리해 주마

무슨 일이지? 누군가 서동림의 숙모를 쫓아내려는 걸까?

한운석이 물으려고 할 때 또 다른 비밀 시위가 들어왔다. 그는 안으로 들어서자마자 무릎 꿇고 머리를 조아렸다.

"왕비마마, 부디 아버지는 남겨 주십시오! 진왕부가 처음 생겼을 때부터 주방에서 요리를 맡아 오신 아버지십니다. 아버지와 저는 한마음으로 전하와 왕비마마를 모셨고 절대 딴마음을 품지 않았습니다. 부디 밝게 헤아려 주십시오!"

곧 세 번째 비밀 시위가 나타났고, 역시 구구절절한 말로 부탁했다. 요 며칠 화로 폭발 사건에 골머리를 앓던 한운석은 시위들이 너 한마디 나 한마디 폭격을 해 대자 정말이지 견딜 수가 없었다.

"그만! 서동림, 무슨 일이냐! 네가 말해 봐라!"

그녀가 화난 소리로 말했다.

서동림은 황급히 일어나 초서풍이 전한 명을 한 자도 빠짐없이 털어놓았다.

한운석은 한참이나 넋이 빠졌다.

"대거 물갈이하라고? 진왕 전하께선 정말 손도 크시군!"

비밀 시위들도 하나같이 속으로는 동조했지만, 안타깝게도 감히 입 밖에 내는 사람은 없었다.

왕비마마에게 부탁하러 온 것만 해도 이미 대담한 짓인데, 감히 뒤에서 전하에 대해 이러쿵저러쿵 떠들 용기가 있을 리 만무했다.

허튼소리 금지, 수다 금지, 절대복종, 이것이 그들의 행동 규칙이었다.

이렇게 부탁하러 온 것을 용비야가 알면 화가 나서 이 비밀 시위들까지 싹 갈아치우라고 하지 않을까.

그의 부하들은 한 번도 이런 적이 없었다.

예전이었다면, 확실히 이 비밀 시위들은 하늘이 무너지는 한이 있어도 감히 '부탁'이란 말을 입에 담지도 못했을 것이다. 그렇지만 이제 진왕 전하 곁에 용기를 내어 '안 된다'고 말할 수 있는 여자가 생겼으니 상황이 달랐다.

종일 두 주인 곁에 있는 비밀 시위들은 왕비마마에게 부탁하면 반드시 효과가 있는 사실을 누구보다 잘 알고 있었다.

한운석은 눈을 찌푸린 채 말이 없었다. 용비야의 매정함과 잔혹함이 또 한 번 피부에 와 닿았다.

진왕부의 하인은 쉰여 명으로 대부분 마음을 다해 수십 년간 충성을 바친 이들이었다. 조 할멈처럼 궁에서부터 시중들다 진왕부까지 따라온 사람도 적지 않았다.

그런데 아직 결론도 나지 않은 일 하나 때문에 모조리 쫓아내다니?

마음 상하는 건 차치하더라도, 쫓겨난 사람들이 앞으로 뭘 먹고 살아야 할까?

진왕부에서 나온 사람을 누가 감히 다시 써 줄까? 진왕부에서 쫓겨난 사람이 도성에서 잘 지낼 수 있을까?

아무리 미천한 사람이라도 그들만의 공동체가 있고 그들만의 은혜와 원한이 있었다. 일단 쫓겨나면 주변의 많은 사람이 놀리고 비웃고 이때다 싶어 돌을 던질 것이다.

의원은 부모같이 자애로운 마음을 가져야 한다고 했다. 한운석은 자신에게 부모 같은 마음이 있다곤 생각지 않았지만, 적어도 마음이 쇳덩어리는 아니었다.

마침내 그녀가 차분하게 입을 열었다.

"전하께 말씀드려라. 이 일은 내가 좀 더 조사해야겠으니 하인을 전부 교체하는 일은 잠시 보류했으면 한다고."

비밀 시위들은 무척 기뻐하며 감사 인사를 올린 후 즉시 보고하러 갔다.

곧 다시 초서풍에게서 소식이 왔다. 진왕 전하께서 왕비마마의 청을 받아들이셨고 비밀 시위들에게는 방비를 강화하라고 엄히 명령하셨다는 소식이었다.

그리고 이때부터 비밀 시위들 사이에 말이 돌기 시작했다.

"왕비마마가 계시면 겁날 것 없다!"

앞으로 며칠만 있으면 보름이어서 한운석이 물었다.

"전하는 백리 장군과 함께 계시냐? 언제 돌아오신다고 하셨지?"

서동림은 고개를 저었다.

"저는 모릅니다. 유각 쪽 사람만 압니다."

유각은 고원과 같이 특수한 곳으로, 용비야의 비밀 거점이었다.

유각의 비밀 시위와 진왕부의 비밀 시위는 또 달랐다. 그쪽 비밀 시위가 진왕부 쪽보다 훈련이 더 잘 되어 있고 결사대도 적잖이 있었다.

"사람을 보내 물어봐라. 보름이 다 되었다고만 하면 전하께서도 아실 것이다."

한운석은 담담하게 말했다.

그녀는 고칠찰과 용비야가 보름에 만나기로 한 것을 기억하고 있었다. 고칠찰이 두 가지 약재를 찾아냈는지 어떤지 몰라도, 용비야가 약귀곡에 간다면 자신을 데려가리라 생각했다.

한운석은 보름이 되기를 기다리고 있었으나 용비야와 초서풍은 이미 약귀곡에서 며칠째 대기 중이었다.

한운석과 약을 구하러 왔을 때는 분명히 약귀곡에 있었던 고칠찰이 뜻밖에도 겨우 며칠 지난 지금은 사라져서 보이지 않았다.

때는 고요한 밤이었다.

달빛이 약귀곡을 뒤덮어 모든 것이 꿈속에 잠긴 것 같았다. 용비야와 초서풍은 고칠찰의 원락 지붕 위에 앉아 있었다.

"전하, 우연이라기엔 너무 공교롭습니다."

초서풍이 의아한 듯이 말했다.

왕비마마가 약을 구하러 오기 전에 초서풍이 몇 번 찾아왔었는데 그때도 고칠찰은 보이지 않았다. 게다가 늙은 집사도 그가 보름 전에는 돌아오지 않을 것이라고 했다.

그런데 왕비마마가 나타나자 딱 맞춰 그자도 나타났다. 그리고 약속 날짜가 닷새도 남지 않은 지금은 또 사라졌다.

앞으로 며칠만 지나면 보름이었다. 주인이 일찍 와 있는 것은, 왕비마마가 약속에 관해 물었을 때 설명이 곤란하기 때문이었다. 지금 상황으로 보아 고칠찰은 보름이 되기 전에는 나타나지 않을 것 같았다.

용비야는 대답하지 않고 뒤로 누워 양손을 뒷머리에 받치고 사색에 잠긴 듯 별을 올려다보았다.

초서풍은 감히 아무 말도 하지 못한 채 일어나 지붕 가장자리에 가서 야경을 섰다. 그는 주인을 걱정시킬 수 있는 사람은 틀림없이 왕비마마라고 생각했다.

사실 주인처럼 바쁜 사람이 이렇게 시간을 들여 먼저 와서 기다리고자 한 것은 왕비마마 때문이었다.

초서풍은 그저 하루빨리 미독의 해약을 찾아내 벙어리 노파를 치료하고 모든 것을 깨끗이 밝혀내기를 바랄 뿐이었다. 그래야만 집안의 원한과 무거운 기대를 짊어진 진왕 전하도 마음의 평안을 얻을 수 있었다.

날이 채 밝기도 전에 진왕부의 비합전서가 도착했다.

용비야는 밤새 눈을 붙이지 않고 여전히 하늘만 바라보고 있었다.

"전하, 왕비마마께서 고칠찰과의 약속에 관해 물으셨습니다."

초서풍이 나지막이 보고했다.

용비야가 망설이는데 별안간 늙은 집사의 외침이 들려왔다.

"진왕 전하, 진왕 전하! 주인님께 소식이 왔습니다!"

용비야는 즉시 몸을 일으켜 아래로 뛰어내렸다.

"그자는 어디 있느냐?"

"이것이 주인께서 전하게 보내는 서신입니다."

늙은 집사가 황급히 밀서를 내밀었다.

펼쳐본 용비야는 절로 눈을 찌푸리며 초서풍에게 던졌다.

고칠찰이 약속을 번복한 것이다!

본래 기한은 1년이지만, 나중에 반년 안에 약재를 찾아내면 진왕부가 고칠찰에게 빚을 진 셈 치겠다는 조건으로 용비야가 기한을 반으로 줄였다.

고칠찰도 응낙하고 이달 보름에 만나자고 약속했는데, 웬걸, 이제 와서 갑자기 번복하며 먼저 미천홍련을 줄 테니 웅천은 조금 더 시간이 지나야 얻을 수 있다는 것이었다.

"어디 있느냐?"

용비야가 차갑게 물었다.

진왕 전하의 얼음장 같은 얼굴에 늙은 집사의 두 다리가 덜덜 떨렸다.

"소인은 모릅니다."

"이 서신은 어떻게 보냈느냐?"

용비야가 다시 물었다.

"비합전서로 왔습니다."

늙은 집사가 말하며 황급히 미천홍련을 꺼냈다.

"기쁘게 받아 주십시오, 진왕 전하!"

약재를 보자 용비야의 분노가 가라앉았다. 아무래도 고칠찰은 정말 웅천을 얻지 못했을 뿐 일부러 시간을 끄는 것은 아닌 모양이었다.

용비야는 미천홍련을 받지 않고 한마디를 남겼다.

"고칠찰에게 전해라. 1년 안에 웅천을 찾지 못하면 뒷일은 알아서 해야 할 것이다!"

약재 하나가 부족해 벙어리 노파 문제는 또다시 난관에 봉착했다. 용비야는 별수 없이 당리에게 계속 벙어리 노파를 지키게 하는 동시에 여 이모와 당자진이 이 일을 알아내지 못하도록 방비했다.

고칠찰이 어째서 약속을 어겼는지, 어째서 웅천을 찾지 못했는지는 늙은 집사도 알지 못했다.

하지만 한 사람, 벌써 웅천을 찾아낸 사람이 있었다. 다름 아니라 한참 동안 모습을 드러내지 않았던 고칠소였다!

목령아는 어디로 따돌렸는지, 그는 이미 혼자 어주도에 와 있었다.

백리 장군의 수군은 누구든 섬에 오르는 것을 막지 않았다. 막을 권리도 없었다. 하지만 누구든 군역사를 데리고 어주도에서 한 발짝이라도 나가려고 한다면 고슴도치로 만들어 놓을 것이다.

고칠소가 섬에 상륙했을 때 아무도 알아차리지 못했다.

그가 즐겨 입는 요사한 빨간 장포와 히죽거리는 표정을 치우고 흑의경장에 검은 복면을 쓴 채 빠른 속도로 어주도의 숲속을 달리고 있기 때문이었다. 마치 복수의 유령 같았다.

그는 군역사를 찾고 있었다!

본래는 군역사를 이용해 용비야를 한바탕 혼내 줄 계획이었지만, 뜻밖에도 군역사가 한운석을 모욕한 일 때문에 용비야의 손에 어주도에 갇히게 되었다는 소식을 들었다.

이 소식을 듣는 순간 그는 완전히 폭발했다! 웅천이니 뭐니, 용비야를 혼내 주니 뭐니, 일거양득이니 뭐니 하는 것들은 머릿속에서 싹 사라졌다.

그는 심지어 목령아에게 말도 하지 않고, 소식을 들은 그날 밤 즉시 출발해 할 수 있는 한 가장 빠르게 어주도에 도착했다.

죽일 놈의 군역사, 감히 독누이를 괴롭혀!

이 몸께서 네 놈을 어떻게 요리하는지 두고 봐라!

지금 계절은 어주도에서 고기잡이를 잠시 쉬는 시기여서 고기를 잡으러 온 사람조차 없는 탓에 섬 전체가 마치 사람이 살지 않는 세상처럼 정적에 잠겨 있었다. 이런 곳에서 군역사를 찾는 것은 아무래도 다소 어려웠다.

하지만 고칠소가 누군가?

이 섬에서 약재 한 뿌리 찾는 것도 식은 죽 먹기인데, 하물며 사람 찾는 일쯤은 아무것도 아니었다.

동이 틀 무렵, 그는 야자나무 숲 깊숙한 곳에서 군역사를 발견했다! 고칠소는 우뚝 걸음을 멈추고 눈동자에 흉악한 빛을 떠올렸다.

솔직히 말해 석 달여의 외로운 섬 생활은 군역사를 상당히 낭패한 꼴로 만들어 놓았다!

어쨌든 용비야가 그를 가둔 것이 헛수고는 아니었던 것이다.

군역사는 애초에 구양영락과 함께 어주도에 가기로 했을 때 사람과 건량을 챙겨 왔는데, 나중에 구양영락이 사람들을 싹 데려가면서 건량과 마실 물만 남겨 주었다.

어찌되었건 건량과 물은 양이 정해져 있었다.

북려국에서 사람을 보내 물자를 전해 주려고 했지만, 애석하게도 어주도에 가까이 오지도 못하고 백리 장군의 수군에게 쫓겨나는 바람에 물자는 섬에 오르지도 못했다.

채 한 달이 되기도 전에 군역사는 남은 건량과 물을 모두 먹어 치웠다. 그 후로 마실 것이라고는 모은 빗물과 야자즙, 먹을 것이라고는 구운 물고기가 전부였다.

처음 이 얼음 세상에 와서 물고기를 구워 먹을 때만 해도 그렇게 맛있었는데, 두 달 간 매일, 매 끼니 먹으니 질리지 않으면 이상했다.

이제 물고기만 봐도 토할 것 같았지만, 그렇다고 먹지 않을 수도 없었다! 먹지 않으면 길은 하나, 굶어 죽는 것뿐이었다!

지금 군역사는 야인野人이라고 부를 정도는 아니지만, 그래도 수염이 덥수룩해지고 입은 옷은 해져 엉망이었다. 품속에는 백리명향의 피가 든 병이 숨겨져 있었지만 살펴볼 마음이 사라진 지 오래였다.

그의 머릿속에는 오로지 한 가지, 아무리 생각해도 이해가 가지 않는 단 한 가지 생각밖에 없었다. 북려국 황족은 왜 천휘 황제에게 압박을 가하지 않는 것일까? 북려국 황제는 왜 여태 껏 그를 구해 내지 못했을까!

설마 북려국에 무슨 큰일이라도 생긴 것일까? 그렇지 않고 서야 북려국 황제는 절대 그를 포기할 리 없었다!

날이 점점 밝아 오자 군역사의 배에서 꼬르륵 소리가 났지 만, 때려죽여도 야자즙이나 구운 물고기는 먹고 싶지 않았다. 그는 눈을 뜨고 하늘을 바라보다가 곧 다시 눈을 감았다.

그러나 바로 그때, 향기로운 밥 냄새가 바람에 실려 왔다.

밥 냄새!

잘못 맡았을 리 없었다. 이건 누가 뭐래도 밥 냄새였다. 석 달여간 구경도 못 해 본 흰 쌀밥이 분명했다.

군역사는 정신이 번쩍 들어 벌떡 일어나 앉았다!

형씨와 귀하

밥 냄새!

구수한 냄새를 맡자마자 군역사는 온몸에 힘이 솟았다. 냄새가 나는 쪽으로 따라가 보니 어느새 야자수 숲 깊은 곳에 도착했다.

공터에서 흑의 복면을 한 남자가 밥을 짓고 있었다.

미리 준비하고 왔는지, 옆에는 큼직큼직한 보따리가 그득히 쌓여 있었다. 돌로 부뚜막을 두 개 쌓아 솥을 두 개 올려놓았는데 한 솥에는 물이 끓고 다른 솥에는 쌀밥이 익어 가는 중이었다. 눈처럼 하얗고 소복이 쌓인 탱글탱글한 쌀알은 향기롭고 차진 것이 무척 먹음직스러운 데다 뜨겁고 하얀 김을 모락모락 피워 올리고 있었다. 이를 본 군역사는 참지 못하고 침을 꼴깍 삼켰다.

석 달이었다. 쌀 한 톨 입에 넣지 못한 지가 벌써 석 달째였다!

당연히 아귀아귀 먹고픈 마음이 굴뚝 같았지만, 다 큰 남자가 쌀밥 한 그릇에 허리를 숙일 수는 없었다.

낭패한 군역사도 아직은 버틸 만했다. 그는 침을 삼키며 마음을 가라앉힌 뒤 다가갔다.

"이보시오, 형씨. 취미가 고상하시구려."

고칠소는 그를 훑어보더니 웃으며 말했다.

"귀하께서 바로 북려국 강왕, 군역사이십니까?"

이 말에 군역사는 다소 민망해졌다. 용비야가 천녕국 수군을 동원해 어주도를 포위한 일이 이미 운공대륙에 쫙 퍼졌을 테니, 섬에 온 사람이 그를 알아보지 못하면 이상했다.

물론 민망함은 한순간이었다. 군역사는 여전히 오만하게 인정했다.

"바로 그렇소! 형씨의 성함은 어찌 되시오?"

"별 볼일 없는 강호인이지요."

고칠소는 군역사의 신분에는 별로 흥미가 없는 듯 태연하게 대답했다.

"이런 시기에 어주도에 오다니 때를 잘못 고른 것 같구려?"

군역사가 물었다.

밥 냄새에 혼이 반쯤 나갔지만, 그래도 나머지 아직 반쯤은 침착함을 유지하고 있었다.

저 흑의 복면인이 아무 까닭도 없이 어주도에 와서 밥을 짓는다는 건 말이 되지 않았다.

"하하, 때를 잘 골라 온 것이지요. 늦봄에서 초여름은 환해호 바닷가재가 제철이니까요."

고칠소가 말했다.

"아아, 그렇구려……."

군역사도 이 시기에 환해호에서 바닷가재가 난다는 말을 들은 적이 있었다. 다만 잡기가 쉽지 않아 인내심이 많이 필요하기 때문에 오는 사람은 많지 않았다. 지난달에도 두 사람이 찾아왔지만 하나같이 어렵다는 걸 알고 물러갔다.

그때 솥에서 물이 부글부글 끓었다. 고칠소는 가루 같은 것을 한 자루 꺼내 물에 탈탈 털어 넣었다. 금세 향기가 솟아올랐다.

구수한 쌀밥 냄새와는 다른 고기 냄새였다. 정말이지 참기 힘든 향기였다!

숨을 한껏 들이쉰 군역사는 기쁨을 감추지 못했다.

"북려국 융성狨城의 양고기 화과火鍋(훠궈, 고기를 끓인 육수에 데쳐 먹는 요리)로군! 천하 화과 요리 중에서 으뜸이지."

"향기가 채 퍼지지도 않았는데 바로 알아맞히시는군요. 강왕 전하께서도 좋아하시는 모양입니다?"

고칠소가 웃으며 물었다.

그의 말대로 지금은 향기가 완전히 퍼지지 않은 상태였다. 조금 더 끓이면 분명 향기가 사방에 퍼져 자꾸만 침을 삼키게 만들 것이다.

육수가 끓을 때부터 배 속에 든 걸신이 요동치는 통에 군역사는 청하지도 않았는데 뻔뻔하게 자리 잡고 앉으며 껄껄 웃음을 터트렸다.

"양고기 화과는 황실의 공물로, 최근 1, 2년 사이 민간에 전해졌으나 공급은 많지 않소. 그 탕거리를 구하느라 형씨가 공을 많이 들였겠구려?"

고칠소도 웃었다.

"하하하, 사람은 먹이 때문에 죽는다지 않습니까!"

'사람은 재물에 죽고 새는 먹이 때문에 죽는다'는 말을 '사람은 먹이 때문에 죽는다'고 반대로 말한 것이다!

군역사는 껄껄 웃었다.

"형씨는 개성이 있는 분이구려. 본 왕의 마음에 딱 드오!"

그때쯤 육수가 거의 다 끓었다. 뜨거운 국물에서 독특하고 진한 향기가 퍼져나가 사람의 코와 혀를 자극했다.

고칠소는 빙그레 웃더니 일부러 과장되게 숨을 들이켰다.

"좋구나! 정말 좋아!"

군역사가 황급히 말했다.

"형씨, 양고기 향기는 그렇게 맡는 게 아니오. 이렇게 맡아야지."

이렇게 말한 그는 숨을 한껏 들이쉬었다가 멈추어 향기가 콧속을 가득 채운 다음 서서히 입속으로 퍼지게 했다.

고칠소도 재빨리 따라 했다. 심호흡을 한 뒤 숨을 멈추고 향기를 한껏 머금는 방법은 그야말로 효과 만점이었다!

"역시 강왕 전하께서 비결을 아시는군요."

고칠소가 말했다.

군역사는 허허 웃으며 계속 심호흡을 해서 오랜만에 맡아보는 음식 냄새를 즐겼다. 먹지 못하더라도 냄새만으로도 황홀했다!

탕거리가 완전히 끓은 후 고칠소는 옆에 둔 크고 작은 자루를 일일이 열었다. 하나는 얇게 썬 양고기이고 다른 하나는 푸르스름한 채소였다.

군역사는 결국 참지 못하고 침을 꿀꺽 삼켰다. 구수한 쌀밥에 살짝 데친 양고기를 얹고 채소를 곁들이면 기름지면서도 느끼하지 않아 말 그대로 인간 세상의 별미였다!

군역사를 흘낏 바라보는 고칠소의 눈동자에 알아차리기 힘든 냉소가 번쩍였다.

그는 양념을 한 다음 양고기를 데치기 시작했다.

얄팍한 양고기를 집어 끓는 물에 살짝 넣었다가 건져내 양념을 찍은 다음 고기에서 김이 모락모락 날 동안 재빨리 입에 넣어 살짝 씹으면 향기로운 즙이 흘러나와 입 안을 가득 채우는데, 실로 몸서리를 칠만큼 기가 막히는 맛이었다.

지켜보던 군역사의 배에서 꼬르륵 소리가 났다. 그는 민망한 얼굴로 배를 꾹 눌렀다.

고칠소는 못 본 척하고 몇 조각 더 데쳐 먹은 다음에야 만족스러운 얼굴로 말했다.

"음, 딱 좋군. 강왕 전하, 맛 좀 보시겠습니까?"

차마 먼저 구걸할 수는 없었던 군역사가 고대했던 말이었다!

그는 무척 기뻐했다.

"그럼 사양하지 않겠소."

고칠소는 젓가락 한 벌을 반으로 쪼갰다.

"아쉬운 대로 쓰시지요."

젓가락을 한 벌밖에 가져오지 않았다는 건가? 군역사는 속으로 자신을 노리고 온 자는 아니라고 생각했다.

물론 그래도 여전히 조심했다. 아무리 허기지고 식욕이 끓어올라도 그는 무척 조심해서 양고기를 데치고 독이 없다는 것을 확인한 다음에야 입에 넣었다.

그렇지만 한 번 고기 맛을 보고 나자 멈출 수가 없었다.

오래지 않아 두 사람은 쌀밥 한 솥과 양고기 화과 한 솥을 깨끗이 먹어 치웠다.

배가 부르자 군역사는 곧 물었다.

"형씨, 북려국과 천녕국의 전쟁 소식을 들었소?"

군역사는 북려국 황제를 잘 알고 있었다. 용비야가 이렇게 대놓고 도발하면 북려국 황제는 반드시 천휘황제를 압박해 반격할 사람이었다. 지금처럼 아무 소식이 없을 리 없었다!

고칠소는 나른하게 나무줄기에 기댄 채 눈썹을 추키며 군역사를 향해 냉소했다.

"이 몸은 나랏일 같은 덴 흥미 없어."

군역사는 즉시 눈을 찌푸렸다. 이자의 태도가 분명히 이상해졌다.

어떻게 된 것일까?

고칠소의 눈동자에 어린 냉소가 더욱더 짙어졌다.

"그보단 네게 좀 더 흥미가 있지!"

군역사는 즉각 경계하며 남은 음식을 흘낏 돌아보았다. 음식에 수작을 부린 모양인데, 분명히 독은 없었다! 한운석을 빼고 이 세상에 군역사 자신보다 독술이 뛰어난 자가 또 있을까?

"넌 대체 누구냐? 무엇 때문에 왔지?"

군역사가 차갑게 물었다.

고칠소는 느긋하게 두 글자를 내뱉었다.

"웅천……."

그 말에 군역사는 더욱 깜짝 놀랐다. 하지만 겉으로는 드러내지 않고 차갑게 되물었다.

"웅천이 무엇이냐?"

"몰라?"

고칠소는 웃었다.

"들어 본 적도 없다!"

군역사는 한마디로 부정했다.

웅천이 무엇인지 그가 왜 모르겠는가? 웅천은 무척 진귀하고 특수한 약재인데, 그 쓰임새는 병을 치료하는 것이 아니라 해약을 만드는 것이었다.

지난날 그 역시 어마어마한 심혈을 기울이고 큰돈을 들인 끝에 겨우 손에 넣을 수 있었다.

그가 웅천을 갖고 있다는 것을 이자는 어디서 들었을까? 웅천을 달라는 건 뭘 해독하기 위해서일까?

군역사가 부인하자 고칠소도 서두르지 않았다. 그는 아무 말 없이 흥미로운 듯 눈썹을 추켜세웠다.

남이 준 음식을 실컷 받아먹었으니 군역사도 마음이 편치 않았다. 그는 눈을 잔뜩 찌푸리며 공격하려 했지만, 어주도에서는 싸움이 금지되어 있다는 것을 곧 떠올렸다.

"대체 어쩔 셈이냐?"

그가 화난 소리로 말했다.

고칠소의 눈빛이 음험해졌다. 그가 한 자 한 자 사정없이 말했다.

"웅천을 내놓으면 해약을 주지! 그러지 않으면…….."

군역사는 속으로 고개를 갸웃했다. 이자의 태도로 보면 무슨 불구대천의 원한이라도 있는 것 같았다.

그가 척을 진 사람은 수없이 많았다. 그의 손에 아비나 아내, 혹은 온 가족이 죽은 사람도 있었다.

대체 이자는 그중 누굴까?

비록 찔리는 구석은 있지만 군역사의 기세는 아직 당당했다. 그는 눈을 살짝 돌려 그를 쏘아보았다.

"그러지 않으면?"

누가 상상이나 했을까? 그 말이 채 끝나기도 전에 위가 와락 조여들었다. 통증은 조금씩 조금씩 강해지는 것이 아니라 단숨에 강도 높게 밀려왔고 마치 위 전체가 타들어가는 것 같았다.

고칠소가 직접 쓴 독이 단순할 리 없었다.

군역사 같은 성인 남자조차 견디다 못해 눈을 찌푸릴 정도였다!

물론 통증도 통증이지만, 충격도 무시할 수 없었다.

음식에 진짜 독이 있었는데 그가 발견하지도 못했을 뿐 아니라 먹고 독이 발작한 지금도 무슨 독에 중독되었는지 모르다니?

가장 잘하는 분야에서 고꾸라지는 것은 독술계의 기린아이자 백독문 문주인 그에게 있어 지독한 수치였다!

한운석 하나로도 참기 힘든데 또 어디서 이런 놈이 나타났을까?

군역사는 아픔을 억지로 참으며 노성을 터트렸다.

"너는 대체 누구냐?"

고칠소는 여전히 나른하게 나무줄기에 기대서서 들풀을 뜯어 손장난을 치다가 한참 만에야 유유히 두 글자를 내뱉었다.

"웅천……."

"없다!"

군역사가 날카롭게 부인했다.

고칠소는 어깨를 으쓱하더니, 잠시 쉬다가 다시 양고기를 꺼내 데치면서 아주 맛있는 듯이 즐겁게 먹기 시작했다.

그러는 동안 군역사는 이미 통증을 이겨 낼 수가 없게 되었다. 그는 배를 움켜쥐고 허리를 구부리며 괴로워했으나, 그의 손에서 웅천을 가져가기란 그리 쉽지 않았다.

참아야 했다!

"이 몸은 바닷가재를 잡으러 갈 테니, 마음이 바뀌면 언제든 와서 해약을 달라고 해."

고칠소가 웃으며 말했다.

어주도에서 싸움은 금지되어 있지만, 독은 아니었다! 환해호의 물고기를 독살하지만 않는다면 누가 뭐라고 할까? 군역사가 제일 잘하는 독술을 쓰지 않고서는 그를 속여 넘기지 못했을 것이다!

군역사의 악에 받친 시선을 받으면서, 고칠소는 낚싯대를 들고 노래를 흥얼거리며 환해호로 갔다. 커다란 바닷가재를 몇 마리 잡아 그만의 독누이에게 몸보신하라고 줄 생각이었다.

늦봄에서 초여름은 몸보신하기 딱 좋은 시기였다!

고칠소가 떠나자 군역사는 화가 나서 솥과 부뚜막을 힘껏 걷어찼다!

빌어먹을!

요즘 액운이 꼈나? 아무나 와서 괴롭히는 처지가 될 줄이야!

웅천을 내놓으라니, 어림없다!

군역사는 나무 아래에 앉아 배를 힘껏 누르며 냉정함을 찾으려고 했다. 몸에 들어간 독을 제 손으로 해독해 낼 수 있다고 믿어 마지않았다!

하지만 안타깝게도, 몇 시진 동안 통증을 참으며 고민해도 아무 수확이 없었다.

그는 바닥에 앉았다. 몹시 아파서 허리를 펴고 일어날 힘조차 없는 마당에 하필이면 어깨의 독까지 발작했다.

군역사는 쓰러졌고, 잠깐 견디다가 끝내 참지 못해 바닥을 데굴데굴 굴렀다.

통증으로도 목숨을 잃을 수 있었다!

세상에는 산 채로 서서히 고통 받아 죽게 만드는 것이 많고도 많았다.

목숨을 구하지 못한다는 것을 깨달을 때쯤 결국 군역사도 타협했다. 그는 억지로 일어나 환해호로 갔고, 말할 힘조차 없어 떨리는 손으로 웅천을 꺼내 고칠소에게 뜻을 전했다.

"오호라, 마음이 바뀌었군?"

고칠소가 웃으며 말했다.

"해약부터 내놔라!"

군역사는 그제야 입을 열었다. 얼굴이 온통 창백하고 식은땀 투성이었다.

"조건을 제시할 자격이 있는 줄 아나 봐?"

고칠소가 차갑게 되물었다.

군역사는 달갑지 않았지만 어쩔 수 없어 웅천을 툭 던져주었다.

웅천을 받은 고칠소는 진짜인지 확인하고 무척 기뻐했다. 그가 군역사를 돌아보며 빙긋 웃었다. 누구나 빠져들 것처럼 아름다운 웃음이었다.

"아 참, 해약을 가져오는 걸 깜빡했네."

가차 없이 죽여 줄 테다

해약 가져오는 걸 깜빡했다고?

그럴 수가?

독을 쓰는 사람이나 의원은 대부분 약을 몸에 지니고 다니는 습관이 있었다. 특히 독을 쓰는 사람은 독약과 해약을 반드시 가지고 다녔다. 군역사 같은 경우에는 독약과 해약은 말할 것도 없고, 도둑맞지 않으려고 진귀한 약재까지 몸에 지니고 다녔고, 웅천이 그 예였다.

흑의 복면인은 일부러 이러는 게 분명했다.

"나를 놀리다니!"

군역사는 분노한 나머지 잠시 아픔을 잊고 외쳤다.

고칠소는 시원시원하게 인정했다.

"맞아, 이 몸께서 널 놀리는 거야. 왜?"

"감히!"

군역사는 화가 나서 주먹을 움켜쥐었다. 하마터면 주먹을 휘두를 뻔했지만 애석하게도 그렇게 충동적으로 굴 수는 없었다.

어주도에서 충동이란 곧 악마였다. 충동적으로 굴려면 그 대가로 목숨을 내놔야 했고 그렇게 비명횡사한 예가 수없이 많았다.

군역사는 아픔을 참고 화를 억누르면서 씩씩댔다.

"대체 뭘 원하느냐?"

고칠소는 가볍게 탄식했다.

"아아, 별로 원하는 건 없어. 일부러 널 놀려 주러 왔거든."

"지옥에나 가라!"

분노한 군역사가 주먹을 들었다. 주먹은 고칠소의 얼굴에 거의 닿을 뻔했지만 결국 힘차게 바닥을 때렸고 몸도 따라 무너져 내렸다.

평생 이렇게 분했던 적이 없었다!

싸움 금지라는 어주도의 규칙을 이용해 용비야와 한운석을 골려 줄 마음으로 왔는데, 결국 자신이 그 규칙에 당하는 처지가 될 줄이야.

화가 치밀었다! 오장육부가 부글부글 끓을 만큼 화가 치밀었다!

화가 나는데 풀 길이 없으니, 성질 나쁜 군역사에게는 무엇보다 큰 고통이었다.

"강왕 전하, 화를 내면 간에 좋지 않아. 위가 그 모양인데 간이라도 지켜야지!"

고칠소는 히죽거리면서 군역사의 주먹을 무시한 채 다시 바닷가재를 잡으러 갔다.

군역사는 한쪽 무릎을 꿇고 앉은 채 통증을 견디지 못해 식은 땀을 뻘뻘 흘렸고, 덕분에 등이 다 축축해졌다. 그는 고칠소의 뒷모습을 바라보았지만 저자가 대체 뭘 어쩌려는 건지 도통 알 수가 없었다.

웅천도 손에 넣었는데 그밖에 원하는 게 또 있는 건가?

위를 쥐어짜는 통증은 점점 심해져 극한으로 치달아가고 있었다. 극한에 이르면 혼절할 수도 있고, 심각하면 죽을 수도 있었다.

그는 아직 할 일이 많았다. 아직 펼치지 않은 웅대한 포부도 있었다. 이렇게 억울하게 죽을 수는 없었다.

이런 죽음은 받아들일 수 없었다!

저자의 태도를 보면 정말 죽일 생각은 없어 보였다. 죽일 생각이었다면 치명적인 독약을 썼지, 이렇게 쓸데없이 시간을 끌지 않았을 것이다.

지치고 아픈 몸을 억지로 버티면서, 군역사는 간신히 고칠소에게 다가갔다. 심호흡을 몇 번 한 다음에야 겨우 마음을 가라앉힐 수 있었다.

이자는 닦달하면 엇나가니 살살 달래야 하는 성품이었다. 고자세를 버리고 좋게 말하면 상황을 돌이킬 수도 있을지도 몰랐다. 대장부란 굽힐 땐 굽히고 펼 땐 펼 줄 알아야 한다고 했으니 독을 제거하고 난 다음에 이자를 혼내 주어도 늦지 않을 것이다.

군역사는 성질을 죽이고 말했다.

"형씨, 할 말이 있으면 기탄없이 해 보시오. 피차 시간 낭비할 것 없지 않소?"

고칠소는 그를 무시하고 낚싯대에만 집중했다.

군역사는 몇 번 더 심호흡을 해서 통증을 조금 가라앉힌 뒤다시 말했다.

"형씨, 무슨 요구든 말해 보시오. 형씨는 시원시원한 사람일 것이라 믿소."

"쉿……. 바닷가재가 곧 미끼를 물 거야."

고칠소가 조용조용 말했다.

아파서 반쯤 죽다시피 하는 군역사가 바닷가재 따위에 신경 쓸 리 없었지만, 부탁하는 처지니 참고 일단 입을 다물었다.

그런데 오히려 고칠소가 한담을 시작했다.

"바닷가재 잡아 본 적 있어?"

마치 두 사람 사이에 아무 일도 없었다는 듯한 말투였다.

"없소."

군역사는 통증을 견디며 억지로 대답했다.

"보통 커다란 바닷가재는 그물로 잡지만 환해호의 바닷가재는 낚시로 잡아야 한다고들 하지. 이곳 바닷가재는 조그만 민물가재처럼 멍청해서 일단 미끼를 물면 먹어 치울 때까지는 쉽사리 놓지 않거든."

고칠소가 참을성 있게 설명했지만 군역사는 들을 마음이 없었다. 그가 말을 끊으려는데 고칠소가 다시 조용히 하라는 눈짓을 했다.

낚싯줄이 팽팽해졌다. 바닷가재가 미끼를 문 것이다!

고칠소는 잠시 기다리다가 바닷가재가 미끼를 먹기 시작한 것을 확인하자, 천천히 낚싯줄을 잡아당겨 순조롭게 강가까지 끌어낸 다음 살림망을 준비한 뒤 낚싯줄에 매달린 것을 끝까지 들어 올려 살림망에 받았다!

아주 커다란 바닷가재였다! 집게다리 두 개가 손바닥만 했다.

고칠소는 몹시 기뻐 큰 소리로 웃었다.

"좋아, 좋아. 이렇게 큰놈이면 몸보신에 딱 좋겠어!"

그렇게 말한 그는 커다란 바닷가재를 얼음물 통에 넣어 세심하게 보관했다. 독누이에게 줄 보양 식품이니 대충대충 할 수는 없었다.

옆에 앉은 군역사는 배를 부여잡고 식은땀을 뻘뻘 흘리고 있었다. 이미 절망적이었다…….

굽힐 땐 굽혀야 한다느니 살살 달래야 한다느니 하는 생각은 저 멀리 날아가고, 그저 통쾌하게 끝내고 싶었다.

"어떻게 해야 해약을 줄 것인지 속 시원히 말해라! 본 왕이 졌다!"

그가 분노에 차 으르렁거렸다.

고칠소는 고개를 돌리고 가소로운 듯 그를 흘낏 바라보았다.

"기다려. 두 마리 더 낚은 다음 말해 줄 테니까. 위가 조금 아프다고 죽는 것도 아닌데 왜 이렇게 벌벌 떨어?"

위에 들어간 독은 당장 목숨을 앗아갈 만큼 치명적이지는 않지만, 군역사의 경험으로 미루어 보아 천천히 사람을 괴롭혀 죽이는 독이었다. 정확히 말하자면 아파서 죽게 만들거나 배고파서 죽게 만드는 독이었다.

그런데 설마 잘못 생각했나?

"좋다, 기다리지!"

군역사는 또 양보했다.

불행하게도 그 후 하루가 꼬박 지나도록 고칠소는 더는 바닷가재를 낚지 못했다. 환해호의 바닷가재를 낚는 것은 장난이 아니었다.

그 하루동안 군역사의 위는 내내 쥐어짜는 듯이 아팠고, 음식은커녕 물만 마셔도 토했다.

본래도 낭패했던 군역사는 통증과 허기에 시달려 사람인지 귀신인지 모를 몰골로 변했다.

자신에게 이런 날이 올 줄은 정말이지 꿈에서도 생각한 적이 없던 그도 마침내 후회하기 시작했다. 애초에 이럴 줄 알았다면 그러지 않았을 텐데……. 휴우!

고칠소는 한가롭기 짝이 없게 낚싯대를 고정한 뒤 호숫가에 부뚜막을 짓고 솥을 얹었다. 이번에도 솥이 두 개로, 하나에는 밥을 짓고 다른 하나에는……. 보기만 해도 입에 침이 고이는 홍소육紅燒肉(중국 전통 음식, 삼겹살을 여러 번 익혀 기름기를 제거하고 간장으로 검붉게 만든 요리)을 만들었다!

정말이지 지독했다!

요리가 완성되자 그는 밥을 한 그릇 푸짐하게 뜨고 홍소육을 얹어 군역사에게 내밀었다.

"자, 독은 없으니까 마음 놓고 먹어!"

결국 군역사도 더는 참지 못하고 거칠게 밀어내며 분통을 터트렸다.

"네놈이나 처먹어라! 대체 무슨 생각이냐! 죽이려면 시원하게 죽여라!"

고칠소는 화내지 않고 몹시 진지한 투로 물었다.

"이렇게 먹음직스러운데, 정말 안 먹겠다는 거지?"

화가 나 죽겠는데 상대방은 끄떡도 하지 않으니 군역사 입장에서는 주먹으로 솜뭉치를 때리는 기분이었다.

분노로 가슴이 턱턱 막혀 하마터면 뒷골을 잡고 쓰러질 뻔했다.

이자가 대체 누구인지는 모르지만, 이것만은 확신할 수 있었다. 이자는 최고 중의 최고, 악질 중의 악질이었다!

"먹기 싫으면 관둬!"

고칠소는 어깨를 으쓱하며 자리로 돌아가 혼자서 맛있게 먹기 시작했고, 다 먹은 후에는 다시 바닷가재 낚시를 했다.

군역사는 눈을 뻔히 뜨고 그 모습을 바라보았다. 이제 말조차 나오지 않았다.

마침내 사흘째 되던 날, 고칠소가 세 번째 바닷가재를 낚았다. 군역사는 과도한 통증을 이기지 못하고 호숫가에 널브러져 삼 푼쯤 정신을 잃은 채였다.

고칠소는 바닷가재 세 마리를 잘 포장하고 남은 음식 재료는 모조리 환해호 물고기 먹이로 준 다음, 비로소 군역사에게 다가갔다.

지쳐서 일어날 힘도 없고 절망에 빠진 군역사는 그저 고집스레 한마디 물었다.

"너는……. 너는 대체 누구냐? 본 왕과……. 무슨 원한이 있느냐?"

자신이 죽을지 살아날지 확신할 수는 없지만, 만약 죽는다면 누구 손에 죽는지는 알아야했다. 그렇지 않으면 죽어도 눈을 감을 수가 없었다.

고칠소는 가까이 다가가 특별히 몸을 굽혀 군역사 앞에 얼굴을 들이밀더니 복면을 홱 벗었다.

"강왕 전하, 오랜만이야!"

성 하나를 주고도 바꾸기 힘든 아름답고 매혹적인 얼굴을 보자 군역사는 몹시 뜻밖이었다. 그는 한참 동안 넋을 놓고 있다가 가까스로 노성을 터트렸다.

"고칠소, 네 놈이!"

"그래, 바로 이 몸이시지."

고칠소는 웃으며 말했다.

"감히!"

군역사는 화가 나서 으르렁거렸다.

"왜, 물어뜯기라도 하려고?"

고칠소는 더욱더 눈부시게 웃었다. 가늘게 뜬 두 눈이 하늘에 뜬 별처럼 반짝반짝 빛났다.

"본 왕은 너와 아무런 원한도 없는데 어째서 이러느냐?"

군역사는 여전히 이해가 가지 않았다.

그때, 고칠소의 눈동자에 떠올랐던 웃음이 싹 사라지고 음험한 원한이 그 자리를 대신했다. 표정 변화 속도가 책장 넘기는 속도보다 빨랐다. 그처럼 눈부시게 웃는 사람이 이처럼 음험하고 잔혹한 표정을 지을 수 있다고는 그 누구도 상상하지 못한 일이었다.

그는 싸늘한 눈빛을 번뜩이며 차갑게 말했다.

"그야……. 한운석 때문이지! 그 여자를 건드리는 자는 이 몸이 가차 없이 죽여 줄 테다!"

그 말이 떨어지자, 놀랍게도 군역사가 껄껄 웃었다.

"가소롭구나! 가엾기도 하고! 고칠소, 지아비가 있는 여자를 마음에 두었다는 말이냐?"

"당연하지! 듣고도 몰라?"

고칠소는 냉소하며 반문했다. 그런 말로 상처 입힐 생각은 꿈도 꾸지 말아야 했다.

군역사의 창백한 입꼬리가 비웃음을 머금었다.

"용기가 있다면 용비야에게 가서 빼앗아라. 본 왕 앞에서 으스대서 어쩌자는 거냐?"

"이 몸은 네 놈 앞에서 으스대는 게 좋은데, 왜? 아, 참. 이 몸이 깜빡하고 말해 주지 않은 게 있어. 하루 더 지나면 네 위가 썩어 들어가기 시작해서 반나절 안에 오장육부까지 녹아내릴 거야."

고칠소는 이렇게 말하며 일어나 한없이 탄식했다.

"아아……. 당당한 북려국 강왕이자 백독문의 문주께서 이렇게 어주도에서 죽다니. 안타까워서 어쩌나!"

군역사는 지금껏 이 독이 목숨을 앗아가지는 않으리라는 희망을 품고 있었는데, 뜻밖에도 정말로 치명적인 독이었다.

"고칠소! 네가 감히!"

그는 억지로 몸을 일으켰지만 곧 다시 쓰러졌다. 이제 쥐어 짜낼 힘조차 없었다.

사력을 다해 어주도의 금기를 어기고 너 죽고 나 죽자며 고칠소와 싸우고 싶어도, 이제는 힘이 따르지 않았다.

고칠소는 가소로운 듯 그를 쳐다보며 한마디 툭 던졌다.

"잘 가시지!"

말을 마친 그는 커다란 바닷가재 세 마리를 둘러메고 멋들어지게 돌아서서 떠나갔다.

사실은 며칠 더 군역사를 놀려 주고 싶었지만, 예정보다 빨리 바닷가재를 낚는 바람에 신선할 때 어서 독누이에게 가져다 줘야 했다.

그 무엇보다 중요한 일이었다!

생각해 보면 천녕국 도성에서 독누이를 만난 지도 꽤 오래 전 일이었다.

그날, 고칠소는 군역사를 홀로 죽음의 문턱에 버려 둔 채 아무 거리낌도 없이 어주도를 떠났다.

그렇지만 아무도 예상하지 못한 일이 벌어졌다. 그날 밤, 어주도 주변 바다에 갑자기 안개가 짙게 깔렸다!

어주도의 위치로 보아 발생할 수 있는 안개는 단 하나, 바다 위의 온난 습윤한 공기가 섬에 상륙하면서 생기는 해무뿐이었다.

안개 때문에 가시거리는 짧아졌지만 지속 시간은 길지 않았다.

백리 장군의 수군은 석 달간 이곳을 지킨 만큼 당연히 안개에 대한 준비가 되어 있었다. 안개가 피어오르자 수군은 불을 더욱 더 환하게 밝히고 어주도의 해안선 전체의 방어병력도 늘렸다.

수군의 유일한 임무는 해안선을 단단히 지켜보며 군역사가 떠나지 못하도록 막는 것이었다. 그래서 이런 기후 조건에서도 큰 문제는 없었다.

그런데 누가 알았을까? 놀랍게도 안개에는…… 독이 있었다!

조심해, 초고수다

짙게 퍼진 안개는 전에 발생했던 안개와 비슷하게 어주도와 어주도 주변 해수면을 모두 뒤덮었다. 수군의 방어 절차가 착착 진행되어, 어주도 주변 해안선은 뭍이든 바다든 할 것 없이 사소한 동작 하나까지 감시에 들어갔다.

하지만 곧 이상한 일이 벌어졌다. 배 갑판을 지키던 보초병 몇몇이 갑자기 쓰러진 것이다!

종군 의원이 달려와 살피더니 깜짝 놀랐다.

"이런! 안개에 독이 있습니다!"

"중독 현상인데, 어떤 독인지 확실치 않습니다!"

대장선에 주둔한 수군 부장군, 백리원륭의 셋째 아들 백리율제百里聿齊는 하나둘 날아든 소식에 제 허벅지를 때렸다.

"야단났구나!"

끝없이 펼쳐진 바다 위에는 협곡조차 없고 기류도 별다른 데가 없어서 자연적으로 독 안개가 발생할 수는 없었다. 말하자면 누군가 일부러 독 안개를 일으킨 것이다!

군역사는 독술의 고수였고, 그 뒤에는 강력한 백독문도 있었다.

군역사를 가두는 것은 아무래도 다른 사람을 가두는 것과는 달라서 애초에 그와 아버지도 진왕비에게 독 공격이 있으면 어떻게 해야 할지 물었다.

왕비마마는 바다가 이렇게 넓으니 군역사와 백독문이라해도 수군 전체에 독 공격을 퍼부을 수는 없다고 단언했다.

더욱이 어주도를 포위한 수군은 섬에서 일정한 거리를 두고 있어 그 사이에 자리한 해역이 천연 방어막이 되어 줄 것이니, 군역사가 아무리 무서운 독을 가지고 있어도 쓰지 못할 것이라고 했다.

결론적으로는 걱정 말라는 소리였다!

그런데 석 달 만에 이런 일이 생길 줄 누가 알았을까!

"셋째 도련님, 백독문은 아닐 겁니다. 어떤 고수가 군역사를 구하러 온 것이 아닐까요?"

좌참장이 다급히 물었다.

백독문이 이런 공격을 할 능력이 있었다면 이렇게 오랫동안 시간을 끌어 군역사를 고생시킬 까닭이 없었다.

"누구 짓이든 무척 골치 아프게 됐다!"

백리 장군의 수군은 독 공격에는 아무런 방어 능력도 없었다!

백리율제는 당황했지만 그래도 재빨리 판단을 내렸다. 그는 모든 싸움배를 경계 상태에 돌입하게 하고 선원들에게는 입 가리개를 쓰게 한 뒤 쑥을 태워 독 안개를 물리칠 수 있는지 시험해 보라는 경보를 전했다.

그리고 직접 서신을 써서 아버지가 남겨 준 매에 묶어 날렸다. 가능한 한 빨리 진왕 전하와 왕비마마 손에 소식이 전해지기를 바라면서.

그런데 오래지 않아 독 안개가 하늘을 뒤덮다시피 하며 선단 전체로 퍼져나갔고, 날린 매도 얼마 지나지 않아 바다로 추락했다.

이를 본 백리율제의 심장이 반이나 내려앉았다!

이 상황에서는 당장 소식을 전할 수 없었다.

입 가리개가 소용이 없는지 갑판 위의 보초들이 적잖이 쓰러졌지만 다행히 목숨이 위험하지는 않았다.

"셋째 도련님, 어떡합니까? 선창을 닫을까요?"

좌참장이 또 물었다.

최전선에 보초병이 있고 그 뒤는 바로 궁노수였다. 조금 더 있으면 궁노수들에게도 중독 현상이 나타날 것이다. 곳곳이 독 안개에 뒤덮여, 피할 방법이라곤 선창에 숨어 문과 창을 닫고 안개가 흩어질 때까지 기다리는 것뿐이었다.

좌참장의 말에 백리율제는 곧바로 주먹을 날렸다.

"멍청한 놈, 이대로 백기를 들자는 소리냐!"

일단 물러나는 순간, 군역사가 달아나게 될 뿐만 아니라 상대 손에 배가 망가질 수도 있었다!

좌참장은 머리를 긁적였다. 겁이 나지만 그래도 묻지 않을 수 없었다.

"그럼 이제 어떻게 해야 합니까?"

피하지 않으면 독 안개에 계속 노출되어야 하는데, 얼마나 많은 이들이 쓰러질지, 언제까지 혼절해 있을지 아무도 몰랐다.

확실히, 독술은 무시무시한 기술이었다. 대규모 독 공격은 더 끔찍해서 대군을 무너뜨릴 수 있을 것 같았다!

백리율제도 뾰족한 수가 없어 옆에 선 종군 의원 두 사람에게 묻는 눈길을 보냈다.

"셋째 도련님, 이 독 안개는 극독이 아닌 것으로 보입니다."

이 의원은 신중했지만 진 의원은 과감했다.

"제가 볼 때 이건 극독도 아니고 모두가 중독될 정도도 아닙니다! 단순히 허장성세일 가능성이 농후합니다."

"어째서 그렇소?"

백리율제가 황급히 물었다.

"왕비마마께서는 이곳 어주도 해역은 특수한 곳이라 바닷바람이 잘 통하고 해류도 막힌 데가 없어서, 바다나 공중에 독을 뿌리기란 극히 어렵다고 하셨습니다. 왕비마마라 하더라도 할 수 없는 일이라고 말입니다. 추측하건대 이 독 안개는 지속 시간이 별로 길지 않을 테니 곧 흩어질 것입니다. 지금 이 상황에서도 중독되어 쓰러진 사람은 채 열 명도 되지 않고, 중독 증상도 정신을 잃는 것뿐이니 극독이 아니라는 것을 알 수 있습니다. 목숨을 잃을 정도는 아닙니다."

진 의원은 상세하게 분석했다.

백리율제도 속으로는 어느 정도 그렇게 생각하고 있었기에 진 의원의 말에 더욱더 확신이 섰다. 그는 곧 명령을 내렸다.

"여봐라, 명령을 전해라. 독 안개는 치명적이지 않고 곧 흩어질 테니 당황할 것 없다! 사람을 더 늘려 어주도를 단단히 지켜라!"

군심을 가라앉히고 방비를 늘린 다음, 백리율제는 홀로 선창으로 들어갔다.

대장선의 1층 선창에는 무척 전문적인 수군, 인어군이 묵고 있었다!

수는 많지 않지만 그들이야말로 진정한 백리 장군의 수군이었다. 그들은 바다를 속속들이 알았고 바다에서 자유롭게 생활할 수 있었다!

그들은 백리씨 집안의 명예이자 백리씨 집안의 대표였고, 백리씨 집안의 가장 비밀스러운 힘이었다.

백리율제는 다 쓴 서신을 한 인어병에게 건네며 심각하게 분부했다.

"반드시 제일 빠른 속도로 주인께 전해라!"

주인이란 당연히 그들이 충성을 바치는 진왕 전하였다.

"예, 알겠습니다!"

인어병은 그렇게 외친 후 곧바로 물속으로 잠수해 들어갔다.

매를 날려 보내는 것은 막혔지만 아직 바닷길이 있었다. 독을 쓴 사람도 그것까지 생각하지는 못했을 것이다.

인어병은 빠르게 어주도를 떠나 운공대륙 쪽으로 헤엄쳐 갔다. 그렇지만 백리 장군의 수군 상황은 그리 낙관적이지 못했다.

진 의원의 추측이 전부 맞지는 않았다. 독 안개가 목숨을 앗아갈 만한 극독이 아닌 것은 확실했지만, 지속 시간은 무척 길어서 안개가 나타난 후부터 지금까지 벌써 한 시진째였다.

수병들이 끊임없이 쓰러지고 궁노수들도 속속 혼절했다. 시간이 길어짐에 따라 중독된 수병과 궁노수는 점점 많아져, 제 때 결원을 보충해도 결국에는 빈자리가 나타났다.

나중에는 백리율제 자신도 불편함을 느꼈다. 그리고 싶지는 않지만 명색이 부장군인데 병사들 앞에 쓰러질 수도 없어서 황급히 선창으로 들어갔다. 쑥을 태운 연기를 몇 번 마시고 났더니 조금 나아졌다.

"셋째 도련님, 계속 이렇게 가다가는 사람이 부족해집니다!"

좌참장의 말이 끝나기도 전에 우참장이 달려와 다급히 보고했다.

"셋째 도련님, 큰일 났습니다. 궁노수 두 명이 선창 안으로 달아났습니다!"

백리율제는 깜짝 놀랐다.

"끌어내 모두 앞에서 참하라!"

군대에서 가장 꺼리는 것은 패전이 아니라 도주였다!

사실 이토록 중요한 때 누군가 달아나면 군심이 동요하고, 군심이 동요하면 아무리 강력한 군대도 붕괴되기 십상이었다!

"이미 처단했습니다. 하지만 녀석들이 독 안개는 언제쯤 흩어지느냐고 묻습니다."

우참장은 속수무책인 얼굴로 말했다.

오랜 시간이 흘러도 독 안개가 흩어지지 않자 병사들이 의심하는 것은 불가피한 일이었다. 심지어 독 안개가 치명적이지 않다는 말까지 의심했다.

백리율제는 불편한 몸도 아랑곳없이 쏜살같이 달려 나가 노성을 터트렸다.

"천 일 병사를 기르는 것은 하루 쓰기 위해서라고 했다. 이 중요한 순간에 제 목숨 하나 잃을까 벌벌 떠는 겁쟁이들이 나오다니, 그런 놈들을 어디에 쓰겠느냐? 똑똑히 들어라. 달아나고 싶은 자는 어디 마음대로 달아나 보아라. 본 장군이 당장 베어 물고기 밥으로 던져 줄 테니! 단단히 자리를 지키는 형제들! 백리 장군부와 진왕 전하께서는 절대로 형제들을 홀대하지 않을 것이다!"

그 말이 떨어지자 사기가 크게 되살아났다.

그러나 사기가 없어서도 안 되지만 사기만 있어도 안 되었다.

백리 장군의 수군은 꼬박 두 시진을 버텼다. 곧 동이 틀 때인데도 독 안개는 흩어지지 않았고, 궁노수와 일반 병사들이 대량으로 혼절해 쓰러지는 바람에 남은 사람만으로는 어주도를 지키기에 부족한 상황이 되었다.

백리율제는 이미 어주도에 올라가 있었다. 해안선을 모두 감시하지는 못해도 군역사는 감시할 수 있었다.

그런들 무슨 소용일까? 그는 군역사를 찾아내기도 전에 혼절해 어주도 야자수 숲속에 쓰러지고 말았다.

만약 그때 군역사가 깨어 있었다면 그 역시 이 독 안개를 보고 깜짝 놀랐을 것이다. 하지만 애석하게도 군역사는 이미 누군가의 도움을 받아 신비한 어선을 타고 어주도를 멀리 벗어나 북려국을 향하고 있었다.

신비한 고수가 이미 아무도 알아채지 못하게 그를 구해 간 것이다⋯⋯.

날이 밝자 독 안개도 차차 흩어졌다. 수병과 궁노수들이 차례차례 깨어났고 백리율제도 깨어났다. 그들은 곧 항구의 갯벌에서 배가 다녀간 흔적을 발견했다. 누가 군역사를 구해 갔다!

백리율제는 한참 동안 멍하니 서 있다가 곧바로 대장선 1층 선창으로 달려가 노성을 터트렸다.

"내 어젯밤에 해수면을 단단히 지키라고 분부하지 않았느냐!"

인어병들이 해수면을 지키고 있으면 배가 나타나는 즉시 뒤집어 버리면 그뿐이었다.

"셋째 도련님, 그자의 배에 독이 있어서 가는 곳마다 바닷물이 오염되는 통에 숫제 가까이 갈 수도 없었습니다. 사람을 붙였지만 멀리 떨어져서 쫓고 있습니다. 저희는 진왕 전하의 명령이 없이 모습을 드러낼 수 없습니다!"

인어병 수장이 어쩔 수 없는 얼굴로 대답했다.

옳은 말이었다. 인어는 특수한 신분이라 사람과 싸우지 않는 것은 물론, 모습도 드러내지 않아야 했기에 멀리서 뒤쫓는 것이 최선이었다.

만에 하나 발각되면 잃는 것이 더 많았다.

백리율제도 겨우 화를 가라앉히고 한숨을 푹푹 쉬었다.

"일찍 군역사를 찾아내지 못한 내 잘못이다!"

"셋째 도련님, 나타난 자는 독술이 지극히 높습니다. 아마 왕비마마도 상대가 되지 못하실 겁니다."

인어병의 수장이 진지하게 말했다.

백리율제는 그런 것까지 생각할 겨를이 없어 즉시 상황을 글로 써서 비합전서로 날려 보냈다.

석 달간의 감금으로 군역사를 거의 미치게 만들 뻔했는데, 뜻밖에도 하룻밤 사이 빼앗겨 버리다니. 진왕 전하와 왕비마마가 이 소식을 들으면 어떤 반응을 보일지 몰랐다.

서신을 전하러 간 인어병은 가는 중이었고 비합전서도 아직 도착 전이었다. 군역사를 혼쭐내 준 고칠소 역시 아직 돌아가는 배 안이었다.

그는 손가락을 꼽아 군역사가 독으로 죽을 시간을 헤아려 보았다. 자신이 떠난 후 채 반나절도 되지 않아 누군가 군역사를 구해 갔다는 사실은 짐작도 못하고 있었다.

그리고 그때, 용비야와 한운석 역시 그 일을 까맣게 모르고 있었다.

용비야는 약귀곡에서 진왕부로 돌아온 후 곧바로 화로 폭발 사건을 추궁했다.

백리명향은 아직 방에서 상처를 치료하는 중이었고, 한운석은 내내 서재에서 숯과 재를 뒤적이며 머리를 싸매고 있었다. 용비야는 그녀와 함께 한참 동안 분석한 후 차갑게 말했다.

"조 할멈 아니면 소소옥이군. 본 왕이 보기에는 그 계집아이의 혐의가 가장 크다!"

"전하, 폭발이 누군가 꾸민 일이라면 십중팔구 소소옥이 범인일 거예요. 하지만 아직은 그 폭발이 사고인지 계획인지 단정할 수 없어요!"

한운석은 진지했다.

그녀는 이미 남몰래 서동림을 시켜 소소옥과 조 할멈을 감시하게 했다. 비록 의심스럽기는 하지만 충분한 증거 없이 착한 사람에게 누명을 씌우고 싶지는 않았다.

누명을 쓰는 기분이 어떤지, 수없이 맛본 그녀였다.

용비야는 숯과 재를 흘낏 보더니 말투를 차갑게 했다.

"꼭 그렇게까지 해야겠느냐?"

저 지저분한 물건을 며칠 동안 만지작거리고 있다니, 더럽지도 않을까?

"방법은 생각해 뒀어요. 앞으로 이삼일만 더 주시면 사고인지 계획인지 꼭 증명해 내겠어요!"

한운석이 자신 있게 말했다.

용비야는 별로 마음에 들지도 않고 그만큼 참을성이 있지도 않았지만, 그래도 역시 한운석이 하자는 대로 해 주며 온종일 그녀와 함께 서재에 머물렀다.

그렇지만 하루가 지난 후 인어병의 밀서가 도착했다.

용비야와 한운석이 대경실색해서 당장 어주도로 달려가려는데 비합전서까지 날아들었다.

서신을 읽은 뒤 이틀간 모처럼 부드러워졌던 용비야의 얼굴이 철저하게 얼어붙었다.

"누군가 군역사를 구해 갔다!"

체면을 구겼다

누군가 군역사를 구해 갔다고?

용비야의 말이 떨어지자 한운석도 충격을 받았다.

"언제요?"

"독 안개가 낀 날 밤."

용비야는 비둘기가 가져온 서신을 한운석에게 건넸다. 읽고
난 한운석의 얼굴이 무겁게 가라앉았다.

"전하, 군역사를 구해 간 사람은 필시 독술의 고수예요. 저
조차 상대가 되지 못할 거예요."

용비야도 상대의 독술이 뛰어날 것으로 생각했지만 한운석
에게 이런 말을 듣자 무척 뜻밖이었다. 그가 아는 한 옆에 있는
이 여자야말로 운공대륙의 최절정 독술가였다!

"그렇게 넓은 구역에 독 안개를 퍼뜨리는 건 보통 사람은 절
대 할 수 없어요."

한운석은 담담하게 말했다.

첫 번째 서신을 보았을 때는 비록 독 안개가 껴도 군역사가
꼭 달아날 수 있다고는 생각하지 않았다. 어주도 같은 자연환
경에서 인위적인 독 안개가 일어난 것만 해도 이미 이해할 수
없는 일인데, 독 안개를 오래 유지하고 독성을 제어하는 것은
더욱더 불가능한 일이었다.

본래는 그녀도 백리 장군이 이끄는 수군의 머릿수라면 충분히 버틸 수 있으리라 생각했다.

그런데 그날 밤 누군가 군역사를 구해 갈 줄 누가 짐작이나 했을까?

절정의 독술가인 그녀 자신조차 그만한 독 안개를 인위적으로 만들어 내는 것은 상상조차 할 수 없었다. 독 안개를 부린 사람은 어떤 자일까?

용비야의 안색은 시종일관 무거웠다. 어주도에 싸움을 금지하는 규칙만 없었다면 단칼에 군역사를 베어 죽였지, 이렇게까지 힘을 들이지도 않았을 것이다.

본디 군역사를 가둬 죽일 심산으로 석 달이 넘도록 어주도를 포위했는데, 이런 일이 일어날 줄이야.

정원을 서성이던 용비야는 끓어오르는 화를 참지 못하고 느닷없이 주먹으로 벽을 내리쳤다.

"군역사, 더 큰 대가를 치르게 해 주마!"

노기충천한 이 남자를 보자 한운석은 가슴속을 가득 채웠던 분노가 싹 사라지고 도리어 다소 웃음이 났다.

좋아하는 사람이 자신을 위해 분노를 터트리는 모습을 보는 것은, 사실 행복이었다.

물론 한운석은 감히 웃음을 터트리지 못했고, 나아가 자신이 그런 생각을 하고 있다는 사실조차 감히 용비야에게 알리지 못했다.

"전하, 아무래도 한 번 다녀와야겠어요. 중독된 병사들을 살펴보고 싶어요."

한운석이 진지하게 말했다.

용비야는 고개만 끄덕일 뿐, 기분이 언짢아 대답도 하지 않았다.

화로 폭발 사건은 잠시 접는 수밖에 없었다. 초서풍에게 소소옥과 조 할멈을 감시하게 한 다음, 용비야와 한운석은 도성을 떠나 서둘러 어주도로 달려갔다.

군역사는 다음에 혼내 주면 되지만, 지금 그보다 중요한 것은 대체 어떻게 독 안개가 일어났는지, 대체 누가 군역사를 구해 갔는지 밝히는 것이었다.

그만한 고수가 군역사를 돕고 있다는 사실은 그들에게는 썩 좋은 일이 아니었다.

진왕 전하와 왕비마마가 멀리 간다는 말에 소소옥은 몹시 흥분했다. 마침내 나갈 기회가 왔다!

그렇지만 운한각 밖에서 초서풍을 보는 순간 활기차게 뜀박질하던 심장이 축 가라앉고 말았다.

나갈 수가 없었다!

화로가 폭발한 후로 그녀는 줄곧 왕부에서 나갈 기회를 엿보았지만 소득이 없었다. 본래 이달 중에 주인과 만나기로 했는데, 월말이 다 되었는데도 가서 만날 틈도 없고 심지어 소식을 전할 방도도 없었다.

이럴 줄 알았다면 애초에 그런 충동적인 짓은 하지 않는 건데. 최근 들어 진왕 전하와 왕비마마는 폭발 사건에 대해 입에 담지 않았지만, 소소옥은 그래도 은근히 마음이 불안했다. 특히 진왕 전하가 돌아온 후로는 더욱 마음에 걸리고 두려웠다.

달아날까 생각하기도 했지만, 달아나는 순간 신분이 노출되는 데다 도주가 성공한다는 보장도 없었다. 아무것도 할 수 없게 되자 그녀에게 남은 것은 계속 기다리면서 방법을 짜내는 것뿐이었다.

그때 초천은은 확실히 소소옥을 기다리느라 짜증이 이만저만이 아니었다.

"소주少主, 제가 오늘밤 진왕부에 가서 살펴볼까요?"

시위가 소리 죽여 물었다.

초천은은 곧바로 그를 걷어찼다.

"우둔한 놈, 진왕부가 네 마음대로 들락날락할 수 있는 곳인 줄 아느냐?"

진왕부가 아무나 들락거릴 수 있는 곳이었다면 그가 벌써 다녀왔지, 여기서 발만 동동 구르고 있었을까? 소소옥은 약속을 어길 사람이 아니었다. 분명히 진왕부에 무슨 일이 생겨 나오지 못하고 있는 것이다.

초천은은 속이 타들어갔지만 기다릴 수밖에 없었다. 정말 어쩔 수 없는 경우에는 소소옥이라는 바둑돌을 버려야만 했다.

이번 천녕국 도성 행에 그가 맡은 임무는 무척이나 중요했다. 무슨 일이 있어도 사소한 문제 때문에 큰 것을 잃거나 어설프게 건드려 적을 놀라게 할 수는 없었다. 일단 의심받기 시작하면 모든 것이 끝장이었다.

시위는 묵묵히 몸을 일으키고는 아무 소리도 내지 못했다. 얼마 지나지 않아 초청가가 도착했다.

짧디짧은 보름 동안, 초천은의 가르침을 받은 초청가는 이미 자신의 궁에서 부리는 하인들을 완전히 복속시켜 충성을 다하게 했고, 천휘황제 곁의 낙 공공과도 좋은 관계를 맺었다.

오늘은 예불하러 출궁한 틈에 아무도 몰래 잠시 이곳에 들린 것이었다.

"오라버니, 오라버니 추측이 옳았어요! 이 귀비 그 천한 것이 어젯밤 천휘황제 귀에 제 험담을 속닥거렸던 거예요. 낙 공공이 모두 말해 주더군요."

초청가가 이를 갈며 말했다.

"천휘가 이 귀비마저 찾아가면서 아직껏 네 궁에는 오지 않더냐?"

초천은이 눈을 찌푸리며 물었다.

천휘황제는 초청가를 매우 좋아했지만, 비로 삼은 후 지금까지 한 번도 승은을 입히지 않았다.

이 이야기가 나오자 초청가의 눈시울이 절로 빨개졌다. 그녀로서는 가장 마주하기 힘든 일이었다. 다행스럽게도 그녀가 시집왔을 때 천휘황제는 큰 병을 앓다가 겨우 회복되어 아직 몸조리가 필요했기 때문에 밤일을 할 수가 없었다. 게다가 천휘황제는 유난히 목숨을 소중하게 생각하는 사람이어서 건강에 관한 문제에서는 자제력이 무척 강했다.

물론 언젠가는 몸조리가 끝나겠지만, 초청가로서는 잠시나

마 그 악몽 같은 일을 생각하고 싶지 않았다.

한참이 지난 후에야 초청가가 불쾌한 목소리로 대답했다.

"그 천한 것이 어서방에 인삼탕을 들고 가서 억지로 붙어 있었던 거예요. 천휘황제는 목숨을 몹시 아껴서 그 여자를 건드리지도 않았어요!"

"고북월 외에 천휘의 병세를 잘 아는 태의가 또 누구냐?"

초천은이 물었다.

물론 그 질문을 던진 대상은 초청가가 아니라 옆에 있는 모사였다. 초천은은 지난번 천녕국에 도성에 왔을 때 이미 여러 가지 준비를 해두었는데, 천녕국 조정을 잘 아는 궁중 모사를 여럿 찾아낸 것도 그 중 하나였다.

"천휘는 항상 고북월에게 치료를 받았습니다. 고북월이 휴가를 낼 때면 황 태의를 추천하는데, 제가 알기로 이 귀비가 여러 차례 그자를 매수하려고 했지만 그때마다 완곡하게 거절당했습니다."

모사가 즉각 대답했다.

"제가 가 볼게요!"

초청가가 곧바로 말했다.

초천은은 불쾌한 듯이 그녀를 흘겨보았다.

"두 번 세 번 생각한 다음 말하라고 몇 번이나 알려 주지 않았느냐?"

초청가는 토라진 듯 입을 삐죽였다. 사실 그녀의 마음은 온통 불만으로 가득했다. 시집올 마음도 없었고 바둑돌이 되어 무조건 복종하고 싶은 마음은 더욱더 없었다. 하지만 아버지가 이미 단단히 명령을 내리셨으니 어쩔 도리가 없었다.

아버지의 성품으로 보아, 그녀가 거절하면 아마 평생 편히 살지 못했을 것이다.

그녀는 자신을 위로했다. 화친으로 온 덕분에 적어도 한운석에게 복수할 기회는 생겼다. 그리고 적어도……. 적어도 진왕을 볼 수도 있었다.

아버지와 오라버니는 늘 초씨 집안이 원하는 것은 천녕국의 황위라고 말했지만, 그녀는 그처럼 단순하지 않다고 느꼈다. 벌써 수차례나 물어보았지만 아버지와 오라버니 모두 깊이 말해 주지 않았다.

그녀도 이제는 묻기조차 귀찮아서 오라버니가 요구하면 무엇이든 들어주었지만, 한운석 문제에 간섭할 생각은……. 꿈도 꾸지 말아야 했다!

"황 태의 일은 내가 처리하겠다. 청가, 목유월이 요즘도 널 찾아오느냐?"

초천은이 또 물었다.

"아뇨."

초청가는 즉시 부인했다.

"똑바로 대답해라!"

초천은이 다시 물었다.

"왔었어요! 어젯밤에도 왔더군요!"

초청가는 화난 소리로 대답했다.

목유월은 하루가 멀다 하고 그녀를 찾아와 이렇게 저렇게 한 운석을 혼내 주자고 상의하곤 했다. 비록 제안한 계획들은 멍청하기 짝이 없는 것들이었지만, 그래도 궁에 공동의 적을 가진 전우戰友가 있다는 것은 초청가도 소중하게 생각했다.

"목유월은 천녕국 태후의 바둑돌이니 절대로 우리 일을 누설해선 안 된다."

초천은은 진지하게 분부했다.

"그리고, 마지막으로 경고하마. 다시는 진왕비를 어떻게 할 생각은 하지 말아라."

"목유월이 매일같이 날 찾아오는 이유는 다 한운석 때문이에요. 설마하니 그냥 쫓아내라는 말씀인가요?"

초청가가 쌀쌀하게 반문했다.

초천은은 가소로운 듯이 웃었다.

"지금은 건성건성 넘겨라. 때가 무르익으면 이 오라비가 그 태자비를 이용해 태후를 쓰러뜨리는 것을 보여 주마!"

초청가는 고개를 끄덕였다. 그녀 역시 오라버니에게 능력이 있다는 것은 믿지만 이런 경고는 한 귀로 듣고 한 귀로 흘렸다.

천녕국 후궁에는 거친 비바람이 서서히 일어나고 있었다. 한운석이 또다시 그 비바람에 휩쓸리게 될지 어떨지는 아무도 예측할 수 없었다. 적어도 그녀는 천휘황제의 후궁에 있는 그 어떤 여자도 안중에 둔 적이 없었다.

천녕국 도성을 떠난 지 며칠 후, 그녀와 용비야는 마침내 바다로 나갔다.

백리 장군의 수군은 아직 물러나지 않고 제자리를 지키고 있었다. 군역사가 달아난 소식을 아는 사람은 얼마 없었고, 고칠소도 마찬가지였다. 고칠소는 벌써 뭍에 도착해 웅천을 가지고 어디론가 사라졌다. 목령아는 거의 울다시피 하며 그를 찾아 헤매고 있었다.

그리고 군역사는 아직 혼절해 있었다!

아득한 바다 위로 눈에 띄지 않는 고깃배 한 척이 파도를 따라 출렁였다. 지나가는 배들은 그 고깃배를 자세히 쳐다보지도 않았고, 그저 평범한 고깃배가 멀리 바다에 나갔다가 돌아오는 중이라고만 생각했다. 그러나 바로 그 고깃배의 선창에 군역사가 누워 있었다.

노란 옷을 입은 소녀가 옆에 앉아 그의 팔에 침을 놓는 중이었다.

소녀는 고작 열여섯에서 일곱 정도 되는 나이인데, 몸집은 마르고 왜소했고, 커다란 두 눈은 마치 말을 할 수 있는 것처럼 재기가 넘쳤다.

침 놓기가 끝나자 그녀는 무릎을 껴안고 옆에 앉아 기다렸다.

하지만 얼마 지나지 않아 그녀는 곧 차분히 앉아 있지 못하고 군역사의 코를 꽉 꼬집었다.

"잘생긴 오라버니, 이제 뭍에 다 왔으니 깨어나세요!"

정신이 든 것 같기도 하고 완전히 놓아 버린 것 같기도 한 몽롱한 상태이던 군역사는 코를 잡혀 숨이 막히자마자 눈을 반짝 떴다. 그는 노란 옷을 입은 소녀를 멍한 눈으로 바라보았다가 천천히 눈을 감았지만, 곧 다시 눈을 뜨고 소리를 지르며 벌떡 일어나 앉았다.

"옥교!"

백옥교白玉喬는 히죽 웃었지만, 코를 잡은 손을 놓기는커녕 도리어 더욱더 힘을 주었다.

군역사는 사정없이 그녀의 손을 밀쳐 내고는 배를 쓰다듬으면서 주위를 둘러보다가 곧 일어나 선창 밖으로 나갔다.

자신이 어주도를 떠났다는 것도, 배 속에 들어간 독이 해독되었다는 것도 알았다.

"사부님은?"

군역사가 차갑게 물었다.

백옥교에게는 그를 어주도에서 구해 낼 만한 능력이 없었고, 배 속에 들어간 독을 해독할 힘도 없었다.

하지만 해낼 수 있는 사람이 한 명 있었다. 바로 아버지의 맹우인 백독문의 전임 문주 백언청白彦青이었다.

그가 세 살 되던 해 아버지는 병으로 세상을 하직했고 그를 백언청에게 부탁했다. 백언청은 그를 제자로 삼아 자식처럼 길렀다. 그러나 그가 열세 살이 되었을 때 백언청은 그를 북려국 황제에게 주고 모습을 감추었다. 그동안 군역사도 그의 행방을 찾아다녔지만 안타깝게도 아무 소식이 없었다.

사부가 이런 때 나타나 자신을 구해 주리라고는 정말이지 생각지도 못한 일이었다. 아마도 사부는 줄곧 그를 지켜보고 있었던 모양이었다.

백옥교는 사부의 양녀이자 그의 사매였다.

그녀는 나이는 많지 않지만 솜씨가 제법이고 어려서부터 조숙해서, 평소 그가 백독문을 비울 때면 대신해서 조리 있게 관리할 수도 있었다.

"사형이 하마터면 독으로 죽을 뻔하는 바람에 사부님의 체면을 구겼다고 만나 보고 싶지 않으시대요."

백옥교는 쿡쿡 웃더니 물었다.

"사형, 어깨의 그 독은 누가 쓴 거예요? 저한테만 조용히 알려 줘요. 사부님조차 해독을 못 하시고, 돌아가서 연구해야겠다며 피를 조금 가져가셨다니까요!"

귀족의 후예

군역사는 백옥교를 쳐다보지도 않고 어깨에 박힌 금침을 일일이 뽑았다.

"사부님은?"

백옥교가 그의 앞으로 돌아와 헤죽거리며 말했다.

"부탁해 봐요. 부탁하면 알려 줄게요."

그러잖아도 그간 기분이 몹시 언짢았던 군역사는 그 말을 듣자마자 주먹을 휘둘렀다. 사형을 너무 잘 아는 백옥교는 벌써 멀리 피해 있었다.

"사부님은 항구에서 사형을 기다리고 계세요!"

군역사는 사나운 눈빛으로 경고를 보낸 다음에야 바다로 몸을 돌렸다.

가는 동안 그는 아무 말이 없었다. 그날 저녁 무렵 뭍에 오른 그가 제일 먼저 한 일은 사부를 찾아가거나 몸을 추스르는 것이 아니라 부하들과 연락해 세 가지 일을 시킨 것이었다.

첫 번째는 바로 북려국 강왕이 성공적으로 수군의 포위를 뚫고 어주도를 벗어났다는 소식을 퍼트리는 것.

두 번째는 여아성과 소요성에 거금을 주고 살수를 대거 고용해 고칠소를 추격해 죽이는 것.

세 번째는 북려국에 있는 구양영락의 모든 사업장을 봉쇄하고 변경에서 운공 상인협회와 연관된 거래를 모두 끊게 한 것.

이렇게 살아서 어주도를 벗어난 이상 그를 모욕하고 배신한 자는 한 명도 가만두지 않을 생각이었다!

세 가지 일을 맡긴 후, 군역사는 몸을 깨끗이 씻고 단장한 다음에야 사부님께 안내하라고 백옥교에게 말했다.

가는 길에 마침내 군역사도 백옥교와 이야기를 나누었다.

"사부님이 언제 돌아오셨느냐?"

그가 나지막이 물었다.

"며칠 전에 갑자기 백독문에 찾아오셔서 나도 깜짝 놀랐어요."

백옥교는 웃으며 말했다.

그녀는 내내 백독문을 지키면서, 의성 쪽이 소란을 피우는 것을 방비하는 한편 군역사를 구해 낼 방책을 짜내느라 눈코 뜰 새 없이 바빴다.

"무슨 말씀을 하셨지?"

군역사가 또 물었다.

백옥교는 고개를 저었다.

"사부님 성품을 잘 아시면서 그래요. 사형이 그렇듯 나한테는 이것저것 말씀하시지 않는다고요."

군역사는 그녀를 흘겨보고는 그제야 사부가 어떻게 자신을 어주도에서 구해 냈는지 물었다. 백옥교가 독 안개 이야기를 하자 군역사는 사부의 독술이 한층 높아졌다는 것을 알았다.

몇 년간 만나지 못한 사이다 보니, 문 앞에 이르자 군역사는 다소 머뭇거렸다. 친아버지는 겨우 세 살 때 세상을 떠났기 때문에 그의 마음속에서 사부는 곧 아버지였다.

다만 어째서 그가 열세 살 되던 해 떠나 버렸는지, 아직도 이해가 가지 않았다.

군역사가 여전히 망설이는데 문 안에서 낮은 목소리가 들려왔다.

"소사小邪(군역사를 친근하게 부르는 이름) 왔느냐?"

소사. 우스울 만큼 어린아이 같은 이름이었다. 북려국 황제도 그를 이렇게 부르지 않았지만, 사부는 아직도 이렇게 불렀다.

군역사의 오만하기 짝이 없는 눈동자에 한 줄기 슬픔이 떠올랐으나 금세 사라졌다. 그는 단숨에 방문을 열고 성큼성큼 안으로 들어갔다.

방 안의 차 탁자 옆에는 마흔을 넘긴 듯한 남자가 앉아 있었다. 구레나룻을 길렀지만 늙어 보이기보다는 도리어 성숙한 남성미가 물씬 풍겼다. 깊고 까만 두 눈동자는 고요해 보였지만 모든 것을 꿰뚫어 보는 예리함을 담고 있었다.

더할 나위 없이 단순한 잿빛 장삼을 걸치고 한가롭게 앉아 있는 그에게서는 뭐라고 설명할 수 없는 위압감이 있었다. 동년배인 천휘황제도 그 앞에서는 기세가 꺾일 것 같았다.

군역사는 그의 앞으로 걸어가 무척 공손하게 읍하며 예를 갖추었다.

"사부님, 오랜만에 뵙습니다. 무척 뵙고 싶었습니다."

백언청이 손수 그를 부축해 주며 담담하게 말했다.

"이 사부가 한 걸음만 늦었다면 네 목숨은 사라졌을 게다."

"독을 쓴 자는 고칠소라고 하는데 내력이 불분명합니다. 전에 겨뤄 본 적은 있지만 그렇게 독술이 뛰어난 줄은 몰랐습니다!"

군역사는 진지하게 말했다.

"확실히 무서운 독이었지. 아마도 그자의 독술은 너보다 한참 위일 것이다."

백언청은 그렇게 말하며 앉으라는 손짓을 했다. 어찌나 태연하고 차분한지 마치 백 살 넘은 은거 고승 같았다.

"제 어깨의 독은……."

군역사의 말이 끝나기도 전에 백언청이 새까맣게 변한 금침을 꺼냈다.

"그 독은 사부도 해독할 수 없다. 그 여자는 함부로 건드리지 않는 게 좋겠구나."

"사부님께서도 한운석을 아십니까?"

군역사는 의아했다.

"이번에 하산했다가 들었다."

백언청은 담담하게 말했다.

군역사는 목소리를 죽였다.

"사부님, 영족 사람이 목숨을 걸고 그 여자를 보호하고 있습니다. 더욱이 독종의 독 짐승도 그 여자 손에 있습니다!"

백언청의 눈동자에 마침내 파문이 일었다.

"무슨 뜻이냐?"

"그 여자는 서진 황족의 후예일 가능성이 큽니다. 제가 계속 그 출신을 조사했지만 애석하게도 누군가 실마리를 끊어 놓았습니다!"

군역사는 잠시 멈췄다가 다시 말했다.

"하지만 당시 서진 황족은 분명히 대가 끊겼으니 어쩌면 공연한 생각인지도 모릅니다. 영족의 그자도 단순히 독 짐승 때문에 나타난 것이겠지요."

"서진 황족……. 황족……."

백언청이 입속으로 중얼거렸다.

"영족 중에 지금까지 살아 있는 사람이 있을 줄은 몰랐구나."

"사부님, 제가 그자를 끌어들이려 해 봤으나 아쉽게도……."

군역사는 무척 유감스러워했다.

"네 신분을 밝혔느냐?"

백언청은 그제야 다소 초조해했다.

"안심하십시오. 사부님과 제 신분은 북려국 황제 말고는 그 누구도 모릅니다."

군역사는 진지하게 대답했다.

그와 사부의 특수한 신분 덕택에 북려국 황제도 지금껏 그를 용인하고 커다란 권한까지 주었다.

그는 일곱 귀족 중 하나인 흑족黑族 출신이었다! 그의 할아버지는 지난날 서진 황족의 마지막 핏줄이 유족幽族의 화살에 맞아 죽는 것을 목격했다.

당시 동진 황족과 서진 황족 사이의 원한과 일곱 귀족의 혼전은 모두 흑족이 꾸며 낸 일이었다.

흑족은 일곱 귀족 가운데 야심이 가장 큰 일족이었다. 그들은 두 황족 사이를 부추겨 내전을 일으켰지만, 안타깝게도 상황을 수습할 힘이 부족해 결국 자신들도 큰 손해를 입고 부득불 은거하게 되었다.

그리고 그의 사부는 풍족風族 출신이었다. 풍족 역시 일곱 귀족 중 하나였다!

풍족과 흑족은 줄곧 동맹 관계였고, 그의 아버지와 사부는 형제처럼 가까운 맹우였다. 아버지가 그를 사부에게 맡긴 것은 그와 사부가 손잡고 지난날 흑족이 이루지 못한 대업을 실현하기를 바라서였다.

사부는 그를 북려국 황제에게 맡기며, 일곱 귀족이란 신분으로 북려국 황제를 유혹하고 그에게 천하를 얻어 주기로 약속했다. 하지만 사실은 북려국을 발판으로 삼으려는 속셈이었다.

서진 황족과 동진 황족이 모두 멸망했고, 일곱 귀족도 대부분 은거해 세상일에 나서지 않을 것이니 천하는 결국 흑족의 것이 되리라는 것이 군역사의 본래 생각이었다. 하지만 영족 백의 공자의 출현과 한운석의 출현이 위협을 가했다. 그가 여태껏 영족의 소문을 퍼트려 한운석을 궁지에 빠뜨리지 않은 것은 어떻게 할지 고민하고 있었기 때문이었다. 사부와 함께 상의하고 싶었지만 안타깝게도 사부를 찾을 수가 없었다.

그런데 다행히 사부가 찾아왔다!

백언청은 입을 꾹 다물고 무슨 생각을 하는지 한 손으로 탁자를 똑똑 두드렸다. 군역사는 함부로 방해하지 못하고 바라보기만 했다.

한참 후, 백언청이 눈을 들어 그를 바라보며 나지막이 말했다.

"우선 북려국으로 돌아가서 남도 마장 일을 확실히 조사해라. 한운석과 영족 일은……. 사부가 좀 더 조사해 본 후 다시 논의하자."

그 말에 군역사는 깜짝 놀랐다.

"남도 마장에 무슨 일이 있습니까?"

그때, 내내 옆에 조용히 서 있던 백옥교가 나서서 남도 마장에 전염병이 돈 일을 상세히 설명해 주었다. 이제 전염병은 남도 마장 범위를 벗어나 주위 다른 목장까지 퍼진 상태였다. 북려국 황제도 속이 타들어가 거의 미칠 지경이었다.

군역사는 마침내 북려국 황제가 자신을 구하러 출병하지 않은 이유를 알게 되었다. 이제 보니 그렇게 큰일이 있었던 것이다!

마장과 목장은 북려국의 목숨 줄이었다!

"아무래도 수상쩍은 느낌이 드는군요."

군역사가 의아한 듯이 말했다.

"앞으로 뭘 하고자하든, 발판은 튼튼히 해 두어야 한다. 옥교를 데려가거라. 앞으로 옥교는 너를 따를 것이며 백독문 일은 너희 둘 다 신경 쓸 필요 없다."

백언청이 진지하게 말했다.

백옥교는 무척 기뻐 재빨리 앞으로 나아가 예를 올렸다.

"감사합니다, 사부님!"

"알겠습니다! 당장 돌아가겠습니다!"

군역사의 태도는 무척 정성스러웠고 거짓은 찾아볼 수 없었다. 사부 앞에서는 아무도 통제하지 못하는 오만한 그도 백이면 백 순종했다.

군역사가 북려국 도성으로 달려간 지 사흘째 되던 날, 그가 어주도에서 달아났다는 소식이 운공대륙에 쫙 퍼졌다. 잘했다고 손뼉 치는 사람도 있고 발을 동동 구르며 안타까워하는 사람도 있고 별다른 관심 없이 단순한 구경거리로 여기는 사람도 있었다. 물론 결과를 궁금해하는 사람도 많았다.

천녕국 진왕이 과연 그렇게 쉽게 포기할까? 북려국 강왕이 과연 보복하지 않을까?

고칠소가 그 소식을 듣고 어떤 반응을 보였는지 모르지만, 목령아의 반응은 단 한 가지였다. 그녀는 아득한 바다를 향해 욕설을 퍼부었다.

"군역사, 확 죽어 버리지 않고 왜 살아난 거야!"

칠 오라버니를 위해 백독문에도 다녀왔지만 그를 발견하지 못하자 그녀는 과감하게 바다로 나가 어주도로 달려갔다. 칠 오라버니가 무슨 계획을 세웠든, 무슨 음모를 꾸몄든 어쨌든 결국 군역사를 찾아가리라고 생각해서였다. 그런데 그녀가 어주도에 도착하기 전에 군역사가 달아나고 말았다!

군역사가 달아나면 칠 오라버니도 오지 않을 것이다!

그녀는 멀미에 약했다! 가까스로 배 위에서 하루 버텼는데 헛고생만 한 셈이었다. 그녀는 다시 돌아가 군역사의 행방을 쫓았다.

그때 용비야와 한운석은 이미 어주도에 도착했고, 한운석은 독 안개에 중독되어 혼절한 수군 병사와 궁노수의 상태를 검사하고 있었다.

혼절한 병사의 수는 꽤 많았고 혼절해 있었던 시간은 각기 달랐다. 한운석은 그들의 상태를 분석하고 조사해 상세한 기록을 만들었다.

그러는 동안 그녀는 아무 말도 하지 않았고 몹시 엄숙해서, 백리율제도 감히 입을 열지 못했다.

그는 수차례나 진왕 전하를 쳐다보았다. 진왕 전하는 한쪽에 앉아 마치 예술품을 감상하듯 자신의 왕비를 바라보고 있었다.

백리율제는 속으로 왕비마마가 계시면 진왕 전하의 기분이 한결 나을 테니, 나중에 자신을 처벌할 때에도 가벼운 벌을 내리지 않을까 생각했다.

백리율제의 생각이 옳았다는 것은 사실이 증명해 주었다. 진왕비는 바로 그들의 구세주였다!

"전하, 제가 상대방을 얕보았어요. 이런 독 안개라면 설사 전하가 계셨다 해도 오래 버티지 못하셨을 거예요."

한운석이 솔직하게 말했다.

백리율제는 펄쩍 뛸 듯이 놀랐다. 다행히 병사들이 물러가고 혼자 있었기 망정이지, 안 그랬으면 진왕 전하의 체면이 땅에 떨어졌을 것이다!

진왕 전하가 불쾌하게 생각하실 줄 알았지만, 뜻밖에도 전하는 고개를 끄덕이며 아무 말 하지 않았다.

한운석이 자리에 앉아 차 한 잔을 마신 뒤 이야기를 하려고 하자 용비야는 백리율제에게 물러가라는 눈짓을 했다.

정말 벌하지 않으시다니!

백리율제는 속으로 앞으로는 왕비마마를 잘 떠받들어 모셔야겠다고 다짐했다. 왕비마마를 따르면 평온한 나날을 보낼 수 있을 것이다.

그가 사라지자 한운석이 비로소 입을 열었다.

"전하, 이 독 안개는 제가 해독할 수 있지만, 독을 쓴 사람의 독술은 저와 군역사보다 높아요. 신첩이 보기에는 아마 군역사의……. 사부가 아닐까요?"

운공대륙 독술계에서는 지금까지 군역사가 제일인자였다. 그녀는 외부에서 온 사람이고, 수많은 이들이 그녀가 어디서 독술을 배웠는지 궁금해했다. 용비야도 의심한 적이 있었다. 반면, 그녀는 늘 군역사가 어디서 독술을 배웠는지 궁금해했다. 군역사가 지닌 독고술 역시 어디서 배웠는지 궁금했다!

독고술은 독종에서 시작되었고, 의학원의 금기였다. 군역사를 가르친 사람은 독종과 무슨 관계가 있지 않을까?

이미 물렸어

사실 군역사의 독술이 어디서 왔는지 의심한 것은 한운석만이 아니었다. 용비야도 그에 관해 오랫동안 조사했다. 용비야의 호기심은 군역사의 독술에 한정된 것이 아니라 군역사라는 사람의 내력까지 포함하고 있었다.

용비야는 이미 한 번 이상 백독문을 조사했지만, 애석하게도 백독문이 워낙 신비한 곳이라 아직까지 쓸모 있는 정보는 얻지 못했다.

지난번 군역사가 용천묵에게 고를 주입한 일로 의학원에서도 계속 백독문을 괴롭히고 있었다. 하지만 벌써 1년이 다 되어 가는 지금까지도 의학원 역시 백독문을 쓰러뜨리지 못했다.

누가 뭐래도 백독문은 숨은 세력이라 세속에 크게 의지하지 않아 의성과도 얽힌 데가 많지 않았다. 오히려 문주인 군역사가 문파 자체보다 더 큰 비극을 맞았다.

지난번 군역사가 천녕국에 심은 첩자가 발각되지 않았다면, 지금까지 누구도 백독문의 문주가 그라는 사실을 알지 못했을 것이다.

"그자의 사부는 백독문의 전임 문주일 것이다. 그자가 독종의 사람이었던가?"

용비야가 의아한 듯이 물었다.

하지만 한운석은 웃음을 지었다.

"전하, 생각 주머니가 참 크시네요."

"무슨 말이냐?"

용비야는 이해하지 못했다.

한운석은 더욱더 신나게 웃었다.

"그러니까, 생각이 너무 많다는 뜻이에요."

용비야는 아무 표정이 없었다.

"기분이 좋은 모양이구나?"

군역사가 달아나 몹시 언짢은데, 이 여자는 아직도 장난칠 여력이 있다니 참 대단했다.

한운석은 그제야 겁먹은 양 웃음을 거뒀다.

"전하, 독종 사람이 군역사를 구했다면, 애초에 군역사가 뭐 하러 그렇게까지 공을 들여 단목요와 손잡고 갱에 가서 독 짐 승을 차지하려 했겠어요?"

"최소한 독종과 관계는 있을 것이다."

용비야가 담담하게 말했다.

독종은 운공대륙 독술계의 근본이었다. 백독문도 처음에는 독종의 한 갈래였으나 나중에 독종에서 떨어져 나와 자체 문파를 이루었다.

이 점은 한운석도 알고 있었다. 그녀는 중얼거리듯 감개무량하게 말했다.

"제 아버지께서 독종의 잔당이라면 참 좋았을 텐데요."

그녀의 아버지가 아직 살아 있다면, 정말 독종의 잔당이라면, 용비야에게 힘이 되어 줄 수도 있었을 것이다.

한운석의 마음은 온통 용비야에게 쏠려 있었고 오로지 그를 도울 생각뿐이었다.

하지만 용비야는 그녀를 노려보았다.

"천심부인이 아무 이유 없이 네 아버지를 떠났을 리 없다."

"박정한 남편이 아니었기를 바랄 뿐이에요. 그랬다면 무슨 일이 있어도 어머니 대신 복수할 테니까요!"

"아버지를 시해하겠다고?"

용비야가 아는 한, 이 여자는 절대로 그렇게 모진 사람이 못 되었다!

한운석은 겸연쩍어했다.

"만약이라고 했잖아요, 만약에 말이에요……."

난 진짜 한씨 집안 딸도 아닌데 시해가 웬 말이야?

다행히 용비야도 더는 추궁하지 않았다.

그들은 이미 천심부인이 약성 목씨 집안의 딸 목심이라고 단정했지만, 목심과 독종의 잔당이 사통한 일이 소문인지 사실인지는 좀 더 조사해야 했다. 끝내 조사하지 못하면 언젠가 목씨 집안을 찾아가야 할 것이라고, 한운석은 묵묵히 속으로 생각했다.

두 사람은 이야기를 나누면서 선창에서 나갔다. 용비야는 아득하게 펼쳐진 바다를 바라보며 이해할 수 없는 듯이 물었다.

"이렇게 넓은 곳에서 어떻게 독을 쓸 수 있지?"

"독을 쓴 자는 필시 기후에 관해 잘 아는 사람일 거예요. 특히 풍향과 풍속, 공기 속의 수증기량을 아주 정확하게 알고 있어서 그 정보와 독약을 결합해 독성을 조절한 거죠."

한운석이 이렇게 말하며 입술 위로 자조 섞인 웃음을 떠올렸다.

"구체적인 것은 저도 알 수 없어요. 어쨌든 저는 할 수 없는 일이니까요."

"풍향……. 풍속……."

용비야는 뭔가 생각하는 듯 혼자 중얼거렸다.

"그래요, 이렇게 넓은 공간에서 독 안개를 조종하려면 반드시 풍향과 풍속을 속속들이 알아야 해요. 그렇지 않으면 바람이 부는 순간 안개가 흩어지거든요."

한운석은 진지하게 설명하느라 용비야의 눈동자에 떠오른 복잡함을 알아차리지 못했다.

"그렇다면 그자가 일단 독 공격을 하면 방어하기가 무척 어렵겠군?"

용비야가 다시 물었다. 자신이 능하지 못한 부분은 더욱 신경을 써야했다.

"꼭 그렇지는 않아요. 이렇게 넓은 곳에서 독을 쓰려면 천시와 지리가 따라 줘야 해요. 아마 독 안개를 쓴 사람도 이 해역에 오랫동안 기다렸을 거예요. 다시 독 안개를 일으키려면 또다시 한참 기다려야 할 거예요. 하지만 군역사에게 그런 조력자가 있으니 앞으로는 경계를 소홀히 하면 안 되겠죠."

한운석이 설명했다.

오래지 않아 군역사를 쫓아간 인어병이 돌아왔다.

"전하, 군역사는 북려국 항구에 상륙했습니다. 그를 구한 사람은 노란 옷을 입은 소녀입니다. 북려국 국경에 들어가는 바람에 저도 더는 쫓지 못했습니다."

인어병이 사실대로 보고했다.

"소녀?"

용비야로서는 무척 의외였다.

"열여섯에서 일곱쯤 되어 보였습니다."

인어병이 말했다.

"독을 쓴 자와 군역사를 구해 간 자는 다른 사람일 거예요."

한운석은 잠시 망설이다가 다시 말했다.

"전하, 철군할 때가 되었군요."

군역사가 북려국에 돌아갔고 소식도 퍼졌으니 이곳에 남아 있어도 소용이 없었다.

용비야는 도무지 내키지 않았다. 수군을 움직여 직접 북려국을 공격하고픈 마음이 굴뚝같았지만, 지금은 그럴 때가 아니었다.

그날 오후, 용비야는 백리율제에게 철군 준비를 하라고 명령했다. 이 많은 수군이 이곳에서 석 달 넘게 머물렀으니 철군 하려면 할 일이 무척 많았다.

그 시간을 이용해서 한운석은 서둘러 해약을 만들었다. 병사들이 아무렇지 않아 보여도 몸속에는 아직 독소가 조금 남아 있었던 것이다.

다시 발작할 정도는 아니지만 그래도 깨끗이 제거해 줄 생각이었다. 용비야 휘하의 병사는 하나같이 튼튼해야 했고, 그 어떤 위험도 있어서는 안 되었다.

천 명에 가까운 사람들이 먹을 양이니 해독시스템이 없었다면 죽을 만큼 바삐 움직여야 했을 것이다.

그녀는 오후 내내 바삐 일했고, 그동안 용비야를 보지 못했다. 그가 어디서 무엇을 하는지도 알지 못했다.

그런데 저녁을 먹을 때쯤 용비야가 때맞춰 나타나 푹 찐 커다란 바닷가재 한 접시를 내밀었다.

한운석은 눈이 휘둥그레졌다.

"전하, 바닷가재를 잡으러 가셨던 거예요?"

이 시기 어주도 환해호는 바닷가재 철이었다. 하지만 바닷가재를 잡기란 하루아침에 되는 일이 아니어서 일부러 찾아오려는 사람은 없었다.

"인어병이 보내 주었다. 한 광주리 보내왔으니 몸조리하는 데 좋을 것이다."

용비야는 아무렇지 않게 말하며 장포를 걷고 자리에 앉았다. 한운석이 여전히 못 박힌 듯 서 있는 것을 보자 그는 앉으라는 듯 옆자리를 두드렸다.

"인어병이 발각되면 어쩌려고요!"

한운석은 몹시 뜻밖이었다. 환해호 얼음이 녹았으니 인어병이 물에 들어가 바닷가재를 잡기는 무척 쉬웠다. 하지만 그러다가 눈에 띄기라도 하면 큰일이었다.

"섬에 아무도 없다."

용비야는 그렇게 말하며 먹음직스럽게 분홍색을 띤 탱탱한 바닷가재 살을 집었다. 본래는 한운석의 접시에 놓아줄 생각이었지만 그녀가 계속 말하려고 하자 아예 입속에 밀어 넣었다.

먹는 것을 좋아하는 한운석은 음식이 입에 들어가자마자 정신이 쏙 빠졌다. 어주도 바닷가재는 과연 소문대로였다. 육질이 쫄깃쫄깃하고 식감은 탱글탱글한 게 일반적인 바닷가재와는 비교할 수도 없었다.

맛있으면 됐지, 어디서 났는지가 무슨 상관일까. 한운석은 곧 오물오물 맛있게 먹었고 용비야는 옆에서 자못 흐뭇한 눈길로 바라보았다.

이 바닷가재를 잡아온 사람이 그가 아니라 인어병인 것은 사실이었다. 하지만 그는 인어병의 호위를 맡아 혼자 오후 내내 환해호 기슭을 지켰다.

한운석은 몇 점이나 집어먹은 다음에야 물었다.

"전하, 안 드세요?"

용비야는 고개를 저었다.

"별로 좋아하지 않는다."

한운석은 먹는 걸 좋아했지만 용비야는 아니었고, 한운석은 육식성이지만 용비야는 채식을 선호했다.

솔직히 말해 먹는 걸 좋아하는 사람이 음식에 별 관심 없는 사람을 만나는 것은 무척이나 비극적인 일이었다. 가장 좋아하는 부분에서 공통적인 화제가 없으니 그럴 수밖에!

그렇지만 한운석은 전혀 비극이라 느끼지 않았다. 먹는 즐거움을 모르는 이 인간이 몸보신하라며 온갖 다양한 먹거리를 가져오기 때문이었다.

용비야의 취향을 잘 아는 한운석은 더 권하지 않고 혼자서 찐 바닷가재 한 마리를 금세 먹어 치웠다.

바닷가재는 제법 커서 한 광주리라 해도 대여섯 마리밖에 없을 것으로 생각했지만, 뜻밖에도 그 후 며칠 동안 매끼 바닷가재가 나왔다. 찌기도 하고, 데치기도 하고, 숯불에 굽기도 하고, 소금에 볶기도 하고, 고추 등을 넣어 맵게 볶기도 하고, 마늘을 넣어 굽기도 하는 등 온갖 조리 방식이 동원되었다.

결국 그들은 천녕국 도성으로 돌아갈 때까지 바닷가재를 먹었고, 한운석은 바닷가재는 말할 것도 없고 보통 새우만 봐도 토하고 싶을 정도가 되었다!

그런데 진왕부에 돌아오자마자 용비야가 또 한 마리를 주방에 보내 암탉과 함께 푹 익히라고 주문했을 줄은 꿈에서도 생각지 못했다.

암탉이 몸보신에 좋다고 용비야에게 말한 사람이 대체 누구야? 이 왕비마마께서 때려 죽이지는 않을 테니 이리 나와!

주방장은 왼손에 닭을, 오른손에 바닷가재를 든 채 어디서부터 시작해야 할지 몰라 멍하니 서 있었다. 오랫동안 요리를 해 왔지만 바닷가재와 암탉을 함께 삶는 것은 들어 본 적도 없다! 함께 삶으면 어떤 맛이 날까?

주방장도 모르는 맛이니 한운석은 더욱더 몰랐다.

하지만 주방장이 요리를 내오기 전에 갑작스레 초서풍이 나타나 보고했다.

"전하, 유각에 일이 생겼으니 다녀오셔야겠습니다."

용비야는 자세히 묻지 않고 한운석에게 푹 쉬라고 한 다음 서둘러 나갔다.

문밖으로 나오자 초서풍이 소리를 죽여 말했다.

"전하, 약귀곡에서 소식이 왔습니다. 웅천을 찾았으니 전하께서 직접 오셔서 가져가라고 합니다."

"이렇게 빨리?"

용비야는 무척 의외였다.

"무슨 상황인지는 모르지만 고칠찰이 감히 전하를 속이지는 못할 겁니다."

초서풍은 잠시 망설이다가 덧붙였다.

"전하, 이 일은 왕비마마께……."

한운석은 고칠찰과의 약속에 관해 물었을 때 용비야는 고칠찰이 약을 찾아내지 못했다고 했다. 용비야는 잠시 망설였지만 담담하게 한마디만 했다.

"가자."

두 사람은 그날 밤 약귀곡으로 출발했다. 하지만 그들이 멀리 떠난 뒤 고칠소가 진왕부 문 앞에 나타났다. 그는 이번에는 담을 뛰어넘지 않고 손에 커다란 짐을 들고 당당하게 문을 두드렸다.

그렇지만 문지기 하인이 나오기도 전에 비밀 시위가 나타났다. 고칠소가 진왕부에 나타나기만 하면 다리를 분질러 버리라는 진왕 전하의 명령이 있었다!

고칠소는 주위를 훑어보며 킥킥 웃었다.

"이게 진왕부가 손님을 접대하는 방식이야?"

"너도 손님이라는 것이냐? 헛소리!"

비밀 시위는 전혀 봐주지 않았다.

고칠소의 웃음 띤 눈동자가 즉시 날카로워졌다. 그가 느닷없이 발을 걷어차자 발은 거친 바람을 일으키며 비밀 시위에게 명중했고 비밀 시위는 저 멀리 날아가 버렸다.

"한운석만 없었다면, 용비야가 제발 한 번 와 달라고 빌어도 이 몸은 절대 오지 않았을 것이다!"

"무엄하다!"

비밀 시위 대장이 노성을 터트렸다. 뒤에 있던 비밀 시위 십여 명이 일제히 달려 나갔고, 옆에서도 다른 시위 십여 명이 속속 날아와 고칠소를 포위했다.

비밀 시위 몇 명으로는 고칠소를 이길 수 없지만, 한 무리라면 달랐다. 하나하나 걷어차려면 발길질을 몇 번이나 해야 할까?

고칠소는 금세 서른여 명에게 둘러싸여 치고받고 싸움을 벌였다.

그런데 얼마 후, 한운석의 목소리가 들려왔다.

"모두 멈춰!"

부용원은 진왕부 가장 안쪽에 있어서 대문 앞이 아무리 소란스러워도 그곳까지 들리지 않았다. 한운석은 주방에서 보내

290

온 바닷가재 닭고기 탕을 거절하고 백리명향의 방으로 피신해 전에 모아 둔 폭발한 숯 잔여물로 실험할 준비를 하고 있었다. 그런데 실험을 시작하기도 전에 서동림이 와서 소식을 전해 주었다.

오랜만이야

예전이었다면 진왕부 비밀 시위들은 절대 한운석의 말을 듣지 않았을 것이다. 그렇지만 지금은 그녀의 명령이 떨어지는 순간 모두 동작을 멈췄다.

고칠소는 사람들에게 포위된 채 돌아보았다. 한운석이 문가에 서 있었다. 보기만 해도 마음이 동할 만큼 아름답고 날씬한 그 자태를 보자 고칠소의 온몸에서 살기가 싹 사라지고 대신 얼굴에 함박웃음이 떠올랐다.

"독누이, 오랜만이야. 이 오라버니가 보고 싶었지?"

이 여자를 본 지가 대체 얼마 만일까? 그 자신만 알고 있었다.

한운석도 속으로 생각하고 있었다. 저자를 본 지가 대체 얼마만일까? 마지막으로 만난 게 언제인지 당장 생각이 나지 않았다. 조금만 더 시간이 흘렀다면, 거머리 같은 저자가 다시는 찾아오지 않으리라 생각할 뻔했다!

한운석은 그에게 다가갔다.

"오랜만이야. 영원히 못 볼 줄 알았는데!"

"그러니까, 내가 죽은 줄 알았다는 거지?"

고칠소는 더욱더 눈부시게 웃으며 한운석에게 다가갔다. 비밀 시위들은 비켜 주고 싶지 않았지만, 애석하게도 그들은 왕비마마 눈 밖에 나는 것을 전보다 더 두려워하고 있었다.

눈 밖에 났다가 훗날 무슨 일이 생기면, 누가 진왕 전하 앞에서 그들을 보호해 줄까?

한운석이 고칠소 앞으로 다가가 아래위로 훑어보더니 가볍게 탄식했다.

"쯧, 안타깝지만 아직 살아 있군."

고칠소는 무척 상처받은 얼굴로 한운석을 응시하면서, 연신 고개만 저을 뿐 아무 말도 하지 않았다.

한운석도 더는 쓸데없는 말을 하지 않고 물었다.

"무슨 용건으로 본 왕비를 찾아왔지?"

"왕비가 뭐 대단한 것도 아닌데 그런 호칭은 참 거슬리는군."

고칠소가 진지한 얼굴로 말했다.

"용건이 없으면 갈게. 계속 싸워."

한운석이 정말 돌아서자 고칠소는 다급해진 나머지 모두가 보는 앞에서 그녀의 손을 잡았다.

"용건이 있어!"

이를 본 사람들이 헉 하고 찬 숨을 들이켰다. 한운석은 감전된 것처럼 화들짝 놀라 손을 뿌리치며 화를 냈다.

"함부로 손대지 마. 아니면 정말 가만두지 않겠어!"

거절당하는 데는 익숙한 고칠소지만 이 반응에는 가슴이 철렁했다.

독누이가 예전과 많이 달라졌다는 것이 분명히 느껴졌다. 예전에도 그가 손을 대면 화를 내긴 했지만 이런 식으로 진짜 화낸 적은 없었다.

이번에는 분노 속에 혐오감까지 묻어 있었다.

어쩌다 이렇게 됐지?

한운석은 남녀칠세부동석 같은 말을 지키는 사람이 아니지만, 용비야와 오래 함께 있다 보니 저도 모르는 사이 이래저래 꺼리는 일이 생겨났다. 예전에는 이 남자가 경박하게 구는 것을 싫어했을 뿐 손잡는 것쯤은 별로 대수롭게 생각지 않았는데, 놀랍게도 지금은 공연히 마음이 켕기고 용비야에게 잘못을 저지르는 기분이 들었다.

그녀는 고칠소의 실망한 눈빛을 알아차리지 못한 채 재촉했다.

"할 말이 있으면 얼른 하고, 뀔 방귀가 있으면 얼른 껴!"

고칠소는 재빨리 웃음을 되찾았다.

"아주 중요한 일이야. 안에 들어가서 차 한잔하면서 이야기하는 게 어때?"

"들어와!"

한운석은 대범하게 말했지만 속으로는 고개를 갸웃했다. 용비야가 떠나자마자 도착하다니, 어쩜 이렇게 딱 맞춰 왔지?

비밀 시위가 황급히 다가가 소리 죽여 말했다.

"왕비마마, 전하께서……."

"손님이다. 전하께는 내가 말씀드리겠다."

한운석은 고칠소를 적으로 생각하지 않았다. 더군다나 중요한 일이 있다는데!

비밀 시위는 다시 한번 물러설 수밖에 없었다. 고칠소는 화려한 빨간 장포를 보란 듯이 정리한 다음 한운석을 따라 성큼 성큼 진왕부로 들어갔다.

비밀 시위는 흩어진 것처럼 보였지만 사실은 몰래 감시하고 있었다.

한운석은 고칠소를 객청으로 안내한 뒤 차를 대접했다. 고칠 소는 차를 몇 모금 맛본 후 말했다.

"그저 그런 차군!"

한운석은 그 자리에서 시녀를 시켜 차를 모두 버리게 하고, 쓸데없는 이야기는 하기도 싫다는 듯이 말했다.

"용건이 뭐야? 이제 말해도 되지 않을까?"

그런데 고칠소는 찻잎 한 통을 꺼내 내밀었다.

"남산홍이야! 네가 좋아하는 줄 알고 특별히 가져왔지."

남산홍은 천향차원에서만 나는 홍차였다. 천향차원의 남산 에서 나기 때문에 이런 이름이 붙었는데, 용비야가 가장 좋아하 는 홍차이기도 했다.

한운석은 천향차원에 가서 직접 이 찻잎을 따다가 군역사의 부하에게 납치당한 적이 있었다. 그날 이후로 고칠소는 한운석 이 이 차를 좋아한다고 오해하고 있었다.

"천향차원은 문을 닫았잖아? 어디서 난 거야?"

한운석이 의아해하며 물었다.

"다른 차원에서. 품종은 똑같으니 마셔 봐."

고칠소는 은근하게 권했다.

한운석이 고칠소가 주는 선물을 받은 적이 있기나 했나?

이번에도 그녀는 화제를 돌렸다.

"대체 무슨 일인지 말 안 할 거야? 나도 중요하게 처리해야 할 일이 있다고!"

한운석이 바쁜 것은 사실이었다. 숲을 폭발시킨 물질을 밝혀 낼 방법을 생각해 냈고, 이제 실험만 하면 결과를 얻을 수 있는 상황이었다.

그녀가 웃으면 고칠소는 더욱더 눈부시게 웃었고, 그녀가 화를 내도 고칠소는 여전히 웃음을 지었다.

그는 가져온 커다란 보따리를 열며 신비한 표정으로 한운석에게 살펴보라는 눈짓을 했다.

"좋은 거야. 상상도 못 했을 걸."

한운석은 호기심이 일어 안을 들여다보았다. 하지만 안에 든 것을 보는 순간 속이 뒤집히는 것 같았다.

바닷가재!

그녀는 황급히 멀리 피했다.

"치워, 저리 치워! 역겨워!"

고칠소는 어리둥절했다.

"어주도의 바닷가재야. 몸보신에 아주 좋다고. 기가 막히게 운이 좋아 세 마리나 낚았단 말이야!"

본래 그는 어주도에서 한 달쯤 머물면서 바닷가재를 잡고, 하는 김에 군역사도 독살해 모래밭에 던져 놓았다가 떠날 때쯤 물고기 밥으로 줄 생각이었다.

신선할 때 독누이에게 먹여야겠다는 생각에 서두르지만 않앉어도 며칠 더 머물렀을 것이고, 군역사가 달아나게 내버려두지도 않았을 것이다! 그리고 천녕국 도성에 도착하기도 전에 여러 살수에게 쫓기는 신세도 되지 않았을 것이다! 그는 독고인이라는 사실이 드러날 정도로 싸워가며 가까스레 살수들을 따돌렸다.

그런 그에게 독누이가……, 역겹다고 하다니?

한운석이 열흘 가까이 바닷가재를 먹어 이제는 보기만 해도 토할 것 같다는 사실을 고칠소가 알 턱이 없었다. 그는 정말 상처받아 한참, 아주 한참 말없이 한운석을 바라보았다.

그리고 바로 그때 한운석도 처음으로 그의 눈동자에 떠오른 암담한 빛을 보았다.

그녀는 떠보듯 그를 툭 찼다.

"이봐……."

고칠소는 그녀를 흘낏 쳐다보더니 말없이 보따리를 싸기 시작했다.

"이봐? 중요한 일이란 게 이거야?"

한운석이 물었다.

"걸신들렸어? 먹는 게 무슨 중요한 일이야?"

고칠소가 쏘아보았지만 여전히 정이 담뿍 담긴 말투였다.

그가 대답하자 한운석은 안도하며 진지하게 물었다.

"고칠소, 아니 칠 나리. 대체 중요한 일이란 게 뭐야?"

고칠소는 쿡쿡 웃었다.

"지금은 말하고 싶지 않아, 다음에 봐!"

이렇게 말한 그는 짐을 싸 들고 홱 돌아서서 나갔다.

한운석은 기가 막혔다. 저자가 제 발로 떠난 것은 이번이 처음일 것이다. 설마, 정말 화가 났나?

내가 바닷가재를 거절해서 정말 화가 난 거야?

한운석은 아무 말 없이 대문까지 배웅했지만, 결국 참지 못하고 푸하하 웃음을 터트렸다. 이럴 줄 알았으면 애초에 더 모질게 굴어 마음 상하게 해 줬을 텐데. 그랬다면 다시는 함부로 그녀를 희롱하지 못했을 것이다.

옆에서 따르던 비밀 시위들도 의아했다. 고칠소 저 요물이 이렇게 빨리 떠나다니? 잘못 본 건 아니겠지?

고칠소는 진왕부 대문을 나온 뒤에야 한운석을 돌아보았다. 좁고 가느다란 눈동자는 여전히 눈부신 웃음을 띠고 있었다.

"독누이, 다음에 봐. 다음에 만날 때는 분명히 중요한 일을 가져올게."

분명히 뼈 있는 말이었다. 그를 믿은 적 없던 한운석조차 이상한 것을 눈치챘다.

그녀가 쫓아나가 물었다.

"고칠소, 대체 뭐 하는 거야? 그냥 좋게 말로 할 수 없어?"

고칠소는 돌아가라는 듯이 손을 내저었다.

"몸조리나 잘 하면서 기다려!"

한운석은 더욱더 답답해져 캐물으려고 했지만, 고칠소는 경공을 펼쳐 떠나갔다.

"정말 중요한 일이 있나? 뭘 하려는 거지?"

한운석은 혼잣말을 했다. 아무래도 오늘 고칠소는 예전과 다른 것 같았다.

고칠소가 떠나자 비밀 시위도 비합전서를 보내 용비야에게 소식을 전했다. 용비야와 초서풍은 아직 약귀곡으로 가는 도중이었다.

밀서를 본 용비야는 불쾌해하면서도 다소 의아해했다.

"고칠소 그자는 꽤 오랫동안 보이지 않았지."

"전하, 어제 소식을 들었는데, 여아성과 소요성에서 손꼽는 절정 살수 몇 명이 고칠소를 쫓는 중이라 합니다. 누구에게 미움을 샀는지 모르겠습니다."

초서풍의 대답이었다.

용비야는 말없이 냉소를 지었다. 지난번 여아성, 소요성과 틀어지지만 않았다면 그도 벌써 살수를 고용해 고칠소를 죽이려 했을 것이다.

한운석, 감히 그자를 왕부에 들여 차를 대접하다니. 좋다. 돌아가거든 빚을 갚아 주지!

벌써 한밤중이었지만 용비야와 초서풍은 쉬지 않고 말을 달렸다. 그리고 진왕부에서도 한운석이 쉬지 않고 일하는 중이었다.

고칠소의 방해로 마음이 약간 불안했지만, 대체 고칠소에게 무슨 중요한 일이 있는지 짐작이 가지 않았다.

본래는 피곤해서 내일 아침에 실험할까 했지만 그냥 진행하기로 했다.

한운석은 누각 아래로 내려가다가 마침 방에서 나오는 백리명향과 마주쳤다. 백리명향도 상처가 거의 나아서, 벌써 침상에서 내려와 움직일 수 있었다.

"자지 않고요?"

한운석이 물었다.

"생각할 것이 있어 잠이 오지 않는군요."

백리명향이 차분하게 대답했다.

군역사가 달아난 소식을 들은 뒤 왕비마마가 어주도에서 돌아오자 찾아가 위로하고 싶었지만, 안타깝게도 왕비마마는 너무 바빠서 지금껏 말을 꺼낼 시간이 없었다.

"잠이 오지 않으면 날 도와줘요. 숯과 재에 폭발물이 들었는지 밝혀낼 방법이 있어요. 맞춰 봐요. 어떤 방법이게요?"

한운석은 서재로 들어가 도자기병과 도자기 접시를 하나하나 탁자에 올려놓았다.

왕비마마의 상태를 보니 위로의 말은 필요 없을 것 같았다. 이 여자는 백리명향이 생각하는 것보다 더 낙관적이고 소탈했다. 백리명향은 그녀를 따라 들어가 문을 꼭 닫았다.

화로 폭발 사건이 계획적이라면 혐의가 있는 사람은 많지 않으니 증거만 나오면 엄히 심문해 찾아낼 수 있었다!

그리고 계획적인지 아닌지에 대한 증거는 역시 숯과 재에서 찾아내야 했다.

탁자 위에는 숯과 재가 든 병, 독수毒水가 든 병이 있었다. 백리명향은 하나하나 자세히 살핀 뒤 이해가 가지 않는 듯이 물었다.

"왕비마마, 저는 우둔해서 뭘 하시려는 건지 모르겠어요."

"독을 먹이는 방법이에요!"

한운석은 진지하게 말했다.

어주도에 가기 전에 이 방법을 생각해 냈지만 어떤 독을 써야할지 판단이 서지 않았는데, 돌아오는 길에 결론을 내렸다.

"숯과 재에 독을 먹이신다고요?"

백리명향은 의아한 목소리로 물었다.

백리명향이 바로 알아들을 줄 몰랐던 한운석은 무척 뜻밖이었다. 한운석이 하려는 일은 그녀의 말대로 숯과 재에 독을 먹이는 것이었다. 한운석은 폭발 물질에 섞으면 새로운 독약을 만들어 내는 독약물을 찾아냈다.

독약물을 숯과 재에 부었을 때 새로운 독약이 만들어진다면, 지난번에는 발견하지 못했을 뿐, 사실 이 숯에는 폭발하기 쉬운 물질이 들어 있다는 뜻이었다.

이 도리를 깨달은 백리명향이 자원했다.

"왕비마마, 제가 하겠어요!"

한운석도 동의했다. 백리명향은 매우 조심하며 독약물을 숯에 부었다. 곧 숯과 독약물이 서로 반응하며 보글보글 거품을 만들어 냈고, 차츰차츰 역겨운 냄새가 퍼졌다.

냄새를 맡자 한운석과 백리명향은 서로 쳐다보고 빙긋 웃었다.

역시, 이 숯에는 폭발을 일으키는 물질이 들어 있었다!

모두 젖었습니다

지난번에 한운석은 사람을 시켜 폭발한 숯과 재를 전문가에게 가져가 조사해 보게 했지만, 애석하게도 폭발 물질은 발견되지 않았다. 그 바람에 화로 폭발 사건은 지금까지 결론이 나지 않았다.

이제 폭발물질이 나타났으니 일을 마무리할 수 있게 되었다.

누군가 계획적으로 한 짓인지 아니면 사고인지 곧 밝혀질 것이다!

서재에서 나온 한운석과 백리명향은 조 할멈과 소소옥이 깨지 않도록 살그머니 운한각을 떠나 곳간으로 갔다.

폭발 당일 현장의 숯과 재는 한운석이 가지고 있지만, 아직 사용하지 않은 숯과 운한각에 남은 숯은 모두 곳간에 보관되어 있었다.

"왕비마마, 숯을 가져가 태운 다음 독을 먹이실 건가요?"

백리명향이 물었다.

"그 숯은 서동림이 전부 조사했지만 폭발하지 않았어요."

한운석이 차분하게 말했다.

백리명향은 깜짝 놀랐다.

"그날 아침에 쓴 숯만 폭발했다면 분명히 누군가 일부러 한 짓이에요!"

"그렇지만은 않아요. 전문가를 찾아 물어보니, 어떨 때는 폭발하고 어떨 때는 절대 폭발하지 않는 아주 특수한 물질도 있대요. 정말 누군가 그날 아침 화로에 넣은 숯에 수작을 부렸을 수도 있고, 단순히 우연으로 그날 화로 안에 든 숯 성분이나 온도가 꼭 맞아서 폭발했을 수도 있어요."

한운석은 숯의 원리는 잘 모르지만, 독을 제조할 때도 약의 분량이나 온도, 수분, 심지어 물 온도까지 독성이 나타나는 데 영향을 주기 때문에 숯 전문가의 분석을 이해할 수 있었다.

예를 들어 어떤 독은 기후 조건에 따라 발작 여부가 달라지기도 해서, 어주도의 독 안개처럼 기후를 빌려 독을 쓸 수도 있었다. 또 공기 속에도 본래 독성이 있는 물질이 있지만 발작하지 않다가 특별한 기후에만 발작하기도 했다.

그래서 폭발이 계획적인지 사고인지 밝혀내려면 충분한 증거가 있어야 했다.

그 증거가 바로 그녀가 검출해 낸 폭발 물질의 잔재였다!

이제, 당일 사용하다 남은 숯과 운한각에 남은 숯, 그리고 함께 사들인 후 왕부에 남은 숯까지 모두 태워 재로 만든 후 독약물을 뿌려 검사하면 되었다.

폭발 물질이 나오면 그날 폭발이 사고라는 뜻이었다. 적어도 운한각 사람들에게는 혐의가 없었다.

하지만 폭발 물질이 나오지 않으면, 그날 사용한 숯에 누군가 수작을 부렸다는 확실한 증거였다!

한운석은 본래 신중한 사람인데, 이 사건에 혐의가 있는 사람들을 생각해서 더욱 신중하게 행동했다. 그녀는 공연한 생각은 하고 싶지 않았다. 그저 이 사건이 사고였을 뿐이라는 자료를 충분히 모아 자신과 용비야를 설득시키기를 바랄 뿐이었다.

백리명향이 말이 없자 한운석이 물었다.

"알겠어요?"

백리명향은 눈을 찌푸린 채 잠시 생각하더니 생긋 웃었다.

"예! 역시 왕비마마께서는 주도면밀하시군요."

"독을 쓰는 원리는 한 가지, 모든 방면을 꼼꼼히 살피는 것이죠. 단순히 독약을 가져와 뿌리기만 하는 게 아니에요."

한운석은 진지하게 말했고 백리명향은 묵묵히 머리에 새겼다.

두 사람은 그런 이야기를 하며 곳간으로 갔다. 그런데 뜻밖에도 서동림이 허둥지둥 달려와 헐떡이며 말했다.

"왕비마마, 큰일 났습니다!"

"왜 이렇게 서두르느냐? 무슨 일인지 천천히 말해 봐라."

한운석이 불쾌한 목소리로 꾸짖었다.

서동림은 그래도 허둥거렸다.

"왕비마마, 숯이 모두 젖었습니다."

"뭐라고?"

한운석도 냉정을 잃었다.

"며칠 전에 비가 내렸는데 곳간에 물이 샜다는 것을 오늘에서야 발견했습니다. 곳간에 있던 물건들도 많이 젖었습니다."

서동림이 설명했다.

"가 보자!"

한운석은 심장이 착 가라앉는 기분이었다. 우연이라기엔 너무 공교로운 일이었다. 진왕부에는 측간 지붕에도 유리와琉璃瓦(진흙으로 빚어 겉에 유약을 발라 구운 기와)를 써서 폭풍우에도 흔들리지 않고 풍화되지도 않을 만큼 튼튼했다. 그런데 비가 새다니, 그것도 하필이면 곳간에서.

그녀가 곳간에 달려갔을 때 비밀 시위가 벌써 장인을 불러 지붕을 살피게 하고 있었다.

"어떻게 되었느냐?"

한운석이 진지하게 물었다.

"왕비마마, 아무래도 누군가 일부러 건드린 것 같습니다."

장인이 심각하게 말했다.

한운석의 심장은 더욱더 가라앉았다.

"어째서냐?"

"비가 새는 것은 지붕 기와가 헐거워졌을 때 나타납니다. 헐거워진 면적이 제법 크고 흔들린 상태로 보아 누군가 안에서 뚫은 것이지 지붕을 밟아 생긴 것이 아닙니다."

장인이 사실대로 설명했다.

그 말에 모두 깜짝 놀랐다!

분명히 누군가 비오는 날을 이용해 숯을 망가뜨린 것이다!

"제법 솜씨가 있는 사람이군요. 여기까지 와서 직접 숯을 망가뜨리지 않고 도리어 최근에 내린 비를 이용해 사고처럼 보이게 만들다니요. 아주 심계가 깊은 사람이에요."

백리명향이 말했다.

일이 이렇게 된 이상 독으로 실험할 필요가 있을까?

그 폭발은 사고가 아니라 누군가 일부러 꾸민 짓이었다. 이렇게 숯을 망가뜨린 것은 바로 증거를 없애기 위해서였다!

놀랍게도 그 흉수는 운한각에서 일을 꾸민 것도 모자라 곳간에도 손이 닿아 있었다.

"요 며칠 곳간에 다녀간 사람이 누구냐?"

한운석이 심각하게 물었다.

곳간은 다른 곳과 달리 곳간을 관리하는 사람 외에는 누구든 드나들 때 기록을 남겨야 했다.

서동림이 재빨리 출입 기록을 가져왔다. 한운석이 최근 기록을 펼쳐 보니 조 할멈과 소소옥의 이름은 보이지 않았고, 낙 집사와 어린 심부름꾼 두 명 외에는 아무도 다녀가지 않았다.

일반적인 상황이라면 조 할멈과 소소옥도 곳간에 올 일이 없었다. 그들이 아니었나? 아니면 흉수가 한 명이 아닐 수도 있었다.

그 어느 곳보다 안전한 진왕부에 첩자가 잠입해 있다니!

축축하게 젖은 숯을 살며시 쓰다듬던 한운석의 머릿속에 놀라운 생각이 번쩍했다.

"젖으면 증거를 찾아내지 못할 줄 알고!"

그녀는 차갑게 말했다.

"이 일은 잠시 알리지 말도록 해라. 첩자가 한 명이든 두 명이든, 본 왕비는 절대 놓치지 않겠다!"

그 후 며칠간 한운석은 계속해서 독약을 연구했다. 어느 정도 습도가 있는 폭발 물질과 반응할 수 있는 독약을 찾아내기 위해서였다.

조 할멈과 소소옥은 곳간에 가지 않았고, 다른 하인들은 운한각에 오지 않았다.

이런 전제하에 만약 그녀가 젖은 숯에서 폭발 물질을 찾아낸다면 운한각에 전달된 숯 자체에 폭발 물질이 있었다는 뜻이고, 조 할멈과 소소옥은 혐의가 없었다.

반대로 만약 젖은 숯에서 폭발 물질을 찾아내지 못한다면, 조 할멈과 소소옥뿐 아니라 곳간에 다녀간 사람도 똑같이 혐의가 있었다.

진왕부는 모든 것이 정상이었다. 한운석이 일찍부터 폭발은 사고였다고 일부러 소문낸 덕분에 대부분 하인들은 이미 지나간 사고라고 여겨 다시 입에 담지 않았다.

겉으로는 조용해 보이지만 이미 증거와 용의자가 추려졌고, 한운석과 백리명향은 적절한 독을 찾느라 분주했다. 그리고 그때 몹시 긴장한 사람이 있었다.

다른 누구도 아닌 소소옥이었다!

그녀는 진왕부가 조용하다고 해서 그 사건이 흐지부지된다는 뜻은 아니라는 것을 잘 알았다. 한운석과 용비야가 조용할수록 그녀는 더욱더 긴장했다.

달아날 수도 없으니 언젠가는 발각될 것이다.

자신이 이미 용의 선상에 올라 달아날 수도 없다는 것은 그녀도 알고 있었다. 그래서 자포자기하고 어떻게든 발각되기 전에 한운석의 등을 확인하려고 애썼다.

애석하게도 기회는 오지 않았다. 처음에는 용비야가 자주 한운석과 함께 있어 함부로 손을 쓸 수가 없었고, 나중에는 한운석이 용비야를 따라 외출하는 바람에 더욱 기회가 없었다.

그녀는 용비야와 한운석이 폭발 사건을 조사하든 말든 상관하지 않고 일단 숯을 축축하게 만들었다. 이렇게 하면 적어도 실마리를 끊어 놓고 시간을 조금 벌 수는 있었다. 더욱이 증거가 없으니 설령 그들이 자신을 의심한다 해도 가엾은 척하며 끝까지 부인할 수도 있었다.

점심시간이 되자 주방에서 시간 맞춰 식사를 보내 왔다. 소소옥은 평소처럼 신중하고 빠르게 조 할멈보다 먼저 가서 식사를 받았다.

그녀는 찬합 밑에서 조그마한 종이쪽지를 꺼냈다. 종이에는 한 줄이 적혀 있었다.

[어젯밤에 곳간에 비가 샌 것이 발각됨.]

이를 보자 소소옥은 더욱더 불안해 졌다.

곳간에 비가 샌 것이 알려졌는데도 한운석이 아무렇지 않은 척한다면 틀림없이 모든 것이 남몰래 진행되고 있을 것이다.

한운석은 대체 어디까지 알아냈을까?

그녀는 안으로 들어가면서 불안해 어쩔 줄 몰랐다.

"어디 보자. 오늘 점심에는 무슨 맛있는 게 있으려나."

갑자기 조 할멈의 목소리가 들려왔다.

조 할멈도 폭발 사건에 대해 의심하기는 했지만, 나중에 왕비마마가 사고라고 밝히자 마음 푹 놓고 있었다.

소소옥은 복잡한 눈빛이 되었다. 무슨 일이 있어도 서둘러 움직이지 않으면 정말 기회가 날아가 버릴 거라고 자신에게 상기시켰다.

조 할멈이 다가오자 그녀는 재빨리 웃으며 말했다.

"조 할머니, 왕비마마께서는 뭘 하시기에 온종일 명향 소저와 함께 서재에만 계실까요?"

"독약을 연구하시겠지. 방해하지 말고 음식은 식당에 놓아두도록 해라."

조 할멈이 당부했다.

"가지고 들어갈래요. 그러다 식으면 어떡해요."

소소옥이 진지한 얼굴로 말했다.

"혼나려고!"

조 할멈도 왕비마마가 너무 무리하지 말고 때맞춰 식사하시기를 바랐지만, 그 일로 벌써 몇 차례 혼난 적이 있었다.

"괜찮아요. 왕비마마께서 제때 식사하시기만 한다면 혼 좀 나면 어때요!"

소소옥이 정말 가서 문을 두드리려고 하자 조 할멈도 만류하지 않고 웃으며 말했다.

"안 열어 주실 걸."

그런데 소소옥은 서재 문만 두드리고 일부러 아무 말도 하지 않았다.

곧 백리명향의 목소리가 들려왔다.

"누구세요?"

소소옥은 조 할멈을 향해 씩 웃더니 여전히 아무 말 하지 않았다.

"요 못된 것, 점점 간이 커져서는!"

조 할멈은 투덜거리면서도 막지 않았다.

예상대로 소소옥의 수법이 먹혔다. 곧 백리명향이 나와 문을 열었다. 소소옥을 본 그녀가 물었다.

"왜 말을 하지 않니?"

"왕비마마께 점심을 드리러 왔어요. 그렇게 말씀드리면 문을 안 열어 주실 거잖아요?"

소소옥이 반문했다.

백리명향은 용의자인 소소옥에게 앙금이 있는 데다 제멋대로 결정을 내리는 하인을 좋아하지 않았지만, 겉으로는 드러내지 않고 담담하게 말했다.

"왕비마마께서는 바쁘시니 우선 식당에 가져다 놓도록 하렴."

소소옥은 입을 삐죽이며 조 할멈을 돌아보았다.

온통 왕비마마 건강 생각밖에 없는 조 할멈은 당연히 소소옥 편이었다.

그녀가 황급히 나서서 도왔다.

"명향, 이 시간까지 식사하지 않으시면 왕비마마의 배가 견뎌 내지 못합니다. 그러다 전하께서 꾸중하시면 우리 모두 혼쭐이 날 겁니다."

조 할멈이 진왕 전하를 끌어들이자 백리명향도 감히 거절할 수 없었다. 요즘 진왕 전하께서 내내 왕비마마의 몸보신에 신경 쓴다는 것은 진왕부의 모두가 알고 있었다.

백리명향은 몹시 복잡한 눈빛을 지으며 차분하게 말했다.

"좋아요. 내가 가지고 들어갈게요."

그런데 뜻밖에도 소소옥이 눈에 띄지 않게 그녀를 피해 찬합을 들고 쪼르르 안으로 들어갔다.

기회가 왔다!

대관절 있을까 없을까

소소옥은 평소에도 제멋대로 돌아다니는 것을 좋아해서 조 할멈은 그 모습을 보고도 별로 신경 쓰지 않았다.

그녀는 웃으면서 백리명향의 손을 잡았다.

"명향, 같이 식사하시지요. 괜히 배곯지 말고."

하지만 백리명향은 초조했다. 왕비마마는 서재에서 독약을 만드느라 문가에서 들리는 소리에는 귀를 기울이지 않았다. 일단 집중하면 주변 움직임을 눈여겨보지 않는 분이었다.

소소옥 같은 용의자를 서재에 들여보냈다가 만에 하나 젖은 숯을 발견하기라도 하면 큰일이었다.

백리명향은 조 할멈을 상대할 틈이 없이 휙 뿌리치고 뒤쫓아 들어가면서 크게 외쳤다.

"소옥, 왕비마마를 방해하지 마. 왕비마마는 바쁘셔!"

이 정도로 크게 말했으니 왕비마마도 알아차리셨겠지.

그렇지만 백리명향이 소소옥을 과소평가한 것은 사실이었다. 곧 방 안에서 와장창하는 굉음이 들려왔다!

백리명향은 화들짝 놀라 곧장 달려갔고, 조 할멈도 뒤질세라 따라갔다. 국그릇이 박살 나 바닥에 뒹굴고 소소옥은 왕비마마의 몸에 찬물을 붓느라 야단법석이었다.

"뜨거운 국을 엎질렀어요. 흑흑……. 어서 찬물을 가져다주세요. 이곳 물로는 부족해요! 으흐흑, 일부러 그런 게 아니에요. 흑흑……."

소소옥은 처량하게 울면서 황급히 찬물을 떠서 한운석의 등에 부었다. 한운석은 눈을 잔뜩 찌푸렸다. 등 전체가 타는 듯이 아팠다. 모든 것이 너무 갑작스러워서 꿈을 꾸는 것 같았다!

그녀는 독약을 만드는 데 온 신경을 쏟고 있었다. 독약이 거의 완성될 때쯤 백리명향의 목소리가 들려 소소옥이 들어온다는 것을 알았지만 이렇게 빠를 줄은 몰랐다.

그녀가 무슨 일인지 보려고 몸을 돌리는데 소소옥이 뜨거운 국을 들고 달려들었다. 국 한 그릇을 등에 통째로 뒤집어쓰자 몹시 아팠다!

소소옥이 경공을 써서 소리 없이 가까이 다가왔기에 한운석도 방비하지 못했다. 소소옥도 이번에는 필사적이었다. 나중에 한운석이 의심을 하건, 처벌을 하건 상관없었다. 지금은 반드시 한운석의 옷을 벗겨야만 했다! 반드시 한운석의 등을 봐야 했다!

조 할멈은 너무 놀라 얼굴이 새하얘졌다. 제일 먼저 든 생각은 왕비마마를 어떻게 하느냐가 아니라 진왕 전하께 뭐라고 말씀드려야 하느냐였다!

"조 할멈, 물을 가져오게. 어서!"

한운석이 큰 소리로 외쳤다. 등이 화상으로 짓무르는 느낌이 들어 함부로 움직일 수 없었다. 자칫하다 화상당한 부위에 옷이 닿아 더 성가시게 될까 봐 걱정스러웠다.

조 할멈은 그제야 정신을 차리고 허둥지둥 찬물을 가지러 갔다. 하지만 백리명향은 당황하지 않고 소소옥에게서 물을 빼앗아 화상 온도를 낮추면서 화난 소리로 꾸짖었다.

"못된 것, 큰 사고를 쳤구나! 그렇게 덤벙대다니, 썩 저리 비키지 못해!"

저 못된 것이 일부러 그랬는지 아닌지 누가 알까! 소소옥의 혐의는 커도 너무 컸다! 다시는 왕비마마에게 손대게 할 수 없었다.

소소옥은 억울하다고 외칠 생각이었지만 한운석이 이미 옷을 벗기 시작한 것을 보고 입을 꾹 다문 채 한쪽 구석에 무릎을 꿇었다.

한운석은 서둘러 등을 치료하지 않으면 백리명향처럼 심각한 상처를 입게 된다는 것을 잘 알고 있었다.

당장은 소소옥을 꾸짖을 틈이 없어 찬물이 상처를 식히고 옷을 적신 틈을 타 재빨리 옷을 벗어 상처에서 떼어 냈다. 놔뒀다가 엉겨 붙으면 더 고통스러워서였다.

그녀는 속곳과 겉옷을 입고 있었다. 겉옷은 그나마 벗기 쉬워서 아픔을 꾹 참고 직접 벗었지만, 속곳은 상처 여기저기 붙어 있었다.

"왕비마마, 제가 할게요!"

백리명향이 한 손으로 찬물을 부으며 다른 손으로 조심조심 옷을 벗겨 주었다. 곧 조 할멈도 와서 도왔다.

두 사람은 속곳을 어깨까지 걷어 낸 뒤 아래로 조심조심 끌어내렸다. 달라붙은 곳은 자꾸만 찬물을 부어 온도를 떨어뜨리고 더욱더 조심스레 떼어 내야 했다.

한운석은 꼼짝도 하지 않고 앉아 있었다. 백리명향과 조 할멈은 긴장해서 숨을 죽이고 함부로 힘을 주지도 못한 채 살얼음판을 걷듯 몹시 조심하며 조금씩 조금씩 짓무른 상처에서 옷을 떼어 냈다.

궁에서 이런 사고를 아주 많이 보아 온 조 할멈은 침착해야 마땅했지만, 지금 이 순간 그녀의 손은 누구보다 더 심하게 떨리고 있었다. 이유는 하나, 다친 사람이 진왕비이기 때문이었다! 지금은 생각하지 말자고 계속 다짐했지만, 그래도 자꾸만 생각났다. 진왕 전하께서 아시면 어쩌나? 진왕 전하께서 돌아오시면 어쩌나?

"조 할멈, 침착해요!"

백리명향이 보다 못해 말했다.

"전하께서 돌아오시면 대로하실 겁니다! 우리 모두 죽습니다!"

조 할멈의 말은 사실이었다.

백리명향의 손이 살짝 움찔했지만 곧 다시 차분해졌다.

"죽더라도 일단 왕비마마를 보살펴야 해요!"

이 말은 한운석의 귀에 들어왔고 마음에도 새겨졌다.

"죽어야 할 사람은 반드시 죽을 것이나, 죽지 말아야 할 사람은 본 왕비가 지켜 줄 것이다!"

한운석이 차갑게 말했다.

조 할멈은 그제야 조금 차분해졌지만, 소소옥은 가슴이 철렁했다. 임무를 완성하고 죽을 준비가 되어 있었지만 그 말을 듣자 역시 두려웠다.

하지만 곧 무시했다. 설사 자신을 죽이고 싶더라도 증거가 없었다! 조 할멈이 저렇게 허둥거리고 있으니 저쪽 혐의를 더 크게 보지 않을까?

그때쯤 속곳이 반쯤 벗겨져, 옆에 꿇어앉은 소소옥은 눈을 크게 뜨고 기다렸다. 옷이 조금씩 조금씩 벗겨지면서 그녀는 차츰차츰 긴장하기 시작했다!

진왕부에 들어온 지 오랜 시간이 지났다. 지금껏 그녀는 들키지 않고 임무를 완수한 뒤 계속 진왕부에 남아 주인에게 정보를 제공할 수 있으리라 생각했다. 하지만 애석하게도 모든 시도가 실패해, 결국 이렇게 직접적이고 멍청한 방법을 쓸 수밖에 없었다.

한운석은 정말 주인이 찾는 사람일까, 아닐까? 그녀의 허리뼈 쪽에 봉황 깃 모반이 있을까, 없을까? 비밀이 밝혀질 순간이 코앞에 와 있었다!

소소옥은 그 답을 찾아내 밖으로 소식을 전할 수만 있다면, 진왕부에서 죽더라도 가치가 있다고 여겼다. 길러 준 주인의 은혜에 보답할 수도 있었다.

속곳은 거의 허리까지 내려와 있었다. 한운석의 등에는 가느다란 두두肚兜(고대 중국에서 여자가 가슴과 배를 가리는 용도로 제일 안쪽에 입는 속옷) 끈만 남아 있었다. 고운 등은 매끈하고 보드라웠지만, 짓무른 화상이 두 군데나 나 있었다. 하나는 어깨 아래쪽이고 또 하나는 등 한가운데였다.

타는 듯한 통증은 말로 설명하기 힘들 만큼 아팠지만 한운석은 눈을 잔뜩 찌푸린 채 소리조차 지르지 않았다. 속곳이 무사히 짓무른 상처에서 떨어지자 그녀는 속으로 안도의 숨을 쉬며 분부했다.

"명향, 내 진료 주머니를 가져와요. 안에 약이 있어요."

백리명향은 진료 주머니를 가지러 갔고, 조 할멈은 계속해서 조심조심 속곳을 벗겨 내렸다.

소소옥은 저도 모르게 숨까지 참으며 곧 드러나려는 한운석의 허리를 응시했다. 곧 눈앞에 나타날 답을 기대하면서.

마침내 조 할멈이 속곳을 완전히 벗겨 옆으로 치웠다.

소소옥은 눈을 크게 떴다. 하지만…… 한운석의 허리에는 아무것도 없었다!

주인이 저 여자를 의심해 심혈을 기울여 자신을 진왕부에 넣은 것을 보면, 필시 그럴 만한 충분한 이유가 있었을 것이다.

그런데 웬걸, 아무것도 없다니!

그럴 리가?

이 때문에 어마어마한 대가를 치른 소소옥은 아무래도 조금 실망스러웠다. 조 할멈이 한운석 등 뒤에서 왔다 갔다 하고 있으니 제대로 보지 못했을 수도 있었다. 그러나 몇 번 더 살폈지만 여전히 모반은 없었다.

정말 없는 거야?

소소옥이 좀 더 가까이 가려는데 뜻밖에도 바로 그때, 꼬맹이가 불쑥 튀어나와 그녀의 머리 위에 올라앉았다!

꼬맹이는 놀라 나갔다가 막 돌아온 길이었다. 방 안의 풍경을 보고 멍해졌던 녀석은 꿇어앉은 소소옥을 보자 그녀가 운석 엄마를 해쳤다는 것을 알아차렸다.

이 죽일 놈의 계집애!

꼬맹이는 소소옥의 머리 위에 올라앉기 무섭게 힘껏 짓밟고 꼬집고 심지어 깨물기까지 했다. 소소옥의 머리는 금방 엉망이 되었고, 머리카락이 수북이 빠져 두피가 훤히 드러날 지경이었다.

소소옥은 까무러칠 듯이 놀랐다.

"왕비마마, 살려 주세요! 살려 주세요. 일부러 그런 게 아니에요! 흑흑……. 왕비마마, 제발 부탁이니 용서해 주세요! 흑흑……. 살려 주세요, 으흐흑……."

정말이지 소소옥의 연기는 일품이고, 우는 기술도 일류였다. 그녀는 눈물콧물 쏟으면서도 꼬맹이를 쫓아내지 않고 가엾은 척 몸을 잔뜩 웅크린 채 바닥에 쓰러져 서럽게 울기만 했다.

한운석은 그쪽을 돌아보았다. 마음속으로 절대 의심하고 싶지 않았던 사람이 바로 소소옥이었다. 저 아이는 이제 겨우 일곱 살이었다!

그렇지만 지금은 그녀의 혐의가 가장 컸다!

오늘 국을 엎지른 일은 너무나 수상했다!

"왕비마마, 살려 주세요! 왕비마마……. 흑흑, 일부러 그러지는 않았어요. 정말 일부러 그런 게 아니에요!"

소소옥은 바닥에 웅크려 필사적으로 울며 뒹굴었다. 그래도 꼬맹이는 그녀를 놓아주지 않고 앞발로 마구 머리카락을 잡아 뜯었다.

화로 폭발 사건이 사고가 아닌 줄 모르는 조 할멈은 두 사건을 연결 지어 생각하지 못한 채, 어린아이가 저렇게 고통받는 모습을 보자 아무래도 참을 수가 없었다.

"왕비마마……."

용서를 청하려고 입을 열긴 했지만, 자신도 액운을 피하지 못한다는 데 생각이 미치자 뭐라고 청해야 할지 알 수가 없었다.

"꼬맹아, 달아나지 못하게 단단히 지켜보면 돼. 내가 처리할 테니!"

마침내 한운석이 입을 열었다. 이 지경에 이르러서도 그녀는 아직도 요행을 바라고 있었다. 자신이 좋은 마음으로 데려온 아이가 진짜 '아이'이기를 바랐다.

꼬맹이는 곧 움직임을 멈추고 소소옥의 머리 위에 앉아 기다렸다. 소소옥은 감히 꼼짝도 하지 못했고, 한운석의 허리를 쳐다보는 것은 생각조차 하지 못했다.

한운석은 옆에 놓인 긴 의자에 엎드렸다. 조 할멈이 재빨리 이불을 가져와 한운석의 허리를 덮었다. 이렇게 화상을 입었는데 풍한까지 들 수는 없었다.

백리명향이 서둘러 상처를 치료하고 약을 발랐다. 지난번 왕비마마의 '시중'을 받을 때 많이 배워서 충분히 치료할 수 있었다.

멀리 바닥에 쓰러진 소소옥은 속으로 한운석의 등에는 모반이 없다고 판단을 내렸다.

백리명향은 치료에만 신경을 쏟았고, 한운석도 말이 없었다. 조 할멈은 별 뜻 없이 책상을 바라보다가 접시에 놓인 숯을 발견했고 그 순간 모든 것을 명확하게 깨달아 역시 조용해졌다.

운한각은 진왕부에서 가장 홀가분하고 걱정 없는 곳이라고 생각했는데, 지금은 공기 속에 퍼진 긴장감과 이상한 분위기, 묵직한 침묵에 숨 쉬는 것조차 힘들게 느껴졌다.

곧 백리명향은 조 할멈의 도움 없이 짓무른 상처 두 곳을 잘 싸맸다. 조 할멈은 그제야 소소옥을 바라보았다. 처량하게 쓰러진 소소옥의 조그마한 몸을 보자 움푹 들어간 조 할멈의 눈동자도 마침내 어둡게 가라앉았다.

"왕비마마, 상처 두 곳 모두 치료했습니다. 빨갛게 달아오른 부분이 몇 군데 있는데 큰 문제는 없지만 약을 조금 바르는 게 어떨지요?"

백리명향이 진지하게 물었다.

"그래요."

한운석은 담담하게 대답했다.

백리명향은 눈에 띄게 빨개진 부분에 약을 바른 다음 다시 세심하게 등을 살폈다. 어깨에서부터 살펴 내려가다가 허리 부분에 희미하게 붉어진 부분을 발견한 그녀가 조심스레 이불을 들췄다.

그런데 이불을 들치는 순간 그녀는 곧바로 찬 숨을 들이켰다!

세상에, 어떻게 이런 일이?

무엇을 보았나

왕비마마의 몸에서 이런 것을 발견할 줄은 꿈에도 생각지 못했다!

왕비마마의 허리에는 모반이 있었다. 봉황이 날개를 펼친 형태의 모반, 봉황 깃 모반이었다.

이 모반은 붉은색인데 무척 옅어서 아주 가까이에서 보지 않으면 보이지 않았다.

백리명향은 넋이 나갔고 심장은 미친 듯이 쿵쿵 뛰었다!

어마어마한 모반!

그녀의 기억이 틀리지 않았다면, 이는 바로 서진 황족만이 가진 모반이었다.

어렸을 때 당문에서 읽은 대진제국 내궁 비사秘史를 다룬 책에 봉황 깃 모반에 관한 기록이 있었다. 서진 황족의 딸에게는 꼭 봉황 깃 모반이 있었다!

잘 알려진 비밀이 아니었고 백리명향도 책에서 우연히 본 것이었다. 당문에는 대진 내궁 비사를 다룬 책이 수십 권 있어서 어느 책에서 봤는지 당장 생각나지는 않지만, 그래도 진짜라는 것은 확신했다.

진왕 전하와 여 이모는 늘 일곱 귀족 문제에 관심을 보였지만 서진 황족에는 관심이 없었다. 다른 이유가 있어서가 아니라 서진 황족은 이미 멸망했기 때문이었다!

서진 황족 마지막 핏줄은 유족이 쏜 화살에 죽었고, 적지 않은 사람들이 그 사실을 알고 있었다. 서진 황족은 이미 진짜 역사가 되었고, 서진 황족에 관해서는 그 무엇도 알아볼 필요가 없었다.

그런데 어째서 왕비마마의 몸에 봉황 깃 모반이 있을까?

백리명향은 어떻게 서진 황족의 후예가 남아 있는지 깊이 생각할 여유가 없었다. 그녀처럼 침착한 사람도 이 순간만큼은 자꾸만 손이 떨렸다.

너무 심각한 일이었다!

모반은 꾸며 낼 수 있는 게 아니니 왕비마마는 분명히 서진 황족의 핏줄일 것이다. 그 신분을 진왕 전하께서 알면 목숨이 위험해질 것은 자명했다!

공교롭게도 진왕 전하는 이 여자를 무척 총애하고 있었다.

진왕 전하는 봉황 깃 모반이 서진 황족의 상징이라는 걸 아실까? 왕비마마의 모반을 보셨을까? 왕비마마 본인은 아실까?

백리명향이 약을 바르지 않고 미적거리자 한운석이 가만히 물었다.

"왜 그래요? 상처가 너무 심해서 놀랐어요?"

그러자 옆에 있던 조 할멈도 그쪽을 바라보았다. 백리명향은 영특하게도 재빨리 이불을 다시 덮었다.

"아닙니다. 약은 다 발랐는데 상처에 바람을 좀 쏘일까 했지요."

백리명향은 그렇게 말하며 조 할멈을 살폈다. 혼비백산한 조 할멈의 얼굴을 보니, 방금 이불을 다시 덮어 주는 사이 왕비마마의 몸에 있는 희미한 모반을 보지 못한 것이 분명했다. 설사 보았다 해도, 조 할멈은 서진 황족에 관해 잘 알지 못하니 그저 흔한 모반이라고 생각했을 것이다.

사실 한운석의 등은 곳곳에 화상을 입어 백리명향도 꼼꼼하게 보지 않았다면 발견하지 못했을 수도 있었다.

"다른 곳에는 약을 많이 바를 필요 없어요. 괜찮아요."

한운석이 말했다.

이 말이 백리명향에게 확신을 주었다. 왕비마마는 자신의 허리에 이런 모반이 있는 줄 모르고 있었다. 적어도 이 모반이 뭘 상징하는지는 모르고 있다는 게 확실했다. 그렇지 않다면 절대로 쉽사리 백리명향에게 등을 보여 주며 약을 바르도록 하지 않았을 것이다.

왕비마마는 한씨 집안의 적출이고 천심부인의 딸이었다. 한종안의 기품으로 보아 존귀한 황족의 후예 같지는 않았으나 천심부인의 내력은 비밀에 싸여 있으니 의심스러울 만 했다.

천심부인은 난산으로 죽어 왕비마마께 출신의 진실을 알려 줄 기회가 없었을 것이다.

백리명향은 가만히 생각에 잠겼다. 그럴수록 마음이 불안하고 진퇴양난에 빠진 기분이었다.

이 비밀을 왕비마마께 말씀드려야 할까?

말씀드린 후엔 어떻게 될까? 말씀드리지 않으면 또 어떻게 될까?

왕비마마는 목숨을 구해 준 은인이고, 이 세상에서 처음으로, 그리고 유일하게 자신에게 진심으로 관심을 보여 준 사람이었다. 그렇지만 서진 황족이라는 신분은…….

백리명향은 생각할수록 머리가 복잡해지고 도통 어떻게 해야 좋을지 갈피를 잡을 수 없었다.

그러나 그녀가 생각해야 할 것은 왕비마마만이 아니었다. 그보다는 진왕 전하 쪽을 더 생각해야 했다.

진왕 전하는 이 비밀을 알고 계실까? 이 일을 진왕 전하께 말씀드려야 할까?

만약 진왕 전하가 이 모반의 존재를 모른다면, 부하인 그녀는 공과 사를 따지지 않고 진왕 전하께 진상을 알려야 했다.

그렇지만 이 일을 폭로하면 왕비마마는 어떻게 될까? 진왕 전하는 왕비마마를 어떻게 대하실까?

만약 진왕 전하가 이미 이 모반의 존재를 아셨다면, 그토록 왕비마마를 총애하신 까닭은 뭘까? 자칫 경솔하게 이 일을 입에 담았다가 비밀 유지를 위해 죽임을 당하지는 않을까?

백리명향이 어쩔 줄 몰라 불안해하고 있을 때 한운석이 말했다.

"명향, 서동림에게 왕부의 하인을 모두 낙하정에 불러 모으라고 해요. 내가 곧 갈 테니. 화로 폭발 사건과 곳간에 비가 샌 사건을 마무리하겠어요."

백리명향은 남몰래 심호흡하면서 침착해야 한다고, 우선 눈앞의 일부터 처리하자고 자신을 다잡았다.

"왕비마마, 흉수가 달아나지는 못할 테니 우선 누워서 상처부터 치료하시지요."

그녀가 진지하게 권했다.

"이 정도로 죽지 않아요. 첩자를 솎아 내지 않으면 목에 채찍을 감고 있는 것이나 마찬가지예요. 진왕부에 배신자란 절대 있을 수 없어요!"

한운석의 목소리가 유난히 컸다.

한쪽에 쓰러진 소소옥은 꼼짝도 하지 않고 고개를 푹 숙이고 있어서 그 말을 들었는지 아닌지 알 수 없었다.

왕비마마의 의지가 뚜렷해서 백리명향도 더는 권하지 못하고 조심스레 왕비마마에게 옷을 입힌 뒤 밖으로 나갔다.

비밀 시위는 함부로 들어갈 수 없지만 꼬맹이가 있어 안심이었다. 소소옥은 달아날 수 없을 것이다.

운한각을 벗어난 백리명향은 막혔던 숨을 한껏 쏟아 냈다. 그녀는 반드시 침착해야 한다고 마음을 다잡으며, 모반 문제는 진왕 전하께서 돌아오신 후에 상황을 보고 알릴지 말지, 어떻게 알릴지 생각해 보기로 했다.

침상에 엎드린 한운석의 맑고 재기 넘치던 눈동자는 삼 푼쯤 어두워지고 칠 푼쯤 무거워져 있었다.

등에 입은 화상은 제때 치료하고 약을 발라 작열감은 많이 가셨지만, 그래도 아직 아팠다.

후끈후끈한 느낌과 팽팽하게 당기는 느낌이 상처 부위에서부터 등 전체로 점점 퍼져 나갔다.

지금 가장 필요한 것은 계속 엎드려 있다가 하루 이틀쯤 지나 등의 통증이 가라앉은 다음 움직이는 것이었다. 그것도 무척 조심스럽게 움직여야 했다.

하지만 등의 통증은 아무래도 마음의 통증만 못했다. 몸에 상처를 입히는 것이 마음에 상처 입히는 것보다 못한 것처럼.

한운석은 잠시 쉰 다음 통증을 참고 단호하게 몸을 일으켰다. 젖은 숯을 검사하는 독약은 거의 완성 단계였으니 계속해야 했다!

폭발 사건이 일어난 후 지금까지, 그녀는 처음으로 한시바삐 진상을 밝히고 싶은 초조함에 사로잡혔다.

하지만 소소옥 옆을 지날 때는 그래도 걸음을 멈추고 차분하게 말했다.

"소옥아, 실수였니? 솔직하게 말하면 관대하게 봐줄 수 있지만 계속 부인하면 엄벌을 내릴 거야."

소소옥에게는 무척 뜻밖이었다. 이런 지경에 처했는데도 한운석이 이런 질문을 할 줄이야.

폭발 사건 이후, 소소옥이 늘 걱정한 것은 한운석이 흉수를 찾아내지 못한 나머지 혐의가 가장 큰 자신과 조 할멈을 싸잡아 흉수로 몰아붙이고 죽일지도 모른다는 것이었다.

그런데 지금 보니 한운석을 너무 과대평가한 모양이었다. 이 여자는 그렇게 모진 사람이 아니었다!

소소옥은 망설임 없이 고개를 들고 반문했다.

"왕비마마, 저를 믿지 않으시는 거예요? 저를 의심하세요?"

솔직히 말하면 관용을 베풀고 그렇지 않으면 엄벌에 처한다는 말은 속임수였다. 그녀는 그런 수법에 넘어가지 않았다.

한운석이 아직도 직접 자신을 흉수로 지목하지 않는다면, 그 어리석은 인자함을 잘 이용할 생각이었다.

한운석의 눈동자에 냉소가 스쳤다. 시험 삼아 물어본 것이지, 그녀 역시 솔직히 말하면 관용을 베푼다는 말을 믿지 않았다. 일단 죄를 지었으면 솔직히 자백하든 계속 부인하든 쉽게 용서할 수는 없었다!

그녀는 통증을 참으며 한 걸음 한 걸음 책상으로 다가가 못다 한 일을 계속했다. 곧 독약이 완성되었다.

진왕부의 모든 하인은 남녀노소 불구하고 꽃밭에 있는 낙하정에 모였다. 한운석과 조 할멈, 소소옥이 도착했을 때 사람들은 대체 무슨 일이냐며 와글와글 시끄럽게 떠들고 있었다.

왕비마마가 나타나자 모두 조용해졌다.

한운석은 정자 가운데의 돌 탁자 위에 가져온 재와 젖은 숯, 독수를 늘어놓았다. 백리명향과 서동림이 황급히 다가와 도왔다.

"며칠 전 운한각 화로가 폭발했고, 최근에는 곳간에 비가 새어 숯이 모두 젖었다. 그리고 오늘은 본 왕비가 화상을 입었다. 이렇게 연달아 사건이 터졌는데 우연한 사고일까, 아니면 누군가 꾸민 일일까? 진왕부에 정말 첩자가 있을까? 있다면 몇이나 될까? 오늘 본 왕비가 모두 보는 앞에서 확실한 답을 알려 주겠다!"

한운석의 목소리는 크지 않았지만 사람을 두렵게 하는 힘이 있어서 왕부 여주인다운 위엄이 느껴졌다.

그 말이 떨어지자 장내가 소란스러워졌다. 폭발 사건 말고 나머지 두 사건은 다들 모르고 있었다. 조용한 진왕부에 그런 위험이 숨어 있을 줄이야.

한쪽에 선 소소옥은 눈동자에 비웃음을 떠올렸다.

한운석이 사람들을 불러 모은 것은 의심할 바 없이 이 기회에 배신할 마음을 싹 지워 버리도록 겁을 주려는 속셈이었다. 하지만 충분한 증거 없이는 사람들을 복종시키지도 못하고 도리어 웃음거리만 될 것이다.

사람들이 조용해지자 한운석은 탁자에 놓인 물건이 무엇인지 알려 주고, 독약물과 폭발물질을 섞어 독을 만드는 원리를 아주 상세하게 설명해 주었다.

듣는 사람들은 멍한 표정이었지만 결국 모두 알아들었다. 그들은 하나같이 속으로 감탄을 터트렸다. 사실 왕비마마는 이렇게까지 할 필요가 없었다.

혐의가 있는 하인을 직접 지목해 처형하면 그만이었다. 대갓집에서 하인 하나 때려죽이는 것쯤 일상다반사인데 하물며 진왕부 같은 곳은 말할 필요가 있을까?

그렇지만 왕비마마의 이런 방식은 그들을 복종시키고 존경을 바치게 만들기 충분했다.

소소옥도 진지하게 귀를 기울였다. 한운석이 이런 방법을 생각해 낼 줄은, 더욱이 그에 맞는 독약을 찾아낼 줄은 생각지도 못했다. 솔직히 감탄하지 않을 수 없었다. 그녀는 한운석이 재에 독약물을 붓는 것을 묵묵히 지켜보았다. 흑백이 분명한 커다란 눈동자에는 나이에 어울리지 않는 차디찬 빛이 번쩍였다.

곧 재가 독에 녹아 악취를 풍겼다. 한운석은 도자기 접시를 들고 담담하게 말했다.

"이 재에는 폭발 물질이 있다."

그런 다음 또다시 다른 접시 두 개에 담은 재에 독약물을 부었다. 결과는 뜻밖이었다. 독약물에 변화가 없었던 것이다. 이 재에는 독이 없었다!

한운석이 말하지 않아도 모두 상황을 파악했다. 그날 운한각 화로에 넣었던 숯에만 폭발 물질이 들었고 운한각에서 쓰지 않고 남겨둔 숯조차 폭발 물질이 들어 있지 않다면, 의심할 바 없이 누군가 일부러 화로에 수작을 부렸다는 뜻이었다.

"아무리 우연이라고 해도 이렇게까지 공교로울 수는 없겠지. 하필이면 곳간에 비가 새고 남은 숯이 축축하게 젖은 것도 역시 우연은 아니다."

한운석의 말투는 내내 차분했지만, 이런 순간의 차분함은 보는 사람에게 트집 잡을 수 없는 기분과 까닭 모를 두려움을 느끼게 했다.

서동림이 나서서 차갑게 말했다.

"곳간의 기와는 누군가 안에서 지붕을 망가뜨린 것이라고 장인이 증언했다. 즉 누군가 일부러 숯을 못 쓰게 만든 것이다."

그 말에 사람들은 참지 못하고 웅성거리기 시작했다. 규칙이

엄격하고 방비가 삼엄한 진왕부에 정말 첩자가 있다니!

소소옥의 눈동자에는 여전히 냉소가 번뜩이고 있었다. 한운석이 그걸 알아낸들 이 일이 자신의 짓이라는 것을 어떻게 증명할까?

일곱 귀족 중의 유족

웅성웅성한 가운데 한운석이 손을 들자 사람들은 곧 조용해졌다.

그러나 그때 누군가 호기심을 참지 못하고 물었다.

"왕비마마, 첩자는 대체 누구입니까?"

뜻밖에도 한운석의 차분한 목소리가 별안간 차가워졌다.

"그동안 곳간을 드나든 자들이 몇 명 있다. 여봐라, 모두 끌어내라!"

비밀 시위가 하인 여섯 명을 끌어냈다. 곳간을 관리하는 하인 세 명과 어린 심부름꾼 두 명, 그리고……, 낙 집사였다!

낙 집사가 그 속에 있는 것을 보자 사람들은 깜짝 놀랐다. 하지만 낙 집사는 태연자약하게 고개를 들고 차분한 표정을 하고 있었다.

"요 며칠 곳간을 드나든 사람은 너희 여섯 명뿐이다."

한운석은 정자에서 나와 그들을 바라보았다. 차갑고 엄한 얼굴이었다.

"전하와 본 왕비는 절대로 배신자를 살려 둘 수 없다. 대체 누가 곳간의 기와를 망가뜨렸느냐? 자진해서 나오겠느냐 아니면……."

한운석은 말을 끝내지 않고 서동림에게 눈짓했다. 서동림이 즉시 못이 가득 박힌 판자를 집어던졌다!

이 판자는 크기가 의자만 했고, 윗면에는 못이 빽빽하게 박혀 있었는데 하나같이 서슬이 퍼런 것이 날카롭기 짝이 없었다.

이곳에 모인 하인들은 대부분 이 판자가 얼마나 끔찍한 형구인지 알고 있었다. 저 위에 앉는 순간 못이 엉덩이를 푹푹 찌르는데 그 고통은 말로 설명할 수가 없었다. 곧바로 죽지는 않지만 며칠 앓으면서 피를 너무 많이 흘리면 죽을 수도 있었다.

차라리 죽느니만 못하게 만드는 형벌이었다.

낙 집사는 안색 한 번 변하지 않고 시종일관 차분한 표정이었지만, 다른 이들은 하나같이 얼굴이 창백하게 질려 오들오들 떨었다. 진짜 흉수가 나오지 않으면 그들 모두 화를 피할 수 없는 게 분명했다.

하녀들은 혼비백산해서 바닥에 엎드리며 애원했다.

"왕비마마, 제가 한 짓이 아닙니다! 살려 주세요!"

"왕비마마, 저는 아무 짓도 하지 않았습니다, 억울합니다!"

소소옥도 조금 전처럼 태연하지 못했다. 그녀는 뭔가 생각에 잠긴 듯 눈을 잔뜩 찌푸리고 있었다. 그런데 그때, 한운석이 차갑게 같은 말을 반복했다.

"계속 부인하면 엄벌을 내리겠으나 솔직히 말하면…… 관용을 베풀겠다!"

이 말에 소소옥의 심장이 쿵하고 내려앉았다. 어렴풋이, 한운석이 일부러 이런다는 것이 느껴졌다!

방금 운한각 서재에서 저 말을 한 것도 일부러 그런 것이었다. 정말 솔직히 말하면 관용을 베풀겠다는 뜻이 아니라 일부러 그 말을 들려준 것이었다.

한운석은 곳간에 드나든 사람들을 끌어내 소소옥의 이름을 불게 하려고 생각해 두었던 것이다!

과연, '부인하면 엄벌에 처하고 솔직히 말하면 관용을 베푼다'는 한마디에 어린 심부름꾼 하나가 털썩 소리가 나도록 바닥에 엎드리더니 연신 머리를 조아렸다.

"왕비마마, 살려 주십시오! 소인이 협박을 당해 어쩔 수 없이 그런 짓을 했습니다! 용서해 주십시오, 왕비마마!"

저자였구나! 낙 집사의 종자!

이를 본 소소옥의 안색이 싹 변했다. 고르고 고른 사람인데 이 정도 위협도 견뎌 내지 못할 줄이야.

낙 집사는 대로해서 대번에 손찌검을 했다.

"왕래복王來福 이 고얀 놈, 평소에 네게 잘해 주었는데 감히 이런 짓을 해!"

왕래복은 낙 집사가 야단을 치건 말건 계속 용서를 빌었지만 누가 협박했는지는 말하지 않았다.

"누가 너를 협박했느냐? 누가 숯에 수작을 부리라고 했느냐?"

한운석이 큰 소리로 물었다.

사람이 죽을 때가 되면 간이 커진다더니, 왕래복은 대담하게도 한운석에게 조건을 제시했다.

"왕비마마, 소인을 죽이지 않고 형벌을 내리지도 않겠다고 약속해 주시면 말씀드리겠습니다."

이렇게 대담한 자이니 배신할 마음을 품은 것도 이상하지 않았다!

한운석은 차가운 눈빛을 번쩍이며 냉랭하게 말했다.

"좋다. 죽이지 않고 형벌을 내리지도 않겠다. 말해라!"

왕래복은 몹시 기뻐했다. 하지만 이 세상에 죽음보다, 형벌보다 더 끔찍한 고통이 있다는 것을 알기나 할까?

그는 망설이지 않고 곧바로 소소옥을 바라보았다.

일순, 모두 왕래복의 시선을 따라 소소옥을 바라보았다.

저 아이?

사람들은 깜짝 놀랐다. 저렇게 어린아이가, 더구나 왕비마마께서 구해 온 아이가 그런 끔찍한 일을 저지르다니!

정말이지 가장의 천재요, 연기의 신이었다!

한운석은 의외로 차분했다. 이미 짐작했던 일이지만, 마음이 약해서가 아니라 사람들을 완벽하게 승복시키기 위해 이 자리를 만든 것뿐이었다.

소소옥도 마침내 본모습을 드러냈다. 그녀는 한운석을 쳐다보며 입꼬리에 음침하고 사악한 웃음을 떠올렸다. 뭐라고 말하려는 순간 조 할멈이 와락 소리를 질렀다.

"소소옥, 이 못된 것! 양심을 어디에다 팔아먹은 게야?"

슬하에 자녀가 없는 조 할멈은 지금껏 소소옥을 친손녀처럼 예뻐했다! 좀 더 살아서 이 아이가 자라는 것을 보고, 몰래 혼수도 준비해서 당당하게 시집보낼 생각도 했다.

그런데 이 아이가 첩자라니, 그런 식으로 왕비마마를 해치려

했다니.

조 할멈은 노기충천해서 달려가 손찌검을 하려 했지만, 채 손을 휘두르기도 전에 소소옥이 느닷없이 달려들어 할퀴려 들었다.

다행히 서동림이 눈여겨보고 있다가 재빨리 소소옥의 손을 걷어찼고, 동시에 비밀 시위 두 명이 튀어나와 소소옥을 붙잡았다.

조그만 소동은 곧 가라앉았다. 왕래복은 바닥에 엎드려 있고, 소소옥은 두 손을 단단히 붙잡혀 주위는 조용해졌다.

한운석은 소소옥 앞으로 걸어갔다. 이 아이는 그녀의 허리에도 닿지 않을 정도로 작았다!

그녀는 일부러 몸을 숙여 시선을 맞추며 차갑게 물었다.

"더 할 말이 있느냐?"

소소옥은 변명하지 않았다. 한운석의 눈동자를 들여다보는 그녀의 마음속에 한 줄기 아쉬움이 피어올랐다.

아쉬웠다. 조금 일찍 한운석을 만나지 못한 것이 아쉬웠다. 초천은이 아니라 한운석을 먼저 만났다면, 그랬다면 어쩌면 한운석을 따르며 독술을 배웠을지도 모르는데.

이 여자는 소소옥도 탄복할 만했다.

소소옥이 아무 말 하지 않자 한운석이 다시 물었다.

"누가 널 보냈지? 대체 뭘 하려고 했느냐?"

소소옥은 그래도 말하지 않았다. 절대로 주인을 배신할 수는 없었다.

한운석은 잠시 기다렸지만 시간 낭비하지 않고 일어나 차갑게 말했다.

"여봐라, 이 못된 것을 나무에 매달아 굶어 죽을 때까지 내려 주지 마라!"

지독한 명령이었다!

소소옥은 이를 악물고 한운석을 노려보았지만, 여전히 말은 없었다.

한운석은 왕래복에게 독약 한 병을 툭 던졌다. 왕래복은 처음에는 영문을 몰랐지만 뚜껑을 열어 본 후 깨달았다. 그는 놀라서 미친 듯이 머리를 조아렸다.

"왕비마마, 살려 주십시오! 죽이지 않겠다고 말씀하지 않으셨습니까! 왕비마마……."

"진왕부를 배신한 자는 죽지 않을 수는 있지만 결단코 죽음보다 못한 삶을 살게 될 것이다! 이 자리에 있는 모두 똑똑히 보아라! 본 왕비는 절대 무고한 사람을 벌하지 않을 것이고, 억울한 누명을 씌우지도 않을 것이다. 하지만 본 왕비 손에 걸리면 이것이 바로 그 최후다!"

이렇게 말한 그녀가 즉시 명령했다.

"서동림, 약을 먹여라!"

왕래복은 달아나고 싶었지만 일개 하인인 그가 아무리 힘이 세어도 전문 비밀 시위를 당해 낼 리 없었다.

서동림은 재빨리 그를 붙잡아 강제로 독약 한 병을 모두 먹였다. 그가 왕래복을 놓아주자마자 왕래복은 '웩' 하며 시꺼먼

피를 토했다. 이어서 얼굴 피부가 썩어 들어가면서 조금씩 조금씩 곪아 문드러졌다.

"본 왕비는 저자를 죽이지 않겠다고 약속했다. 하지만 저자가 견디지 못하고 죽여 달라고 한다면 본 왕비의 잘못이 아니다."

한운석은 말을 끝낸 뒤 돌아서서 사라졌다.

왕래복의 얼굴은 이미 태반이 문드러졌고, 목까지 화농이 번지고 있었다.

그 자리에 있던 사람들은 이 장면을 보고 역겨움과 두려움을 참지 못했다. 왕비마마가 떠나기 전에 남긴 말을 떠올리자 외경심이 무럭무럭 일었다.

그랬다. 외경심. 존경과 두려움.

저 여자의 말과 행동은 일반적인 주인과는 완전히 달랐다.

그녀는 사람들을 완전히 승복하게 만들고 존경심을 품게 했고, 동시에 영리함과 잔인한 수단으로 사람들을 겁주고 두려움을 품게 했다.

진왕 전하였다면 두려움만 느꼈겠지만, 이 여주인에게는 '존경심'이 더해졌다.

소소옥은 왕래복을 한참 바라보다가 저도 모르게 시선을 돌렸다. 대담하고 잔인한 그녀도 왕래복의 최후를 보자 간담이 서늘했다.

멀어지는 한운석의 뒷모습과 두려움에 떠는 하인이며 비밀 시위를 번갈아 바라보던 그녀의 얼굴이 차츰차츰 하얗게 질렸다. 그제야 자신이 틀렸다는 것을 깨달았다.

저 여자는 어리석은 인자함을 품은 사람이 아니었다. 저 여자는 잔인했고, 또 영리했다. 이 사건을 이용해 왕부의 하인 모두에게 두려움을 심어 주었으니, 아마도 앞으로 그들을 매수하거나 협박하기란 불가능할 것이다.

곧이어 소소옥은 서동림에게 끌려가 진왕부에서 가장 높은 나무에 매달렸고, 사람들은 차차 흩어졌다. 왕래복은 소소옥의 발치에서 발버둥치며 애처롭게 울부짖었다.

소소옥은 감히 고개를 숙일 수도 없었다. 자신이 제2의 왕래복이 될까 두려웠다.

사람들이 모두 사라지자 그녀는 겨우 고개를 들고 입에 물었던 암기를 허공을 향해 힘껏 뱉었다. 암기는 높이높이 날아올랐다가 공중에서 폭발해 눈부신 흰 빛을 쏘아 냈다.

어둠 속을 지키던 비밀 시위는 당연히 이 장면을 보았지만 막지 않았다.

왕비마마는 저 못된 것을 매달라고만 했으니, 저 못된 것을 이용해 배후의 진짜 주인을 끌어내려는 것이 분명했다.

확실히 한운석은 그럴 생각이었다. 하지만 애석하게도 그녀와 비밀 시위 모두 잘못 생각하고 있었다.

그때 진왕부 부근에 숨어 있던 밀정도 이 신호를 보았다. 그는 잠시 기다린 후 서둘러 물러나 초천은에게 보고하러 갔다.

"보고드립니다. 소소옥이 흰색 신호를 보냈습니다!"

초천은도 소소옥에게 일이 생겼다고 짐작했지만, 흰색 신호를 보내리라곤 생각지도 못한 일이었다!

그는 준수한 눈썹을 찌푸리며 진지하게 물었다.

"확실히 봤느냐?"

"확실합니다. 우리 쪽 신호가 분명하고, 흰색이었습니다!"

밀정이 사실대로 대답했다.

초천은은 큰 충격을 받아 의자에 무너지듯 앉으며 연신 고개를 저었다.

"어떻게 이럴 수가? 어떻게……."

소소옥을 진왕부에 들여보내면서 그는 준비를 충분히 했다. 각종 색을 띤 신호는 각각의 돌발 상황을 의미했고, 이 신호를 사용하여 소소옥이 죽기 직전에도 알아낸 소식을 전할 수 있도록 해 둔 것이다.

흰색은 곧 헛수고라는 뜻으로, 소소옥이 한운석의 등을 확인했으나 봉황 깃 모반은 없다는 뜻이었다. 그녀는 초씨 집안이 찾는 사람이 아니었다!

초씨 집안은 바로 지난날 일곱 귀족 중 하나인 유족이었다! 과거 서진 황족의 마지막 핏줄인 포대기에 싸인 갓난아기를 쏘아 죽인 유족!

그때 일곱 귀족 중 적잖은 사람들이 아기를 쏘아 죽인 장면을 목격했지만, 그 포대기 안의 남자아이가 진짜 황족의 핏줄이 아니라 가짜 희생양이었다는 사실을 아는 것은 영족과 유족뿐이었다.

서진 황족의 마지막 핏줄은 사실 여자아이였다. 당시의 귀비는 자리보전을 위해 자기가 낳은 여자아이를 남자아이로 바꿔

치기해 길렀다.

그리고 유족은 그 여자아이를 지키기 위해, 동진 황족과 다른 귀족들이 서진 황족이 멸망했다고 믿게 하려고 일부러 연기를 했다. 거짓으로 서진 황족을 배신하고 병사를 일으켜 서진 황족 마지막 핏줄인 남자아이를 쏘아 죽인 것이다.

진짜 서진 황족의 핏줄인 여자아이는 민간에 섞여 들었는데, 전란의 혼란 속에서 종적을 놓치고 말았다. 근 백여 년 간 유족은 포기하지 않고 대대로 그 핏줄을 찾아 헤맸다. 그렇지만 지금까지 아무 실마리도 얻지 못했다.

그들도 우연한 기회에 어느 유모의 입에서 한씨 집안 적출 소저의 등에 봉황이 날개를 펼친 것 같은 모반이 있다는 이야기를 들었고, 그래서 여기까지 찾아왔다.

서진 황족 딸의 등에는 반드시 봉황 깃 모반이 있었다!

백 년 만에 겨우 얻은 실마리였지만, 그 실마리가 알려 준 것은 한운석은 서진 황족의 핏줄이 아니라는 것이었다!

그와 아버지가 이 소식을 어떻게 받아들일 수 있을까?

정말 나를 버렸을까

한운석은 서진 황족의 핏줄이 아니었다.

이 소식은 초천은뿐 아니라 초씨 집안 전체에 충격을 주었다!

초천은이 이 일을 맡았을 때 아버지는 그에게 3년을 주었다. 처음에는 3년이면 서진 황족의 핏줄을 찾는 것뿐 아니라 천녕국에 세력을 잠입시킬 수도 있을 만큼 넉넉하다고 생각했다.

이제 그 실마리가 끊겼으니 어디에서 다른 실마리를 찾아낼까?

주인이 침묵에 빠지자, 밀정이 할 수 있는 가장 좋은 방법은 묵묵히 물러가는 것이었다. 그렇지만 그는 도무지 궁금증을 참을 수가 없어 대담하게 말을 꺼내 보았다.

"주인님, 저들이 소옥이를 나무에 매달았습니다……."

그렇게 높이 매단 것을 보면 도울 사람을 유인하고자 하는 것이 틀림없었다.

함정이긴 하지만, 소소옥은 누가 뭐래도 주인이 직접 데려다 키운 사람인 데다 그토록 심혈을 기울여 길렀으니 버리기에는 아깝고 마음이 아플 수밖에 없었다.

주인 휘하에는 쓸 만한 이들이 많지만, 소소옥 같이 총명하고 노련하면서도 의심 받지 않을 만한 사람은 없었다.

하지만 초천은이 속으로 슬퍼하는지 어떤지 아무도 알아볼 수 없었다. 그는 과감하게 명령을 내렸다.

"모두 철수시켜라. 잠시 모든 작전을 취소한다!"

그는 진왕부 주변에 적잖은 밀정을 뿌려 놓았고, 진왕부 하인들을 좀 더 매수하기 위해 계속 그 내력을 살피고 있었다. 새 사람을 집어넣기보다 진왕부 안에 있는 사람을 매수하는 편이 좀 더 믿음직스러웠지만, 소소옥이 발각된 이상 반드시 철수해야 했다!

그는 아직 천녕국 도성에 눌러 있어야 했다!

서진 황족 핏줄을 찾는 일은 낭패지만, 누이동생 초청가가 아직 궁에 있고 천휘황제의 마음에 들었으니 최소한 초청가가 천녕국 황후 자리에 앉도록 도와야 했다.

유족인 초씨 집안은 두 가지 사명을 짊어지고 있었다. 하나는 황족의 핏줄을 찾는 것이고, 다른 하나는 서진 황족을 보좌해 대진제국을 부흥시키는 것이었다!

명령을 들은 밀정은 소소옥을 구할 수 없다는 것을 알았다. 조금 아깝기는 하지만 그 역시 주인의 명을 어길 수는 없어 즉시 명령대로 처리하려고 물러났다.

하룻밤 사이 초천은은 천녕국 도성에서 계획한 모든 작전을 취소했다.

초천은 쪽의 움직임은 한운석이 보낸 비밀 시위들조차 아무것도 발견하지 못할 만큼 빨랐다.

"왕비마마, 지난번 초 시위가 조사한 사람들은 모두 죽었습

342

니다. 저들의 움직임이 저희보다 빠릅니다!"

서동림이 좋지 않은 소식을 가져왔다.

지난번 소소옥이 진왕부에 들어왔을 때 초서풍은 사람을 시켜 그녀의 내력을 조사했다. 그런데 지금 다시 비밀 시위를 보내 보니 관련된 사람들은 모두 죽임을 당한 후였다.

"왕비마마, 저희가 공연히 저들의 경계심만 부추긴 게 아닐까요?"

백리명향이 소리 죽여 물었다.

소소옥을 진왕부에서 가장 높은 나무에 매단 것은 적을 유인할 수도 있지만 한편으로는 소소옥이 발각되었다는 소식을 알려 적의 경계심을 부추길 수도 있었다. 지금 보니 적은 소소옥을 버릴 모양이었다!

"나라도 역시 졸(卒)은 버렸을 거예요. 천녕국 도성은 진왕 전하의 기반이니 마각이 드러난 이상 계속할 용기는 없었겠죠."

한운석이 진지하게 말했다.

"왕비마마, 그러시다면 왜 소소옥을 보란 듯이 매달게 하셨습니까? 일단 소식을 숨기는 편이 옳았을 텐데요!"

서동림이 다급하게 말했지만 백리명향은 웃음을 지었다.

"왕비마마께서 노리신 것은 배후의 인물이 아니라 소소옥이에요."

한운석은 점점 더 백리명향이 마음에 들었다. 백리명향은 정말 눈치 빠르고 똑똑했다.

"무슨 말씀이신지?"

서동림이 다급히 물었다.

"왕비마마께서는 소소옥이 버림받을 것을 예측하셨어요. 소소옥을 높이 매단 것도 그 사실을 깨달아 충격 받게 하려는 것이었어요. 왕비마마가 알고 싶으신 게 있다면 소소옥에게 접근하는 것이 가장 직접적이죠."

백리명향이 진지하게 설명했다.

한운석은 확실히 그럴 생각이었다. 채 열 살도 되지 않는 어린아이가 죽음을 눈앞에 두고서도 언제까지나 굳세게 버틸 리도 없고, 버림받은 사실을 알고도 언제까지나 충성을 바칠 리도 없다고 생각했다.

"그 아이가 날 죽이려던 것 같지는 않았는데, 대체 뭘 하려던 걸까?"

한운석은 혼잣말을 했다. 소소옥이 무엇 때문에 폭발 사건을 일으키고 일부러 자신에게 화상을 입혔는지 도통 알 수가 없었다.

지난번 상황으로 보아 소소옥은 어느 정도 무공을 할 줄 알았다. 그녀를 죽일 생각이었다면 기회는 많았다. 하다못해 서재에서 화상을 입혔을 때도 얼마든지 죽일 수 있었다.

소소옥이 진왕부에 잠입한 것은 대체 무엇 때문일까? 왜 죽이지 않고 상처만 입혔을까? 단순히 화상을 입히는 것은 별 의미가 없어 보였다.

"왕비마마, 소소옥을 구해 주실 때 누가 그 자리에 있었는지요?"

백리명향이 물었다.

"초청가와 목령아……."

한운석도 이미 그 점을 생각해보았다. 당시 초청가가 소소옥을 때렸고 보다 못한 목령아가 도우려고 나선 상황이었다.

그녀가 소소옥을 구한 것은 순전히 우연이었다!

일부러 그 주루에 간 것도 아니었다. 그녀가 기억하기에는 그 날 조 할멈과 함께 장신구를 사러 갔다가 우연히 길가의 주루에 식사하러 들어간 것뿐이었다. 지금 생각해 보면 소소옥은 그 주루에서 오래 기다린 것 같았다. 설사 그날 그녀와 조 할멈이 들어가지 않았더라도 소소옥은 어떻게든 소란을 피워 그녀와 마주치도록 거리로 나왔을 것이다.

그렇다면 그 객잔에 있던 초청가와 목령아도 어쩌다 이용당한 걸까, 아니면 두 사람 중에 소소옥과 한패가 있었을까?

"두 사람은 모두 왕비마마와 원한이 있지요?"

백리명향이 다시 물었다.

백리명향의 이 질문에 한운석은 다소 민망해졌다. 천녕국 도성에 온 지 얼마 되지도 않았는데, 그사이 미움 산 사람을 줄 세우면 성문까지 이어질 정도였으니까.

"두 사람 다 의심스럽긴 해요. 하지만……."

한운석은 잠시 생각하다가 차분하게 말했다.

"내가 볼 땐 두 사람은 아니에요."

"어째서 그러신가요?"

백리명향은 이해가 가지 않았다.

한운석은 어쩔 수 없는 듯이 말했다.

"두 사람 중 한 사람이 벌인 일이라면 직접 내 목숨을 노리지, 뭐 하러 폭발을 일으키고 화상을 입히는 쓸데없는 짓을 하겠어요?"

그 말에 서동림이 웃음을 터트렸다.

"왕비마마, 그 두 사람은 마마를 뼛속 깊이 미워하나 봅니다."

한운석이 노려보자 그는 입을 다물었지만, 백리명향은 웃음을 참지 못해 입을 가렸다. 왕비마마의 말은 충분히 일리가 있었다. 목령아와 초청가는 의심하지 않아도 될 것이다.

"왕비마마……."

백리명향이 또 물으려 했지만 서동림이 말을 끊었다.

"아아, 명향 낭자, 그만하십시오. 제가 보기에 저 못된 것은 사흘을 버티지 못합니다. 더군다나 진왕 전하께서 돌아오시면 모든 것이 낱낱이 밝혀질 겁니다!"

백리명향은 어쩔 수 없는 눈빛으로 입을 다물었다.

한운석은 별말 없이 꽃밭 쪽을 바라보았다. 저 멀리 소소옥의 가녀린 몸집이 높이 매달려 곧 떨어질 잎사귀처럼 처량하게 대롱거리고 있었다.

아무리 생각해도 저 아이가 도대체 무슨 이유로 잠입했는지 알아낼 수가 없었다. 이미 용비야에게 소식을 전했는데, 그는 지금쯤 어디서 뭘 하고 있는지, 언제쯤 돌아올지 알 수도 없었다.

그렇게 잠시 서 있었더니 백리명향이 재촉했다.

"왕비마마, 약을 갈아야 합니다."

사실 백리명향은 소소옥의 일에는 별로 관심이 없었다. 그녀의 머릿속은 온통 봉황 깃 모반뿐이었다. 진왕 전하가 돌아오기 전에, 최소한 말할 것인지 말 것인지는 결정을 내려야 했다.

  그때 소소옥은 이미 허기 때문에 온몸에 힘이 쭉 빠진 상태였다. 오랏줄에 꽁꽁 묶여 나뭇가지에 매달린 그녀는 온몸을 잔뜩 옹송그리고 고개를 푹 숙이고 있었다.

  주인이 구하러 오지 않는다는 것은 잘 알고 있었고, 그녀 자신도 본래부터 목숨을 버릴 각오가 되어 있었다. 하지만 이틀이 되도록 정말 구해 줄 기미가 없자 마음속 깊은 곳에서 솟구치는 슬픔을 감출 길이 없었다.

  주인은 정말 그녀를 버렸다.

  그녀는 주인이 데려다 직접 가르친 사람이고, 그녀도 늘 주인을 친오빠처럼 여겼다. 언젠가 목숨을 바쳐 은혜를 갚아야 한다는 것은 알고 있었지만, 정말로 그날이 오자 역시 견디기 힘들었다.

  지금 이 순간, 주인은 뭘 하고 있을까? 날 생각할까? 정말 미련 없이 날 떠나보낼 수 있을까?

  오랫동안 주인을 보지 못해서 꼭 다시 한번 보고 싶었다.

  그녀는 한운석이 단순히 자신을 굶겨 죽이지는 않을 것을 알고 있었다. 온몸이 썩어 들어가 죽여 달라고 애원하는 왕래복이 바로 한운석이 그녀에게 남긴 경고였다. 게다가 용비야는 아직 돌아오지 않았다. 용비야가 돌아오면 어떤 고문을 가할지 상상할 수도 없었다.

소소옥은 한참 동안 생각하다가 남몰래 결심했다. 조금만 더 기다리자. 조금만 더 버티자. 그래도 주인이 구하러 오지 않으면 갈 길은 단 하나뿐이었다……. 자결!

소소옥이 가장 두려워한 사람은 처음부터 끝까지 용비야였다.

그렇지만 그때 용비야는 아직 소식을 듣지 못한 상태였다.

그와 초서풍은 약귀곡으로 가는 것을 당리 한 사람에게만 알렸고, 다른 비밀 시위들은 아무도 그와 연락이 닿지 않았다.

용비야가 워낙 단단히 숨겼기에 비밀 시위라 해도 자세히 알지 못했다.

당리는 한운석이 화상 입은 소식을 접하자마자 곧바로 용비야에게 알리지 않았다. 왕부의 여주인인 한운석이라면 그 음모를 처리하고 첩자를 잡아 낼 만한 능력이 충분하다고 믿었기 때문이었다.

용비야는 고칠찰에게 약재를 얻으러 약귀곡에 갔으니 방해할 수는 없었다! 아무튼 약재 문제로 너무 오래 끌었으니까.

물론, 약간의 사심도 있었다. 그는 용비야가 한시바삐 해약을 얻어 벙어리 노파를 치료하고, 벙어리 노파 문제를 해결하기를 바라마지 않았다. 그래야 그 자신도 해탈을 얻을 수 있었다!

가까스로 혼인에서 도망쳐 자유를 얻었는데, 반년 가까이나 듣지도 말하지도 못하는 노인네만 지키고 있자니 짜증이 치밀어 올랐으나 불만을 털어놓을 수도 없었다. 그야말로 울화통이 터질 지경이었다!

용비야와 초서풍은 시간 맞춰 약귀곡에 도착했지만, 뜻밖에도 늦은 것은 고칠찰이었다!

용비야가 그렇게 인내심을 발휘한 것은 처음이었다. 꼬박 이틀 동안 아무 말 없이 기다렸더니 마침내 고칠찰이 나타났다.

"약재는?"

용비야가 대뜸 물었다.

뜻밖에도 고칠찰도 물었다.

"왕비마마는? 왜 같이 오지 않으셨을까?"

용비야는 본래부터 한운석에게 이 일을 숨길 생각이었다. 그러잖아도 지난번 고칠찰이 일부러 떠벌리는 바람에 성가시게 된 마당에 또 이런 질문을 듣자 더욱더 언짢아진 그는 목소리를 차갑게 가라앉혔다.

"약재는?"

고칠찰은 시원시원하게 폭 넓은 검은 장포 안에서 비단 상자 하나를 꺼내 열었다.

"자!"

오기 전에 충분히 공부하고 연구한 용비야는 진짜 웅천이라는 것을 알아볼 수 있었다.

"마침내 다 찾아냈지. 감동하셨겠지, 진왕 전하?"

고칠찰이 쿡쿡 웃으며 물었다.

용비야는 그를 쳐다보지도 않았고, 언제나처럼 기쁜지 노여운지도 얼굴에 드러내지 않았다.

고칠찰도 그가 안면 근육이 마비된 것이나 다름없는 사람임을 잘 아는 데다 그저 해본 말이어서 웃으며 말을 돌렸다.

"진왕 전하, 1년 안에 미천홍련과 웅천을 구해 주면 이 목숨을 살려 주기로 했지?"

남자도 여자도 아닌 이상야릇한 고칠찰의 목소리에는 부탁하는 기색은 전혀 없고 조롱만 묻어 있었다. 그는 용비야를 조롱하고 있었다!

말을 마친 그가 돌아서서 방 안으로 들어가려는데, 용비야가 불러 세웠다.

"멈춰라!"

고칠찰은 의아했다. 용비야의 성격상 원하는 것을 손에 넣으면 두말없이 돌아서서 떠나는 게 당연했다.

그런데 또 무슨 일일까?

"진왕 전하, 아직도 구할 약재가 남았나? 아니면 한 번 더 싸워 보자는 건가?"

고칠찰은 더욱더 조롱하듯 웃어 보였다.

귀재가 남긴 한 수

　고칠찰의 눈동자에 떠오른 조롱을 보면서도 용비야는 차분했지만, 초서풍은 눈꼴시어 견딜 수가 없어 버럭 화를 냈다.

　"고칠찰, 승자가 모든 것을 얻는 법, 그 가소로운 낯짝은 치워라!"

　애초에 진왕 전하가 약재를 구하러 왔을 때도 예의를 차렸는데, 호의도 모르고 일부러 뻗댄 것은 저자였다. 그렇지 않았다면 진왕 전하가 구태여 무력을 쓰고 협박하지도 않았을 것이다.

　"승자가 모든 것을 얻어? 내가 보기엔 엎드려 절 받기 같은데."

　고칠찰은 더욱더 가소로운 듯이 웃었다.

　"진왕 전하가 이 몸보다 강하니까 말이야."

　초서풍이 듣다못해 반박했다.

　"네가 약하다는 것을 아니 다행이다. 공연히 떠벌리지나 마라!"

　"아아, 그러니까 진왕 전하께서 힘을 믿고 약한 자를 괴롭히시겠다?"

　고칠찰은 껄껄 웃음을 터트렸다.

　"그렇다면 어쩔 테냐!"

　초서풍은 저자와 한바탕 말싸움을 벌이고 싶은 마음이 굴뚝같았지만, 고칠찰은 시종일관 이상야릇하게 웃으며 약만 올렸다.

　이 모든 것을 지켜보는 용비야는 어쩐지 저런 쓸데없는 말다

툼이 익숙하게 느껴졌다. 저 저렴한 말투도 어디서 들어 본 느낌이었다.

그렇지만 지금은 깊이 생각할 틈이 없었다. 아직 해야 할 일이 있어서였다.

"고칠찰, 이 웅천이 진짜라는 것을 어떻게 확인할 수 있느냐?"

용비야는 차갑게 물었다.

고칠찰은 말할 것도 없고 초서풍 역시 무척 뜻밖이었다. 두 사람 다 용비야가 무척 중요한 문제로 고칠찰을 불러 세웠다고 생각하고 있었던 것이다. 그런데 웅천의 진위에 관한 질문이라니.

"방금 확인해 보지 않으셨던가? 왜, 받아 놓고서야 묻지?"

고칠찰이 불쾌한 목소리로 물었다.

초서풍은 아무 말 하지 않았지만 속으로는 영문을 알 수가 없었다. 진왕 전하는 이곳에 오기 전에 약성의 왕공과 적어도 열 차례나 서신을 주고받으며, 웅천과 미천홍련, 사과의 성질과 이를 이용해 미독의 해약을 만들 때 일어나는 다양한 경우에 관해 상세히 물어 알고 있었다.

서신은 매번 열 장이 넘었고 초서풍도 두세 통쯤 본 적이 있었다. 당시 그는 진왕 전하가 어째서 이 약재에 대해 그토록 자세히 알려고 하는지 이해가 가지 않았다. 약재를 구한 다음 섞어서 약을 만들기만 하면 되는 게 아니었나?

설사 왕비마마에게 만들게 하지 않더라도, 왕씨가 말했다시피 약방문이 있고 약재가 진짜이기만 하면 아무 독의에게 시켜도 만들 수 있었다.

초서풍은 진왕 전하가 그만큼 연구한 만큼 당연히 웅천의 진위를 판별할 수 있으리라 생각했다.

더군다나 고칠찰이 약귀곡을 버릴 생각이 아닌 이상 달아나야 부처님 손바닥 안인데, 아직 약속한 1년이 되지도 않은 지금 가짜 약을 가져와 속이려 들 리도 없었다.

"본 왕은 약재에 관해 아는 것이 없는데 어떻게 진위를 알 수 있느냐?"

용비야가 차갑게 물었다.

이 말에 초서풍은 그제야 뭔가 있다는 것을 깨달았다. 다만 진왕 전하가 무슨 까닭으로 이렇게 나오는지 몰라 묵묵히 입을 다물고 있을 뿐이었다.

진짜 웅천을 가져온 고칠찰은 이런 의심을 받자 웃음도 나오지 않았다.

"웅천은 세상에 하나뿐이다. 믿지 못하겠거든 관두고 달리 사람을 찾아보시지!"

그때 용비야의 입가에 비웃음이 떠올랐다.

"본 왕이 싫다면?"

듣고 있던 초서풍마저 입꼬리를 실룩였다. 진왕 전하도 이렇게 생떼를 쓰실 줄 아는구나. 대체 뭘 하시려는 걸까?

용비야가 이렇게 묻자 고칠찰도 기가 막혔다. 그런들 어쩌나. 힘으로는 이길 수가 없는데.

고칠찰은 눈동자에 빛을 번뜩였다. 참자!

"진왕 전하, 시원시원하게 말해 보시지. 대체 뭘 원하는 거지?"

"본 왕이 가진 사과와 미천홍련은 모두 진짜다. 사과와 미천홍련, 웅천을 배합하면 어떤 해약을 만들 수 있는데 알고 있느냐?"

용비야가 물었다.

"바로 미독의 해약이지. 왜, 진왕 전하 손에 미독에 중독된 사람이 있나?"

고칠찰은 미독의 해약 약방문을 알고 있었다. 용비야가 세 가지 약재를 입에 담았을 때부터 알고 있었는데 뭐 하러 이런 질문을 할까? 일부러 이러는 게 분명했다.

그렇지만 그 대답에 용비야는 무척 만족했다.

고칠찰이 약방문을 알고 있다면 쓸데없이 길게 이야기할 필요가 없었다.

"이미 알고 있다니 해약을 만들어 웅천의 진위를 시험해 보아라. 어떠냐?"

용비야가 차갑게 물었다.

고칠찰은 복잡한 눈빛을 지으며 곧바로 대답하지 않았다.

"본 왕이 알기로 이 약이 가짜라면 해약을 만들 수 없고 다른 두 약재와 섞을 수도 없다."

용비야가 진지하게 말했다.

고칠찰은 속으로 냉소를 지었다. 그렇게 잘 알고 있으면서 웅천의 진위를 모른다고?

옆에 있던 초서풍은 여기까지 듣자 진왕 전하가 무슨 생각인지 알 수 있었다!

전하는……. 온갖 고심 끝에 이렇게 돌려 말한 것이다!

지난번 백리명향을 구하느라 약귀곡에 왔을 때, 왕비마마는 진왕 전하가 약귀에게 미독을 해독하는 데 필요한 약재를 구하게 했다는 사실을 알게 되었다.

그리고 이제 세 가지 약재를 찾아냈다. 이 상황에서 어떻게 해야 계속 왕비마마를 속일 수 있을까?

고칠찰의 입을 다물게 하려다간 도리어 일을 망칠 수도 있었다. 진왕 전하가 왕비마마를 속이려하는 것을 알면 고칠찰은 즉시 왕비마마에게 달려가 고자질할지도 몰랐다.

하지만 웅천의 진위를 확인하기 위해 고칠찰더러 약을 만들라고 하면 고칠찰에게 꼬투리를 잡힐 일도 없고, 나아가 해약이 완성된 후 조금 가져가서 벙어리 노파를 해독하고 나머지는 왕부로 가져가 왕비마마에게 주면 그뿐이었다.

사과, 미천홍련, 웅천의 크기가 다르면 만들 수 있는 해약의 분량도 달랐다. 왕비마마는 웅천과 미천홍련을 보지 못했으니 실제 해약 분량이 얼마나 되는지 몰랐다.

초서풍은 그제야 진왕 전하가 왜 약성의 왕씨에게 미독 해약에 관해 그렇게 상세히 물었는지 알 수 있었다. 이제 보니 전하는 계속 이 일을 숨기되 왕비마마의 의심을 받지 않을 방법을 찾고 있었던 것이다.

이 방법과 변명을 생각해 내기 위해 얼마나 심혈을 기울이셨을까!

역시, 한 가지 거짓말을 하려면 더 많은 거짓말을 지어내야 한다는 말은 사실이었다.

진왕 전하 같은 권력자가 이렇게까지 고심해 가며 거짓말을 할 필요가 있을까? 무슨 일을 하든, 무슨 말을 하든, 누군가에게 이유를 설명할 필요가 있을까?

생각해 보면 처음에는 왕비마마가 뭘 물어도 전하는 해명은커녕 대답 한마디도 하지 않았다.

그런데 지금, 천지가 개벽할 일이 벌어지고 있었다!

용비야와 초서풍은 고칠찰의 대답을 기다렸다.

초서풍도 고칠찰이 영리하다는 것을 알지만, 아무리 영리해도 진왕 전하가 이렇게 하는 까닭을 알아차리지 못하리라 생각했다. 어쨌든 그는 전하와 왕비마마 사이의 일을 잘 알지도 못할 뿐더러, 벙어리 노파 일도 모르고 있었다.

고칠찰은 눈동자를 또르르 굴렸다. 그가 무슨 생각을 하는지는 하늘이나 알 일이었다.

하지만 그는 곧 대답했다.

"흐흐, 그렇다면 세 가지 약재를 이리 넘기시지! 이 몸이 당장 여기서 배합해 줄 테니!"

세 사람이 제약실로 들어간 다음에야 용비야가 약재를 모두 꺼냈다. 고칠찰은 그들이 보는 앞에서 해약을 만들었다.

앙상하게 마른 두 손은 재빠르게 움직여 무게를 재고, 약재를 자르고, 빻고, 갈아서 가루로 만들고, 섞는 것을 물 흐르듯이 해냈다. 움직임도 빠른데 입고 있는 까만 장포가 가리는 바람에 자칫하면 뭘 하는지 놓치기 십상이었다.

용비야와 초서풍은 놓칠세라 그의 움직임을 지켜보았다. 얼마 지나지 않아 미독의 해약이 완성되었다. 고칠찰은 만들어진 해약을 용비야 앞에 내밀며 냉소했다.

"진왕 전하, 진짜인지 아닌지 잘 보시지. 약귀곡에서 나간 후에는 이 몸도 모르는 일이니까!"

용비야는 흘낏 쳐다보더니 직접 도자기병에 가루약을 담은 다음 두말없이 돌아서서 나갔다.

이게 바로 그의 성품이었다. 용건이 없으면 쓸데없는 말은 단 한마디도 하지 않는 것.

배웅할 필요는 없지만 고칠찰은 그래도 골짜기 입구까지 배웅 나왔다.

"진왕 전하, 또 만나지!"

용비야는 고개 한 번 돌리지 않았다. 이렇게 복잡하게 빙빙 돌려가며 일을 끝낸 덕분에 한운석에게 할 말이 생겼다. 벙어리 노파를 해독하고 천심부인에 대해 확실히 알아낸 다음 해약을 가지고 돌아가 한운석에게 주면 되었다.

구호를 끝내고 돌아온 후로 이렇게 오랫동안 그 여자 곁을 떠난 적이 없었다. 이제 길어야 닷새면 돌아갈 수 있을 것이다.

순순히 왕부에서 몸조리를 하고 있을 여자가 아니었다. 어쩌면 날마다 밖을 돌아다니고 있을지도 몰랐다.

고칠찰은 산꼭대기에 서서 용비야의 뒷모습이 숲속으로 완전히 사라질 때까지 바라보다가 그제야 소매에서 해약 한 병을 꺼냈다.

그는 약에 있어서는 귀재鬼才였다. 용비야는 말할 것도 없고 약성 삼대 명가의 가주도 조금 전 그가 해약을 만들면서 속임수를 쓴 것을 알아차리지 못했을 것이다.

그가 용비야에게 준 해약은 반은 진짜고 반은 아무 약효도 없는 동질의 가루였다. 그리고 그가 가진 이 병에 나머지 반의 해약이 들어 있었다.

그가 용비야에게 준 해약이 가짜라고 할 수는 없었다. 단순히 분량만 속인 것뿐이었다.

용비야와 초서풍은 알아볼 수 없었고, 설사 사람을 구해 검사하게 하더라도 일류 고수가 아니면 절대 알아낼 수 없었다.

하지만 고칠찰은 백이면 백 확신했다. 한운석의 능력이면 알아낼 수 있었다!

"진왕 전하, 또 만나지!"

고칠찰은 기분이 무척 좋아 마치 노래라도 흥얼거리듯 혼잣말을 했다.

저택으로 돌아간 그는 늙은 집사에게 분부했다.

"밀서는 보낼 것 없다. 이 몸이 생각한 것보다 일이 더 재밌게 되었으니까!"

늙은 집사는 무슨 말인지 도무지 알아들을 수가 없었다. 본래는 밀서를 찢어 버릴까 했지만 도저히 그럴 수가 없었다.

진왕 전하가 두 번 세 번 다녀갔고 주인은 남몰래 진왕비에게 밀서를 보내려고 했으니, 밀서에 무슨 내용이 쓰여 있는지 아무래도 궁금했던 것이다.

몇 번 망설인 끝에 늙은 집사는 몰래 밀서를 펼쳐 보았다. 하지만 밀서를 읽고 나자 더욱더 아리송해졌다.

주인은 왕비마마에게 진왕 전하가 웅천을 손에 넣었다고 보고한 것뿐이었다.

"이것뿐이야? 난 또 간통이라도 하는 줄 알았지!"

늙은 집사는 중얼거리며 저택으로 돌아갔지만, 고칠찰은 이미 보이지 않았다.

이틀 후, 용비야와 초서풍은 쾌마를 달려 천녕국 도성에 도착했다. 진왕부 대문 앞을 지나면서도 그들은 멈추지 않고 곧바로 고원으로 달려갔다.

벙어리 노파는 영남군에서 돌아온 후 줄곧 유각이 아닌 이곳에 갇혀 있었다.

용비야가 돌아오자 당리는 무척 기뻐했다.

"얻었어?"

용비야는 말없이 서재로 들어가 비밀 통로를 열었다. 작은 미로를 지나자 벙어리 노파가 갇힌 밀실이 나왔다.

당리와 초서풍도 따라 들어왔다. 두 사람은 어쩔 수 없는 얼굴로 서로를 쳐다보았다.

"가슴이 설레는군!"

당리가 감개무량하게 말했다. 이렇게 오랫동안 지켰지만, 저 벙어리 노파가 대체 누구인지, 어떤 비밀을 지니고 있는지 아는 게 없었다.

"긴장됩니다!"

초서풍은 끊임없이 손을 눌러 댔다. 그는 벙어리 노파가 아는 비밀과 왕비마마의 출신이 전하를 너무 힘들게 하지 않기를 바랐다.

용비야가 밀실 문을 열자 벙어리 노파는 차 탁자 앞에 앉아 차를 마시고 있었다. 소란을 피우던 예전에 비해 요즘은 훨씬 조용해진 상태였다.

그렇지만 용비야를 보자 노파는 곧 흥분했다.

이 젊은이에게는 목심의 초상화가 있고 목심의 딸 초상화도 있었다. 그런데도 자신을 가두고 있으니 대체 뭘 하려는 것일까?

집앞을 지나치면서도 들르지 않고 서둘러 달려온 용비야지만 이곳에 도착해서는 도리어 차분해졌다.

그는 차 탁자 옆에 앉아 새 차를 한 주전자 끓이고, 예전에 그랬던 것처럼 탁자를 톡톡 치며 벙어리 노파에게 앉으라는 뜻을 전했다.

행복이란

벙어리 노파는 반평생을 살면서 목씨 집안에서 온갖 풍파를 겪은 사람답게 눈앞에 있는 젊은이가 기질이 남다르고 출신 또한 평범하지 않다는 것을 알아보았다.

목씨 집안에서 혼절하는 바람에 그날 밤 무슨 일이 벌어졌는지, 어째서 목심의 초상화가 이 젊은이 손에 있는지, 이 젊은이가 목심의 딸과 무슨 관계인지는 알지 못했다. 하지만 적어도 이 젊은이에게 악의가 없다는 것은 느낄 수 있었다.

자신을 납치하고 감금한 것은 그녀 입에서 지난날 목심의 비밀을 알아내기 위해서가 분명했다. 다만 그녀는 귀먹고 말도 못하고 아는 글자도 많지 않아 아무리 가둬 봤자 뾰족한 수가 없었다.

그런데 오늘은 또 무슨 일로 왔을까? 벙어리 노파는 여유롭게 용비야 맞은편에 앉았다.

지난 영남군에서 그랬던 것처럼 용비야는 예의 바르게 차를 한 잔 따라 노파 앞으로 밀어 주었다. 여 이모나 당자진 같은 집안 어른 앞에서도 용비야는 이렇게 예의를 차리지 않았다.

벙어리 노파는 감사를 표하듯 고개를 끄덕인 후 찻잔을 들고 몇 모금 홀짝였다. 이상한 것을 섞은 느낌은 들지 않았다.

용비야는 벙어리 노파가 차를 한 잔 다 마실 때까지 조용히 바라보았다. 깊은 눈동자에는 아무런 동요가 없었다. 오랫동안 비밀을 지키며 밤낮으로 진상을 밝혀내느라 골몰하던 그였지만, 진상이 곧 밝혀질 지금은 도리어 유난히 차분했다.

어쩌면 그 많은 일을 이미 속으로 결론짓고 결정을 내렸기 때문인지 모른다. 진상을 알아내려는 것은 그저 이미 내린 결정을 더욱 굳건히 하기 위해서일 뿐이었다.

벙어리 노파는 찻잔을 내려놓는 순간 안색이 싹 변했다. 목구멍이 불타는 것처럼 미친 듯이 따가웠다.

노파는 목을 움켜쥐고 눈을 휘둥그레 뜬 채 용비야를 바라보았다. 용비야가 독을 탄 걸로 오해한 노파는 입을 크게 벌리고 말을 하려고, 소리를 지르려고 했지만 아무 소리도 낼 수가 없었다.

통증을 가라앉히려고 황급히 찻물을 몇 모금 마시려던 그녀는 입에 넣기 직전에 멈췄다.

만약 이 차에 독이 있다면 더 고통스럽기만 할 것이다!

노파는 독에 중독된 바람에 본래부터 밤낮없이 목구멍과 귀가 아팠다. 여태 가라앉지 않은 염증 때문에 매일매일 고통을 겪어야 했지만, 그 고통은 지금 이 타는 듯한 통증에 비하면 아무것도 아니었다.

너무나 고통스러웠다!

벙어리 노파는 노한 손길로 용비야에게 삿대질을 했다. 소리를 낼 수 있었다면 분명히 마구 욕을 퍼부었을 것이다.

그녀는 몹시 말을 하고 싶은지 쉼 없이 입을 움직였지만 아무리 해도 소리를 낼 수 없었다.

분노하고 초조해하는 벙어리 노파를 앞에 두고도 용비야는 꿈쩍도 하지 않고 혼자 차만 마셨다. 이 광경이 벙어리 노파를 더욱 분노하게 했다.

별안간 노파가 와락 달려들며 분노에 찬 소리로 외쳤다.

"너는 대체 누구냐! 나를 이리 괴롭혀 뭘 하려는 게냐?"

목소리가 나오는 순간 벙어리 노파는 그 자리에 얼어붙었고 충격에 휩싸인 얼굴로 황급히 입을 가렸다.

세상에나, 방금……. 방금 내가 소리를 지른 것 같은데? 갑자기 목이 더는 아프지 않았다!

벙어리 노파가 믿을 수 없어 하는 사이, 조금 전 목구멍이 그랬던 것처럼 귀에서 타들어가는 통증이 느껴졌다. 이번에는 벙어리 노파도 소동을 피우지 않고 의아한 표정으로 용비야를 바라보았다. 답이 듣고 싶은 얼굴이었다.

용비야는 여전히 차를 마시고 있었다. 세 잔을 마신 후 비로소 그가 입을 열고 단도직입적으로 물었다.

"목심 부인은 네 주인이겠지?"

벙어리 노파는 더욱더 충격에 빠졌다. 소리가 들리다니!

20여 년 동안 죽음처럼 고요한 세상에 살며 그 어떤 소리도 듣지 못했는데 지금, 갑자기 사람 목소리가 들린 것이다. 몹시 친숙하면서도 한편으로는 낯선 그 느낌에 곧바로 적응하지 못한 노파는 용비야가 뭐라고 했는지 확실히 듣지 못했다.

용비야가 미독의 해약을 노파의 차에 타서 먹인 것이 분명했다. 미독이 해독된 것이다!

이 사실을 깨달은 벙어리 노파는 재빨리 본래 자리로 돌아가 앉았다.

그녀는 고개를 푹 숙이고 한참 동안 말이 없었다. 감정을 추스를 시간이 필요했다. 한참 후, 마침내 그녀가 차분하게 용비야를 쳐다보며 말했다.

"젊은이, 솜씨가 훌륭하군. 이 독을 해독할 줄이야."

용비야는 다시 한번 차 한 잔을 따라 내밀며 똑같은 질문을 했다.

"목심 부인은 네 주인이겠지?"

이번에는 벙어리 노파도 똑똑히 들었다.

"일단 이 늙은이에게 말해 주게나. 자네가 누군지."

벙어리 노파는 무척 침착했다.

용비야는 그림 한 장을 꺼냈다. 지난번 한운석을 찾는 현상금을 걸었을 때 사용한 초상화였다. 화공畫工이 그의 설명을 듣고 그린 초상화는 그의 마음에 들지 않았다. 초서풍도 몰랐지만, 이 초상화는 사실 그가 직접 그린 것이었다.

초상화를 보자 벙어리 노파는 또다시 흥분했다.

"이 초상화가 목심의 딸이라는 것은 너도 알 것이다. 한운석이라고 하지."

용비야가 담담하게 말했다.

"한운석……. 그 아이가 한운석이라고? 운석……. 운석……."

벙어리 노파는 놀라면서도 기뻐했다. 지난날 목씨 집안 대나무 숲에서 그 아이를 만나고, 그 진료 주머니에서 '심'자를 발견했을 때 노파는 곧바로 그녀가 목심의 딸이라는 것을 알아차렸다.

목심 소저는 나중에 딸이 하나 있으면 좋겠다고 말한 적이 있었다. 딸에게 의술과 약학을 가르치고 손수 수를 놓은 진료 주머니를 혼수로 만들어 주겠다고 했었다.

그런데 정말 딸을 낳았다니. 게다가 이렇게 컸다니.

"자네는 누군가?"

벙어리 노파가 경계하며 물었다.

용비야는 추호도 망설이지 않고 대답했다.

"본 왕은 한운석의 지아비, 천녕국 진왕이다."

지아비. 모든 남자가 가지는 신분이자 모든 남자의 책임. 이 신분을 가진 지 오래지만 이렇게 말한 것은 처음이었다. 마음속에 뭔지 모를 감정이 솟구치는 것을 느끼며 용비야는 놀랍게도 옅은 미소를 떠올렸다.

목씨 집안에 오랫동안 갇혀 있었던 벙어리 노파가 천녕국 진왕의 위세를 알 리 없었다. 그녀에게는 그저 무척 뜻밖이었다.

"그렇다면 그녀를 속이고 나를 가둔 이유가 뭔가?"

상황은 잘 모르지만 자신이 갇혀 있다는 사실을 한운석이 모르는 것은 확신할 수 있었다.

"그녀는 영원히 몰라야 한다. 그래야……."

용비야는 말을 끝맺지 못하고 오래오래 입을 다물었다.

"어떻다는 것인가?"

벙어리 노파가 캐물었다.

용비야는 그래도 침묵했다.

"대관절 어쩌려는 겐가?"

벙어리 노파는 생각할수록 겁이 났다. 이 남자는 운석이의 지아비인데 만약 나쁜 뜻을 품고 있다면 운석이는 어찌 될까?

"그녀는 영원히 몰라야 한다. 그래야……. 행복할 테니."

마침내 용비야가 말을 끝맺었다.

행복?

평생 처음으로 입에 담아 보는 단어였다.

사실 그는 이 단어를 잘 알지 못했다. 자신의 인생 사전에 이런 단어가 존재한다고 생각해 본 적도 없었다.

그가 아는 것은, 이 '행복'이라는 단어가 여자에게는 궁극적인 삶의 목표이리라는 것뿐이었다.

이 '행복'이라는 단어에 비하면 사실 그는 여자에 대해 더 몰랐다.

언제부터인지 몰라도 늘 그 여자에게 잘해 주고 싶은 마음이 있었지만, 유감스럽게도 어떻게 해야 잘해 주는 것인지 알 수가 없었다.

어려서부터 누군가에게 잘해 준 적도 없고, 더욱이 어떤 여자를 이해하거나 좋아해 본 적도 없었다.

그가 가진 가장 단순한 생각은, 그녀를 좋아하면 행복하게 해 줘야 한다는 것이었다.

용비야의 입에서 나온 것은 분명 무거운 화제였지만, 언제나 차갑고 딱딱하던 그의 입가는 희미한 미소를 머금고 있었다.

바로 그 미소가, 나면서부터 가진 그의 차가운 기운을 몰아내 주었다.

그 모습을 보자 벙어리 노파는 경계심을 완전히 내려놓았다. 상황은 모르지만, 사랑과 증오, 원한을 너무도 많이 보아 온 노파의 두 눈동자는 이 젊은이의 입가에 떠오른 미소를 알아차릴 수 있었다.

행복이란 어떤 것일까?

그 사람을 떠올릴 때, 그 사람 이야기를 할 때, 늘 저도 모르게 미소를 머금게 하는 사람, 그런 사람이 세상에 있다면.

그것이 바로 행복이었다!

"그녀는 모르는 일을, 설마하니 자네는 안다는 말인가?"

벙어리 노파가 진지하게 물었다.

"내 짐작이 옳다면, 목심 부인의 몸에는 서진 황족의 피가 흐르고 있다."

용비야는 단번에 정곡을 찔렀다.

벙어리 노파는 심장이 철렁 내려앉아 일순 무슨 말을 해야 좋을지 모른 채 멍하니 용비야를 바라보았다.

그녀는 목심의 모든 비밀을 알고 있었다. 그리고 그 비밀 가운데 가장 중요한 비밀, 목영동조차 모르는 비밀이 바로 목심의 출신이었다!

"어떻게 알았는가?"

일이 이렇게까지 된 이상 부인해 봤자 소용없다는 것을 벙어리 노파도 알고 있었다.

"보아하니 본 왕의 짐작이 틀리지 않았군!"

용비야도 진지하게 말했다.

한운석이 진왕부에 들어오던 첫날부터 그는 한운석을 조사하기 시작했다.

신혼 첫날 밤 보여 준 그 여자의 독술과 침착함은 그에게는 몹시 뜻밖이었다. 한씨 집안의 쓸모없는 폐물인 적출 딸에게 그런 능력이 있다니 절대 믿을 수 없었다.

처음부터 그는 한운석을 첩자로 생각하고, 당시 북려국이 잠입시킨 자들과 한패라는 의심을 품었다. 하지만 차츰차츰 그 여자가 더없이 단순하다는 것을 알게 되었다. 그녀에게는 한패는 말할 것도 없고 친구조차 없었다. 그녀와 북려국 첩자는 아무 관계도 없었고, 도리어 직접 그들을 밝혀내기도 했다.

그녀는 '진왕비'라는 신분을 갖고도 조용히 그 영광을 누리지 않고, 오히려 곳곳에서 사람들의 미움을 사고 사달을 일으켰다. 하지만 그때마다 제 손으로 멋지게 해결하기도 했다.

처음에는 묵묵히 구경만 하던 그도 차츰차츰 전례를 깨어가며 그녀를 위해 나서주고 거들어 주었다.

그녀는 자신의 독술이 천심부인이 남겨 준 책에서 배운 것이라고 했다. 그는 반신반의해서 비밀리에 한종안에게 물어보고 천심 부인을 조사하기 시작했다.

그제야 한운석이 한종안의 친딸이 아니라 천심부인과 다른 남자의 딸이라는 것을 알게 되었다.

그렇게 해서 그는 약성의 목씨 집안까지 조사해 냈고, 목심 부인과 독종의 잔당이 연을 맺었다는 소문이 있었다는 것을 알 아냈다.

그때까지 그가 한운석의 출신으로 여긴 것은 오직 '독종'이었 다. 영족의 백의 남자가 나타나지 않았다면, 파격적으로 곁에 두기로 한 여자가 서진 황족과 관련이 있다고는 영원히 생각지 못했을 것이다.

다른 사람은 말할 것도 없고, 일곱 귀족의 후예들조차 서진 황족의 혈육이 남아 있다고는 생각하지 못했을 것이다. 당시 서진 황족의 마지막 핏줄은 사람들이 보는 앞에서 유족이 쏜 화살에 죽었으니까!

영족은 일곱 귀족 중 하나로, 서진 황족에게는 가장 충직하 고 충성스러운 호위병이었다.

영족의 수호는 목숨을 건 수호였다. 그들은 한 번도 책임을 다하지 않은 적이 없었고, 배신한 적도 없었다. 지난날 서진 황 족이 멸망하자 영족 전체도 함께 순장되었다.

그런데 지금, 영족의 후예가 나타났다. 이는 의심할 바 없이 서진 황족의 핏줄이 살아 있다는 증거였다.

그 백의 남자가 한운석을 보호하는 방식을 보면 의심하지 않 는 게 더 어려웠다.

영족의 그 남자가 주인을 찾기 위해 나타났는지, 아니면 직 접 말한 것처럼 독 짐승을 얻기 위해 나타났는지는 아무도 확 신할 수 없었다.

용비야 역시 명확한 답을 얻지 못했고, 그래서 오늘에서야 이렇게 벙어리 노파에게 물은 것이다.

벙어리 노파의 반응은 의심할 바없이 명확한 대답이었다.

한운석은 바로 서진 황족의 핏줄이었다!

벙어리 노파는 용비야의 떠보는 수법에 화가 났지만, 이제는 부인할 수도 없었다. 노파는 화난 소리로 말했다.

"대체 어떻게 추측한 겐가?"

"영족이 찾아왔기 때문이다."

용비야가 담담하게 말했다.

뜻밖에도 벙어리 노파는 감정이 격해졌다.

"영족⋯⋯. 그자들이 뭘 하려는 게지?"

이것이 진실

용비야도 '영족'이라는 말이 벙어리 노파를 이렇게 흔들어 놓을 줄 몰랐다. 벙어리 노파의 격해진 표정은 흥분이 아니라 초조함이었다.

영족은 서진 황족의 핏줄이 누구보다 믿어야 할 일족이었다.

"그들이 뭘 하려는 겐가? 운석이 그 아이의 신분을 그들이 확인했나?"

벙어리 노파가 초조하게 물었다.

"확인하면 어떻다는 것이냐?"

용비야가 반문했다.

뜻밖에도 벙어리 노파는 화난 소리로 말했다.

"누구든, 설사 영족이라 해도 그 아이 신분을 이용해 뭔가 꾸밀 생각은 꿈도 꾸지 말아야 할 걸세!"

이 말에 용비야는 곧 깨달았다.

서진 황족 핏줄이라는 신분으로 꾸며 낼 수 있는 일들은 너무 너무 많았다!

그 신분이 알려지는 순간, 일곱 귀족은 말할 것도 없고 야심 있는 자들이라면 누구나 서진을 다시 일으킨다는 명분 아래 한운석을 핑계로 지난날의 세력을 불러들이고 천하의 권력을 손에 넣으려 할 것이다.

그들 대부분은 진정으로 서진 황족에게 충성하지도 않았고 진정으로 서진을 일으키겠다는 생각도 없었다. 그저 야심에 부풀어 황족의 마지막 핏줄을 보좌한다는 핑계를 대며, 실제로는 천자를 끼고 제후를 호령할 생각뿐이었다!

터놓고 말해 황족의 핏줄을 발판으로 삼은 자들이 일단 목적을 달성하면, 황족은 더는 존재할 필요가 없었다.

한운석의 신분이 알려지면 아마 평생 평화롭게 살 수 없을 것이다.

"영족은 지금껏 아무 움직임이 없고 황족의 핏줄을 보호한다고 인정하지도 않았다. 어쩌면 아직 그녀의 신분을 확인하지 못했을지도 모르지."

용비야가 담담하게 말했다.

한운석이 솔직하게 말해 준 덕에 그는 영족의 움직임을 알고 있었다.

만약 한운석이 바로 서진 황족 핏줄임을 확인했다면, 영족은 어째서 서둘러 움직이지 않았을까? 어째서 몇 달 만에야 찾아와 놓고 한운석에게 아무 말도 하지 않았을까?

적어도 영족은 주인을 알아볼 수 있었다. 하지만 백의 남자는 그러지 않았다.

벙어리 노파는 그제야 다소 마음을 놓았지만, 곧 의심스러운 듯 물었다.

"진왕, 자네는 어떤가? 자네는 왜 운석이를 아내로 맞았는가?"

용비야의 입술에 냉소가 떠올랐다.

"본 왕을 의심하느냐?"

"자넨 천녕국 진왕일세. 만약 황위에 마음이 있다면 운석이의 신분이 무엇보다 좋은 발판이겠지!"

벙어리 노파도 차갑게 콧방귀를 꼈다.

용비야는 코웃음을 쳤다.

"고작 천녕국 황위 따위 때문에 여자의 배경을 발판 삼을 정도는 아니다! 본 왕은 그 누구보다 그녀가 황족의 핏줄이 아닌 단순한 한씨 집안 딸이기를 바라는 사람이다!"

사실 벙어리 노파가 걱정하는 일이 바로 용비야가 바라지 않는 일이었다.

황족의 신분을 가지고, 가족의 사명을 짊어지고, 무수한 이들의 기대를 받고, 평생 대업만을 위해 살며, 무엇을 하든 이러쿵저러쿵 평을 듣는 것은, 황족의 핏줄에게 있어 영광이기도 하지만 속박이기도 했다.

적어도 용비야의 눈에는 속박이었다!

벙어리 노파는 믿지 않는지 쿡쿡 냉소를 지었다.

"무슨 증거로 믿으라는 겐가?"

벙어리 노파의 웃음은 차가웠지만 용비야의 웃음은 더 차가웠다. 그는 일어나서 벙어리 노파 옆으로 다가가 우아하게 몸을 굽히고 그 귓가에 속삭였다.

"본 왕은 바로……."

뒷말은 더욱 작게 했지만 벙어리 노파는 똑똑히 들었다. 그 말을 듣는 순간 노파는 극도의 공포에 빠진 것처럼 얼굴이 새하얘지며 완전히 넋이 나갔다.

어떻게 이럴 수가?

운석이의 지아비가 어떻게…….

"이런 이유라면 믿을 수 있겠지?"

용비야가 차갑게 물었다.

한참 후, 용비야는 이미 자리로 돌아가 있었지만 벙어리 노파는 여전히 말을 잇지 못했다.

"자……. 자네가…….."

동진 황족!

이 사실을 어떻게 받아들여야 할까! 서진 황족의 마지막 핏줄인 한운석의 지아비가 놀랍게도 동진 황족의 핏줄, 동진의 황자라니!

이 모든 것은 악연일까, 우연일까, 아니면……. 누군가의 계획일까?

충격에 빠졌던 벙어리 노파는 갑자기 경각심을 느끼고 벌떡 일어나 허겁지겁 뒤로 물러났다.

"오호라. 그래서 운석이를 속이고, 운석이가 자기 신분을 알지 못하게 만들어 놓고 이용하려는 것이구나! 그 아이를 이용해서 동진을 부흥시키려는 게야!"

별안간 '퍽' 하는 굉음이 터졌다. 용비야가 힘껏 탁자를 내리친 것이다.

그는 해명에 능숙하지 않았고 좋아하지도 않았다. 특히 누군가에게 해명하는 것을 싫어했다. 그런 그가 오늘 이렇게 평소

보다 훨씬 많은 말을 했는데도 벙어리 노파는 저렇게 의심스러운 눈으로 바라보고 있었다.

그에게는 비할 데 없는 치욕이었다!

그가 몸을 일으키며 얼음처럼 차가운 목소리로 말했다.

"본 왕은 여자를 밟고 올라갈 만큼 힘이 부족하지 않다! 여자를 이용해 나라를 다시 일으키려 할 사람은 아니다!"

벙어리 노파는 용비야의 분노에 겁을 먹고 뻣뻣하게 굳어 있다가 머뭇머뭇 다시 물었다.

"그렇다면 이 늙은이를 이곳에 가둔 이유가 뭔가? 왜 운석이를 속이는 겐가?"

용비야는 대답하지 않고 다시 앉아서 조용히 차를 마셨다. 그리고 한참이 지난 다음에야 비로소 차분하게 입을 열었다.

"그녀가 평생 한씨 집안의 딸로서, 원한도 모르고 미움도 모른 채 마음 편히 본 왕 곁에 머무르게 하기 위해서다."

벙어리 노파의 심장이 철렁했다. 그제야 이 젊은이가 앞서 말한 '행복'의 의미를 알 수 있었다.

만약 한운석이 자신의 비범한 신분을 알게 된다면 얼마나 부담스러울까?

만약 한운석이 진왕의 신분을 알게 된다면 어떤 선택을 할까?

벙어리 노파도 침묵에 빠졌다. 한참 시간이 흐른 후 이윽고 그녀가 차분하게 물었다.

"진왕, 운석이가 자네를 좋아하는가?"

용비야는 웃었다. 옅디옅은 웃음이었다. 그의 눈동자는 씁쓸

함, 그리고 지워 낼 수 없는 짙은 무력감으로 가득했다.

한운석이 그를 좋아하느냐고?

그 여자는 아직까지도 넋이 쏙 빠진 얼굴로 그를 바라보곤 했다!

용비야의 웃음에 노파는 답을 알 수 있었다.

마침내 벙어리 노파는 자리에 앉아 용비야에게 차 한 잔을 받은 다음, 목심의 이야기를 시작했다.

서진 황족의 마지막 핏줄은 사실 유족의 활에 맞아 죽은 남자아이가 아니라 목심의 어머니이자 한운석의 할머니였다.

서진 황제와 여러 황자들이 전쟁터에서 죽던 해 청晴 귀비가 여자아이를 낳았다. 정세를 잘 모르는 청 귀비는 서진이 멸망하지는 않으리라 생각했고, 남자아이를 낳아야만 그 덕에 지위가 높아져 수렴청정하는 황태후가 될 수 있다고 생각했다.

그래서 그녀는 딸을 내보내고 남자아이를 구해 길렀다. 그런데 뜻밖에도 몇 달 지나지 않아 반란군이 황궁을 공격했고 서진은 멸망하고 황족은 모두 죽고 말았다!

당시 영족만이 그 사실을 알고 남몰래 사람을 보내 여자아이를 보호하고 있었다.

서진 황족이 공격당했을 때 동진과 여러 대귀족은 그 핏줄을 철저히 없애기 위해 어린아이조차 놓아주지 않고 마구잡이로 황족을 체포했다.

영족은 이 일을 유족에게 알렸고 유족의 장군은 거짓으로 배신해 몸소 그 남자아이를 쏘아 죽임으로써 서진 황족이 멸망했다는 거짓을 지어냈다. 그제야 추격과 살육이 중단되었다.

훗날 동진도 무너지고 일곱 귀족 역시 몰락하면서 휘황찬란하던 대진제국은 먼지 덮인 역사가 되었다.

영족은 모두 나라를 위해 순장했고, 진짜 황족 핏줄인 여자아이를 보호하던 사람만 남았다. 그러나 그 여자아이는 성인이 된 후 자신의 신분을 알고 갑자기 빠져나가 종적을 감췄다.

"그러니까 그 여자아이가 바로 목심의 생모였군. 그녀는 목씨 집안에 시집가서 목심을 낳았고."

용비야가 담담하게 말했다.

"그렇다네. 그녀는 영족과 유족의 손아귀에서 벗어나 신분을 숨기고 목씨 집안에 첩으로 들어갔고, 목심이라는 딸 하나만 낳았지."

벙어리 노파는 이렇게 말하며 한숨을 쉬었다.

"이 늙은이는 바로 목심 소저의 유모였네. 목심 소저가 모든 것을 이야기해 주지 않았다면, 이 늙은이도 그런 일은 꿈에서도 생각지 못했을 게야!"

"한운석의 아버지는 또 어떤 사람이냐? 독종과 관계가 있느냐?"

용비야가 차갑게 물었다.

"목심이 독종의 잔당과 연을 맺었다는 소문은 진짜일세."

벙어리 노파는 차분하게 말했다.

"목심 소저는 본디 의학원에 가게 되어 있었지만, 도중에 독종 사람을 만나 정에 푹 빠져 벗어날 수 없게 되었지. 그녀는 의성으로 떠난 뒤 다시는 목씨 집안에 돌아오지 않았고, 이 늙은이에게 서신을 보내 비밀을 알려 주었네. 마지막으로 보낸 서신에는 슬프고도 기쁜 소식이 담겨 있었지."

"아기를 가졌다는 소식인가?"

용비야가 추측을 내놓았다.

벙어리 노파는 쓴웃음을 지으며 고개를 끄덕였다.

"그래, 아기를 가졌다는 소식이었지. 하지만 독종의 그 짐승 같은 놈이 그녀 몰래 다른 여자와 관계를 맺는 것을 목격했다네."

여기까지 듣자 용비야도 알 수 있었다.

그 일로 인해 지난날 목심, 즉 천심 부인은 낙심해서 독종을 떠났고, 이름을 바꿔 천녕국 도성에 숨어들어 한종안에게 시집을 갔던 것이다.

그러니까 한운석의 친어머니는 서진 황족의 핏줄이고 친아버지는 바로 독종 사람이었다.

"그것이 이 늙은이가 받은 마지막 서신이었네. 그 후 목심 소저와 서신을 주고받은 것이 목영동에게 발각되었는데, 당시 의성에는 목심이 독종의 잔당과 관계를 맺었다는 소문이 퍼져 있었지. 목영동은 목씨 집안의 명예를 위해, 목씨 집안과 의성의 관계를 유지하기 위해, 온 힘을 다해 그 일을 부인했네."

벙어리 노파는 그렇게 말하며 자꾸만 탄식했다.

"그자는 이 늙은이에게 약을 먹여 듣지도 말하지도 못하게 만든 뒤 대나무 집을 지키게 했지. 이 늙은이를 미끼로 목심 소저를 유인하기 위해서가 아니면 무엇이겠나. 목심 소저를 미끼로 독종의 잔당을 유인해 의학원 노인네들의 환심을 사려 했던 게야. 그런데 누가 알았겠나……. 목심 소저는 오지 않고 그 딸이 올 줄이야……."

"목영동은 서진 황족 일을 아느냐?"

용비야가 가장 관심 있는 부분은 역시 그 문제였다.

벙어리 노파는 곧바로 고개를 저었다.

"아니, 절대로 모르네! 그자는 오로지 독종을 유인할 생각뿐이었네."

불안했던 용비야의 마음도 그제야 가라앉았다. 목영동이 모른다면 귀찮은 일을 많이 덜 수 있었다.

"진왕, 목심 소저는……. 그녀는……."

사실 벙어리 노파는 처음부터 이걸 묻고 싶었다. 하지만 받아들이기 힘든 대답이 돌아올까 두려워 자꾸만 미뤄 왔다.

목영동이 그녀를 미끼로 삼았지만 그녀 또한 대나무 집을 떠나고 싶지 않았다. 한 번만 더 소저를 만나 볼 수 있기를 몹시도 바랐고, 소저에게 목영동이 나쁜 마음을 품고 있다는 것을 직접 알려 주고 싶었다!

용비야는 당연히 그녀가 뭘 묻고자 하는지 알았다. 그는 목심이 천심으로 개명하고 한씨 집안에 시집간 일을 세세히 전해 주었다. 천심부인이 천녕국 태후를 구한 일과 태후가 감사의 뜻으로 혼인을 명한 일까지 포함해서.

"하지만 안타깝게도 천심 부인은 난산으로 죽었다. 다행히 한운석은 무사했지."

용비야가 탄식했다. 평소에는 거의 남 앞에서 하지 않는 일이었다.

벙어리 노파도 목심 소저가 불행을 당했으리라고 생각하긴 했으나 이 말을 듣자 역시 견딜 수가 없어 눈물을 왈칵 쏟았다.

"난산이라니……. 어떻게……. 어떻게 그런……."

난산보다 더 슬픈 일이 또 있을까.

생명을 버려 새로운 생명과 맞바꾸고, 그 새로운 생명은 태어나는 순간부터 엄마 없는 아이가 되는 일.

벙어리 노파는 눈시울이 빨개졌다가 곧 참지 못하고 입을 가린 채 나지막이 흐느꼈다.

"소저……. 이 늙은이는 줄곧 소저를 기다리고 있었답니다."

이것이 진실이었다. 용비야도 마침내 전부 확실히 알게 되었다.

벙어리 노파의 감정이 가라앉길 기다렸다가 용비야는 다시 담담하게 물었다.

"독종의 잔당이 몇이나 남았는지 아느냐? 한운석의 아버지는 어떤 인물이냐?"

벙어리 노파는 고개를 저었다.

"목심 소저도 말한 적이 없네. 하지만 그토록 비밀스러운 일이니 아무에게도 말하지 않았을 걸세. 목씨 집안 사람들도 모르니 말일세."

용비야는 고개를 끄덕이더니, 뭔가 고민하는 듯 기다란 손가락으로 가볍게 탁자를 두드렸다.

새로운 황족을 세운다

용비야의 칠흑같이 검은 눈동자는 바다처럼 깊어, 벙어리 노파처럼 경험 많은 사람도 지금 이 순간 그가 무슨 생각을 하는지 꿰뚫어 보지 못했다.

벙어리 노파는 진실을 알고 있었고 이제 모두 말했다.

눈앞에 있는 젊은이의 신분에 생각이 미치자 노파는 여전히 믿기지 않아 참다못해 다시 물었다.

"진왕, 동진 황족도 본래는……."

벙어리 노파의 기억이 맞다면, 목심 소저에게 동진 황족의 운명이 서진 황족보다 더 비참했다는 이야기를 들은 적이 있었다. 황성이 공격을 받아 황궁에 불이 났는데, 불이 장장 보름동안 이어져 황족 중에 운 좋게 살아남은 사람은 한 명도 없었다.

용비야는 눈을 들고 그쪽을 바라보았다. 차가운 눈동자 위로 잔혹한 원한이 떠올랐다. 벙어리 노파는 깜짝 놀라 일순 무슨 말을 해야 할지 몰랐다.

동진과 서진 황족의 은원, 3년에 걸친 내전은 한두 마디로 설명할 수 있는 일이 아니었다. 아마 벙어리 노파도 전부 알고 있지는 못할 것이다. 다만, 두 황족의 원한을 그 누구도 쉽게 무시할 수 없다는 것은 알고 있었다.

눈앞에 있는 이 제왕 같은 젊은이에게 두려움을 느끼면서도 벙어리 노파는 단도직입적으로 말을 꺼냈다.

"진왕, 사람 마음은 변하는 걸세. 허나 역사는 언제까지나 변하지 않지. 원한으로 이어지는 역사는 더더욱 변치 않는다네."

벙어리 노파는 신중한 사람이었지만 무엇 때문인지 몰라도 조금 전에는 망설임 없이 진실을 모두 털어놓았다. 어쩌면 '평생 한씨 집안의 딸로서, 원한도 모르고 미움도 모른 채 마음 편히 본 왕 곁에 머무르게 하기 위해서'라는 진왕의 한마디 때문일지도 몰랐다.

지난날 목심의 어머니와 목심 소저도 똑같은 생각이 아니었던가.

그들은 평범한 여자가 되고 싶어 했다. 그들에게는 크나큰 야심이나 포부도 없었고, 나라의 원한이니 집안의 복수니 하는 것도 알지 못했다. 나라의 흥망은 범인凡人에게도 책임이 있고 가족의 사명은 그 무엇보다 앞선다고 하지만, 그들은 그냥 여자였고 그들의 큰 바람은 천하가 태평하고 온 백성이 오손도손 사는 것이었다.

벙어리 노파는 목심 소저가 했던 말을 기억했다. 소저는 황족의 피를 자신에게서 끝내려고 했다. 자신의 아이는 원한을 이어가지도, 막중한 책임을 짊어지지도 않기를 바랐다.

벙어리 노파는 자신의 눈을 믿었다. 눈앞에 있는 이 젊은이가 방금 한 말은 모두 사실이고, 운석이에 대한 마음도 진심이었다.

그렇지만 사람 마음은 변하기 마련이었다! 하물며 그의 마음은 원한으로 가득 차 있었다.

용비야는 벙어리 노파의 말을 단번에 알아들었다.

그의 마음에는 분명 원한이 있었다. 어려서부터 지금까지, 귀찮지도 않은지 모두 그에게 와서 서진 황족이 얼마나 음험하고 잔인하며, 얼마나 교활하고 이랬다저랬다 하는지 떠들었고, 지난날 황궁에 번진 큰불로 무기조차 쥐지 않은 사람들, 무고한 부녀자와 어린아이들이 얼마나 많이 산채로 타 죽었는지, 그의 할아버지, 아버지가 나라를 되찾고자 얼마나 많은 대가를 치렀는지 알려 주었다!

그리고, 모비의 죽음.

수년이 지났지만 그는 모비가 자결하던 장면을 도저히 잊을 수 없었다.

어려서부터 그의 마음속에는 원한이 있었다. 그러나 그 원한보다 더 무거운 것은 어깨에 짊어진 책임이었다.

여 이모는 그렇게 말했다. 그의 어깨에는 나라의 수복뿐만 아니라 부모와 조상의 목숨이 얹혀 있다고. 그러니 그들의 희생을 헛되이 해서는 안 된다고.

영족이 나타난 후부터 지금껏 그가 내심 얼마나 마음 졸이고 있는지 아무도 알지 못했다. 특히 당리가 노파심에 설득하려 할 때나 여 이모가 호되게 꾸짖을 때가 그랬다.

용비야는 그래도 침묵했다. 그 침묵이 벙어리 노파를 무척 걱정스럽게 했다.

"젊은이, 이 늙은이 말이 틀리지 않았겠지. 자네는……."

벙어리 노파의 말이 끝나기 전에 용비야가 입을 열었다. 언제나처럼 차갑고 쌀쌀하며 빠르지도 느리지도 않은 말투였고 감정이라곤 한 올도 담겨 있지 않았지만, 그 입에서 나온 말에 벙어리 노파는 움찔 놀랐다.

그는 담담하게 말했다.

"본 왕은 본래 그녀를 죽일 생각이었다. 하지만 그녀가 사라졌지. 세상을 다 뒤져 그녀를 찾아 돌아온 후에는 그녀가 또다시 사라질까 몹시 두려웠다."

한운석이 이 말을 들었다면 울음을 터트리지 않았을까?

그녀가 기억하기로는 그렇게 사라졌을 때 용비야는 전에 없이 분노를 터트렸다. 그 분노 뒤에 숨겨진 것이 이 남자의 두려움이라는 것을, 그녀는 영원히 알지 못할 것이다.

한운석의 마음속에서, 그녀만의 전하는 언제까지나 그 무엇도 두려워하지 않는 사람이었으니까.

자꾸만 강조하고 숫제 목숨을 걸고 맹세해도 믿음을 얻지 못하는 사람이 있는 반면, 담담하게 꺼낸 한마디가 산처럼 무거워서 절대로 따질 수 없게 만드는 사람도 있었다. 용비야는 의심할 바 없는 후자였다.

그렇지만 벙어리 노파는 여전히 걱정스러웠다.

"진왕, 자네는 마음이 넓어 운석이를 포용할 수 있다지만, 자네 가족들도 그렇겠는가? 동진 황족에 충성하는 사람들도 그럴 것 같은가?"

노파는 진지하게 물었다.

"그들은 영원히 모를 것이다."

용비야는 차갑게 말했다.

영원히 숨기는 것이 가장 좋은 선택이었다. 만약 속이지 못한다면, 방해되는 자를 제거하는 것도 개의치 않았다. 그에게 있어 본분을 다하지 않는 부하는 필요 없었다. 주인을 거역하는 자는 남겨 두어도 쓸모가 없었다!

용비야가 걱정하는 것은 오히려 외부인들이었다.

"목영동이 서진 황족 일을 모른다고 확신하느냐?"

용비야가 재차 확인했다.

"이 늙은이가 목숨을 걸고 말하지만, 절대로 모르네. 목영동은 오로지 독종을 잡을 생각뿐일세. 그를 빌미로 의성의 지지를 받아 약성 제일인자 자리를 다지려는 게지!"

목영동에 관해서라면 벙어리 노파도 제법 알고 있었다.

"그렇다면 그 영족뿐이군!"

용비야의 눈동자에 살기가 번뜩였다. 그는 일찌감치 그자를 죽일 마음을 품고 있었다.

"영족 사람이 어쩌다 운석이를 의심하게 되었나?"

벙어리 노파가 다급히 물었다.

한운석의 할머니는 영족과 유족에게서 달아난 후로 더는 영족과 유족의 소식을 듣지 못했다.

그 점은 용비야도 궁금해하던 것이었다.

사실 영족의 백의 남자는 지금껏 한운석이 서진 황족의 핏줄인지 아닌지에 대해 확실한 답을 내놓지 않았다. 하지만 이 문제에서만큼은 차라리 무고한 자를 죽일지언정 죽여야 할 자를 놓칠 수는 없었다.

영족과 유족의 관계로 보아 영족이 한운석의 신분을 확인하는 순간 유족도 곧 찾아올 것이다.

용비야가 반년 넘게 일곱 귀족들을 조사하고 그 후예의 종적을 추적한 까닭이 바로 그 때문이었다.

"그리고 지난번 밀실을 침범했던 흑의인……."

용비야가 담담하게 말했다.

특수한 체질에 신비한 내력을 지닌 그 흑의인이 벙어리 노파가 유각에 갇힌 것을 어떻게 알았는지, 벙어리 노파에 대해 얼마나 알고 있는지는 아직도 조사 중이었다.

하지만 벙어리 노파가 지금껏 서진 황족 이야기를 숨겨왔다면, 아마 찾아온 사람은 필시 목심과 독종의 잔당에 관한 지난 일을 알아내기 위해 나타났을 것이다.

유각에는 아직도 천라지망을 펼쳐 놓고 그 흑의인이 다시 왕림하기를 기다리고 있었다.

"숨기기가 쉽지 않은 일이지만 다행히 아는 사람이 많지 않군."

벙어리 노파가 탄식하며 말했다. 영족이 출현하지만 않았다면, 방금 진왕이 떠보지만 않았다면, 그 일은 목심 소저의 죽음과 함께 영원히 그녀의 가슴속에 묻혀 사라졌을 것이다.

용비야는 고개를 끄덕이더니 차를 한 잔 마신 뒤에야 노파에게 시선을 던졌다.

"노파, 당신은 아는 게 많다."

앞서 진왕의 눈에 떠올랐던 살기를 떠올린 벙어리 노파는 이 말을 듣자 가슴이 철렁해 고개를 숙였다.

진왕의 말은 틀리지 않았다. 그녀는 이 세상에서 진실을 가장 잘 아는 사람이었다.

"운석은 계속 당신을 찾고 있다."

용비야가 다시 말했다.

벙어리 노파는 아무 말도 하지 않고 가만히 있었다. 용비야가 담담히 말했다.

"본 왕은 운석에게 당신은 이미 절벽에서 떨어져 죽었다고 했다. 내일 사람을 시켜 관문 밖으로 보내 줄 것이니 서쪽으로 가서 다시는 돌아오지 마라."

벙어리 노파는 그저 묵묵히 고개를 끄덕일 뿐이었다. 용비야는 일어섰다. 내내 심장을 짓누르던 커다란 돌을 마침내 치운 기분이었다. 진실을 알게 되자 한때 의아해했던 모든 것이 확실해져 훨씬 과감하게 움직일 수 있게 되었다.

"그럼 이만."

용비야는 벙어리 노파에게 차를 한 잔 따라 준 후 떠났다. 왕부로 돌아가 남은 미독의 해약을 한운석에게 줘야 했다. 오랫동안 만나지 못했는데 그 여자는 뭘 하고 있을까.

용비야가 밀실을 나가고 돌문이 거의 닫히려 할 때쯤 벙어리 노파가 비로소 차분하게 입을 열었다. 이제 이런 질문은 아무 의미 없다는 걸 알지만 그래도 묻지 않을 수 없었다.

그녀는 이렇게 물었다.

"진왕, 동진을 다시 일으키는 날이 올 것 같은가?"

서진 황족은 이 세상에 한운석 혼자인데 그 자신은 아무것도 몰랐다. 노파는 그 시중을 드는 사람이니 어쨌든 서진 황족을 대신해서 물어보고 싶었다.

"진왕, 만약 동진을 다시 일으키는 날이 온다면 운석이의 얼굴을 봐서라도 한 번 봐줄 수 없겠는가."

서진 황족은 다시는 일어나지 못하겠지만, 한때 그들에게 충성을 바쳤던 귀족 후예, 한때 충성을 맹세했던 명문가의 후손, 망가지고 남은 궁궐 터, 평가가 엇갈리는 역사 같은 것은 아직 존재했다. 동진이 다시 일어난다면 그들은 필시 복수할 것이다!

그 말을 들은 용비야는 대답하지 않을 생각으로 계속 걸어갔지만, 몇 걸음 가지 못하고 결국 멈춰 섰다. 그는 가소로운 듯 콧방귀를 꼈다.

"본 왕은 나라를 다시 일으킬 생각이 없다. 본 왕이 원하는 것은 보다 큰 천하다. 본 왕은 새로운 황족을 세울 것이다!"

이 말이 떨어지자 벙어리 노파는 깜짝 놀라 그 자리에 얼어붙었다. 밀실의 돌문이 느릿느릿 움직여 완전히 닫힐 때까지 노파는 넋이 나가 있었다.

진왕이 평범한 인물이 아니고 야심이 크다는 것은 일찍이 알 수 있었다. 진왕의 눈동자에서 반드시 해내겠다는 패기도 읽을 수 있었다. 하지만 새 황족을 세우려 할 줄은 생각조차 못한 일이었다!

나라의 원한과 가족의 복수라는 편협한 생각을 뛰어넘고 나라를 다시 일으킨다는 포부를 내던지는 것, 이것이야말로 진정한 대장부이자 진정한 강자의 면모였다!

진왕의 마음이 어디까지 뻗어 있는지, 뱃심이 얼마나 두둑한지 상상도 할 수 없었다. 어떻게 해야 그 많은 것을 짊어진 상황에서 그런 위대한 포부를 가질 수 있을까.

벙어리 노파는 철저하게 승복했다!

한운석이 저런 남자를 만나 행복을 얻었다는 사실이 매우 기뻤다. 목심 소저도 구천에서 이 사실을 알면 분명히 매우 기뻐할 것이다.

벙어리 노파는 두 손으로 용비야가 떠나면서 따라 준 찻잔을 들어 경외감을 느끼며 마셨다.

그 후 그녀는 겉옷을 벗어 대들보에 묶었다.

그녀는 주인을 기다리던 하녀였다. 그렇게 오래 기다렸지만 결국 주인은 만나지 못했다. 많은 비밀을 아는 그녀가 살아 있어 봤자 무슨 소용일까?

멀리 고향을 떠나 변경을 떠돌 필요까지 있을까?

옷을 묶어 만든 매듭에 목을 걸고 의자를 밟고 올라서면서, 벙어리 노파는 혼잣말을 중얼거렸다.

"운석, 할미는 네가 평생 원한을 모르고 살기를, 진왕에게 불만도 품지 않기를 바란단다. 언젠가 제국의 황후가 되어 영광스럽게 살거라!"

벙어리 노파는 내내 품에 간직했던 목심의 초상화를 가만히 만지작거리다가 눈을 감고 발밑의 의자를 걷어차고…… 스스로 목숨을 끊었다.

당리가 왔을 때 벙어리 노파는 이미 숨이 끊어진 후였다.

당리는 초서풍과 함께 내내 바깥에서 기다리느라 진왕과 벙어리 노파가 무슨 이야기를 나누었는지 전혀 몰랐다. 그는 허둥지둥 벙어리 노파를 안아 내렸다. 이미 되살리기는 틀렸다는 것을 알자 그는 즉시 사람을 시켜 용비야에게 보고했다.

그때 용비야는 이미 진왕부 대문 앞에 도착해 있었다.

소식을 듣고도 용비야는 무척 차분했다. 그가 담담하게 분부했다.

"당리에게 일러 시신은 비밀리에 묻고 유각 쪽은 계속 지키라고 해라."

유각에서는 가짜 벙어리 노파가 갇힌 채 흑의인이 나타나기를 기다리고 있었다.

밤은 이미 깊었다. 용비야는 아무도 놀라게 하지 않고 부용원에 도착한 후 곧바로 운한각으로 향했다.

기분 좋아, 좀 더

깊고 고요한 밤, 운한각에는 아직 등불이 켜져 있었다.

한운석에게는 성가신 문제가 있었다. 나무에 며칠 매달아 의지를 꺾어 놓으면 알아서 자백할 줄 알았는데, 뜻밖에도 소소옥은 어찌나 고집이 센지 허기로 두 번이나 혼절하면서도 입도 벙긋하지 않았다.

이대로 가다간 정말 굶어 죽을 수도 있었다. 비밀 시위는 여태 아무것도 알아내지 못해, 저 아이가 죽으면 실마리가 완전히 끊기는 셈이었다.

그때 한운석은 두두만 걸치고 매끈한 등을 드러낸 채 침상에 엎드려 약을 갈아주는 백리명향과 소소옥에 관한 이야기를 나누고 있었다.

요즘 날이 더워 땀이 잘 나는 데다 한운석이 침상에 고분고분 엎드려 있지 않은 탓에, 등에 생긴 두 군데 화상은 아직 완전히 딱지가 앉지 않은 상태였다.

"내가 볼 때 저 계집애는 저런 식으로 날 위협하려는 거예요. 내가 자길 죽이지 못한다고 단정하는 거죠."

한운석이 불쾌한 목소리로 말했다.

"왕비마마께서는 죽기보다 더 고통스럽게 만들어 줄 방법이 있지 않으신가요?"

백리명향이 차분하게 물었다.

한운석은 잠시 생각하다가 말했다.

"하루 더 굶겨 보고 그래도 자백하지 않으면 내려서 내가 직접 심문하겠어요!"

백리명향은 면포를 떼고 한운석이 준 의료용 면봉으로 약을 살살 바르기 시작했다.

서늘한 약이 달아오른 화상을 덮자 한운석은 곧 참았던 숨을 길게 내쉬었다.

"아……, 시원해! 아플까 걱정하지 말고 힘껏 발라요."

지금이 상처가 제일 견디기 힘든 시기였다.

아직 아물지 않아 통증과 작열감이 한꺼번에 느껴졌고, 무엇보다 끔찍한 것은 갈수록 선명하게 느껴지는 가려움 때문에 자꾸만 손을 가져가고 싶어진다는 것이었다. 그래서 약을 바를 때 약간 힘을 주면 무척 시원했다.

그녀 자신도 의술을 업으로 삼은 사람이라 엄숙한 얼굴로 환자에게 이러지 말라, 저러지 말라 충고하지만, 막상 자신이 다치자 도저히 그 충고를 따를 수가 없었다.

그녀가 무척 편안해하자 백리명향은 참지 못하고 권했다.

"왕비마마, 날도 더우니 내일은 움직이지 마시고 엎드려 계시지요. 조금 기다렸다가 상처가 아물면 하고 싶은 대로 하실 수 있답니다."

등을 다친 바람에 붕대를 감으면 부피가 무척 커서 옷 입기가 곤란하고 움직이기도 불편했다. 상처를 너무 꽉 조여 두면

땀이 날 수밖에 없었다. 가장 좋은 방법은 이렇게 상의를 벗고 엎드려서 이따금 붕대를 풀어 바람을 쏘이는 것이었다. 그렇지만 그녀는 기어코 움직이는 것을 좋아해서 가만히 엎드려 있지 않았으니 회복이 더뎠다.

한운석은 대답하지 않고 계속 약을 바르라는 듯 손만 휘저었다. 그녀는 어떻게 소소옥을 심문해야 할지 골똘히 생각에 잠겼다. 그 어린 나이에 그렇게 고집이 세다니, 그래, 어디까지 고집을 부릴 수 있는지 두고 보자.

그때 용비야는 이미 누각 아래에 도착했고, 딱 마주친 조 할멈에게 조용히 하라는 손짓을 하고 있었다.

당리가 말하지 않았기 때문에 용비야는 아직 한운석이 화상 입은 것을 모르고 있었지만, 조 할멈은 그가 알고 있으리라 생각했다.

소리 없이 누각 위로 올라가는 진왕 전하를 보자 조 할멈은 이해가 가지 않았다.

왕비마마가 화상을 입으신 지 벌써 며칠째인데 이제야 돌아오신 것도 모자라, 저렇게 느릿느릿 올라가시다니 대체 어떻게 된 걸까?

전하의 성품으로 보아 벌써 불호령이 떨어져야 했는데.

그런데……, 그런데 왜 전하의 얼굴이 기뻐 보이지?

조 할멈은 아름다운 꿈을 꾸는 게 아닌가 의심스러웠다. 알다시피 왕비마마가 화상을 입은 후 왕래복과 소소옥이 벌을 받기는 했지만 하인들은 여전히 가슴을 졸이고 있었다. 진왕 전하가 돌아오는 순간 악몽이 시작되기 때문이었다.

조 할멈은 따라 올라가고 싶었지만 눈으로만 뒤쫓는 것이 고작이었다.

확실히 용비야는 일부러 발소리를 죽여 기척도 없이 층계를 올랐다. 그가 일을 마치고 돌아오자마자 곧장 운한각으로 온 것은 이번이 처음일 것이다.

한운석의 출신이 드디어 명확해졌다. 서진 황족의 핏줄이 맞았지만 그래도 그는 기분이 좋았다.

그는 이 진실이 두려웠던 것이 아니었다. 진실을 밝혀내지 못할까 봐, 일곱 귀족이 찾아왔는데도 진실을 확실히 파악하지 못할까 봐 두려웠던 것이다.

이제 모든 것이 명확해졌고, 여러 가지 일을 처리할 수 있게 되었다. 결심도 확고해졌다.

이 한밤중에 그녀를 만나 뭘 하려는 것인지는 사실 그 자신도 알지 못했지만, 어쨌든 돌아오자마자 이곳으로 왔다.

"아아……. 기분 좋아! 좀 더요!"

갑작스레 들려온 한운석의 넋이 쏙 빠진 목소리에 용비야는 우뚝 걸음을 멈췄다. 차갑고 잘생긴 얼굴도 순식간에 굳어졌다.

"너무 좋아요. 더 세게요, 어서! 아냐, 부족해. 좀 더 힘을 줘요……. 그래, 좀 더 세게……. 맞아요! 그렇게……. 아아……. 좋아!"

한운석은 연신 감탄을 내뱉었고 목소리는 점점 커졌다.

용비야는 얼굴뿐만 아니라 온몸이 딱딱하게 굳었다.

그 여자가 방에서 뭘 하고 있지? 저 외침소리는…… 무슨 의미지?

용비야는 눈을 가늘게 뜨고 발로 방문을 힘껏 걷어차서 열었다.

쾅……!

갑작스러운 굉음에 한운석과 백리명향은 화들짝 놀라 고개를 돌렸다. 두 사람 모두 무척 그리워하던 남자가 병풍을 돌아와 눈앞에 나타났다.

새까만 경장을 입고 먼 길을 달려온 듯한 그의 얼굴은 서릿발처럼 차가웠고 준수한 눈썹은 잔뜩 찌푸려져 있었다.

"전하?"

한운석은 무척 뜻밖이었다.

백리명향은 더욱더 뜻밖이었다. 놀란 나머지 손이 떨려, 그만 면봉으로 한운석의 상처를 푹 찌르고 말았다. 하필이면 이제 막 얇게 딱지가 앉은 곳이었다.

"아얏……!"

한운석이 비명을 질렀다. 이렇게 아플 수가! 상처에 소금을 뿌리는 것보다 더 지독한 아픔이었다! 그녀는 아픔을 못 참고 자지러졌다.

백리명향은 깜짝 놀라 허둥지둥 상처를 살폈다.

"왕비마마, 죄송해요! 일부러 그런 게 아니었어요."

용비야도 예상하지 못한 상황에 놀랐다. 이런 장면을 맞닥뜨릴 줄이야. 그런데, 한운석의 등이 어떻게 된 걸까?

쏜살같이 다가가 자세히 살펴본 그는 그제야 등의 참상을 발견했다. 그는 처음에는 어리둥절했지만 곧 노성을 터트렸다.

"어떻게 된 것이냐?"

듣기만 해도 소스라칠 듯 차가운 목소리에 백리명향은 심장이 철렁하고 손도 부들부들 떨렸지만, 한운석은 이미 익숙해져 있었다.

그녀는 숨을 들이 쉬어 통증을 완화한 다음 겨우 대답했다.

"소소옥이 저지른 일을 아직 모르세요, 전하?"

"소소옥?"

용비야는 알 수가 없었다.

그는 한운석의 상처를 뚫어지게 노려보았다. 보면 볼수록 눈에 거슬리는데 덜덜 떨리는 손으로 약을 바르는 백리명향을 보자 더는 참지 못하고 버럭 화를 냈다.

"비켜라!"

백리명향은 당장이라도 고개를 가슴에 파묻을 지경이었다. 모두 잊고 거리낌 없이 마주하자고 다짐했건만, 정말 이 남자 앞에 서자 아무래도 평소처럼 침착하고 태연할 수가 없었다. 씁쓸한 기분이 대책 없이 가슴속에 치밀어 올랐다.

그녀는 묵묵히 일어나 옆으로 물러났다.

"소소옥이……."

한운석이 고개를 돌리며 해명하려는데 용비야가 사납게 외쳤다.

"입 다물고 가만히 엎드려라!"

한운석마저 깜짝 놀라 입을 다물고 머리를 묻은 채 꼼짝도 하지 못했다.

그녀의 상처를 자세히 살핀 용비야는 화상을 입었는데 며칠이 지났지만 아직도 낫지 않았다는 것을 알아차렸다.

빌어먹을, 이렇게 중요한 일을 보고하지 않았다니. 당리 그 녀석이 당문으로 쫓겨나고 싶은 건가?

"이 약이냐?"

용비야가 백리명향에게 물었다.

"예."

백리명향은 고개조차 들지 못했다.

"며칠을 발랐는데도 차도가 없다니, 어떤 돌팔이가 지은 약이냐?"

용비야가 또다시 화난 목소리로 물었다.

그는 완전히 분노에 휩싸여 건드리기만 하면 폭발할 것 같은 상태였다. 백리명향은 말할 것도 없고 한운석조차 이렇게 침착하지 못한 진왕 전하를 본 적이 없었다.

한운석은 고분고분 엎드린 채 아무 소리도 내지 않았다. 상처가 아프긴 했지만 가슴 속에서는 달콤한 기분이 사르르 퍼져 나갔다.

아아, 어쩌지. 갈수록 이 인간이 화내는 모습이 좋아지는 걸.

왕비마마가 미적미적 대답이 없자 백리명향은 별수 없이 눈 딱 감고 대답했다.

"전하, 그 약은…… 왕비마마께서 직접 만드셨습니다."

한운석은 이불 속에 머리를 파묻은 채 혼자 킥킥거렸다.

"다른 약은 없느냐?"

용비야가 언짢은 목소리로 물었다.

그제야 한운석이 대답했다.

"그 약이 제일 좋은 거예요. 날씨가 더워서 회복이 느린 걸 어떡해요."

사실은 환자가 자꾸 움직이고 땀을 내는 통에 그렇게 된 건데! 백리명향은 진실을 알고 있었지만 감히 입을 놀릴 수가 없었다.

용비야는 캐묻지 않고 차가운 얼굴을 굳혔다. 머리부터 발끝까지, 온몸에서 아무도 다가오지 못하게 하는 분위기를 풀풀 풍겼지만, 그의 손동작은 물처럼 부드러웠다.

그는 면봉을 쓰지 않고 손가락으로 약을 찍어 한운석의 상처에 가볍게 펴 발랐다. 몹시도 가볍고, 부드럽고, 세심한 그 동작은 꼭 보호하는 것 같기도 하고 애무하는 것 같기도 했다.

백리명향이 면봉으로 해 주던 것과는 비교도 할 수 없는 시원함이요, 뼛속까지, 심장 속까지 스며드는 편안함이었다.

한운석은 싸늘한 생사로 만든 이불에 엎드려 몸과 마음에 긴장을 완전히 풀었다. 등 전체를 이 남자에게 맡긴 채 그가 영원히 멈추지 않기를, 이대로 계속 살며시 쓰다듬어 주기를 바랐다.

백리명향은 언제부턴가 살그머니 고개를 들고 그 모습을 바라보았다. 진왕 전하의 찌푸린 양미간과 내리뜬 눈꺼풀, 그리고 언제나 검을 쥐던 손이 부드럽게 움직이는 모습을 보자 그녀도 비로소 알 수 있었다. 이제 보니 저 남자도 여자의 상처를 마음 아파할 때가 있다는 것을. 그럴 때 저 남자의 표정이 저렇다는 것을.

그 광경을 지켜보는 그녀 역시…… 무척 마음이 아팠다!

용비야는 어려서부터 무예를 익혔고 수많은 자객을 상대했다. 중독만 아니라면 몸에 난 각종 상처를 치료하는 것은 그에게는 흔하디흔한 일이었다.

짓무른 한운석의 상처 두 곳을 모두 처리하자 이제 백리명향이 찔러 찢어진 부분만 남았다.

그는 그 부분을 자세히 들여다보며 미간을 잔뜩 주름을 그렸다. 상처에서 진물이 나는 것을 보니 상태가 가볍지 않은 게 분명했다.

이런 상태에 약을 바르면 분명 찌르는 듯이 아프겠지만, 그래도 반드시 약을 발라야 했다.

용비야는 망설이면서 차가운 눈으로 백리명향을 흘낏 바라보았다. 말은 하지 않았지만 그 눈빛만으로도 백리명향의 가슴이 찢어졌다.

그녀는 입술을 꽉 깨물고 조용히 꿇어앉았다.

"왕비마마를 다치게 했으니 소인은 죽어 마땅합니다!"

용비야는 그녀를 자세히 쳐다보지도 않았지만 한운석이 고개를 돌렸다.

"명향, 뭐하는 거예요? 일어나요!"

뜻밖에도 용비야가 커다란 손을 내밀어 그녀의 머리를 본래

대로 돌려놓더니 불쾌한 목소리로 말했다.

"함부로 움직이지 마라!"

그는 백리명향에게 차갑게 명령했다.

"물러가도록!"

백리명향은 조용히 물러갔다. 한운석은 용비야의 손에 머리를 눌려 움직일 수도 없고 말하는 것조차 힘들었다. 이 인간이 계속 이러면 숨 쉬기도 어려워질 것이다.

하지만 용비야는 곧 손을 떼고 담담하게 말했다.

"아플 것이다. 아프면 참지 말고 소리를 질러라."

한운석은 신선한 공기를 마시느라 그 말에 신경 쓰지 않았다. 아픔 같은 것이야 조금 전처럼 너무 갑작스럽지만 않으면 참을 수 있었다.

백리명향은 이미 문가에 와 있었다. 막 밖으로 나가 문을 닫으려는데 그 말이 들려오자 그녀는 무척 감동했다.

남자들은 누군가를 달랠 때면 늘 '아파도 조금만 참으라'거나 '아플 테지만 울지 말라'고 했다.

그런데 진왕 전하가 한 말은 '아프면 참지 말라'였다.

백리명향은 저런 말을 들으면 아무리 위중한 상처라도 아프지 않을 것이라고 생각했다.

당신이 내게 다가오는 건가요

끼익…….

방문이 천천히 닫혔다.

문 하나를 사이에 둔 백리명향은 마치 그들의 세상에서 나와 자신의 세상으로 돌아온 기분이었다.

고독함이 스멀스멀 솟아오르고, 온 세상에 혼자 남은 기분이 들었다.

진왕 전의 부드러운 목소리가 아직도 귓가에 감돌았다.

'아플 것이다. 아프면 참지 말고 소리를 질러라.'

슬프고 아프고 아무 도움도 받지 못할 때 '울지 마. 내가 있어'라고 하는 남자가 있다.

이건 위로에 불과했다.

'울어. 내가 있어'라고 하는 남자도 있다.

이건 의지가 되는 말이었다.

힘 있는 남자는 언제나 인내심을 발휘하며 다정하게 지켜 주고, 여자가 마음껏 소동 피우고 마음껏 울 수 있게 해 준다. 힘 없는 남자는 여자가 우는 것을 보면 짜증 낼 뿐이다.

하지만……, 하지만 백리명향은 짜증 내는 남자조차 만나 본 적이 없었다.

독이 발작하던 나날 겪었던 통증은 어느 하나 할 것 없이 저

홧홧한 화상의 통증 못지않았다. 하지만 그녀는 울음조차 함부로 터트리지 못해 줄곧 웃으며 버텼다.

이것이 그녀의 숙명일까?

방문에 기대 서자 어렴풋하게 방 안의 대화소리가 들려왔다. 백리명향은 좀 더 있고 싶었지만 모질게 마음먹고 성큼성큼 그곳을 떠났다.

그리고 마음을 접어야 한다고 자신을 다독였다. 보지 않고, 듣지 않으면 이 마음을 접을 수 있을까?

백리명향은 너무 긴장하고 너무 실의에 빠진 나머지, 왕비마마의 허리에 있는 모반에 관해서는 까맣게 잊고 말았다.

수백수천 가닥으로 얽히고설키는 그녀의 마음을, 방 안에 있는 사람들은 전혀 알지 못했다. 혼자만의 마음이란 대부분 이런 것이었다.

방 안에서는 용비야가 찢어진 한운석의 상처를 보며 눈썹을 잔뜩 찌푸린 채 여태 약을 바르지 못하고 있었다.

한운석은 기다리고 기다렸지만 아무래도 통증이 느껴지지 않자 의아한 듯 그를 돌아보았다.

"전하, 왜 그러세요?"

"가만있어라!"

용비야가 차갑게 명령했다.

한운석은 도무지 영문을 알 수 없었다. 이 인간은 꾸물거릴 사람이 아닌데, 약 바르는 걸 왜 이렇게 꾸물대지?

사실 용비야의 손가락은 이미 약을 묻힌 채 한참 동안 상처

부근에서 왔다 갔다 하는 중이었는데, 한운석이 보지 못했을 뿐이었다.

그녀 자신은 아무렇지 않은데, 오히려 그는 그녀가 아플까 봐 어떻게 발라야 통증을 줄일 수 있을지 고민하고 있었다.

한참이 지나자 한운석은 참지 못하고 슬그머니 돌아보았다. 착 가라앉은 용비야의 얼굴은 진지하기 짝이 없었다.

여자는 진지할 때 가장 아름답다지만, 사실 진지할 때 가장 멋진 것은 남자였다. 한운석은 넋을 놓고 멍하니 그를 바라보다가 저도 모르게 중얼중얼 불렀다.

"전하……."

깊은 밤, 고요한 달. 높은 침상과 푹신한 베개 위로 드리워진 부용장芙蓉帳(부용꽃으로 염색한 휘장). 허리까지 흘러내린 새까만 머리카락, 노을같이 고운 등, 그리고 물씬한 봄빛을 반쯤 가린 두두.

수줍으면서도 활짝 피어날 것 같은 아름다운 몸매에 속삭이는 목소리까지 어우러지자 혼을 쏙 빼놓을 만큼 매혹적이라는 사실을, 한운석 자신은 알아차리지도 못했다.

하지만 용비야의 신경은 온통 상처에만 쏠려 있어 반응이 없었다. 그는 눈길도 주지 않고 시종일관 상처만 바라보다가 한 번 더 말했다.

"아플 것이다."

또 그의 모습에 넋이 나간 한운석은 뭐라고 하는지 알아듣지도 못했다. 말수가 적으면 어때. 어쨌든 그녀는 그의 얼굴만 보면 충분했다.

용비야는 그녀가 색녀처럼 쳐다보는 것도 모른 채 중대한 정책이라도 정하는 것처럼 신중하게 살핀 뒤에야 비로소 손가락으로 살짝 문지르며 상처에 약을 발랐다.

뜻밖에도 한운석은 즉시 찬 숨을 들이쉬더니 이를 악물고 온몸을 잔뜩 움츠렸다.

보지 못했으니 백리명향이 찌른 상처가 어떤 꼴이 되었는지 모르는 게 당연했다. 약간 따끔할 줄 알았는데 단순히 따끔한 정도가 아니었다. 차가운 약을 발랐는데도 시원한 느낌은커녕 상처에 불이 난 것 같았다!

용비야는 더욱더 눈썹을 찌푸리며 양손으로 한운석의 허리를 감싸안았다.

"움직이지 마라, 불어 주마."

그러자 한운석은 정말 움직일 수 없게 되었다. 움직일 수 없을 뿐 아니라 온몸이 점점 뻣뻣해졌다.

용비야의 따스한 손바닥이 그녀의 가녀린 허리에 딱 붙었고, 사이를 가로막는 것이 없어 거친 손바닥이 보드라운 피부를 단단히 움켜쥐었다. 거친 것과 보드라운 것이 만나고, 따스한 것과 차가운 것이 만나자 마치 벼락을 맞은 것 같았다. 말로 표현할 수 없는 찌르르한 감각이 온몸으로 퍼져 한운석은 참지 못하고 몸을 떨었다.

그제야 그녀는 자신이 상의를 벗고 두두만 걸친 채 이 남자 앞에 등을 고스란히 드러내고 있다는 사실이 떠올랐다.

세상에, 어떻게 이런 일이!

한운석의 온몸에 닭살이 돋자, 용비야는 통증이 견디기 힘들어 그러는 줄 알고 그녀의 등에 거의 닿을 만큼 몸을 숙여 상처에 가만가만 바람을 불었다.

"조금 아프고 나면 나아질 것이다. 괜찮다."

정말이지 귀가 빨개지고 심장이 달음질치게 만드는 장면이었다! 꼬맹이가 또 몰래 빠져나가 고북월의 사저에 가 있었기 망정이지, 안 그랬다면 분명히 이 장면에 놀라 대들보에서 굴러떨어졌을 것이다.

이처럼 농밀한 장면을 남에게 보여 주기엔 아무래도 부적절했다!

용비야의 뜨거운 숨결이 상처 주위에 가볍게 뿌려지자 마치 보이지 않는 손이 그녀의 피부를 살며시 만지며 부추기는 것 같았다. 흔들리는 촛불, 희미한 등불 아래에서 눈송이처럼 차갑던 피부는 어느샌가 노을처럼 발갛게 달아올랐다.

한운석은 아픔을 느낄 수도 없었다. 머리가 텅 빈 기분이었다.

그의 숨결은 더할 나위 없이 가볍고 부드러웠지만 한운석은 더는 견딜 수가 없었다.

"전하, 그만……."

한운석은 울고 싶을 지경이었다.

그렇지만 용비야의 신경은 온통 상처에만 쏠려 있었다. 이 순간 한운석이 그를 봤다면, 분명히 그의 눈동자에 담긴 안타까움을 알아차렸을 것이다.

그는 한참 바람을 불어 준 다음 더없이 진지하게 물었다.

"조금 나아졌느냐?"

"네."

한운석은 이불에 얼굴을 파묻은 채 꽉 막힌 소리로 대답했다.

아무것도 볼 수 없었지만, 그가 몸을 일으켜 자신에게서 조금 떨어지는 것을 느끼자 그녀는 속으로 안도의 숨을 내쉬었다. 곧이어 허리를 잡은 손도 떨어졌다.

마침내, 뻣뻣해졌던 한운석의 몸에서 긴장이 풀렸다.

그런데 누가 짐작이나 했을까? 놀랍게도 용비야가 그녀의 고운 등을 살며시 쓰다듬었고, 부드러운 손가락이 상처 주변을 헤엄쳤다. 애무하듯 부드럽고도 섬세하고, 희롱하듯 느껴질락 말락 하는 손길이었다.

사실은 애무도 아니고 희롱도 아니었다. 그저 안타까움이었다.

그는 준수한 양미간에 안타까움을 잔뜩 묻힌 채 담담하게 말했다.

"다 발랐다. 싸매야 하느냐?"

그는 종종 자신의 몸에 난 상처를 처치했는데, 대부분 약을 바르고 피가 흐르거나 감염되지 않게 싸매는 작업으로 아무렇게나 처리했다. 그렇지만 나긋나긋한 한운석의 피부를 보자 차마 그렇게 할 수는 없었다.

한운석은 숨결이 가빠진 채 나지막하게 말했다.

"전하, 치료하기가 무척 복잡하니 아무래도 명향을 부르는 게 좋겠어요. 명향이 잘 알아요."

"됐다. 본 왕이 배우겠다."

용비야가 담담하게 말했다.

"아주 복잡한데……."

한운석은 몹시 곤란했다.

"어떻게 복잡하지?"

용비야가 참을성 있게 물었다.

한운석은 우울해졌다. 이 상처는 확실히 처치하기가 복잡했다.

사실 가장 좋은 방법은 싸매지 않는 것이었다. 지금 바른 약은 상처에 딱지가 생기는 것을 촉진하기 위한 것이었다. 약을 바른 다음 이렇게 밖에 내놓으면 상처가 자연스레 마르면서 피부가 새로 자라나는 환경을 만들어 주므로, 한 사나흘 엎드려 있으면 상처에 딱지가 앉을 것이다.

전에는 가만히 엎드려 있을 수가 없어 상처를 싸매라고 했던 건데, 아무래도 등의 상처를 싸매기란 다른 상처보다 성가신 편이었다.

한운석은 진퇴양난에 빠졌다!

싸매지 않아도 된다고 말하면, 이 인간은 틀림없이 앞으로 며칠간 그녀가 가만히 누워 있는지 감시할 것이다.

그렇다고 그에게 상처를 싸매게 하자니, 다친 곳이 등이어서 상처를 싸매려면 앞쪽까지 붕대를 감아야 했다.

같은 여자지만 백리명향이 싸매 줄 때도 무척 부끄럽고 어색해했던 한운석이었다!

그런데 지금은…….

고민에 고민을 거듭하던 한운석은 무척 진지한 목소리로 말했다.

"전하, 제가 싸매겠어요."

그렇게 말하며 일어나려 했지만, 용비야가 또다시 손으로 머리를 눌렀다. 무척 힘이 들어간 것처럼 보이지만 사실은 아주 부드러운 동작이었다.

"본 왕이 할 수 있다!"

"전하, 너무 바짝 당겨 싸매면 상처가 덧나고 너무 느슨하게 싸매면 고정되지 않으니 제가 하는 것이 나아요. 힘 조절 하기 쉬우니까요."

한운석이 황급히 설명했다.

용비야는 여전히 한 손으로 그녀의 머리를 이불 위에 바짝 붙여 누른 채 불쾌한 듯 경고했다.

"한 번만 더 움직이면 가만두지 않겠다!"

울고 싶어도 울지도 못하는 한운석은 참지 못하고 투덜거렸다.

"바보, 움직이지 않고 무슨 수로 상처를 싸맨다는 거야."

용비야는 목소리를 들었지만 정확히 뭐라고 했는지 듣지 못해 그녀를 놓아주며 물었다.

"뭐라고 했느냐?"

"아니에요……."

한운석이 하소연하듯이 대답했다.

용비야는 경고하는 것을 잊지 않았다.

"움직이지 마라!"

한운석은 벌이라도 받는 양 이를 악물고 잔뜩 긴장했다.

용비야는 네모진 하얀 천을 비스듬히 잘라 삼각건으로 만든 뒤 그녀의 등에 대보고 상처에 닿는 부분 두 곳에 약을 조금 발랐다.

그런 다음 말했다.

"일어나 앉아라."

삼각건 붕대법을 쓸 모양이었다. 전문 의료 요원도 아니면서 상처 처리는 상당히 전문적이었다. 한운석의 상처는 등에 있고 부위도 넓어 싸매려면 삼각건 붕대법을 쓸 수밖에 없었다.

평소라면 의외의 전문성에 놀랐을 한운석이지만, 지금은 마음이 어지럽고 긴장해서 그런 것까지 생각할 틈이 없었다.

얄따란 생사 두두로 뭘 가릴 수 있을까?

등을 훤히 드러낸 건 뭐 어쩔 수 없지만, 이제는······.

용비야, 정말 이래도 되는 거야?

한운석은 꾸물거리며 온갖 잡념에 빠져 있었지만 용비야는 무척이나 엄숙하고 진지했다. 천을 준비했는데도 한운석이 움직이지 않자 그가 물었다.

"아직 아프냐?"

한운석은 그래도 움직이지 않았고 숫제 그를 쳐다볼 용기조차 내지 못했다.

이를 본 용비야는 더욱더 마음이 아파 그녀에게로 몸을 숙이며 부드럽게 물었다.

"아직 아프구나?"

그제야 비로소 이 남자의 눈동자에 가득 담긴 안타까움을 알아차린 한운석은 허겁지겁 고개를 저었다.

"그럼 일어나 앉아야 상처를 싸맬 수 있다."

한운석은 눈을 찡그린 채 그를 바라보며 어쩔 줄 몰라 했다.

곤란해하는 그녀의 표정이 용비야가 볼 때는 애교의 표현이었다.

여자가 감히 그의 눈앞에서 애교를 부리는 건 이번이 처음이었다. 이 여자가 그의 눈앞에서 애교를 부리는 것 역시 처음이었다.

용비야의 입가에는 자신조차 알아차리지 못한 웃음이 피어올랐다. 다소 어이없으면서도 사랑스러워하는 웃음이었다.

"착하지. 내가 일으켜 주마."

저 목소리라니. 저 목소리를 들은 한운석의 심장은 그 자리에서 녹아 물이 될 지경이었다.

분명히 제자리에서 꼼짝하지 않고 있는데 왜……, 왜 갑자기 저 남자와 내가 전처럼 멀리 떨어져 있지 않은 느낌이 들지? 갑자기 확 가까워진 것 같잖아!

전하, 전하께서 내게 다가오시는 건가요?

반년 간, 그가 아무리 가까이 다가와도 이런 느낌은 받아 본 적 없었다. 이번이 처음이었다.

한운석은 도무지 믿기지 않았다.

용비야가 정말 자신을 안아 일으켰을 때에야 비로소 정신이
든 그녀는 당황한 나머지 허둥지둥 일어나 이불을 잡아당겨 몸
을 가리면서 촉촉한 눈동자를 휘둥그레 크게 떴다. 놀람과 당황
함과 수줍음, 그리고 조금은 책망하는 빛이 담긴 눈동자였다.

엎드려 있는 것도 민망한데 일어나 앉는 건 더더욱 민망해
죽을 것 같은 그녀의 마음을, 용비야는 전혀 몰랐다.

보고도 못 본 척이라니, 정말 바보인 거야, 아니면 바보인 척
하는 거야? 아니면, 정말 나쁜 남자인 걸지도!

너는 본 왕의 왕비다

생사로 만든 적포도주색 두두는 눈부시게 아름다운 늘씬한 몸매를 가리지 못했다!

비록 아주 잠깐이었지만, 용비야에게는 말로 표현할 수 없는 자극적인 장면이었다.

한운석이 벌써 이불을 당겨 봄이 무르익은 몸을 가렸지만, 그의 시선은 내내 그녀의 몸에 머물러 있었다.

뭘 보는 거야!

한운석은 입술을 깨물며 수줍은 듯 그를 흘겼지만 용비야는 알아차리지도 못했다. 자신이 이렇게 멍청하게 구는 날이 올 줄이야.

들어온 지 한참 됐고 몸에 약을 발라 주기까지 했지만, 여태껏 그녀가 옷을 벗고 있다는 사실을 인지하지 못했던 것이다.

두 사람은 침묵한 채 서로 마주 보았고, 사위는 아무 소리도 없이 고요했다.

용비야의 시선이 금세 무례해지더니 한운석의 얼굴에서부터 서서히 아래로 내려갔다.

이를 깨달은 한운석은 고운 눈썹을 더욱 찌푸리며 그를 노려보았지만, 용비야는 여전히 알아차리지 못했다. 당황한 것은 아주 잠깐이었을 뿐, 그의 깊은 눈동자는 점점 더 깊어져 마치 사냥감을 살피듯 거리낌 없이 그녀를 훑었다.

야릇함의 씨앗이 어느새 공기 속에 뿌리를 내렸다.

타오르는 듯 뜨거운 눈빛 아래 한운석의 심장은 고삐가 풀린 듯 마구 속도를 높여 쿵쿵거렸다. 그녀는 갈수록 그를 마주볼 용기가 없어져 차츰차츰 고개를 숙였다.

생사로 만든 이불은 차가웠지만 온몸이 뜨겁게 타올랐다.

영리하고 눈치 빠른 그녀는 언제나 자신을 잘 다스리고 남들 속을 훤히 들여다보았지만, 이 순간은 통제력을 잃어버린 것 같았다. 지금 그녀에게는 과거도 없고 미래도 없었다. 오로지 지금 이 순간뿐이었다. 그녀는 어떻게 해야 할지 몰라 갈팡질팡했고 다음 순간 무슨 일이 벌어질지 차마 상상할 수도 없었다.

그렇지만 그녀 앞에 있는 이 남자는 모든 것을 통제할 수 있었다.

충분히 봤기 때문인지 어떤지 몰라도, 놀랍게도 그는 침착하게 삼각건을 들며 태연한 목소리로 말했다.

"똑바로 앉아라."

한운석은 직접 할 수 있으니 나가 달라고 말하고 싶었다. 하지만 무엇 때문인지 자꾸만 머뭇거리며 말이 나오지 않았다.

"똑바로 앉아라."

조금 전보다 훨씬 엄숙해진 듯한 목소리였다.

한운석은 이불 속에 웅크린 채 그를 바라보며 움직이지 않았다.

삼각건 붕대법은 반드시 모서리를 몸 앞으로 돌려 앞에서 매듭을 지어야 했다.

즉, 두두는 장애물이었다. 반드시 두두 밑으로 묶어야만 튼튼하게 싸맬 수 있었다.

이 인간은 상처를 싸매려는 건지, 희롱을 하겠다는 건지!

마침내 그녀가 입을 열고 담담하게 말했다.

"전하, 우선 비켜 주시지요. 신첩이 하겠어요."

용비야가 즉시 반문했다.

"어째서?"

어째서?

그걸 질문이라고!

부부라고는 해도 지금껏 부부답게 지내지도 않았고 선을 넘은 적도 없었다. 서로의 미묘한 관계는 두 사람 다 말하지 않아도 속으로 잘 알고 있었다.

적어도 이렇게 아무렇지도 않게 몸을 드러낼 사이는 아니었다.

한운석은 용비야가 이런 상황에서도 어쩜 저렇게 태연하고 자연스러운지 도무지 알 수가 없었다.

날 어떻게 생각하는 거람! 내가 그렇게 쉬운 사람 같아?

"불편하니까요. 아무래도…… 남녀가 유별하잖아요."

한운석이 진지하게 말했다.

용비야의 대답은 뜻밖이었다.

"너는 본 왕의 왕비다. 유별할 남녀가 어디 있다는 말이냐?"

한운석은 멍해져 일순 뭐라고 반박해야 할지 몰랐다.

"그……, 그게……."

엄숙한 표정의 용비야를 바라보고 있자니, 문득 반항할 수도 없을 만큼 철저히 농락당한 기분이 들었다.

이건 아니야. 우린 이런 사이가 아니잖아!

하지만 두 사람이 어떤 사이인지, 그녀 자신도 명확히 말할 수가 없었다.

그녀는 저도 모르는 사이 그를 좋아하게 되었고, 그는 차츰 차츰 그녀를 아끼게 되었다. 두 사람은 그렇게 한 걸음 한 걸음 걸어왔지, 지금껏 뭔가 고백한 적도, 약속한 적도 없었다.

심지어 서로의 마음을 솔직하게 확인한 적도 없었다.

그런데 어째서 갑자기…….

곤란하고 억울하고 멍해진 한운석을 보면서, 용비야의 입꼬리가 살짝 올라가며 어이없는 웃음을 떠올렸다. 사실 그는 연약하고 어쩔 줄 모르는 이 여자의 모습이 무척 마음에 들었다.

용비야의 웃음에 한운석은 마침내 화를 냈다.

"용비야, 놀리지 말아요!"

이 여자는 정말 화가 나야만 이렇게 대담하게 그의 이름을 불렀다.

유일하게 그녀에게만 허락된 대담함이었다.

용비야는 진지하게 말했다.

"똑바로 앉아라. 상처를 싸매야 한다."

한운석은 이불을 바짝 당기며 여전히 씩씩거렸다.

"나가요. 내 손으로 할 테니!"

용비야는 말없이 이불을 살짝 잡아당겼다. 한운석이 즉시 그의 손을 잡아 누르자 용비야는 움직이지 않았다. 두 사람은 다시 침묵에 빠졌다.

한참 후, 용비야가 천천히 손을 잡아 빼고 일어나 태연하게 말했다.

"문 앞에 있겠다. 도움이 필요하면 불러라."

한운석은 안심해야 마땅했지만, 무엇 때문인지 쓸쓸한 용비야의 뒷모습을 보자 안심하기는커녕 도리어 마음이 무거워졌다.

문을 나서려는 그를 보자 그녀가 급히 불렀다.

"저기……."

용비야가 돌아보며 진지하게 말했다.

"상처를 건드릴 수도 있으니 백리명향을 불러 도와주라고 하마."

한운석은 그를 한참 보다가 조용히 말했다.

"당신이 도와줘요."

용비야는 하마터면 웃음을 터트릴 뻔했지만 꾹 참고 무표정한 얼굴로 다가왔다. 그가 자리에 앉자 한운석은 돌아앉으며 이불을 놓았다.

두두 한 장으로 얼마나 가릴 수 있을까?

제어할 수 있다고 생각했지만, 보드랍고 향기롭고 따스한 살결이 눈앞에 나타나자 곧 용비야의 호흡이 거칠어졌다. 그의 눈동자는 한운석의 고운 어깨 위에 못 박힌 채 점점 깊어졌다.

"전하, 천을 주세요."

한운석이 차분하게 말했다.

용비야는 그제야 정신이 들어 조심조심 삼각건으로 등의 상처를 덮고 끝자락을 앞으로 넘겼다. 한운석은 모서리를 잡아 조용히 제 손으로 묶기 시작했고 작업은 금세 끝났다.

"전하, 신첩의 옷은 오른쪽에 있어요. 좀 가져다주시겠어요?"

그녀가 차분하게 말했다.

용비야는 옷을 가져와 걸쳐 주더니, 놀랍게도 뒤에서 살며시 껴안으며 턱을 그녀의 어깨에 올렸다. 한운석은 움찔 놀랐다. 마침내 이 남자가 이상한 것을 깨달았지만 대체 어디가 이상한지 설명할 길이 없었다.

"한운석……."

그가 가만히 불렀다.

"네……."

그녀도 가만히 대답했다.

그렇지만 그도 할 말은 없었다. 그는 상처를 건드리지 않는 자세로 한동안 그녀를 안고 있다가 놓아주었다.

영문을 모르는 한운석이 무슨 일이냐고 물으려는데 그는 이미 평소 모습으로 돌아와 진지하게 물었다.

"어떻게 된 것이냐? 소소옥은 또 무슨 일이냐?"

하긴, 이 일이 더 중요했다!

한운석은 몸을 틀어 자세를 좀 더 편안하게 한 다음 소소옥의 일을 간략하지만 빼놓지 않고 이야기해 주었다. 들을수록 용비야의 얼굴이 점점 일그러졌다.

빌어먹을 당리. 진왕부에 그렇게 큰 사건이 벌어졌는데 감히 속이다니.

물론 용비야는 그 자리에서 분통을 터트리지는 않았다. 그는 한운석을 편안하게 엎드리게 해 준 뒤 누각에서 내려왔다. 올라갈 때 좋은 기분이었던 것과는 달리, 내려오는 용비야는 온몸에서 분노를 쏟아 내고 있었다.

그와 마주친 조 할멈은 놀라 황급히 뒷걸음질 쳤는데, 때마침 막 소소옥 사건을 알게 된 초서풍이 달려왔다.

"제 불찰입니다. 부디 벌을 내려 주십시오, 전하!"

초서풍은 문 앞에 무릎을 꿇었다.

"일을 어떻게 하는 것이냐? 열 살도 못 된 아이 하나 걸러 내지 못하다니?"

용비야가 꾸짖었다.

한운석도 옷을 입고 쫓아 내려왔지만 층계참에 서서 아무 소리도 내지 않았다.

"죽어 마땅합니다!"

초서풍은 고개조차 들지 못했다. 왕비마마가 소소옥 때문에 다쳤다는 소식을 듣자마자 그는 끝장이라는 것을 알았다. 사람을 시켜 소소옥의 내력을 조사한 사람이 바로 그였으니까.

"닷새 말미를 주겠다. 배후 주모자를 찾지 못하면 알아서 해라! 그리고 하인들은 모조리 쫓아내고 당장 고원에 있는 사람들로 대체해라!"

용비야가 차갑게 말했다.

이 말을 들은 조 할멈은 몹시 초조해져 황급히 무릎을 꿇었다.

"전하, 은혜를 베풀어 주십시오! 이 늙은이는……."

말이 채 끝나기도 전에 불호령이 떨어졌다.

"조 할멈, 그 오랜 시간 궁에서 헛살았느냐? 그만큼 나이를 먹고도 어린 계집아이 하나 다루지 못하는 것이냐?"

조 할멈은 오들오들 떨며 아무 대답도 하지 못했다. 사람을 잘못 본 것은 사실이었다.

"초서풍, 뭘 멍하니 있느냐?"

용비야가 질책했다.

조 할멈의 애원하는 눈빛을 본 초서풍은 어떻게든 돕고 싶었지만, 자신을 지킬 힘도 없었다.

그럴 때 한운석이 입을 열었다.

"전하, 신첩에게……."

애석하게도 그녀가 뭐라고 권하기도 전에 용비야가 차갑게 내뱉었다.

"애초에 하인들을 모조리 바꾸었다면 그렇게까지 다치지도 않았을 것이다!"

진왕부에 첩자가 숨어들다니? 진왕부 사람이 매수를 당하다니? 어떻게 그런 일이?

용비야에게는 치욕이라 할 만했다.

사실이 그러니 한운석도 반박할 말이 없었다. 할 수 있는 것은 부탁뿐이었다.

"전하, 그게……."

그렇지만 말을 꺼내기도 전에 용비야가 딱 잘랐다.

"이 문제에 협상은 없다."

옆에서 보던 조 할멈과 초서풍은 절망했다. 왕비마마도 도와줄 수 없다면 그들의 앞길은 비극일 수밖에 없었다.

그런데 웬걸, 모두가 깜짝 놀랄 장면이 벌어졌다.

뜻밖에도 한운석이 앞으로 다가와 용비야의 손을 잡은 것이었다. 아무 말도 하지 않았지만, 그 동작 하나에 용비야는 그녀를 돌아보며 그 입에서 나올 말을 기다렸다.

저걸 뭐라고 해야 하지?

애교? 미인계?

애교든 미인계든, 어쨌든 효과가 있었다!

서로를 흘낏 바라보는 조 할멈과 초서풍의 눈에는 희망에 가득 차 있었다.

"전하, 신첩은 왕래복과 소소옥을 잡아내면서 무고한 사람에게는 피해를 입히지 않겠다고 공개적으로 약속했어요. 전하께서 그렇게 하시면 신첩이…… 하인들의 믿음을 저버리는 셈이잖아요?"

한운석이 억울한 목소리로 말했다.

이렇게 되자 반대로 용비야가 할 말이 없어졌다.

한운석은 틈을 놓치지 않고 그에게 물러날 길을 마련해 주었다.

"전하, 신첩에게 한 번만 더 기회를 주세요. 신첩이 왕부의 아래위, 안팎을 깨끗이 정리해 놓을게요."

즉 스스로 책임을 지겠다는 뜻이었다. 누가 뭐래도 그녀는 왕부의 여주인이고 이곳 하인들은 모두 그녀 관할이었다.

조 할멈이 나이가 많아 어린 계집아이 하나쯤 능히 다룰 수 있어야 한다면, 그녀같이 영리한 사람 역시 이렇게 쉽게 당해서는 안 될 일이었다.

한운석은 그렇게 말하면서 용비야의 손을 살랑살랑 흔들었다.

그 말이 용비야를 양보하게 만든 것인지, 애교 섞인 동작이 용비야를 타협하게 만든 것인지는 알 수 없었다.

어쨌든 용비야는 그녀의 손을 잡아 함부로 움직이지 못하게 하면서 차갑게 말했다.

"이번이 마지막이다!"

한운석은 무척 기뻐하며 즉시 초서풍과 조 할멈에게 눈짓했다. 두 사람도 기쁨을 이기지 못하며 허둥지둥 은혜에 감사를 올렸다.

하인들은 위기에서 벗어났지만, 초서풍은 배후 주모자를 밝혀낼 수 있을지 모르는 상황이었다. 물론 가장 참담한 사람은 당리였다.

용비야는 비밀리에 초서풍을 시켜 당리더러 계속 유각을 지키며 그의 명령 없이 한 발짝이라도 벗어나면 뒷감당을 해야 할 것이라고 전했다.

당리는 극도로 우울해진 나머지 당문으로 돌아가 아내를 맞이하고 자식을 낳으며 살까하는 생각까지 했지만, 다행히 초서풍이 말렸다.

초서풍은 이렇게 권했다.

"당 소주, 돌아가서 처자식을 만든다고 해서 전하께서 용서하실 것 같습니까?"

당리는 곧장 침묵에 빠져들었고, 초서풍이 재촉하지 않아도 묵묵히 알아서 유각으로 돌아갔다.

날이 거의 밝았지만 용비야는 소소옥에게 가지 않고 한운석과 함께 정원에서 차를 끓였다.

소소옥 문제는 그녀가 손아귀에 있는 한 밝혀내지 못할까 봐 걱정할 필요는 없었다. 잠시 기다렸다가 초서풍의 조사 결과가 나오면 다시 생각해 볼 참이었다.

그에게는 아직 한운석에게 알려야 할 일이 하나 더 있었다.

분노, 배상 받으러 가겠어요

여름날 아침은 공기가 유난히 맑고 기온도 적당해 무척 편안하고 상쾌했다.

용비야와 한운석은 막 차를 다 끓이자 백리명향과 조 할멈이 간식을 가져왔다.

백리명향도 이제 차분함을 되찾아 왕비마마의 모반 문제를 떠올렸다. 그녀는 일부러 간식을 진왕 전하 앞에 내려놓았지만, 진왕 전하는 차를 따르기만 하고 그녀에겐 눈길도 주지 않았다.

그녀는 잠시 망설이다 몸을 살짝 숙이며 말했다.

"왕비마마, 제 잘못입니다."

"별거 아니에요. 약을 발랐으니 며칠 지나면 나을 거예요."

한운석은 원한은 꼭 기억하는 사람이지만 결코 꼬치꼬치 따지는 걸 좋아하지는 않았다.

"감사합니다, 왕비마마."

백리명향은 감사 인사를 한 다음 한마디 덧붙였다.

"왕비마마, 지금까지 약을 네 번 발라드렸는데 그래도 낫지 않으면 약을 바꾸는 것이 좋을 것 같습니다."

"알았어요. 물러가도 좋아요."

한운석은 이런 이야기를 길게 하고 싶지 않았다. 용비야가 또 약을 발라 줄 테니 엎드리라고 할까 봐 겁이 나서였다.

상처가 감염되지 않았으니 낫는 것은 시간문제였고, 며칠 지나면 괜찮아질 터였다.

백리명향은 복잡한 눈빛을 띤 채 그제야 조 할멈과 함께 물러갔다.

사실 그녀가 이런저런 말을 꺼낸 데는 이유가 있었다. 목표는 바로 진왕 전하였다. 자신이 왕비마마에게 여러 차례 약을 발라 주었고 왕비마마의 등을 여러 번 봤다는 것을 알리기 위해서였다.

그녀는 진왕 전하가 왕비마마의 등에 있는 봉황 깃 모반을 보았고 그 모반이 뭔지 알고 있다면 반드시 자신을 죽이려 할 것이라 생각했다.

하지만 방금 전하의 반응을 보면 모르는 것 같았다.

그렇지만 신중하고 세심한 백리명향은 여전히 마음이 놓이지 않았다. 진왕 전하가 왕비마마의 등에 모반이 있다는 사실을 모르는 건지, 아니면 모반은 봤지만 무슨 의미인지 모르는 건지 확인할 방법이 없기 때문이었다.

전하와 왕비마마는 혼례를 올린 지 오래였지만 아직 미묘한 관계였다. 왕비마마의 수궁사가 아직 남아 있는 지금, 당사자 두 사람을 제외하면 전하가 왕비마마의 등을 본 적이 있는지 없는지 그 누구도 확인할 수 없었다.

전하가 왕비마마에게 약을 발라 줄 때 백리명향도 현장에 없었으니 전하가 약을 발라 주면서 모반을 발견했는지도 알 수 없었다.

보지 못했을 수도 있고 보았지만 서진 황족의 표식이라는 것을 모를 수도 있었다.

백리명향은 눈썹을 찌푸리며 몹시 진지하고 꼼꼼하게 헤아려 보았다. 무슨 일이 있어도 왕비마마의 상처가 낫기 전까지, 약을 발라 주는 틈을 타서 이 일을 확실히 매듭지을 방법을 생각해 내야 했다.

누가 뭐래도 이 일은 연루된 것들이 많아 절대로 사소하지 않았다.

사실 인어족은 대대로 동진 황족에게 충성해 왔고, 동진 황족의 원수는 곧 인어족의 원수였다. 이 상황에서 가장 이성적인 해법은 직접 진왕 전하께 알리는 것이었다. 설령 죽임을 당한다 해도 반드시 사실대로 알리고, 전하께 마음 약해지지 마시라고, 정 때문에 어려움에 부닥치지 마시라고 권해야 했다.

하지만 왕비마마는 그녀의 목숨을 살려 준 은인이었다. 그런데 어떻게 은혜를 원수로 갚을 수 있을까?

그래도 그녀의 마음속에서 진왕 전하는 동진 황족보다 훨씬 높은 자리에 있었다. 진왕 전하가 곤란에 처하는 걸 가만히 보고 있을 수는 없었다.

그녀는 이 일을 어떻게 해야 할지 도무지 알 수가 없었다. 그저 적어도 우선 사실을 명확히 밝혀야 한다는 것만 알 뿐이었다.

사실 용비야는 한운석의 등에 있는 모반을 보지 못했다. 약을 바를 때도 짓무른 상처 두 군데에만 신경을 쏟느라 한운석이 두두만 입고 있다는 것도 몰랐는데 다른 것까지 신경쓸 여유가 있었을 리 없었다.

이불로 몸을 가리고 자신을 마주 보는 한운석을 진지하게 살펴보느라 정신이 없던 그가 뭘 볼 수 있었을까? 그 후 상처를 싸맬 때에도 상처에 닿지 않으려고 조심 또 조심하느라 허리 쪽에는 시선도 주지 않았다.

진왕 전하 역시 늑대의 화신이 될 수는 있지만, 다친 한운석 앞에서는 매우 이성적이었다.

백리명향이 조금 전에 한 말을 용비야도 들었다. 그는 담담하게 말했다.

"하루 더 지켜보고 약효가 없으면 궁의 의녀를 불러라."

태의원을 통틀어 용비야가 인정하는 사람은 고북월뿐이었다. 하지만 옷을 벗고 살펴봐야 하는 상처는 고북월이 맡을 수가 없으니 의녀를 불러야 했다.

"괜찮아요. 하루 이틀이면 분명히 나을 거예요."

한운석은 자신의 상태를 잘 알고 있었다.

그녀는 재빨리 화제를 돌렸다.

"전하, 요즘 바쁘신가요?"

"무슨 일이 있느냐?"

용비야가 물었다.

"신첩 생각에는 정말 벙어리 노파를 찾지 못하면 약성 목씨 집안에 다녀와야 할 것 같아요."

한운석은 줄곧 출신 문제를 마음에 두고 있었다.

목영동은 서진 황족에 관해 아무것도 모르니 한운석이 찾아 가더라도 용비야가 걱정할 일은 없었다.

그러잖아도 미독 이야기를 하려던 참이었다. 빨리 이 일을 마무리 짓지 않으면 용비야도 영 안심이 되지 않았다.

그는 소매 속에서 도자기 병을 꺼내 탁자에 올려놓았다.

"네가 원하던 것이다."

그에게 뭔가 구해 달라고 한 적이 없는 한운석은 의아했다. 하지만 병뚜껑을 여는 순간 곧 깨달았다.

"미독의 해약이군요!"

웅천과 미천홍련, 사과는 향이 강해서 이를 배합해 만든 해약은 냄새를 맡기만 해도 알 수 있었다.

"며칠 일 때문에 성 밖에 나가 있다가 고칠찰이 웅천을 손에 넣었다는 소식을 들었다. 너를 데려가자니 그 사이 변고가 생길지도 몰라 나간 김에 곧바로 다녀왔다."

용비야는 이렇게 말하며 차를 홀짝인 다음 일부러 아무렇지 않은 척했다.

"본 왕이 웅천의 진위를 알 수 없어 차라리 그자에게 해약을 제조해 보라고 했다. 가짜는 아닌 것 같더군."

어려서부터 황실에 살며 서로 속고 속이며 음으로 양으로 싸우는 것을 수없이 보아 온 용비야에게 고작 이런 거짓말쯤은 아무것도 아니었다. 하지만 이 여자 앞에서는 차를 마시는 척 하며 양심의 가책을 숨겨야 했다.

한운석은 주도면밀한 사람이지만 결코 아무 까닭 없이 용비야를 의심할 리 없었다.

그녀는 단순히 호기심만 보였다.

"약을 만들어 봐야만 웅천의 진위를 확인할 수 있다는 걸 전하께서도 아셨어요?"

"지난번 약성의 왕공에게 약재 찾는 일을 부탁했는데 그 이야기를 하더군. 가짜 웅천은 미천홍련, 사과와 배합해서 약을 만들 수 없다고."

용비야가 설명했다.

한운석은 그제야 고개를 끄덕였다.

"맞아요. 이 약은 진짜예요."

본래 같으면 모두 쏟아내 꼼꼼하게 확인했을 그녀지만, 용비야의 일처리 방식이 믿음직해서 그저 냄새만 맡아 보고 말았다.

"사람은 찾지 못했으니 약은 보관하도록 해라."

용비야가 차분하게 말했다.

한운석은 미안한 눈빛으로 해약을 소매에 넣었다. 세 가지 진귀한 약재로 만든 해약이니 얼마나 귀중한지는 말할 필요도 없어서 잘 보관해야 했다.

그래서 해약을 소매에 넣은 후 한운석은 곧 해독시스템을 켜고 그 속에 해약을 넣었다.

그런데 뜻밖에도 해약을 넣는 순간 해독시스템이 즉시 경고를 울렸다.

해약의 분량이 문제였다!

해독시스템의 검사 속도는 사람이 검사하는 것보다 백배는 빨라서, 해약에 꽤 많이 들어 있는 쓸모없는 가루약을 단숨에 분석해 냈다. 비록 약효에 영향이 없고 냄새나 색깔도 바꾸지 않지만 분량에는 직접적인 영향을 미치는 문제였다.

겉보기에는 한 병 같지만 사실 해약은 반병도 들어 있지 않았다!

"전하, 고칠찰에게 속으셨군요!"

한운석이 다급히 말했다.

용비야는 속으로 깜짝 놀랐다. 벌써 벙어리 노파에게 먹였고 아무 문제없었는데, 고칠찰이 무슨 수작을 부렸단 말인가?

빠짐없이 살피고 온갖 심혈을 기울여 준비한 거짓말이니 절대 그 어떤 착오도 있어서는 안 되었다.

"무슨 말이냐?"

그는 여전히 침착하게 말했다.

"약재를 빼돌렸어요. 이 병 안에 효과가 없는 가루약이 적어도 반은 들어 있어요."

한운석이 말하는 동안 해독시스템은 벌써 정밀 계산을 끝냈다.

"전하, 웅천과 미천홍련의 분량은 신첩이 잘 모르지만, 사과의 분량으로 계산해 볼 때 적어도 한 병에 꽉 차야 해요."

한운석은 다시 해약을 꺼내 뚜껑을 열어 용비야에게 보여 주었다.

"그런데 약 팔 푼밖에 차 있지 않고, 이 중 적어도 절반은 효과가 없는 가루약이에요. 고칠찰이 전하께 크게 한 방 먹였군요!"

이 말을 듣자 용비야는 도리어 안심했다. 만약 고칠찰이 순수하게 해약을 탐내 조금 빼돌렸다면 달리 문제 될 것이 없었다. 벙어리 노파 일을 속일 수만 있다면 해약은 기꺼이 줄 수 있었다.

용비야는 처음으로 속고도 그를 칭찬했다.

"본 왕이 직접 지켜보고 있었는데, 그자의 손놀림은 과연 대단하군."

그러나 본래 고칠찰에게 불만을 품고 있던 한운석은 그 사실에 분노했다. 그녀는 가소로운 듯이 말했다.

"금방 제게 들통 났는데 뭐가 대단하겠어요? 사과의 크기로 보아 해약을 어느 정도 만들어 낼 수 있는지 추측할 수 있어요. 한 톨도 빠짐없이 돌려받겠어요! 자투리도 못 줘요!"

세 가지 약재를 서로 다른 비율로 배합하면 결국 한두 약재가 조금 남을 수밖에 없었다. 의약계에서는 약 제조를 부탁할 때 남은 약재 자투리는 제조한 사람에게 주는 것이 규칙이었다.

하지만 고칠찰이 이렇게 나오면 절대 요만큼도 줄 생각이 없었다!

한운석이 분노하는 것을 보고도 용비야는 표정 변화가 없었다.

"전하, 당장 가요. 신첩도 전하와 함께 약귀곡에 다녀오겠어요! 빼돌린 것도 돌려받고 배상도 받아낼 거예요! 공짜로 이득 보게 할 순 없어요!"

한운석은 화가 머리끝까지 난 나머지 소소옥 사건조차 미루려고 했다.

용비야가 신경 쓰는 쪽은 오히려 소소옥 사건이었다. 그는 복잡한 눈빛이었지만 재빨리 대답했다.

"좋다, 준비하마."

그가 받은 약은 한 병 꽉 차 있었고 벙어리 노파에게 두 푼 정도 먹였다. 고칠찰이 몰래 빼돌렸다 해도 그렇게 많지는 않을 것이다.

하지만 한운석이 추궁하면 벙어리 노파가 먹은 두 푼도 고칠찰에게 덮어씌우는 수밖에 없었다. 공연히 손을 대 사달을 일으킨 고칠찰 잘못이었다!

가짜 가루약이라는 확실한 증거가 있으니 고칠찰은 빠져나갈 수 없지만, 분량이 얼마인지 확실히 밝힐 수도 없었다. 물론 난처해질 사람은 고칠찰이었다. 용비야는 한운석이 자신의 말을 믿으리라고 확신했다.

그때 고칠찰 역시 용비야와 한운석이 찾아오기를 기다리고 있었다. 그는 일부러 가짜 가루약을 섞어 한운석이 알아차리게 해 두었다. 그가 용비야를 위해 대체 어떤 함정을 파 놓았는지는 하늘이나 알 일이었다.

용비야는 당장 비밀 시위를 불러 마차를 준비하게 했지만, 그때 서동림이 나타났다.

"마마, 소소옥이 뵙자고 합니다."

며칠 시달리더니 드디어 견디지 못하고 협상하기로 한 걸까?

"바로 만나겠다!"

한운석이 차갑게 말했다. 고칠찰은 뛰어야 벼룩이니 조금 미뤄도 상관없었다.

용비야도 따라왔다. 그가 서둘러 소소옥을 벌하지 않았다고 해서 쉽사리 놓아주겠다는 뜻은 아니었다.

본래 초서풍이 조사를 끝내고 돌아온 다음 만나 볼 생각이었지만, 소소옥이 서두른다면 지금 혼내 주어도 상관없었다.

한운석과 용비야가 나무 아래에 도착해 보니 마침 비밀 시위가 매달린 소소옥을 내려주던 참이었다.

그런데 용비야가 다가가 밧줄을 잡아당겼다.

높디높은 나뭇가지에 걸린 밧줄 한쪽에는 소소옥이 묶여 있고, 다른 한쪽은 나무 밑에 묶여 있었다. 그야말로 밧줄 하나에 목숨이 달린 셈이었다.

이 밧줄을 놓는 순간 소소옥은 5층 높이 나뭇가지에서 곧장 아래로 추락할 것이다. 아래에는 청석판이 깔려 있어 추락하는 순간 어떻게 될지 뻔했다.

그러잖아도 용비야가 돌아왔다는 사실에 놀라 있던 소소옥은 그가 자신의 명줄을 잡는 것을 보자 더욱 공포에 질렸다.

그런데 그녀가 미처 생각을 가다듬기도 전에 용비야는……

혼쭐내 주겠다

용비야는 소소옥의 명줄을 받아 쥐기 무섭게 예고도 없이 손을 놓았다!

소소옥은 순식간에 머리를 아래로 한 채 빠른 속도로 추락하며 날카로운 비명을 질렀다.

"꺄아악……!"

길고 긴 밧줄은 용비야의 손에서 빠르게 미끄러져 나가며 금세 끝자락에 이르렀다. 일단 끝까지 빠져나가면 소소옥은 바닥에 충돌하고 말 터였다.

"꺄아아아아……."

청석판 바닥이 점점 가까워지는 것을 보자 그녀는 까무러칠 듯 놀라 눈을 감고 목이 터져라 비명을 질러 댔다. 가장 본능적인 반응이었다. 예고도 없이 갑작스레 죽음이 닥치는데 놀라지 않을 사람이 있을까?

그런데 갑자기 모든 것이 뚝 그쳤다.

소소옥은 즉시 눈을 반짝 떴다. 빠른 추락으로 인한 커다란 충격에 머리가 띵하고 귓속이 웅웅거렸다. 머리는 청석판에서 채 한 치도 떨어져 있지 않은 위치에 멈춰 있었다. 자칫하면 정말 머리를 바닥에 찧을 뻔한 상황이었다.

두려움이 채 가라앉지 않은 소소옥은 저도 모르게 찬 숨을 들이켰다. 지독히도 위험한 순간이었다. 용비야가 밧줄 잡는 것이 조금만 늦었더라면 그녀의 머리는 완전히 쪼개지고 말았을 것이다.

정말이지 위험했다. 한운석을 어떻게 상대할지 완벽하게 생각해 두었는데, 한운석을 상대하기도 전에 이대로 죽을 수는 없었다. 더구나 이렇게 끔찍하게 죽을 수는 없었다!

간 떨어질 뻔했잖아!

밉살맞은 용비야. 왜 이렇게 빨리 돌아왔지?

소소옥은 놀라고 당황했지만 그래도 금방 진정했다. 용비야가 오든 말든 겁나지 않았다. 그녀에겐 저들과 담판을 지을 패가 있었으니까.

그녀는 아무 소리 없이 용비야가 자신을 다시 끌어올리기를 기다렸다. 이 높이에서는 용비야와 한운석의 신발밖에 보이지 않는데 무슨 이야기를 할 수 있을까?

그런데 뜻밖에도 용비야는 소소옥을 끌어올리기는커녕 밧줄을 비밀 시위에 건네며 고정하게 했다.

그제야 그와 한운석이 다가왔다.

소소옥은 뭔가 잘못되었다는 것을 깨닫고 분통을 터트렸다.

"제대로 이야기하고 싶거든 날 내려놔!"

소소옥은 오랏줄에 꽁꽁 묶여 거꾸로 매달려 있어서 용비야의 신발만 볼 수 있을 뿐 얼굴은 볼 수 없었다. 그렇지 않았다면 아무리 화를 내도 헛수고임을 알았을 것이다.

그때 용비야의 얼굴은 함부로 건드릴 수 없는 신처럼 차갑게 굳어 있었기 때문이었다. 한운석이라 해도 함부로 소소옥을 내려주지 못할 정도인데 다른 사람이야 오죽할까?

용비야가 아주 가까이 다가왔다. 소소옥은 키가 작아 그의 다리 길이에도 미치지 못해서, 애써 올려다보아도 용비야의 얼굴을 볼 수 없었다. 정말이지 커다란 산이 우뚝 서 있는 것 같았다.

그래도 그녀는 고집스레 마음속 두려움을 외면하며, 용비야를 무시하고 한운석을 향해 차갑게 말했다.

"진왕비, 날 죽이지 않는 건 내 입에서 듣고 싶은 말이 있어서잖아. 나도 깨달았으니 내려놔. 잘 이야기해 보자고."

한운석이 대답하려는데 용비야가 차갑게 코웃음 쳤다.

"잘 이야기해 볼 기회는 없다."

그 말에 한운석은 자신이 말할 필요 없다는 것을 알았다.

"당신과는 이야기 안 해."

소소옥이 즉시 반박했다.

용비야가 느닷없이 밧줄을 당겨 소소옥을 홱 끌어올리더니 대략 사람 키 높이만 한 위치에 멈춰 세웠다. 소소옥은 용비야가 질문할 줄 알았지만 예상과 달리 용비야는 차갑게 명령했다.

"여봐라, 솥을 걸고 물을 끓여라. 뜨거운 물에 데는 기분이 어떤지 똑똑히 맛보여 주겠다!"

물을 끓여?

한운석도 움찔 놀랐다. 요 며칠 그녀는 무슨 독을 써서 소소옥을 괴롭혀 줄까 생각하고 있었다. 지독하지만 치명적이지 않은 독약을 여럿 생각해 냈지만 용비야가 생각한 방법만은 못했다!

하긴, 잔인하긴 하지만 분풀이는 할 만했다!

이 못된 계집애는 나이는 어려도 속은 독하기 짝이 없었다. 백리명향에게 화상을 입힌 것도 모자라 한운석에게도 똑같이 했으니 자신도 불에 데는 기분을 똑똑히 느껴 봐야 마땅했다!

소소옥은 믿을 수 없다는 눈으로 용비야를 노려보았다. 말은 없었지만 이마에 송송 맺히는 식은땀이 주인의 의지를 배신했다.

지난번 왕래복의 최후를 본 후 겁을 집어 먹은 그녀는 그동안 내내 어떻게 해야 좋을지 고민했다.

죽는 건 겁나지 않았다. 겁나는 건 끔찍하게 죽어가는 것이었다.

물론 주인에게 버림받아 무척 낙담하긴 했지만, 절대 주인을 배신할 생각은 없었다. 잘 이야기해 보자는 말은 그저 한운석을 어르기 위한 목적이었다.

곧 어린 하인들이 소소옥의 발밑에 커다란 쇠솥을 놓았다. 솥 안에는 물이 가득했고 솥 아래에는 불이 타올랐다.

소소옥은 지금은 한운석에게 말해 봐야 소용없다는 것을 잘 알았다. 그녀는 별수 없이 용비야를 향해 노성을 터트렸다.

"내가 없으면 아무것도 알아낼 생각 마! 누가 날 보냈는지, 무엇 때문에 보냈는지 알고 싶으면 당장 날 풀어 줘!"

용비야는 소소옥에게 위협당할 사람이 아니었다. 그는 소소옥을 쳐다보지도 않고 갈수록 맹렬해지는 불길만 응시했다. 깊은 눈동자 속에서도 분노의 불길이 활활 타오르는 것 같았다.

소소옥은 초조했다.

"진왕, 이 소소옥의 털끝 하나라도 건드리면 절대 한마디도 하지 않을 테야! 난 한다면 해!"

용비야는 냉소했다. 이 못된 것이 자백할 생각이었다면 벌써 자백했을 것이고 일찌감치 배후 주모자를 털어놓았을 것이다. 적어도 그가 솔깃해할 정보를 조금이라도 흘렸을 것이다.

하지만 이렇게 한참 동안 소리소리 치면서도 전부 쓸데없는 말뿐이었다!

소소옥을 내려주고 잘 이야기해 본들 아무것도 알아내지 못하고 도리어 협박만 당할 것이다.

이런 농간은 질리도록 보았다.

죽기 직전까지 가 봐야 정신을 차릴 모양인데 어디까지 버티나 궁금했다.

불은 점점 더 크게 타올랐다. 솥에 든 물이 보글보글 거품을 내기 시작하더니 얼마 지나지 않아 끓어올랐고 뜨거운 김이 퐁 퐁 솟구쳤다.

소소옥의 머리는 곧 뜨거운 김에 휘감겼다. 찜통을 인 것처럼 두피가 점점 뜨거워지는가 싶더니 곧 얼굴에서 땀이 줄줄 흘렀다.

아직 아침이고 조금 더 있으면 해가 높이 뜰 것이다. 뜨거운 햇볕이 내리쬐는데 이 열기까지 더해지면 어떻게 될지, 정말 상상하기도 어려웠다.

아무래도 어린아이인 소소옥은 견디다 못해 울음이 날 것 같았지만, 그렇다고는 해도 쓸 만한 소식은 단 한마디도 알려 주고 싶지 않았다.

"진왕, 내려놓지 않으면 정말 아무 말도 하지 않겠어! 한운석, 궁금하지 않아? 내가 대체 왜 네게 접근했는지 알고 싶지?"

그녀가 크게 소리를 질렀다.

"단순히 화상을 입히러 왔다고 생각하는 건 아니겠지? 내가 왜 널 깨끗이 죽여 버리지 않았는지 궁금하지도 않아? 기회는 많았는데 말이야! 흥!"

소소옥은 잠시 숨을 고른 후 또 소리쳤다.

"용비야, 난 비밀을 알고 있어. 너희는 영원히 짐작조차 못할 비밀 말이야! 날 내려놔. 그렇지 않으면 이 자리에서 죽는 한이 있어도 절대 말 안 해!"

소소옥은 쉼 없이 소리를 질렀지만, 애석하게도 용비야와 한운석은 꿈쩍도 하지 않았다. 한참 쓸데없는 말을 듣고 나자 한운석도 알아차렸다. 이 계집애는 입으로는 잘 이야기해 보자면서 전혀 성의가 없었다.

그때 솥의 물은 최고 온도까지 끓어올라 이리저리 뜨거운 물이 튀고 허연 김이 하늘 높이 솟구쳤다. 소소옥은 온몸이 뜨거운 열기에 둘러싸여 숨 쉬는 것마저 힘들어지기 시작했다.

몸 전체, 특히 두피는 불에 덴 듯 뜨거워졌다. 이대로 가면 피부마저 열기에 짓무를 것이다.

직접 화상을 입는 것보다 더 끔찍한 일이었다!

그러나 이 정도는 용비야가 진짜 하려던 것에 비하면 한참 부족했다.

그가 손을 들자 비밀 시위는 다시 소소옥의 명줄을 그의 손에 넘겨주었다. 이를 본 소소옥은 자지러지게 놀랐다.

"안 돼!"

용비야는 무시한 채 가볍게 밧줄을 놓았다. 소소옥이 획 아래로 떨어졌다.

"꺄아아악……. 아악……. 으흐흑……."

소소옥은 기절초풍해서 울음을 터트렸다.

용비야가 밧줄을 멈추자 그녀의 울음소리도 뚝 그쳤다. 자신이 아직 솥에 떨어지지 않은 것을 확인하자 기뻐 날아갈 것 같았다.

하지만 용비야는 또다시 불쑥 손을 놓았다.

"아악……. 안 돼! 살려 줘……!"

소소옥이 비명을 질러 댔다. 전보다 훨씬 큰 소리였다.

용비야는 다시 밧줄을 잡았고, 소소옥은 엉엉 울기 시작했다. 엄마 잃은 아이처럼 가엾기 짝이 없는 모습이었다.

그녀는 본래 어린아이지만 여태껏 어린아이 같은 구석이 없었다. 그런데 지금 이 순간은 제법 어린아이 같았다.

그 모습을 지켜보고 있자니 한운석은 속 시원하던 기분이 어느덧 사라지고 말 못하게 괴로워졌다. 저렇게 조그마한 아이가 왜 이렇게까지 할까?

용비야는 안색을 바꾸지 않고 여전히 냉혹 무정한 표정으로 다시 손을 놓았다. 그때 소소옥은 이미 수면에 아주 가까이 와 있어서 뜨거운 물이 머리와 얼굴에 튈 정도였다!

마침내 그녀가 용서를 빌었다.

"진왕 전하, 항복할게요! 저를 용서해 주세요! 용서해 주세요! 제발! 진왕 전하, 왕비마마. 이렇게 부탁드릴 테니 용서해 주세요!"

용비야가 밧줄을 잡아당겼다. 다시 한번 밧줄을 놓으면 소소옥은 분명히 펄펄 끓는 물속에 떨어질 것이고, 제일 먼저 물에 닿은 두피는 녹아 흐무러질 게 분명했다!

"본 왕은 용서를 비는 자를 좋아하지 않는다. 이야기할 것이 있다면 당장 해라."

마침내 용비야가 말했다.

소소옥이 사실을 털어놓지 않으면 절대 놓아줄 그가 아니었다.

소소옥은 한참 흐느끼다가 가까스로 울음을 멈추고 말했다.

"사실 전 아무것도 몰라요. 주인님은 일단 왕비마마께 화상을 입히면 그 다음 일은 다시 알려 주겠다고 하셨어요."

소소옥이 며칠 동안 생각해 낸 말이었다. 끝내 방법이 없으면 한운석에게 이렇게 대답할 생각이었는데, 이 대답을 용비야에게 써먹게 될 줄은 몰랐다.

"네 주인이 누구냐?"

용비야가 차갑게 물었다. 그 말을 믿는지 아닌지 꿰뚫어 볼 수가 없었다.

"몰라요. 저는 어려서부터 늙은 할멈 손에 자라다가 2년 전부터 훈련을 받고 무공을 배웠어요. 그다음 이곳에 보내졌어요. 저는 한 번도 주인님을 뵌 적이 없어요. 정해진 시각에 성 북쪽 천열객잔天悅客棧에 가면 누군가 밀서를 2층 첫 번째 별실에 놓아두고 갔어요. 제가 이곳 소식을 써서 그 방에 놔두면 누군가 가져갔고요."

소소옥이 대답했다.

"그날 객잔에서 초청가와 목령아를 만난 일은 또 어떻게 된 거지?"

한운석도 입을 열었다.

"그 사람들은 몰라요. 주인님이 저더러 초청가에게 구걸해서 소란을 피우라고 하셨어요. 가능하면 큰길까지 퍼지게끔요. 제가 큰길로 달려 나가기도 전에 마마께서 들어오셨어요."

소소옥은 생각해 보지도 않고 설명했다. 미리 몇 번이고 생각해 둔 대답이었다.

그녀는 이렇게 말하며 다시 엉엉 울었다.

"제가 아는 건 그 정도뿐이에요. 어서 내려 주세요. 너무 뜨거워요!"

한운석은 망설였지만 용비야는 차갑게 말했다.

"그리 쉽게 본 왕을 속일 수 있을 줄 알았느냐? 사실대로 말하지 않으면 다음 기회는 없다!"

"진왕 전하, 으흐흑⋯⋯. 제가 말씀드린 건 모두 사실이에요. 어떻게 감히 전하를 속이겠어요? 제가 아는 건 그게 다예요. 정말이에요, 진짜 진짜 정말이에요!"

소소옥은 울부짖으면서 계속 강조했다.

용비야는 눈빛을 번뜩이더니 곧바로 손을 놓았다!

"꺄아악······."

소소옥은 공포에 질려 비명을 질러댔다. 곧이어 머리가 뜨거운 물속에 푹 잠기자 그녀는 혼비백산해서 더욱더 크게 소리를 질렀다.

두피가 오그라들고 뜨겁게 타오르는 느낌이 들었다. 뜨거워서 머리 안쪽까지 통증이 일었다.

그렇지만, 그럼에도 불구하고 그녀는 고집스레 강조했다.

"모두 사실이에요. 진짜 사실이라고요. 저는 거짓말 하지 않아요. 모른다면 진짜 몰라요! 진짜예요!"

초천은이 소소옥을 진왕부에 잠입시킨 데는 그만한 이유가 있었다.

이 아이는 비록 아픔과 고통을 두려워했지만, 쉽게 꺾이는 사람은 아니었던 것이다.

사람 마음은 선량한 것

"거짓말 아니에요! 속이지 않았어요, 정말로! 진짜예요!"

고집스럽고 처량한 외침이 진왕부 후원 전체를 울렸다. 소소옥은 두피가 절반이 타 버렸고 머리가 어질어질해 오로지 의지력으로만 지탱하고 있었다.

자신이 곧 죽으리란 것을 알았지만, 그래도 고집스레 변명했다. 설사 주인이 자신을 버렸다 해도 그녀 자신은 주인을 배신할 수는 없었다!

주인은 오랫동안 그녀를 길러 주었다. 주인이 없었다면 소소옥도 없었다. 절대로 배은망덕한 배신자는 되지 않을 것이다!

용비야는 차갑게 그녀를 바라보며 손에 쥔 밧줄을 꽉 쥐었다. 사실 또다시 밧줄을 풀 필요도 없었다. 저렇게 매달아 두기만 해도 소소옥은 살아날 수 없는 처지였다.

한운석과 백리명향이 입은 것은 모두 2도 화상으로, 피부 진피층 일부만 손상된 것이니 제때 치료하면 열흘 전후로 기본적으로 나았다. 하지만 소소옥의 상황은 그들보다 훨씬 심각해서 기본이 3도 화상이고 제대로 치료하지 않으면 4도 화상으로 진행될 수 있었다.

장내의 사람들 중에 무표정한 사람은 용비야뿐이었다. 그는 아수라처럼 냉혹하고 잔인했다. 비밀 시위나 하인들은 차마 똑바로 쳐다보지 못했고, 한운석도 분풀이에 시원하던 기분은 온데간데없이 가슴이 답답했다. 저렇게 고집을 피우며 계속 외치는 소소옥을 보면서 모진 마음을 먹을 수는 없었다.

어쨌든 소소옥은 채 열 살도 되지 않은 어린아이였다!

마침내 그녀가 참지 못하고 말했다.

"전하, 신첩이 보기엔 정말 저것밖에 모르는 것 같아요."

그 말이 떨어지자 소소옥의 외침이 뚝 그쳤다. 팔다리를 힘없이 축 늘어뜨리고 두 눈을 꼭 감은 모습이 혼절한 것인지 충격으로 죽었는지 알 수 없었다.

조그마한 몸집이 세차게 솟구치는 열기 속에 처량하게 매달린 장면은 누가 봐도 마음이 아팠다.

저렇게 조그마한 아이가 어떻게 죽음을 두려워하지 않을 수 있을까? 그러니 아마 정말로 그것밖에 모르는 모양이었다.

본래 기대하지도 않았던 용비야는 한운석이 권하자 곧 포기했다. 이 상황에서는 계속해 봐야 얻을 것이 없었다.

그는 밧줄을 비밀 시위에게 넘기며 차갑게 말했다.

"처리해라."

그러나 한운석이 밧줄을 빼앗았다.

"전하, 아직 숨이 남아 있어요. 아무리 그래도 어린아이잖아요."

눈앞에 있는 것이 성인이라면, 왕래복 정도만 되었다면 분명 마음 약해지지 않았을 것이다. 성인들은 자신의 선택에 대가를 치러야했다.

그렇지만 소소옥은 아직 어렸다. 일곱 살. 아직 세상 물 모르고 엄마 아빠 품에 안겨 애교를 부릴 때였다.

한운석은 본래 고아였다. 일찍 세상에 눈뜨고 어른스러워지는 쓰라림을, 어서 빨리 자라야 한다고 스스로를 다그치는 괴로움을, 그녀는 잘 알고 있었다.

용비야가 말이 없자 한운석이 다시 말했다.

"전하, 저 아이가 괘씸하긴 하지만, 어쨌든 남의 명령에 따르는 것뿐이에요. 이렇게 화상을 입었으니 이 정도면 벌이 되었을 거예요. 아직 숨이 붙어 있으니 일단 살려 놓겠어요."

그때 비밀 시위들은 속으로 수를 세고 있었다. 보통 왕비마마께서 나서면 세 마디로 진왕 전하를 움직일 수 있는데, 벌써 두 마디 하셨으니 거의 다 된 상태였다.

비밀 시위들의 생각이 옳았다. 용비야는 담담하게 한마디 했다.

"알아서 해라."

한운석은 그제야 안도했다. 그녀는 서둘러 사람을 시켜 소소옥을 풀어 주고 충격을 일으키지 않도록 심장을 보호하는 약을 한 알 입에 집어넣은 뒤 재빨리 찬물을 가져와 온도를 낮췄다.

차마 소소옥에게 직접 약을 발라 줄 수는 없었다. 소소옥의 상처는 그녀 자신이나 백리명향보다 훨씬 위중했기 때문이었다. 검사를 했지만 한운석도 소소옥이 3도 화상인지 4도 화상인지 확신할 수가 없었다.

화상에는 여러 분류가 있는데, 한운석이 아는 대로라면 3도 화상은 피부 전층이 손상을 입은 것인데 반해, 4도 화상은 피부

뿐만 아니라 피하지방층과 근육, 뼈에도 손상을 입혔다. 머리에 입은 화상이니 어쩌면 대뇌까지 다쳤을 수도 있었다!

한운석은 망설이지 않고 재빨리 사람을 보내 고북월을 불렀다. 그리고 비밀 시위와 함께 소소옥을 방으로 데려갔다.

용비야는 다급히 문 쪽으로 사라지는 한운석의 뒷모습을 보며 어쩔 수 없는 듯 고개를 설레설레 저었다. 수완이라면 그 못지않은 저 여자에게 저렇게 선량한 면이 있다는 것을 처음 알았다. 비록 쓸데없는 인정 따위는 혐오해 왔지만 한운석의 방식은 마음에 들었다.

용비야는 따라가지 않았다. 소소옥의 입에서 아무것도 알아낼 수 없으니 당연히 다른 방법을 생각해야 했다.

한운석은 방에 들어가 소소옥을 내려놓은 뒤 즉시 머리카락부터 처리했다. 자를 수 있는 것은 모두 잘라내, 상처를 치료하기에도 편하고 감염도 되지 않도록 했다.

백리명향과 조 할멈이 소식을 듣고 왔을 때 소소옥은 거의 대머리가 되어 있었다. 두피 태반이 벌그죽죽하게 짓무르고 붉은 물집이 잡혀 있는 데다 숫제 꺼멓게 떨어져 나간 곳도 있었다. 안색은 푸르딩딩하고 호흡은 몹시 미약했다.

한운석이 제때 단약을 먹이지 않았다면 지금쯤 벌써 숨이 끊어졌을 것이다.

"이…… 못된 계집애가 그래도 목숨이 질기군요. 죽으면 다 끝날 일을 뭐 하러 구하셨습니까?"

조 할멈은 씩씩거리며 욕을 했지만 눈시울이 빨갰다.

그녀의 분노는 사실 안타까움이었다. 궁에 있을 때 궁녀나 태감들의 사정을 봐준 적이 한 번도 없었던 그녀지만 1년 가까이 함께 지내며 예뻐했던 이 아이에게는 자신조차 똑똑히 설명할 수 없는 복잡한 감정을 품고 있었다.

백리명향은 말없이 조용했지만, 왕비마마가 소독 약물을 만드는 것을 보자 깊이 생각지 않고 다가가 도왔다.

함부로 약을 바를 수는 없었지만 소독은 필요했다. 적어도 감염 가능성을 줄여 줄 수 있기 때문이었다. 그녀는 고북월이 당직이 아니어서 빨리 올 수 있기만을 바랐다.

조 할멈도 조용해졌다. 그녀는 어두운 얼굴을 하고서, 소소옥이 추울까 봐 생사 이불을 가져와 살며시 덮어 주었다.

설사 나쁜 아이라 해도 어른이 되기 전까지는 천사가 보살펴 주곤 했다.

어쩌면 정말 그런 것인지 소소옥은 운이 좋았다. 오늘 고북월은 당직이 아니어서 집에서 쉬고 있었고, 소식을 듣자마자 가능한 한 빨리 달려왔다.

비록 오랜만의 만남이었지만 한운석과 고북월은 의원답게 쓸데없는 인사말은 한마디도 하지 않았다. 한운석은 상세를 간략하고 정확하게 설명했고 고북월은 그 말을 들으면서 서둘러 상처를 살펴 금세 결론을 내렸다.

"상처가 위중합니다. 환피換皮(피부이식)를 해야겠군요!"

고북월이 진지하게 말했다.

그 말에 백리명향과 조 할멈은 눈이 휘둥그레졌다. 비전문가가 보기에 환피란 끔찍한 일이지만, 한운석은 냉정했다. 고대 역용술易容術(얼굴 모습을 바꾸는 것. 사람의 피부를 이용한 가면과 변장술을 이용하며, 무협 소설 등에서 다른 사람으로 변장하는 기술로 자주 등장함)의 뛰어남은 익히 들었고, 현대에서도 피부이식술은 큰 수술이 아니었다.

하지만 피부이식술에는 일반적으로 두피를 이용했다. 두피가 회복력이 가장 좋기 때문인데, 지금 소소옥은 하필 두피를 다쳐 허벅지 피부나 엉덩이 피부를 이용해야 했다.

이런 상황에서 고북월이 뭘 할 수 있을지 알 수 없었다.

물론 한운석은 그래도 고북월을 믿었다. 그녀가 가장 걱정하는 것은 다른 문제였다.

"뼈나 머리까지 다쳤을까요?"

고북월의 표정은 침중했다.

"뼈는 다치지 않았습니다. 하지만 이런 상처라면 머리에도 충격이 갔을지……, 확실치 않군요."

한운석은 고북월에게 소소옥이 벌을 받았다고 말하지 않고, 실수로 끓는 물에 머리부터 떨어졌다고만 했다.

대신의인 고북월이 '확실치 않다'라고 하자 한운석도 대강 짐작하고 더는 묻지 않았다.

고북월은 준비를 마친 뒤 약방문을 지어 조 할멈에게 주며 약을 준비하게 했다. 백리명향이 대신 나섰다.

"제가 갈게요."

백리명향이 진왕부에 하인으로 들어왔다는 것은 비공개였

고, 바깥에는 그녀가 진왕부에서 독술을 배운다고 발표한 상태였다.

고북월은 그제야 백리명향도 있는 것을 알고 예의 바르게 두 손으로 약방문을 내밀었다.

"부탁드리겠습니다."

"천만에요, 고 태의."

백리명향이 허리를 숙여 인사한 뒤 지체 없이 밖으로 나갔다.

모든 준비가 갖춰지자 고북월은 피부이식술을 준비했다. 방에는 한운석만 남았고, 조 할멈과 백리명향은 문 밖으로 나가 기다렸다.

대부분 고북월이 한운석의 조수를 맡았는데 이번에는 모처럼 입장이 뒤바뀌었다. 옆에 미인이 있지만, 그의 집중력은 이 미인에 비해 추호도 떨어지지 않았다.

마취하고, 화상 전체를 절제해 괴사 조직을 제거하고, 새살을 다듬고, 소독해서 깨끗이 씻고, 지혈하고, 새 피부를 잘라내 이식하고, 국부 봉합하고, 약을 바르고, 싸매는 전 과정 동안 고북월은 한마디도 하지 않았고 한운석은 넋이 나간 채 지켜보았다.

이 과정은 현대 피부이식술과 거의 비슷했지만 사용한 약과 방법은 달랐다. 그녀는 처리하기까지 오래 걸릴 줄 알았지만 뜻밖에도 고북월의 손놀림은 흐르는 물처럼 빠르고 자연스러워 거의 멈춘 적이 없었다.

한운석이 참지 못하고 말했다.

"좀 천천히 하면 안 돼요? 정확히 못 봤어요."

고북월은 대답하지 않고 모든 것이 끝난 다음에야 다소 엄숙한 표정으로 안도의 숨을 쉬며 말했다.

"왕비마마, 사람을 구하는 일은 천천히 할 수 없습니다."

"네."

한운석도 진지하게 고개를 끄덕였다.

고북월은 웃었다.

"왕비마마께서 관심이 있으시다면 언제든 가르쳐 드리겠습니다."

한운석도 그러고 싶었지만 사실 너무 바빴다. 일이 산더미고 하나가 끝나면 또 다른 일이 생기곤 했다. 재해 지역에 있을 때는 도성에 돌아간 후 자신 만의 비밀 시위를 기르고 독술을 가르치겠다고 생각했지만, 지금은 그럴 틈이 없어 조수라고는 백리명향 한 사람밖에 없었다. 다행히 백리명향이 깨우침이 빨라 망정이지, 안 그랬다면 2, 3년 함께 지내도 아무것도 배우지 못했을 것이다.

그녀는 할 수 없다는 듯이 말했다.

"틈이 나면 가르쳐 달라고 할게요. 저 아이는 어때요?"

"하루 지켜보고 새살이 잘 붙으면 기본적으로는 문제가 없습니다. 왕비마마께서 걱정하신 머리 문제는…… 깨어난 다음 다시 살펴봐야 합니다."

고북월은 사실대로 말했다.

피부이식은 성공적이었고 간호는 백리명향에게 맡기기로 했다. 소소옥 문제로 일이 지체되자 한운석도 고칠찰에게 따지는 일은 까맣게 잊었지만 용비야 역시 구태여 일깨워 주지 않았다.

고북월이 쓴 마취제 용량으로 보아 소소옥은 그날 밤에 깨어나야 했다. 하지만 예상과 달리 이튿날 아침이 될 때까지 깨어날 기미가 없었다.

한운석은 소소옥을 검사했다. 호흡이나 체온은 모두 정상이고 상처도 악화되지 않아서 계속 혼절해 있을 이유가 없었다!

한운석은 은근히 불안해졌다.

오후가 되자 고북월이 왔다. 소소옥이 아직 깨어나지 않은 것을 본 그는 눈을 살짝 찌푸렸지만 별말 없이 소소옥의 상처를 꼼꼼히 살펴 이식한 피부가 살아 있다는 것을 확인했다.

"왕비마마, 상태는 괜찮고 잘 간호한 덕에 감염도 되지 않았습니다. 열흘 안팎이면 회복될 것이고 한 달 안에 나을 수 있습니다."

고북월이 진지하게 말했다.

한운석은 고개를 끄덕였다.

"그럼……, 언제 깨어날까요?"

예상 밖의 상황

"머리도 손상을 입은 것 같은데 상황이 어떤지는…… 확실치 않습니다."

고북월이 사실대로 말했다.

한운석은 소소옥의 화상이 심하니 뇌신경에 충격이 갔거나 두개 내 출혈이 있을지도 모른다고 생각했지만, 아무래도 확실하지 않았다. 아마 의학원 장로들을 불러도 결론을 내지 못할 것이다.

기다리는 수밖에…….

고칠찰 문제를 잊은 것은 아니지만, 어쨌든 소소옥 문제를 해결한 다음 생각해 볼 일이었다.

그 후 며칠간 한운석은 고칠찰 이야기를 꺼내지 않은 채 소소옥이 깨어나기를 기다렸지만 소소옥은 내내 깨어나지 않았다. 용비야도 그간 왕부를 떠나지 않았다.

초서풍은 지난번 비밀 시위가 조사한 것처럼 아무것도 발견하지 못했고, 더군다나 소소옥이 말한 객잔은 이미 텅 비어 있었다.

"전하, 마마. 상대방은 무척 신중해서 흔적조차 남기지 않았습니다!"

초서풍도 속으로 혀를 내둘렀다.

"소소옥에게서 뭔가 찾아낸 것은 없느냐?"

용비야가 차갑게 물었다.

"이미 뒤져 봤어요. 방도 수색했지만 모두 정상이었어요."

한운석이 차분하게 말했다.

"분명히 흔적이 있을 것이다. 초서풍, 광범위하게 재수색해라!"

용비야가 명령했다.

한운석은 나가려다 말고 불쑥 말했다.

"전하, 소소옥이 깨어나면 약귀곡으로 가요."

그녀가 며칠째 이 이야기를 꺼내지 않아 용비야는 이대로 끝내려는 줄만 알았는데, 뜻밖에도 그녀는 아직 기억하고 있었다.

이 여자의 선량함은 역시 상대에 따라 달랐다. 이 여자더러 고칠찰에게 선량함을 베풀라는 것은 아마 불가능할 것이다.

"음."

고개를 끄덕이는 것 말고 용비야가 무슨 말을 할 수 있을까?

한운석은 그제야 나갔다. 그녀가 문을 나서자 초서풍이 즉시 입을 열었다.

"전하, 그 계집아이는 왕부에 숨어들어서 사람을 죽이지도, 물건을 훔치지도 않았습니다. 대신 발각되는 것도 아랑곳없이 왕비마마께 상처를 입혔으니 몹시 수상합니다!"

용비야는 복잡한 눈빛을 띠더니 한참 후에야 비로소 입을 열었다.

"아마 그녀를 노리고 왔을 것이다. 하지만 상처만 입힌 것은 확실히 이상하군."

용비야는 터놓고 말하지 않았으나 초서풍은 곧 알아들었다.

초서풍은 전하와 벙어리 노파가 밀실에서 대체 무슨 이야기를 나눴는지 몰랐지만, 왕비마마의 신분은 속으로 짐작하고 있었다.

소소옥의 이상한 행동은 정말 왕비마마를 노리고 온 것 같았다. 설령 무엇 때문에 화상을 입혔는지 알아내지 못한다 해도 한 가지는 명확했다.

벌써 왕비마마를 찾아온 사람이 있다는 사실이었다. 상대가 일곱 귀족이든 독종이든, 반드시 더욱 바짝 방비해야 했다.

용비야도 이해가 가지 않는 것이 하나 있었다. 지난날 서진 황족의 남자아이를 여자아이로 바꾼 것은 영족과 유족만 알고 있는데, 영족 백의 남자의 행동을 보면 다른 속셈이 있거나 한운석의 신분을 확인하지 못한 것 같았다. 그리고 유족은 아직 감감무소식이었다.

그들 두 귀족은 한운석에게 상처를 입힐 입장이 아닌데, 소소옥의 배후에 있는 것은 대체 어떤 자일까?

설마하니 유족과 영족 외에 서진 황족 핏줄의 존재를 아는 사람이 또 있을까?

물론 한운석 때문이 아니더라도 일곱 귀족 가운데 일부는 그역시 용서할 수 없었다! 지난날 대진제국의 내란 때 서진과 동진 두 황족은 큰 싸움을 벌였다. 서진 황족이 멸망한 후 동진 황족도 원기가 크게 상했는데, 그때 서진에 충성을 바친 적족狄族

이 최후의 전쟁을 일으켜, 흑족, 풍족과 손잡고 동진을 철저하게 무너뜨렸다.

그리고 그해, 병권을 쥐고 해마다 동진에게 군자금을 받아갔던 리족離族이 그 중요한 시기에 뜻밖에도 군대를 해산하고 중립을 선포했다.

용비야는 자신만의 황족을 세울 생각이었지만, 이는 복수를 하지 않겠다는 뜻도 아니고 죽음이 두려워 신의를 저버린 교활하고 탐욕스러운 무리들을 쉽게 용서하겠다는 뜻도 아니었다.

"군역사의 최근 움직임은?"

용비야가 물었다.

"이미 약을 찾아내 말 전염병을 잡았다고 합니다. 백독문 쪽은 왕씨 집안 사람이 숨어든 지 얼마 되지 않아 아직 소식이 없습니다."

초서풍이 사실대로 말했다.

당시 한운석이 군역사의 사부를 의심하며 그 독 안개는 바람을 빌린 것이라고 설명했을 때, 용비야는 약성 왕공에게 부탁해 백독문에 첩자를 잠입시키게 했다.

용비야의 부하는 잠입하기 어렵지만 약성 왕씨 집안 약제사는 훨씬 유리했다. 백독문이 약재를 구하려면 얼마간은 약성의 도움이 필요했기 때문이었다.

"신중한 것이 제일이다. 쓸데없이 움직여 적을 놀라게 하지 마라."

용비야가 담담하게 분부했다.

그는 오랫동안 손대지 않았던 《칠귀족지》를 펼쳐 풍족에 관한 기록을 찾았다. 그 쪽에는 이렇게 써 있었다.

풍족. 천문과 지리, 기문둔갑을 잘 알며, 바람을 부리는 데 능숙하다. 바람을 빌려 진을 치고 함정을 파고 병사를 움직인다.

용비야는 한자 한자 읽어 내려가면서 뭔가 고민하는 듯 손가락으로 띄엄띄엄 탁자를 두드렸다.

그때 멀리 북려국에서는 군역사와 백언청이 백리명향의 피를 연구 중이었다.

군역사는 피를 분석해 내지 못해 백언청에게 넘길 수밖에 없었다.

"확실히 괴이하구나. 이 핏속에 독 함량이 무척 높은데 사람이 어떻게 살아 있을 수 있단 말이냐."

백언청은 그렇게 말하더니 놀랍게도 혀로 핏덩이를 살짝 핥았다. 무슨 맛인지는 모르겠지만 그의 얼굴에는 의혹이 가득했다.

"확실히 사람 피 같지는 않구나."

"물고기 피도 아닙니다! 그곳 물고기가 중독되었다면 금방 알아보았을 겁니다!"

군역사는 진지하게 말했다.

백언청은 말없이 계속 핏덩이를 핥았다.

군역사는 잠시 망설이다가 나지막하게 물었다.

"사부님, 고술은 아닙니까? 용비야가 독고인을 기르는 것일까요?"

독고인을 만든다는 말은 독으로 사람을 키워 불사불멸에 백독불침의 몸으로 만드는 것이었다.

"그런 것 같지 않다. 적어도 이런 만성독은 쓰지 않지."

백언청이 말하며 핏덩이를 소매 속에 넣었다.

"사부가 가지고 있다가 천천히 연구해 보마."

사실 군역사도 이 피를 직접 연구하고 싶었기에 내놓기가 무척 아쉬웠다. 하지만 사부가 가져간 이상 무슨 말을 할 수 있을까?

"말 전염병 문제는 조사해 봤느냐?"

백언청이 물었다.

"아직 사람의 짓이라는 증거는 찾지 못했지만, 전염병은 잡혔습니다. 다만 기병 손실이 큽니다."

이것이 군역사를 가장 울적하게 만든 일이었다. 바로 이 전염병 때문에 어주도에 그렇게 오래 갇혀 있어야 했다.

"말이 곧 북려국의 목숨이다. 지난날 이 사부가 떠나면서 삼대 마장은 반드시 손에 넣어야 한다고 알려 주지 않았더냐. 오랜 시간이 흘렀는데 지금까지 천택 마장 하나만 얻었다니 할 말이 없구나."

백언청은 불쾌한 듯 꾸짖었다.

군역사는 늘 오만하고 잘난 척했지만 사부 앞에서는 무척 온순해서 고개를 숙이며 말했다.

"제가 잘못했습니다."

"이 기회에 남도 마장을 손에 넣어라. 그리고 홍성 마장도. 그 두 곳을 손에 넣기 전에 북려국을 떠나는 것은 허락하지 않겠다!"

백언청이 매섭게 명령했다.

놀랍게도 군역사는 이의제기조차 하지 않았다.

"예, 잘 알겠습니다!"

백언청은 몸을 일으켜 떠나면서 군역사에게 배웅도 하지 못하게 했다. 그는 북려국에 온 후로 행적을 숨긴 채 내내 강왕부 임강 별원에 머물렀고, 북려국 황제조차 그 사실을 몰랐다.

임강 별원에 도착한 백언청은 방에 들어서기 무섭게 피 묻은 침을 도자기 접시 위에 뱉었다. 그리고 몇 가지 약물을 떨어뜨리자 뜻밖에도 새빨간 색이던 피에 차츰차츰 변화가 생기더니 마지막에는 새까맣게 되어 이상한 비린내를 풍기기 시작했다. 마치 얼굴로 불어 닥치는 바닷바람처럼 옅은 비린내였다.

백언청이 새까만 핏방울을 태우자 곧 하얀 연기가 피어올랐다. 그는 눈을 감고 가만히 냄새를 맡더니 담배라도 피는 것처럼 흠뻑 취한 표정이 되었다. 알다시피 이 연기 속에는 피에 섞인 독이 가득한데도 백언청은 두려워하지 않았다. 설사 이 연기를 모두 마신다 해도 그는 중독되지 않았다.

이런 독쯤은 그에게는 어린아이 장난이었다.

새까만 색이 모두 가시자 피는 다시 선홍색을 되찾았다. 백언청은 천천히 눈을 떴다. 하얀 도자기 접시 위의 빨간 핏방울은 유난히 자극적이었고 그의 눈동자마저 빨갛게 물드는 것 같았다.

그는 한참 동안 침묵한 끝에 냉소를 지었다.

"인어의 피라니! 인어족이 언제 지상으로 돌아왔던가! 흥!"

백언청이 일부러 군역사를 속였는지 아닌지는 모르지만, 어쨌든 군역사는 여태 이 일을 알지 못했다. 그는 백언청에게는 거의 무조건 복종하고 있었다. 아무리 용비야와 한운석이 미워도 그는 일단 마음을 접으라고 자신을 달래며 북려국 내부 문제부터 처리하기로 했다.

며칠이 지났다. 용비야는 여전히 소소옥의 물건에서 아무 실마리도 찾아내지 못하고, 소소옥은 여전히 깨어나지 않았다.

고북월이 다시 와서 일상적인 검사를 하는데 용비야가 처음으로 찾아왔다.

용비야가 표정 없이 한쪽에 앉자 고북월은 인사를 올린 후 아무도 없는 것처럼 검사를 계속했다. 두 사람 사이에는 불쾌한 일이라곤 전혀 없어보였지만 사실이 어떤지는 그들 자신만이 알고 있었다.

"어때요?"

한운석이 물었다. 저 아이가 정신을 차리지 못하는 날이 길어질수록 상황은 비관적이었다.

고북월은 어쩔 수 없는 듯 고개를 저었고 그제야 용비야가 그쪽을 쳐다보았다.

"고 태의도 힘닿지 않는 일이 있느냐?"

"소신의 능력에도 한계가 있습니다. 부디 용서하십시오, 전하."

고북월은 겸손하게 말했다.

"본 왕을 염라대왕의 손에서 끌어냈으니 그대의 의술을 믿는다."

용비야가 차갑게 말했다.

"전하께서 그처럼 믿어 주시니 황공합니다."

고북월의 태도는 여전했다.

옆에 선 한운석은 아무래도 두 사람의 분위기가 이상한 것 같았지만 결국 차마 입을 열지 못했다.

소소옥의 두피에 난 화상은 거의 나았다. 소소옥이 계속 깨어나지 않으면 백리명향에게 간호를 맡기고 약귀곡에 다녀올 생각이었다.

솔직히 그녀는 내내 그 일을 잊지 않고 있었다! 게다가 요 며칠 동안 고칠찰에게 어떤 배상을 요구할지 내내 고민하고 있었다.

용비야가 이야기를 하는 와중에 갑자기 침상 앞을 지키던 백리명향이 놀란 듯 외쳤다.

"왕비마마, 움직였어요!"

그 말에 고북월과 한운석이 일제히 침상 앞으로 달려갔다. 그 동작이나 속도가 마치 약속이나 한 듯 척척 맞아서 용비야는 몹시 거슬렸다.

"어딜 움직였습니까?"

고북월이 물었다.

"눈이요. 방금 눈을 떴어요!"

백리명향은 무척 흥분했다. 그동안 그녀는 거의 종일 소소옥 곁을 지켰다. 비록 이 아이를 좋아하지는 않지만 그래도 열심이었다.

고북월은 즉시 소소옥의 눈을 조사했다. 그런데 뜻밖에도 그가 눈을 억지로 열려고 하자 별안간 소소옥이 고북월의 손을 힘껏 밀어내며 제 힘으로 눈을 떴다.

깨어났다!

모두 기뻐했지만 용비야만 무표정하게 앉아 있었다. 저 아이가 깨어난 건 잘된 일이었다. 실마리를 찾아내기 위해 계속 저 아이를 다그치면 될 테니까.

그런데 소소옥의 입에서 나온 첫마디는 용비야의 표정조차 바꿔 놓았다. 소소옥은 사람들을 바라보며 중얼거리듯 말했다.

"당신들 누구야?"

아니……!

모두가 깜짝 놀랐지만 고북월은 침착했다.

"우리가…… 기억나지 않습니까?"

소소옥은 고개를 젓고 다시 물었다.

"여긴 어디지?"

"못된 것, 기억이라도 잃었니?"

한운석은 놀라고 화가 났다.

소소옥이 눈을 들어 그녀를 바라보았다.

"당신은 누구야?"

태워 죽일 거예요

내가 누구냐고?

한운석은 우습기도 하고 화가 나기도 했다. 이 못돼먹은 계집애가 그녀더러 누구냐고 묻다니?

솔직히 기억상실증은 정말이지 어이없고 지독히도 얄미운 사건이었다! 기억을 잃은 사람은 무책임하게 모든 것을 잊어버리고 해탈을 얻지만, 기억이 남은 사람만 영원히 그 모든 것을 품고 살아야 한다. 정말 불공평한 일이었다!

한운석이 고북월을 바라보자 고북월은 어쩔 수 없는 얼굴로 고개를 저었다. 그 표정을 본 한운석은 소소옥이 기억을 잃은 척할 가망성은 없다는 것을 알았다. 지난번 두 사람 역시 이 아이가 머리를 다치지 않았나 걱정했지만, 기억상실증이란 결과는 예상 밖이었다.

그렇지만 기억상실증이 평생 정신을 잃고 식물인간이 되는 것보다는 나았다.

용비야가 다가와 소소옥을 살피더니 곧 고북월에게 묻는 시선을 던졌다. 고북월은 진지하게 고개를 끄덕여 소소옥이 진짜 기억을 잃었다는 것을 확인해 주었다.

침묵에 빠져 뜻밖이란 표정을 짓고 있는 사람들을 보자 소소옥도 멍해졌다. 기억은 잃어도 본성은 변하지 않는지, 소소옥은 아직 어린 나이에도 불구하고 여전히 싹퉁머리 없는 투로 한운석에게 물었다.

"당신 누구야? 누군데 날 못된 것이라고 부르는 거야? 내가 어디가 어때서?"

뭐 이런…….

한운석이 옳다구나 소매를 걷어붙이며 단단히 혼내 줄 준비를 하는데, 뜻밖에도 백리명향이 먼저 야단쳤다.

"소옥, 무례해선 안 돼! 이 분은 왕비마마이시고 네 목숨을 구해 주신 은인이야. 잊었니?"

"목숨을 구해 준 은인……."

소소옥은 더욱더 멍해져 고개를 숙이고 자기 몸을 살폈다. 아무 이상이 없었다.

"넌 본래 고아인데 끓는 물에 데어 중상을 입었어. 왕비마마께서 너를 구해 오셨으니 왕비마마가 안 계셨다면 너는 벌써 죽었을 거야!"

백리명향이 진지하게 설명했다.

장내에 있던 사람들은 백리명향의 이런 설명에 놀랐다. 하지만 거짓말이라고 할 수는 없었다. 한운석은 확실히 소소옥의 목숨을 살린 은인이고, 한운석이 마음 약해지지 않았다면 이 못된 계집애는 벌써 펄펄 끓는 물속에서 죽었을 테니까.

"화상……."

소소옥은 의아해하면서 제 몸을 살피다가 무심결에 머리를

둘둘 싸맨 천을 건드려 벼락이라도 맞은 듯 손을 움츠렸다. 그
제야 머리가 뭔가 다르다는 것이 느껴졌다. 두피가 묵직하고
몹시 당기는 느낌이었다.

"직접 보거라!"

조 할멈이 퉁명스럽게 말하며 거울을 건넸다. 소소옥은 거울
을 들여다보기 무섭게 비명을 질렀다.

"내 머리카락! 내 머리카락 어디 갔어!"

지금 그녀는 어린 비구니 같았고 박박 민 머리에는 흰 천을
둘둘 감고 있었다. 눈 코 입은 앳되고 예쁘장했지만 표정은 나
이에 맞지 않게 성숙했다.

"두피가 홀랑 타 버렸는데 머리카락이 남아 있겠느냐?"

조 할멈이 불쾌한 목소리로 되물었다.

"누가 태웠어?"

소소옥은 몹시 사납게 굴었다.

이 말에 방 안이 조용해졌다. 백리명향과 조 할멈은 감히 진
왕 전하를 쳐다보지도 못했고, 지금 전하가 어떤 표정일지 상
상조차 할 수 없었다. 하지만 한운석은 용비야를 바라보았다.
그녀의 눈동자에는 웃음기가 가득해서 자칫하면 웃음을 터트
릴 것 같았다.

한운석이 이렇게 즐거워하는데 용비야가 뭘 어떻게 할 수 있
을까? 그는 차가운 얼굴을 굳힌 채 여전히 아무 표정도 드러내
지 않았다.

"네가 실수로 덴 거야. 다행히 때맞춰 구했으니 두피가 나으

면 머리카락도 자랄 테니 걱정 마."

한운석이 대답했다.

이 아이가 기억을 잃은 것은 새 삶의 시작이 아닐까 하는 생각을 했다. 다 나으면 보내 주자. 이 아이는 아직 앞날이 창창하잖아.

그런데 소소옥은 그녀를 바라보다가 별안간 무척 진지한 얼굴로 한 자 한 자 말했다.

"그렇다면 평생 당신을 따를게요. 누구든 당신을 괴롭히면 내가 태워 죽일 거예요!"

앳된 얼굴 위로 꼬마 악마 같은 표정이 떠오르고, 초롱초롱하고 큰 눈동자에는 진심과 고집이 가득 차올랐다. 방 안에 있는 어른들은 이 모습에 깜짝 놀랐다. 도무지 이 말을 어린아이의 장난으로 치부할 수가 없었다. 이건 약속이었다!

한운석의 마음속에 이상한 감정이 퍼져 나갔다. 지난 생에서도, 그리고 이생에서도 많은 사람을 구했고 그 은혜에 감사하는 사람은 많았다. 그렇지만 이렇게 앳되면서도 진지한 목소리는 처음이었다.

본래는 남겨 둘 생각이 전혀 없었지만 이 말을 듣자 귀신에 홀린 듯 이 꼬마 악마가 좋아졌다.

"정말이니?"

한운석이 진지하게 물었다.

"거짓말이면 이 자리에서 죽겠어요!"

소소옥은 생각해 보지도 않고 대답했다.

"요 못된 것, 고분고분 말하지 못해? 조그만 아이가 입만 열면 독한 말뿐이니 나중에 어찌 되려고!"

조 할멈이 참지 못하고 훈계를 했다.

이 못된 것이 본래 어떤 성격이었는지 누가 알까? 분명히 지독히도 못돼먹은 성격이었을 것이다.

그렇지만 한운석은 마음에 들었다. 바로 직전에는 마음이 약간 흔들린 것뿐이라면, 지금은 진짜 이 아이를 곁에 남길 생각이 들었다.

"좋아, 앞으로 날 따르도록 해. 감히 딴생각을 품으면……."

한운석은 이렇게 말하면서 입꼬리에 사악한 미소를 지어보이며 천천히 소소옥에게로 몸을 숙였다.

"독살해 버리겠어!"

소소옥은 흠칫했지만 곧 오만한 표정으로 돌아왔다.

"흥, 평생 그럴 일 없어요!"

고북월이 떠나기 전에 한운석이 나지막이 물었다.

"저 아이, 괜찮을까요?"

"소관의 진맥이 틀리지 않았다면, 머릿속에 어혈이 맺혔는데 아마도 평생 낫지 않을 것입니다."

고북월이 담담하게 말했다.

고북월이 이렇게 말하자 한운석도 안심이 되었다. 하지만 용비야는 그렇지 못했다.

그 후 그는 신의 등급 의원 십여 명을 속속 불러들여 소소옥을 진맥하게 했다. 그들이 내린 결론은 모두 똑같았다. 저 아이는 충격을 받아 머리를 다쳐 평생 낫지 않을 것이라는 결론이었다. 물론 나중의 이야기였다.

그렇게 해서 소소옥은 계속 진왕부에 남게 되었다. 어느 날 그녀는 방 안에 앉아 있기가 지겨워 대머리인 것도 아랑곳없이 방을 나가 정원을 산책했다. 이를 본 조 할멈은 연신 고개를 저었다.

"명향, 저 계집애가 밉지요?"

조 할멈이 물었다.

"왕비마마께서 따지지 않으시는데 내가 뭐라고 저런 어린아이에게 꼬치꼬치 따지겠어요?"

백리명향은 빙그레 웃으며 말했다.

조 할멈은 그 말을 무척 반가워하면서 탄식을 내뱉었다.

"저 아이가 그 일을 까맣게 잊었으니 우리도 잊어야지요!"

백리명향은 대답하지 않았다. 그동안 그녀는 소소옥이 남겼을지도 모를 실마리를 찾기를 바라며 조용히 운한각을 수색했다.

소소옥은 기억을 잃었지만 그 배후에 있는 사람은 분명 아직도 왕비마마를 노리고 있었다!

소소옥 문제를 처리한 뒤 한운석이 용비야에게 처음 꺼낸 말은 이랬다.

"당장 약귀곡으로 가요! 이렇게 오래 미뤘으니 고칠찰에게 이 자도 받아야겠어요!"

용비야는 입꼬리를 살짝 실룩였다.

"네 등의 화상이 아직 낫지 않았다."

"별거 아니에요. 약을 두 번 더 바르면 나을 거예요."

고칠찰을 찾아가 빚을 받아내는 것보다 더 중요한 일이 있을까? 한운석은 이 기회를 기다린 지 오래였다.

한운석이 좋은 말로 달래고 애교를 떨고 귀여운 척하면 보통은 이 얼음왕을 움직일 수 있었지만, 그녀의 몸 상태에 관한 일만큼은 먹히지 않았다.

용비야는 담담하게 말했다.

"그렇다면 두 번 더 약을 바른 다음 출발하지."

"전하, 지난번에는 당장 가기로 하셨잖아요."

한운석이 진지하게 말했다. 소소옥 때문에 미루지 않았다면 그들은 지금쯤 약귀곡에 가 있을 것이다.

확실히, 그때 용비야는 해약의 분량을 생각하느라 정신이 없어 나오는 대로 대답했다.

그렇지만 지금은 달랐다.

"그때는 네가 당장 가지 않았잖느냐?"

"그야……, 그러니까……."

말 잘하는 한운석도 순간 뭐라고 해야 좋을지 몰랐다.

"상처가 나은 후에 간다. 본 왕은 약속을 어기는 사람이 아니다."

용비야가 진지하게 말했다.

벌써 약속을 어긴 것 같은데 치지 않을 모양이었다. 한운석은 아무 말 하지 않고 몹시 가엾은 척하며 그를 올려다보았다.

"흠……."

용비야가 헛기침을 하며 가련하기 짝이 없는 그녀의 시선을 피했다.

"가서 쉬어라."

한운석은 그의 앞으로 돌아가 눈빛으로 그를 쓰러뜨리려고 했지만, 애석하게도 용비야가 한발 앞서 가 버렸다.

"전하……."

한운석이 녹아드는 목소리로 불렀지만 그는 듣지 못한 척 했다.

그래, 관두자. 내가 들어도 닭살이 돋는 목소린데 여기서 애교까지 부리는 건 말도 안 돼.

만약 언젠가 내가 코맹맹이 소리라도 낼라치면 저 사람은 분명 더 빨리 달아나 버릴 거야.

부탁할 바에 스스로 해결하는 편이 낫다고 했으니, 한운석은 금방 낫고야 말겠다는 일념으로 운한각으로 돌아가 하루 쉬면서 상처를 식히기로 했다.

사실 용비야는 그리 멀리 간 것이 아니었다.

정원의 반월문 안쪽 담장에 기대어 있는 그의 얼음장 같은 얼굴은 색색의 도화지를 씌운 듯 뭐라고 표현할 수 없이 매우 이상한 표정을 짓고 있었다.

그는 한운석이 떠난 것을 확인한 다음에야 문에서 나왔다.

한운석의 상처는 본래 아물던 차였는 데다 용비야가 다시 치료해 준 덕분에 그동안 많이 좋아져 큰 문제는 없었다. 백리명향이 실수로 찌른 곳만 이제 막 딱지가 앉아 조심해야 했다.

그녀는 백리명향을 불러 약을 바르게 했다. 그리고 백리명향이 권하기도 전에 알아서 말했다.

"싸매지 말고 바람이 통하도록 놔둬요. 금방 좋아질 테니!"

백리명향은 무척 기뻐하면서 한운석의 허리로 시선을 움직였다. 희미한 봉황 깃 모반은 이불에 가려져 아주 조금만 드러나 있었다.

백리명향은 이 틈에 진왕 전하를 들어오게 할 방법을 생각해 내야 했다.

"독의서 한 권 가져다 줘요."

한운석은 무척 따분했다. 미접몽은 지금껏 진전이 없어 해독 시스템을 둘러보는 것도 귀찮았다.

사실 그녀는 미접몽을 분석해 낼 가능성에 의문을 품고 있었다. 실마리가 없어도 너무 없었다!

용비야가 몹시 서두를 줄 알았는데, 그의 태도를 보면 딱히 급한 것 같지 않았다.

그는 야망이 크고 마음속에 품은 천하도 컸다. 그런데 어째서 미루기만 하고 움직이지 않을까?

이재민을 구호해 천녕국 중부의 큰 군현 세 곳을 얻은 후로 그는 거의 아무 움직임이 없었다. 초조하지도 않을까?

종일 바쁜 것 같은데 무슨 일로 바쁜 걸까?

사실 한운석은 군사를 일으켜 천하를 정복하는 것을 꿈꿨다. 독술이 더욱 강해지고, 무공도 익히고, 권모술수도 부릴 줄 알게 되어 용비야와 어깨를 나란히 하고 새로운 천하를 일으킬 수 있다면 얼마나 좋을까.

그 아름다운 장면을 생각하고 또 생각하다 보니 백리명향이 독의서를 가지고 왔을 때 그녀는 이미 잠들어 있었다.

백리명향은 그녀가 추워할까 봐 서둘러 이불을 당겨 상처 바로 아래까지 조심스레 덮어 주었다.

그녀는 한동안 곁을 지켰지만 곧 가만히 앉아 있을 수가 없게 되었다. 잔뜩 망설이는 얼굴로 한참 동안 손가락을 이리저리 꼬았지만 도무지 결심이 서지 않았다.

왕비마마의 상처는 곧 나을 것이다. 이 틈에 진왕 전하의 마음을 확실히 알아내지 못하면 앞으로는 더 기회가 없었다.

그녀는 벌떡 일어나서 누각에서 내려가 조 할멈을 찾았다.

"조 할멈, 급히 전하를 만나야겠어요."

아무리 진왕부에 있다고 해도 왕부에서 진왕 전하를 찾기란 그리 쉬운 일이 아니었다! 적어도 백리명향은 어디서 그를 찾아야 할지 몰랐고, 신비로움 가득한 침궁에 함부로 접근할 용기도 없었다.

"무슨 일이지요?"

조 할멈이 의아한 듯 물었다. 백리명향은 왕부에 온 후로 한 번도 전하를 찾은 적이 없었다.

"왕비마마 등에 난 상처에 문제가 생겼어요. 주무시는 중이라 내 마음대로 처리할 수가 없어 전하께 여쭤보려고 해요."

백리명향이 대답했다.

"무슨 문제랍니까? 상처가 곪았나요?"

조 할멈도 초조해했다.

"아니에요. 약 문제예요. 조 할멈, 전하를 찾을 수 있나요? 마마는 내가 지키고 있겠어요!"

백리명향이 말했다.

조 할멈은 지체하지 않고 곧장 찾으러 나섰다.

적포도주색이 더 좋다

조 할멈이 떠나는 것을 본 후 백리명향은 곧 누각으로 올라 갔다. 본래도 빠르게 뛰던 심장이 층계를 오르느라 더욱 빨라 져 숨이 가빴다.

그녀는 문가에서 한참 숨을 고른 다음에야 안으로 들어갔다. 왕비마마가 갑자기 깨어날 거라는 걱정은 없었다. 어차피 이렇 게 한 이상 그만 한 대책은 있었다. 그녀가 긴장한 까닭은 역시 진왕 전하 때문이었다.

문 밖에서 기다리는 그녀의 심장은 올라갔다 내려갔다 하며 안절부절 못했고 숨도 약간 막혔다. 평생 양심에 찔리는 일을 해 본 적이 없는데 전하 앞에서 연기를 잘 해낼 수 있을지 무척 걱정스러웠다.

사실 자신이 내내 진왕 전하 앞에서 연기를 해 왔다는 것은 잊고 있었다. 분명히 좋아하면서 그런 마음 따윈 전혀 없는 척 순전히 공손한 부하처럼 행동했던 그녀였다.

곧 용비야가 왔다. 한운석이 잠들어 있다는 것을 아는 그는 발소리를 죽였다.

"무슨 일이냐?"

"왕비마마 등의 상처 일부가 아주 심각합니다. 흉터가 남을 까 봐 함부로 약을 쓸 수도 없고 왕비마마께서 푹 주무시고 계셔서 깨울 수도 없기에 전하께 여쭤보려 합니다."

백리명향이 몸을 숙여 인사하며 나지막하게 말했다.

용비야는 두말없이 방으로 들어갔다. 백리명향은 안도의 숨을 내쉬며 황급히 뒤따랐다.

침상 위의 한운석은 여전히 두두만 걸치고 등을 시원하게 드러낸 채 엎드려 있었다. 어두운 색 이불은 허리를 반만 덮고 있어서, 멀리서 볼 때 붉은 휘장을 두른 푹신한 침상 위로 눈처럼 하얀 피부가 언뜻언뜻 비치는 것이 뭐라고 설명하기 힘든 묘한 분위기를 풍겼다.

다가간 용비야는 한눈에 한운석의 두두가 지난번과는 다르다는 것을 알아보았다. 오늘 입은 두두는 흰색이어서 지난번에 입은 적포도주색에 비하면 훨씬 덜 육감적인 대신 청순미가 강했다.

심지어 그는 이 두두의 끈이 지난번 것보다 더 가늘다는 것도 알아차렸다. 하긴, 눈썰미가 좋아서 대충 훑어봐도 사람 마음을 간파하는데 하물며 두두쯤이야!

물론 그녀의 등에 난 상처 두 곳이 거의 나았다는 것도 알았다.

그는 한참 동안 그녀를 쳐다보았고 한참 동안 침묵에 빠졌다.

백리명향은 옆에서 기다리면서 그 모든 것을 똑똑히 지켜보았다. 남녀 관계를 겪어 보지 못한 숫처녀지만 전하의 눈동자에 어린 남자 특유의 묵직함이 무엇인지는 알아볼 수 있었다.

백리명향의 심장은 조금씩 조금씩 가라앉았고, 거의 지탱하지 못할 정도에, 모른 척하지 못할 정도에 이르렀다.

진왕부에 오면서 이렇게 많은 일을 겪을 줄은, 이렇게 많은 것을 보게 될 줄은 꿈에서도 생각해 본 적도 없었다. 그저 은혜에 보답하고자 했을 뿐이었고, 쓸데없는 일에 나서지 말라고 두 번 세 번 자신을 다잡았다!

그런데 그런 자신이 진왕 전하를 이곳까지 끌어들이게 될 줄 짐작이나 했을까!

"전하……."

마침내 백리명향이 소리를 냈다.

용비야는 그제야 정신을 차리고 침상 옆에 앉았다. 한운석은 고개를 옆으로 돌리고 잠들어 있었다. 너무 피곤한 탓인지 확실히 단잠에 푹 빠져 있었다.

"어느 쪽이냐?"

용비야가 나지막하게 물었다.

백리명향은 심호흡을 한 뒤 다가가 용비야에 앞에 서서 아닌 척하며 살짝 이불을 걷었다. 이렇게 해서 한운석의 등이 완전히 드러났다.

백리명향은 당장 손가락으로 상처를 가리키는 대신 이불을 걷어 옆으로 치우는 척하며 시간을 벌었다.

바로 그사이 용비야의 사냥꾼 같은 눈빛이 한운석의 등을 샅샅이 훑었다.

진짜배기 골동품을 감상하듯, 그의 시선이 어깨에서부터 고운 등의 각도를 따라 아래로 둔부까지 내려갔다. 바로 그 순간 용비야는 처음으로 한운석의 허리에 찍힌 옅은 붉은 자국을 발견했다.

본래는 가볍게 훑어보던 중이었지만 그 희미한 자국을 발견한 순간 그는 고개를 돌리고 진지하게 바라보았고, 그 모반이 활짝 펼친 봉황의 두 날개 같다는 것을 알게 되었다.

그는 이 봉황 깃털이 무엇을 의미하는지 몰랐으나 그저 호기심에 손을 뻗어 가만히 쓰다듬었다. 부드럽고 가볍고 느릿느릿한 동작이었다. 백리명향이 있다는 사실 같은 것은 전혀 신경 쓰지 않았다.

검을 쥐는 저 손, 수없이 피에 젖고 몹시도 잔인하고 냉혹한 저 손이 이렇게 부드러울 수 있다니.

보고 있는 백리명향의 마음도 스르르 녹아들 것 같았다. 마치 꿈을 꾸는 기분이었다.

그녀는 마침내 답을 얻었다. 전하는 본래 저 모반의 존재를 알지 못했다. 저 반응으로 보아 저 모반의 의미도 모르는 것 같았다.

백리명향은 시선을 돌리면서 속으로 가만히 안도의 숨을 쉬었다. 며칠간 심장을 짓누르던 커다란 바위가 마침내 사라진 것 같았다.

전하께서 모르신다면, 그녀 역시 절대 왕비마마를 배신하지 않을 것이다. 그녀는 아무 망설임 없이 이 비밀을 무덤까지 갖고 가기로 결심했다!

등에 닿은 손길을 느꼈는지 푹 잠들었던 한운석이 몸을 뒤척였다.

용비야는 즉시 손을 뗐지만 안타깝게도 이미 늦은 후였다. 한운석이 몸을 옆으로 돌리며 당장이라도 똑바로 누우려고 했다!

등이 아직 낫지 않았고 막 약을 발랐으니 저렇게 누우면 안 되었다!

알다시피 그간 밤마다 백리명향 아니면 조 할멈이 곁을 지킨 것도 그녀가 잠결에 몸을 뒤척이다 상처를 건드릴까 우려해서였다.

백리명향이 초조해하는데 용비야가 한 손으로 그녀의 등을 부축해 상처가 닿지 않도록 막았다.

한운석은 깨어나지 않았다. 잠들었다 하면 누가 업어 가도 모르고 쿨쿨 자는 사람이어서가 아니라 이런 일에 익숙해진 탓이었다. 그동안 그녀가 자다가 몸을 뒤척이면 조 할멈이나 백리명향이 베개로 등을 받쳐 주거나 억지로 몸을 돌려 엎드리게 했다.

처음에는 잠이 깨곤 했던 한운석도 몇 차례 반복되자 곧 익숙해져 그들에게 맡긴 채 안심하고 잠들게 되었다.

한운석을 붙잡아 둔 용비야는 조심스럽게 그녀의 몸을 돌려 다시 엎드리게 해 주었다. 한운석이 그래도 깨어나지 않자 그는 참지 못하고 어이없는 쓴웃음을 지었다.

그가 웃었다!

백리명향은 전하가 웃을 때는 저런 모습이라는 것을 처음으로 알게 되었다. 마치 딴사람이 된 것 같았다.

이제 보니 전하도 정말 웃을 줄 아셨어.

"상처가 어디냐?"

용비야가 물었다.

백리명향은 그제야 정신이 돌아와 조그맣게 딱지가 앉은 부분을 가리켰다.

"이쪽 상처가 얕지 않습니다. 계속 왕비마마의 약을 바르면 서둘러 낫게 할 수는 있지만, 나중에 딱지가 떨어지면 흉터가 생겨 쉽게 사라지지 않을 것 같아 차마 약을 바를 수가 없습니다."

백리명향이 나지막이 대답했다.

"그러면?"

용비야가 차갑게 물었다.

"소인이 알기로 태의원에 흑옥응지로黑玉凝脂露라는 약물이 있는데, 상처를 금방 아물게 하고 흉이 지는 것을 막아 줍니다. 딱지가 떨어져도 흉터가 생기지 않아 따로 흉터를 없앨 필요가 없습니다. 아무래도 작은 일이 아니어서 소인 마음대로 결정할 수가 없었습니다."

백리명향은 공손하게 보고했다.

용비야는 망설이지 않고 차갑게 말했다.

"사람을 보내 약을 가져오게 하도록. 너는 먼저 물러가라."

모반을 확인시키는 것이 본래 목적이었지만 갑작스레 쫓겨나는 처지가 되자 백리명향은 아무래도 마음이 텅 비는 기분이었다.

"예."

그녀는 조용히 물러났다.

용비야는 다시 봉황 깃 모반을 쳐다보았다. 볼수록 독특한 모양 같았다. 그가 가까이에서 다시 꼼꼼히 살피려는데 뜻밖에도 갑자기 한운석이 깨어났다.

그녀는 몽롱한 얼굴로 하품을 했다.

"명향……."

말을 꺼내려다 뭔가 이상한 느낌이 들어 고개를 돌려보니 놀랍게도 용비야가 쳐다보고 있었다.

"꺄악……!"

한운석이 비명을 지르자 용비야도 갑자기 뭘 어떻게 해야 할지 몰랐다. 분명히 그의 집인데 마치 도둑이 된 기분이었다.

불쾌해진 그가 한운석의 입을 막았다.

한운석은 완전히 깨어났으나 채 놀람이 가라앉지 않은 눈으로 그를 바라보았다. 그는 눈을 내리뜨고 그녀를 살피고 있었다.

그 시선을 따라 아래를 내려다보던 그녀는 그제야 자신이 몸을 훤히 드러내 놓고 있다는 것을 깨달았다! 이불로 가리고 싶었지만 안타깝게도 이불은 백리명향이 발치로 치워 버려 손이 닿지 않았다!

다급해진 그녀가 손으로 용비야의 눈을 가렸다.

이렇게 해서 두 사람은 한 사람은 입을, 다른 한 사람은 눈을 가린 채 서로 대치했다.

그녀는 말하고 싶었지만 말을 할 수 없었고, 그는 보고 싶었지만 볼 수 없었다.

"읍……."

한운석이 저항하기 시작했다.

결국 이번에도 용비야가 양보하고 먼저 손을 치웠다.

"눈 감아요!"

한운석이 진지하게 요청했다.

용비야는 그녀를 보지 않고 고개를 돌려 손을 피했다. 한운석은 뒤늦게 깨달았다. 이 남자가 정말 뻔뻔스러운 짓을 하려 했다면 그의 눈을 가리지도 못했을 것이고 자신의 몸을 가리지도 못했을 것이다.

그가 그녀를 등지고 앉아 있어서 표정을 볼 수가 없었다. 그녀는 황급히 몸을 일으켜 이불을 끌어와 덮었다.

"이제 돌아봐도 돼요."

뜻밖에도 그는 돌아보지 않고 백리명향이 방금 했던 이야기를 해 준 다음 일어나 문 쪽으로 걸어갔다.

이대로 가는 거야?

문득 한운석은 혼자 북 치고 장구 친 기분이 들었다. 그런데 용비야가 문을 나서기 직전에 말했다.

"여인이여, 등에 있는 모반이 예쁘군. 그리고 본 왕은 적포도주색이 더 좋다."

말을 마친 그가 성큼성큼 방을 나갔다. 나가지 않으면 정말로 통제 못할 일이 벌어졌을 것이다.

한운석은 침상 위에 얼어붙었다. 한참만에야 정신이 든 그녀는 지난번에 입었던 두두가 적포도주색이었다는 사실을 떠올렸다!

저……, 나쁜 놈!

고개를 숙여 하얀 두두를 쳐다본 한운석은 수줍음에 얼굴을 붉히면서 혼잣말을 중얼거렸다.

"흰색이 더 낫거든!"

용비야가 정말 떠난 것을 확인하자 그녀는 재빨리 침상에서 내려와 손거울을 들고 큰 거울 앞에서 등을 비춰보았다.

등에 모반이 있다는 것은 전혀 모르고 있었다. 이렇게 비춰보는 것은 영 불편해서 한참 끙끙 거려서야 겨우 허리에 찍힌 옅은 붉은색 모반을 볼 수 있었다. 무슨 날개 같은데 확실히 모양은 예뻤다.

그러니까 용비야가 방금 이렇게 아래까지 봤다는 거야?

한운석은 무슨 생각을 했는지 반나절이나 울상을 짓고 있었다.

그 후 백리명향은 한운석에게 한바탕 야단을 들었다. 처음에는 묵묵히 듣던 백리명향도 나중에는 견디지 못하고 입을 열었다.

"왕비마마, 마마와 전하는 부부이신데 그게 무슨 문제가 되겠어요."

한운석은 말이 없었고 백리명향도 입을 다물자 분위기가 약간 민망해졌다. 하지만 백리명향은 곧 장난스럽게 말했다.

"왕비마마, 전하께서는 마마를 무척 총애하신답니다. 그러니 전하를 괴롭히지 마세요……."

한운석은 웃어야 할지 울어야 하지 알 수가 없었다. 그녀와 용비야의 '부부' 관계를 어떻게 한두 마디 말로 설명할 수 있을까!

그녀는 백리명향을 흘겨보며 여전히 아무 말 하지 않았다.

백리명향은 쿡쿡거렸지만 역시 말은 하지 않았다.

다시 하루가 지나자 한운석의 상처가 모두 나았다. 딱지가 떨어진 다음 백리명향이 태의원에 사람을 보내 약을 청하자 고북월이 소식을 듣고 가려움을 줄여 주는 약물 한 병을 보내 왔다.

딱지가 앉았다가 떨어질 때가 가장 가려운 법인데, 고북월이 준 약 덕분에 한운석은 그 고통을 피할 수 있었다.

그날 아침, 그녀와 용비야가 막 약귀곡으로 출발하려 할 때 갑자기 궁에서 사람이 왔다. 궁에 기화요초 한 더미가 들어왔기에 초 귀비가 왕비마마를 어화원으로 청해 함께 감상하고자 한다는 전갈이었다.

꽃구경은 핑계고 다른 꿍꿍이가 있다는 것쯤은 바보라도 알 수 있었다.

왜 이렇게 사건이 많담?

한운석은 짜증이 났다. 정말 가기 싫었는데, 그녀가 대답하기도 전에 용비야가 대신 거절했다.

"본 왕과 왕비는 일이 있어 성 밖으로 나가야 한다. 초 귀비의 호의는 감사하다고 전해라."

누가 뭐라던 초 귀비는 태후도 아니고 황후도 아니니 진왕의 말 한마디로 물리치기 충분했다.

이렇게 해서 한운석은 기분 좋게 용비야를 따라 성을 나갔다.

벙어리 노파를 내놔

한운석과 용비야는 몇 차례나 약귀곡에 다녀왔는데, 그때마다 급히 사람을 구해야 했기에 바삐 갔다가 바삐 돌아왔다.

그렇지만 이번에는 완전히 달랐다.

마차에 탄 용비야는 서둘지 않았지만 한운석은 마음이 급했다. 등에 생긴 상처가 나은 지 얼마 안 돼 용비야가 우기지 않았더라면 마차 대신 말을 타고 갔을 것이다.

용비야는 여느 때처럼 마차에 편안하게 기대어 책을 읽었다.

그의 이런 편안한 모습에 한운석은 강남 매해에서 보낸 나날을 떠올렸다. 그를 방해하고 싶지는 않았지만 도저히 참을 수가 없었다.

잠시 망설이던 그녀가 입을 열었다.

"전하, 비밀 시위를 얼마나 데려오셨어요?"

용비야는 여전히 책에 집중하며 태연하게 대답했다.

"몇 명 정도."

"부족하지 않을까요?"

한운석이 진지하게 물었다. 이 여자는 대체 배상을 받으러 가는 걸까 아니면 남의 장사를 박살내러 가는 걸까!

용비야가 그제야 시선을 들어 그녀를 쳐다보았다.

"본 왕으로도 부족하냐?"

그가 비밀 시위를 데려가는 것은 편의를 위해서일 뿐, 고칠찰을 상대하기 위해서가 아니었다. 고칠찰은 이미 두 번이나 그의 손에 패했고 기본적으로 신경 쓸 상대도 아니었다.

고칠찰이 미독의 해약에 가짜 가루약을 섞은 것은 아마 분량을 속여 약간 가로채려던 것뿐이지 다른 수작을 부리려던 것은 아닐 것이다.

해약 분량 문제를 해명할 때가 되면 한운석은 고칠찰이 아니라 그를 믿을 터였다.

그래서 용비야는 이번 방문에 별로 마음을 쓰지 않았다. 한운석이 뭘 하려고 하든 마음대로 하게 해 주면 그만이었다.

솔직히 한운석도 쓸데없는 걱정이라는 걸 인정했다.

용비야의 불쾌한 표정을 보자 그녀는 장난스레 웃었다.

"전하의 무공에 신첩의 독술을 더하면 그야말로 천하무적이죠. 절 데리고 강호에 나가세요!"

뜻밖에도 용비야는 '시간 없다'는 한마디로 딱 자르고 다시 책으로 눈을 돌렸다.

한운석은 갑자기 할 말을 잃었다. 농담한 건데 알아듣지도 못하나?

사실 용비야의 말은 '한가하게 농담할 시간 없다'는 뜻인데 알아듣지 못한 건 한운석이었다. 어쨌든 그녀가 입을 다물었으니 충분했다.

용비야는 어려서부터 책 읽는 것을 좋아했고, 책 읽을 때 방해받는 것을 가장 싫어했다.

사실 한운석도 의서와 독의서를 가져왔다. 하지만 용비야와 나란히 마차에 있으면 정신이 팔려 집중해서 읽을 수가 없었다.

사실 마차에서 뿐만이 아니라 진왕부에서도 용비야가 왕부에 있다는 것을 알면 집중하기가 어려웠고, 오히려 용비야가 없을 때 혼자서 조용히 바쁜 일을 처리하느라 그가 돌아온 줄도 모르곤 했다.

이제 겨우 하루가 지났고, 마차의 속도로 약귀곡에 가려면 아무리 빨라도 이틀이 걸렸다. 한운석은 미독 해약 병을 꺼내 만지작거렸다.

심심해진 그녀는 해약에 섞인 효과 없는 가루약을 분리해 다른 병에 넣었다. 이제 본래 병에는 순수 해약만 남았다.

본래 팔 푼쯤 들어 있던 해약을 분류하고 나자 사 푼은 쓸모 없는 가루약이고 진짜 해약은 고작 사 푼 정도였다. 즉, 고칠찰이 진왕의 해약 사 푼을 떼먹은 것이다!

겉으로 드러난 수치는 그렇지만, 한운석은 그렇게 어리석지 않았다.

한운석이 손에 넣은 사과의 분량으로 보아 사과를 모두 썼다면 적어도 한 병이 가득 차야 했다. 남은 것이 대략 병의 사 푼이니 고칠찰은 육 푼을 가져갔을 것이다!

한운석은 미천홍련과 웅천의 크기와 분량을 모르니 또 다른 상황을 생각해 볼 수도 있었다. 사과는 남았지만 웅천과 미천홍련을 다 써 버린 상황인데, 그런 경우라면 해약이 병에 꽉 차지 않을 테니 고칠찰이 얼마나 빼돌렸는지 확실치 않았다.

한운석은 묵묵히 계산해 본 다음 해약과 효과 없는 가루약을
용비야 앞에 놓았다.

"전하……."

"음."

용비야는 무심하게 대답했다.

하지만 한운석은 다가앉으며 방금 생각해 본 두 가지 상황
을 자세히 들려주었다. 그녀의 입에서 나온 수치는 '대략'이라
거나 '정도'라는 단어가 아니라 정확한 값이었다.

처음에는 아무 말 없던 용비야였지만 곧 고개를 들고 한운석
을 바라보았다.

"전하, 사과의 분량을 기준으로 두 가지 상황을 짚어 봤어
요. 단 한 푼이라도 돌려받아야 해요."

한운석은 진지했다.

용비야는 그런 그녀를 바라보며 아무 말 하지 않았다.

그제야 이 인간이 이상하다는 것을 느낀 한운석이 다시 말하
려는데 용비야가 그녀의 목을 휘감아 자신의 품으로 끌어당겨
단단히 눌렀다.

뜬금없이 뭐야!

한운석이 발버둥을 치려는데 뜻밖에도 용비야가 차갑게 경
고했다.

"본 왕은 시간이 없다. 한 번 더 떠들면 밖으로 던져 버리겠다."

한운석은 그제야 조금 전 이 인간이 말한 '시간 없다'의 진짜
의미를 알아듣고 멍해졌다.

밖에 있는 마부는 줄곧 안에서 들리는 소리에 귀를 기울이다가 진왕 전하의 말을 듣고 속으로 탄식했다. 역시 왕비마마는 다르구나. 다른 사람이 책 읽는 전하 앞에서 떠들었다면 경고 같은 건 어림도 없지. 벌써 걷어차 쫓아내셨을 테니까.

한운석은 눈치 빠르게 입을 다물었다. 용비야의 품에 기대자 그가 들고 있는 책이 똑똑히 보였다. 북려국 삼대 마장에 관한 기록의 필사본이었다.

지금 용비야가 펼친 쪽에는 천택 마장의 수초 분포 상황이 적혀 있었다.

용비야가 어디서 이런 기밀이 담긴 책을 얻었는지 모르지만, 이 책을 읽으면 북려국 삼대 마장을 훤히 들여다볼 수 있었다. 다시 말해 북려국의 명줄을 훤히 들여다볼 수 있다는 말이었다.

지난번 북려국 첩자 사건은 천녕국에게는 커다란 도전이었다. 이 인간은 그 일에 눈 하나 깜짝하지 않는 것 같아도 사실은 일찍부터 북려국에 손을 쓸 생각을 하고 있었다. 한운석은 북려국 삼대 마장이 용비야의 손아귀에서 벗어날 수 없다는 것을 깨달았다.

북려국에 관해서라면 묻고 싶은 것이 많았지만, 용비야가 방금 했던 경고를 떠올리고 꾹 참았다.

뜻밖에도 잠시 후 용비야가 태연하게 물었다.

"다 봤느냐?"

확실히 보고 있었던 한운석은 사실대로 대답했다.

"다 봤어요."

용비야는 다음 장을 펼치고 책을 약간 아래로 내리더니 내용을 읽으면서 말했다.

"이번에 벌어진 말 전염병 건으로 우리 쪽 사람이 천택 마장에 들어갔고, 바로 어제 나쁜 소식을 전했다. 천택 마장의 실제 권한은 황자가 아니라 군역사가 쥐고 있다."

이 한마디에서 중요한 부분은 '군역사'였다. 하지만 한운석의 신경은 온통 '우리'라는 단어에 쏠렸다. 그가 '우리'라고 했어!

이 정도면 한발 더 나간 걸로 봐도 될까?

그의 품에 기댄 것보다 훨씬 더 가까워진 기분이었다.

전하, 전하와 어깨를 나란히 하고 싸울 수 있다면 신첩에겐 평생 가장 큰 영광일 거예요!

한운석은 기쁨에 휩싸여 진지하게 대답했다.

"전하, 사실 군역사는 상대하기 쉬워요."

"무슨 말이냐?"

용비야는 이해가 가지 않았다.

"독은 독으로써 제압하는 법이라고 했어요. 그가 가장 잘하는 것이 독이니 독이 곧 그의 약점이죠. 자신이 가장 잘하는 분야에서 언제까지나 신중하게 경계하는 사람은 없어요."

한운석이 진지하게 말했다.

용비야도 수긍하듯 고개를 끄덕였다.

"너는 어떠냐? 너를 상대할 때도 독을 독으로 상대하는 수법을 써야 하느냐?"

"전하께서 저를 상대하시려고요?"

한운석이 웃음을 지었다.

"그럴 필요가 있느냐?"

용비야가 반문했다.

"당연히 필요 없죠!"

한운석은 생각해 보지도 않고 대답했다.

"음, 언제든 필요 없다."

용비야가 담담하게 말했다.

한운석은 이 말이 무척 이상하게 들렸지만 어디가 이상한지 딱 짚어 낼 수가 없었다. 용비야의 입술 위로 웃음기가 피어올랐으나 그는 해명하지 않고 계속 책을 읽었다.

한운석도 깊이 생각하지 않고 그와 함께 책을 읽었다. 그렇게 책을 읽으며 두 사람은 다시 북려국에 관해 이야기를 나누었다.

이야기 하는 동안 한운석은 몇 차례 위치를 바꿔 자세를 더 편안하게 했다. 그녀의 동작이 워낙 자연스러워 용비야도 익숙해진 듯 별로 신경 쓰지 않았다.

바깥에서 듣고 있던 마부는 속으로 한없이 탄식을 내뱉었다.

진왕 전하, 한 번 더 떠들면 밖으로 던져 버리신다고 하지 않으셨습니까? 이렇게 온종일 떠드시렵니까?

마차는 빠르게 달려 약귀곡과 점점 가까워졌다.

뜻밖에도 약귀곡까지의 여정이 반나절 정도 남았을 때 누군가 수풀에서 튀어나와 길 한가운데에 서서 용비야의 마차를 세우려고 했다.

용비야의 마차를 그리 쉽게 세울 수 있을까?

마부는 길에 선 사람을 보고도 멈추려거나 속도를 늦출 생각을 하지 않고 계속 앞으로 질주했다.

그런데 놀랍게도 그 사람이 큰 소리로 외쳤다.

"한운석, 내려!"

용비야는 누군가 길을 막은 것을 알아차렸지만 한운석은 아무것도 몰랐다. 갑작스러운 소리에 가리개를 걷어보니 멀지 않은 곳에 누군가 서 있는 것이 보였다. 다름 아닌 1년 가까이 만나지 못한 목령아였다!

마차가 들이받으려는데도 목령아는 비키려고 하지 않았다. 한운석은 즉시 마부에게 멈추라고 명령했다.

아슬아슬한 급제동이었다. 조금만 늦었어도 목령아는 말에 부딪혀 멀리 날아가 버렸을 것이다. 하지만 목령아의 단정한 얼굴에는 두려움이라곤 추호도 찾아볼 수 없었고 도리어 노여움만 가득했다.

저 계집애가 왜 저래?

한운석은 마차에 높이 앉은 채 눈썹을 치키며 그녀를 바라보았다.

"무슨 일로 날 찾았지?"

놀랍게도 목령아는 검을 뽑아들고 그녀를 똑바로 겨눴다.

"한운석, 넌 내가 본 사람 중에 가장 위선적인 여자야. 당장 벙어리 할머니를 내놔! 안 그러면 가만 두지 않겠어!"

한운석은 어리둥절했다.

"그게 무슨 말이냐?"

"무슨 말인지는 네가 잘 알거야. 모르는 척하지 마! 당장 벙어리 할머니를 내놓지 않으면 죽을 줄 알아!"

목령아는 화가 머리끝까지 나 있었다.

한운석은 점점 더 이해가 가지 않았다.

"벙어리 노파는 절벽에서 떨어졌다고 벌써 말했다. 그런데 이게 무슨 소란이냐?"

목령아는 냉소를 터트렸다.

"이 위선자! 넌 우리 목씨 집안 사람이 쫓아간 바람에 할머니가 절벽에서 떨어졌다고 의심했어. 그래서 열심히 변호해 주었는데, 후후, 지금 생각해 보면 정말 가소로운 일이었지!"

"대체 무슨 말을 하려는 거지?"

한운석은 도통 알 수가 없었다. 용비야가 목령아를 가뒀을 때 풀어 준 사람도 그녀였다.

그때 그녀는 벙어리 노파가 절벽에서 떨어진 일을 알고 있었지만, 일부러 벙어리 노파를 핑계로 목령아를 협박해 목심 이야기를 털어놓게 했다.

목령아가 벙어리 노파를 걱정하자 노파가 절벽에서 떨어진 이야기를 해 주고, 초서풍과 벙어리 노파를 쫓아와 공격한 사람이 목씨 집안 사람인 것 같다는 말도 했다. 어쨌든 목씨 집안의 혐의가 가장 컸다.

그 후 오랜 시간이 지난 지금 목령아가 왜 갑자기 찾아와서 따지는 걸까? 말끝마다 위선적이라고 욕을 해 대는 건 또 무슨 뜻일까?

한운석이 알아듣지 못하는 것 같자 목령아는 더욱더 화가 치밀어 사납게 소리쳤다.

"한운석, 너와 용비야가 벙어리 할머니를 가둔 게 분명한데 모르는 척해? 나한테 거짓말까지 하고! 그게 재미있어?"

한운석은 멍해졌다가 곧 실소를 터트렸다.

"웃기는 소리군. 목령아, 지금 네가 무슨 말을 하고 있는지 알기나 해?"

그녀와 용비야가 벙어리 노파를 가뒀다고?

그게 말이 돼?

반박할 수 없어

한운석은 실소를 터트렸지만 내내 흔들림 없이 마차 안에 있던 용비야는 안색이 변했다. 가리개를 살짝 들치고 밖을 내다보는 그의 눈동자에 음험한 빛이 일렁였다.

한운석은 용비야의 이런 모습은 알지도 못한 채 목령아를 바라보며 고개를 저었다.

벙어리 노파가 절벽에서 떨어져 살아 있을 가능성이 희박하다는 것을 알면서도 그녀는 포기하지 않고 1년 내내 용비야에게 노파를 찾거나 시체라도 찾아 달라고 했다. 그리고 최근에야 별수 없이 포기했다.

벙어리 노파의 죽음은 한운석에게는 늘 양심의 가책으로 남아 있었다.

하지만 그 때문에 목령아에게 이런 중상모략을 들어도 좋다는 뜻은 아니었다!

"위선적인 여자! 무고한 노인을 괴롭혔으니 경멸을 당해도 싸!"

목령아가 다시 화를 냈다.

당시 그녀는 한운석이 감히 벙어리 노파의 털끝 하나라도 건드리면 경멸하겠다고 선언했다.

한운석도 화가 나서 마차에서 뛰어내리며 소리쳤다.

"목령아, 증거를 내놓고 말해라. 그렇지 않으면 오늘 여기서 떠나는 건 꿈도 꾸지 말고!"

"증거?"

목령아는 싸늘하게 웃었다.

"그때 널 의심하지 않았다니 내 머리가 어떻게 되었던 거야! 너희가 바로 증거인데 무슨 증거를 더 내놓으라는 거야?"

"함부로 입 놀리지 마라!"

한운석이 화난 소리로 외쳤다.

"그래, 말해 보란 말이지?"

목령아는 보란 듯이 비웃었다.

"한운석, 벙어리 할머니 일을 아는 건 우리 집안과 너, 진왕, 그리고 칠 오라버니뿐이야."

"그래서?"

한운석이 물었다.

"진왕 전하는 능력이 대단하셔서 우리 아버지가 부른 살수들의 포위를 뚫고 너와 벙어리 할머니를 구해 갔지. 그런데 우리 집안에 무슨 힘이 있다고 너희를 쫓아가서 벙어리 할머니가 자결하도록 몰아붙였겠어?"

목령아가 따졌다.

"벙어리 노파를 호송한 사람은 진왕 전하가 아니다. 그 부하였지."

한운석이 말한 뒤 다시 덧붙였다.

"나도 너희 집안이 한 짓이라고 생각하진 않아."

처음에는 의심했지만 목령아의 해명을 들은 후로는 의심하지 않았고 찾아가 따지지도 않았다.

목영동이 벙어리 노파를 살려 둔 것은 쓸모가 있기 때문이니, 쫓아왔을 가능성은 있어도 절대 절벽에서 뛰어내리도록 몰아붙일 리 없었다. 더욱이 목영동이 목령아와 교환할 보물을 가져왔을 때 떠보았는데 확실히 그의 짓은 아니었다.

"그러니까 우리 집안이 한 일은 아니라고 확신한단 말이지?"

목령아가 물었다.

"분명히 아니다. 대체 무슨 말을 하고 싶지?"

한운석은 참을성이 많지 않았다.

하지만 목령아는 서두르지 않고 다시 물었다.

"그럼 다시 묻겠어. 칠 오라버니가 벙어리 할머니를 납치했을까?"

한운석은 생각해 보지도 않고 대답했다.

"그럴 리 없다."

그녀를 벙어리 노파에게 데려간 사람이 고칠소였다. 고칠소가 없었다면 그녀는 벙어리 노파의 존재도 몰랐을 것이다. 고칠소 역시 벙어리 노파를 찾고 있었다!

"좋아. 그렇다면 묻겠어. 벙어리 할머니 일을 아는 사람은 그 정도뿐이고, 칠 오라버니와 우리 집안에 혐의가 없다면 너와 용비야의 혐의가 제일 크지 않아?"

목령아가 따져 물었다.

"귀신 씨나락 까먹는 소리야!"

한운석이 내뱉었다.

목령아는 알아듣지 못했지만 알아들을 생각도 없었다. 칠 오라버니가 이런 분석을 해 주었을 때 그녀는 버럭 화를 냈다. 칠 오라버니의 분석은 무척 일리가 있었다.

목씨 집안과 칠 오라버니에게 혐의가 없다는 건 믿지만, 한운석과 용비야가 혐의가 없다고는 믿을 수 없었다.

생각할수록 한운석과 용비야가 벙어리 노파를 가둬 놓고 목씨 집안이 찾아오지 못하도록 절벽에서 떨어졌다고 거짓말 했다는 생각이 들었다.

한운석이 벙어리 노파를 찾는 것은 출신과 관계가 있는 것 같은데, 칠 오라버니는 모호하게 얼버무렸고 그녀 역시 자세히 알고 싶지 않았다. 그저 벙어리 노파를 되찾아 한운석의 위선적인 가면을 벗기고 싶을 뿐이었다!

그녀가 큰 소리로 채근했다.

"너와 용비야가 가둔 게 아니라면 벙어리 할머니가 어디로 간 거야? 할머니를 납치할 사람이 또 누가 있어? 말해 봐!"

"나도 누가 그랬는지 알고 싶다. 1년간 조사했지만 안타깝게도 알아내지 못했어!"

한운석은 화가 나서 기절할 지경이었다.

정말이지 귀신 씨나락 까먹는 소리였다.

목씨 집안과 고칠소는 아니니 한운석과 용비야의 짓이다? 이런 말도 안 되는 주장을 하는데 무슨 이야기가 될까?

한운석이 가만있었으면 모를까 일단 해명을 하려 하자 목령

496

아는 큰 소리로 웃음을 터트렸다. 조금 전보다 더 심한 비웃음이었다.

"한운석, 벙어리 할머니를 호송한 사람이 용비야의 부하라고 했지? 그럼 묻겠어. 높으신 진왕 전하의 부하들은 다 그렇게 멍청해? 벙어리 할머니도 보호하지 못해 놓고 누구 짓인지 단서 하나 못 찾았다고? 누굴 속이려 들어?"

한운석은 살짝 당황했다. 솔직히 그녀도 줄곧 그 점이 이해가 가지 않았다.

사실 목령아 입장에서 보면, 어쩌면 그녀라도 목령아같이 엉뚱한 주장을 했을지 모른다.

생각해 보면 고칠소도 벙어리 노파가 절벽에서 떨어졌다는 말을 들었을 때 그렇게 물었다.

벙어리 노파를 호송한 사람은 초서풍이고 그는 용비야의 부하 가운데 가장 무공이 높았다. 벙어리 노파를 지키지 못하고 절벽에서 떨어지게 했다고는 해도 최소한 습격한 자들에 관한 단서는 찾아내는 게 당연했다. 이런 식으로 적을 모두 놓치고 단서조차 찾지 못한 데다 1년 동안 아무 정보도 손에 넣지 못할 사람은 아니었다.

목령아뿐 아니라 한운석 자신도 그럴 수는 없다고 생각했다.

그렇지만 이 와중에도 그녀는 용비야를 의심하지 않았다. 벙어리 노파 일을 아는 사람 모두를 의심하는 한이 있어도 용비야를 의심하지는 않았다.

용비야는 그녀와 '한 편'이니까. 용비야를 의심하는 건 자신을 의심하는 것이나 마찬가지였다.

그녀가 자신에게 내놓은 대답은, 그 습격자들이 무척 신비하다는 것이었다. 심지어 그들은 목심에 관해 꽤 잘 알고 있고 그래서 벙어리 노파도 알고 있을 것이라 생각했다.

그녀와 용비야는 이 문제를 놓고 여러 차례 의논했다. 하지만 단서를 찾지 못해 적이 다시 접근하기를 기다릴 수밖에 없었다.

물론 이런 것까지 목령아에게 설명할 생각은 없었다.

이미 충분히 설명했고, 여기서 더 말해 봤자 목령아는 믿지 않을 것이다.

"안 믿으면 관둬. 말해 봤자 내게 득이 될 것도 없지. 비켜."

한운석이 차갑게 말했다.

"왜, 찔려? 벙어리 할머니를 습격한 자들이 세력이 크니 무공이 높다니 하는 핑계는 집어 치워. 웃기는 소리!"

목령아의 이 말에 한운석의 심장이 턱 막히는 기분이었다.

이렇게 말이 안 통하는 상황에 처한 것은 처음도 아니었다. 하지만 당당하게 따지며 분노로 씩씩거리는 목령아 앞에서는 반박하고 싶어도 할 말이 없었다.

하긴, 이 문제에서는 확실히 그녀와 용비야에게 혐의가 있었다. 결백하다는 것을 아는 사람은 자신들뿐이었다.

한운석은 목령아를 지그시 바라보다가 일언반구도 없이 돌아서서 마차에 오르려고 했다.

뜻밖에도 목령아가 매섭게 소리를 질렀다.

"벙어리 할머니를 내놔. 그렇지 않으면 떠날 생각 마!"

그 말과 함께 그녀가 정말 검을 뽑았다!

안타깝게도 목령아가 한운석에게 접근하기도 전에 비밀 시위 서동림이 나타나 단칼에 그녀를 막고 바닥에 밀어 쓰러뜨렸다.

목령아는 포기하지 않고 발딱 일어났다.

"한운석, 찔리는 거야, 그렇지!"

한운석은 무시하고 곧장 마차에 올랐다.

목령아는 더는 말이 없었다. 서동림의 검을 막는데도 벅차 말할 틈이 없어서였다.

그녀의 약 제조 솜씨는 일류지만 무공은 그저 그래서 서동림의 검을 세 번 막아 낸 것도 엄청난 행운이었다.

한운석이 마차에 올랐을 때 용비야는 여전히 책을 읽고 있었다. 그녀는 옆에 앉아 별말 없이 머리를 괴고 생각에 잠겼다.

하지만 바깥에서 나는 칼부림 소리가 점점 격해지자 결국 용비야에게 말을 꺼냈다.

"목씨 집안과 척을 지지 말고 그냥 가요. 약성은 뭐니 뭐니 해도 목씨 집안 손에 있잖아요."

한운석은 용비야가 아무 표정이 없다고 해서 신경 쓰지 않는다는 의미가 아니라는 것을 알고 있었다. 그는 그저 쓸데없는 말다툼을 좋아하지 않을 뿐이었다. 서동림 하나로도 목령아를 사지로 몰아붙이기에는 충분했다.

용비야는 분명 목령아를 죽일 생각이 있었지만 한운석의 말도 옳았다. 목령아를 죽이면 목씨 집안과는 철천지원수가 될 것이고 목영동도 더는 참지 않을 것이다. 한동안은 네 성을 건 드려 쓸데없는 시비를 일으킬 생각이 없었다.

"노복老福, 가지 않고 뭘 하느냐?"

용비야의 차가운 말이 떨어졌다.

"예, 예!"

마부 노복이 그제야 마차를 움직였다. 이를 본 서동림도 목 령아를 내버려 둔 채 급히 뒤를 따랐다.

목령아는 이미 맞아서 바닥에 쓰러져 있었다. 오른쪽 허벅지 를 다쳐 걷기도 힘들어서 쫓아가는 것은 더욱 불가능했다. 그 녀는 힘들게 일어나 씩씩거리며 검을 팽개치고 속으로 멍청한 자신을 욕했다.

칠 오라버니의 밀서를 받고 한운석이 이 길을 지나간다는 것 을 알자마자 충동적으로 달려왔는데, 용비야도 함께 있는 줄은 몰랐다.

이런 상황에 그녀가 무슨 수로 한운석을 혼내 줄 수 있을까? 숫제 제 무덤을 판 격이었다!

한참 동안 씩씩거리던 목령아는 그래도 순순히 바닥에 앉아 오른쪽에 난 자상에 약을 바르고 상처를 싸맸다. 그런 다음 집 어던진 검을 다시 주워 지팡이로 삼았다.

칠 오라버니는 어디로 갔을까. 그는 며칠 전 그녀를 찾아와 서 차를 마시며 벙어리 노파 실종 사건을 분석해 주었다. 하지 만 그날 밤 다시 사라졌고 오늘에야 비합전서로 밀서를 보냈다.

칠 오라버니가 대체 무슨 일로 그렇게 바쁜지는 모르겠지만,

그래도 이번 일은 기뻤다.

칠 오라버니는 벙어리 노파 문제에 직접 나서지 않고 그녀더러 한운석을 찾아가 떠보라고 했다. 이걸 보면 칠 오라버니가 한운석의 위선을 꿰뚫어 보았고, 예전처럼 한운석에게 놀아나지 않으리라고 충분히 짐작할 수 있었다.

대체 누가 누구에게 놀아나는 건지, 목령아는 정말 조금도 알아차리지 못했다.

고칠소가 최근 무슨 일로 바쁜지는 그 자신만이 알고 있었다.

그때 약귀곡에서는 고칠찰이 정원에 기르는 진귀한 약초에 물을 주고 있었다. 약귀곡은 무척 크고 기르는 약초 수량도 어마어마했지만, 이 조그마한 정원 안 눈에 띄지 않는 구석구석에 자라는 약초야말로 산골짜기 전체에서 가장 진귀한 것들이었다. 고칠찰도 평소에는 집사에게 맡기지만 약귀곡에 돌아오면 꼭 직접 보살폈다.

"주인님, 밖에 어떤 부인이 와 있습니다. 아이를 낳은 지 몇 달 만에 괴병에 걸려 통초通草를 구하러 왔다고 합니다."

고칠찰은 못들은 척하고 귀하디귀한 약초의 잎을 조심조심 씻어냈다.

집사는 잠시 망설이다가 다시 말했다.

"주인님, 그 부인이 참 안 되었습니다. 병이 나서 아이를 돌볼 수도 없고, 아이는 태어나서 지금까지 엄마가 누군지도 모른다지 뭡니까……. 쯧쯧, 참 마음이 아픈 이야기지요. 혹시……."

고칠찰은 그래도 못들은 척했다. 늙은 집사는 가볍게 한숨을 내쉬었지만 말해 봤자 소용없다는 것을 알았다. 약을 구하러 온 사람이 저렇게 많으니 집사도 가끔은 마음이 약해지곤 했다. 하지만 어쩌나. 마음 약해져도 소용없는 것을!

늙은 집사가 나가는데 시동 하나가 다급히 달려와 집사에게 손짓을 해 보였다. 늙은 집사는 곧 무슨 일인지 알았다.

그는 허둥지둥 돌아가 보고했다.

"주인님, 진왕 전하께서 오셨습니다!"

약귀 대인은 벌써 며칠째 진왕 전하와 왕비마마를 기다리고 있었다…….

분노한 왕비

벌써 밤이 깊었다. 한운석과 용비야는 정원 바깥에서 기다리고 있었다. 한운석은 정원 밖에 약을 구하러 온 사람들이 줄어들기는커녕 도리어 훨씬 는 것을 알아차렸다.

남녀노소 모두 오래 꿇어앉아 있으면 약을 얻을 수 있기라도 한 듯 조용히 꿇어앉아 있었다.

하지만 사실상 그들이 약을 얻을 수 있느냐는 전적으로 고칠찰의 기분에 달려 있었다. 어느 날 고칠찰의 기분이 좋으면 몇 사람 골라 약을 내줄지도 몰랐다. 고칠찰의 기분이 좋지 않으면 그가 흥미를 보이는 물건을 가져와 바꿔야 하고, 그렇지 않으면 내내 꿇어앉아서 빌어야 했다!

한운석은 지난번에 왔을 때 일부러 몇 사람 얼굴을 기억해 두었는데, 다시 와서 둘러보니 금세 그들을 찾을 수 있었다. 지난번 방문은 최소한 두 달 전 일이었다. 그동안 저 사람들은 약을 구하지도 못했고 포기하지도 못했다.

모습을 보아하니 반년 넘게 이곳에 꿇어앉아 있는 사람도 있어 보였다. 고칠찰의 성품으로 보아 아마 반년 동안 꿇어앉아 있어도 빈손으로 돌아가야 할지 몰랐다.

못된 고칠찰, 약을 주지 않을 요량이면 딱 잘라서 돌려보낼 것이지, 뭐 하러 사람들을 꿇어앉혀 놓고 기분에 따라 은혜를 베풀곤 하는 거야?

한운석은 꿇어앉은 사람들을 보며 나지막이 욕을 했다.

"가증스러운 놈!"

그때 늙은 집사가 몸소 나와 문을 열었다.

"진왕 전하, 왕비마마. 오래 기다리셨습니다. 들어가시지요."

한운석과 용비야가 들어가려는데 갑자기 뒤에서 다급한 말발 굽소리가 울려 퍼지더니 이어서 애절한 부르짖음이 들려왔다.

"나리! 나리, 부인께서 돌아가셨습니다……. 그저께 저녁에 떠나셨습니다……."

사람들 틈에서 중년 남자 한 명이 벌떡 일어나 멍하니 그쪽을 바라보는가 싶더니, 입에서 왝 하고 새빨간 피를 토하며 그대로 혼절해 쓰러졌다.

주변 사람들이 그를 부축했고 누군가 급히 인중을 눌렀다. 하인은 말에서 내려 허둥지둥 달려와 눈물을 철철 쏟았다.

"나리, 나리. 정신 차리십시오. 나리께서 돌아와 상황을 수습해 주시기를 다들 기다리고 있습니다!"

"어서 뜨거운 물을 가져와요."

한운석은 한마디 내뱉으며 쏜살같이 그쪽으로 달려갔다. 늙은 집사는 용비야를 흘끔거렸지만, 용비야는 자신의 왕비를 바라보며 그에게는 신경 쓰지 않았다.

늙은 집사는 별수 없이 왕비마마의 심부름꾼 노릇을 했다.

한운석은 중년인을 둘러싼 사람들을 물리쳐 일단 공기를 통하게 하고, 똑바로 눕혀 호흡과 심장박동을 확인한 다음 맥을 짚었다.

늙은 집사가 물을 가져왔을 때 그녀는 이미 이 환자가 목숨이 위험하지 않다는 것을 확인한 후였다. 지나친 피로와 오랜 가슴 답답증에다 갑작스런 충격이 더해져 피를 토한 것이었다.

하인이 방금 했던 말로 미루어, 이 나리라는 사람은 부인 대신 약을 구하러 왔는데 약을 얻기 전에 부인이 세상을 떠났음을 알 수 있었다.

남편은 목숨이 위험하지 않았지만 혼절하고 말았다. 깨어났을 때 이 잔혹한 현실을 어떻게 마주해야 할까?

한운석은 가만히 탄식하며 하인에게 응급약과 늙은 집사가 가져온 뜨거운 물을 건넨 다음 자리를 떴다.

늙은 집사는 뒤를 따르며 아무 말도 하지 않았다.

하지만 한운석은 참지 못하고 물었다.

"집사, 사람이 혼절하면 구해 주나?"

"왕비마마, 이곳에 꿇어 앉아 있다 보면 피로에 쓰러지기도 하고 병이 나 쓰러지기도 합니다. 저렇게 충격을 이기지 못해 쓰러지는 것도 늘 일어나는 일이지요. 생로병사는 사람이라면 누구나 겪는 일입니다. 사람을 구할 생각이었다면 약귀곡이 차라리 의관을 차렸겠지요."

늙은 집사도 힘없이 말했다.

"그럼 약초를 길러 뭘 하려는 건가? 심심풀이인가?"

별안간 한운석의 목소리를 높였다.

순간 모든 사람이 그쪽을 바라보았다. 늙은 집사는 감히 이

높으신 분과 말다툼을 할 수 없어 잘 달래 안으로 들어가려는데, 뜻밖에도 정원의 주인이 기다리다 못해 직접 나왔다.

"왕비마마 말씀이 옳다마다. 심심풀이로 기르는 것이지!"

웃음기가 묻은, 남자도 아니고 여자도 아닌 이상야릇한 목소리였다.

한운석은 곧 소리 나는 쪽을 돌아보았다. 언제 왔는지 고칠찰이 정원 담장 위에 앉아 있었다. 폭 넓은 새까만 장포가 밤바람에 불룩하게 부풀어 오른 모습은 밤하늘 아래에서 보니 꼭 귀신 같았다.

"저 분이 약귀 대인이다! 약귀 대인께서 나오셨다!"

사람들 속에서 누군가가 와락 소리를 질렀다. 순간 장내가 소란스러워지더니 서 있던 사람들이 우르르 꿇어앉아 다함께 바닥에 엎드려 절하며 애원했다.

"약귀 대인, 제발 부탁입니다! 어머니를 구해 주십시오!"

"약귀 대인, 이 늙은이는 석 달째 꿇어앉아 있습니다. 이 늙은이 목숨을 가져가시고 부디 자식 놈을 구해 주십시오!"

무수한 애원들이 산골짜기 달밤의 고요함을 깨뜨렸다. 한운석은 그런 행동에 할 말을 잃었지만, 그들에게는 부탁하는 것 말고 달리 할 수 있는 게 없었다.

하지만 고칠찰은 본체만체 들은 체 만 체하며, 미소 띤 눈으로 용비야를 훑어본 뒤 한운석에게 시선을 고정했다.

"왕비마마, 약초를 기르는 건 아주 재미난 일이지. 흥미가 있다면 약귀곡은 언제든 환영해."

용비야가 차가운 시선을 던졌다. 어쩐지 의아했다. 고칠찰은 그들의 방문에 몹시 흥분한 것 같은데, 가짜 가루약을 섞은 일이 절대 들키지 않는다는 자신이 있는 건가? 하다못해 무슨 일로 찾아왔는지 물으려고도 하지 않았다.

물론 용비야는 속으로만 의아해할 뿐 겉으로는 아무 표정도 없었다.

"사람 목숨으로 장난을 치다니, 약귀 대인, 그러고도 천벌이 두렵지 않아요?"

한운석이 분노에 차서 꾸짖었다.

고칠찰의 눈에 원한이 번뜩였다. 천벌? 의성을 떠난 이래 천벌을 두려워한 적은 없었다. 의성에서 겪은 모든 일이 과연 천벌에 견주지 못할까?

그렇지만 한운석을 보는 고칠찰의 눈동자에는 언제나 웃음이 담겨 있었다.

"진왕비, 그렇게 헐뜯으면 안 되지. 이 대인께서는 약초를 기르기만 할 뿐, 재물을 탐내 누굴 해친 적도 없고 남의 물건을 빼앗은 적도 없단 말이야. 오해하지 말라고!"

"당신은 재물을 탐하거나 남의 물건을 빼앗는 것보다 백배는 더 가증스러워요! 여기 있는 수백 포기 약초들을 다른 곳에서 사 왔다는 걸 내가 모를 줄 알아요? 하나같이 보기 드물고 귀한 약초고, 한 포기로 몇 사람의 목숨을 살릴 수 있어요. 당신이 그걸 사들여서 바깥에 풀지 않는데 사람 목숨을 빼앗는 것과 뭐가 달라요?"

한운석이 물었다.

이자가 그 약초들을 사지 않았다면 약초가 필요한 사람들이 사거나 얻을 수 있었다. 그런데 이자가 사들이는 바람에 필요한 사람들은 이곳에 꿇어앉아 그의 기분이 좋아질 때를 기다려야 했다.

"훔친 것도 아니고 빼앗은 것도 아니야. 진짜 돈을 주고 사들여 소중히 보관하고 있는데 왜 이 대인 탓을 하실까?"

고칠찰이 억울한 듯 말했지만 눈동자에는 웃음이 흘렀다. 그는 한운석이 지난번에 왔을 때와는 다른 것을 느꼈다. 이번에는 전보다 적의가 훨씬 짙었다.

이 여자는 그가 예상한 대로 빚을 받으러 온 것이다!

"소중히 보관해? 약초가 무슨 골동품이나 진귀한 서화라도 돼요?"

한운석은 이해가 가지 않았다.

"고칠찰, 당신은 신분과 재물을 이용해 곳곳에서 약초를 구해다 보관하면서 막상 그 약초가 필요한 사람들이 뻔히 죽어가는 것을 보고만 있잖아요. 그러고도 죄책감을 전혀 못 느껴요? 당신더러 사람을 구하라고 강요할 사람은 없어요. 하지만 해치지 않을 순 있잖아요?"

한운석의 목소리는 크지 않았지만 꿇어앉아 애원하던 사람들은 모두 동작을 멈추고 차례차례 그쪽을 바라보았다. 이 젊디젊은 여자의 몸에는 올곧은 기운과 화내지 않아도 절로 흐르는 위엄이 있었다!

사람들 중에 마침내 누군가 일어났다.

"옳거니, 옳은 말이야! 이 늙은이 목숨은 이제 됐네. 더는 이렇게 구걸하며 저자의 콧대를 세워 줄 생각이 없어!"

그 사람은 자신의 약을 구하러 왔지만, 이 말과 함께 정말 뒤도 돌아보지 않고 떠났다. 이어 사람들이 줄줄이 일어났다. 고칠찰에게 욕하는 사람도 있고 침을 뱉는 사람도 있고 아무 말 없이 떠나는 사람도 있었지만 어쨌든 적잖은 이들이 사라졌다.

고칠찰은 기가 막혔다. 약귀곡을 세운 이래 지금까지 몇 년 동안 이곳을 찾아온 이들은 모두 다른 방법이 없는 사람들이었다. 그러니 일단 와서 무릎을 꿇은 사람들은 떠나더라도 절망해서 떠났지, 저렇게 성질을 부리며 떠난 사람은 아무도 없었다.

그런데 내 앞에서 성질을 부려?

고칠찰은 이런 상황이 몹시 싫었다. 그가 약초를 쌓아 두고 팔지 않는 첫 번째 이유는 약초를 기르는 것을 좋아하기 때문이고, 두 번째 이유는 각양각색의 사람들이 목숨을 구하려고 발버둥치는 모습을 보는 게 즐거워서였다. 그가 제일 좋아하는 것은 약초를 구하러 온 가족들이 아니라 그 환자였다. 특히 죽어가는 사람의 모습을 좋아했다.

죽음. 그에게 죽음이란 기쁜 일이었다.

늙은 집사가 주인 대신 화를 내려는데 뜻밖에도 주인이 킬킬거렸다.

"진왕비, 그쪽이야말로 남을 해치는군. 그런 말로 저들을 보냈다가 만에 하나 내 기분이 좋아져서 약을 주고 싶어지면 어디 가서 저들을 찾으려나?"

"저들은 곧 돌아올 거예요!"

한운석이 단호하게 말했다. 그녀도 고칠찰과 쓸데없는 말은 하고 싶지 않았다. 저자는 낯이 두꺼워서 아무리 욕해도 웃어 넘기기만 했다.

이런 기분이 들자 한운석은 문득 고칠소를 떠올렸다. 하지만 두 사람의 닮은 구석을 꼼꼼히 생각해 볼 여유가 없어 그저 차갑게 말했다.

"난 약을 구하러 온 게 아니라 빚을 받으러 왔어요!"

고칠찰은 이 말을 기다린 지 오래였지만, 모르는 척하며 용비야를 바라보았다.

"진왕 전하, 이 몸이 전하에게 진 빚은 벌써 갚지 않았던가?"

용비야는 대답하지 않고 뒷짐을 진 채 안으로 걸어 들어갔다. 한운석도 고칠찰을 무시하고 그 뒤를 따랐다.

이곳 주인은 분명 자신인데, 고칠찰은 꿔다 놓은 보릿자루가 된 기분이었다. 특히 쫄랑거리며 용비야를 따라가는 한운석의 뒷모습을 보자 더욱더 마음이 불편했다! 그는 멋지게 뒤로 공중제비를 넘으면서 쫓아갔다.

용비야, 조금 후에도 한운석이 그렇게 네 뒤를 쫓아다니는지 어디 두고 보자!

한운석은 고칠찰과 길게 이야기할 생각이 분명했다. 지금까지는 먼저 건물 안으로 들어간 적이 없던 그녀가 이번에는 청하지도 않았는데 들어가 용비야와 함께 차 탁자 앞에 앉았다.

고칠찰도 새까만 장포를 바닥에 끌며 스르르 따라왔다. 두 다리가 어쩜 저렇게 가벼운지 정말이지 모를 노릇이었다. 그가 주인석에 높이 앉아 차갑게 말했다.

"용비야, 이 몸이 빚진 약재 두 개는 모두 갚았고 공짜로 약을 배합해 주기도 했는데 뭘 빚졌다는 것이냐? 똑똑히 말해 보시지!"

용비야는 한가롭게 차를 마셨다. 마치 고칠찰이 눈에 안 보이는 공기라도 되는 듯한 태도였다.

한운석도 차를 마시며 느긋하게 굴었다. 일단 시치미 떼게 내버려 두었다가 목을 축인 다음 따질 요량이었다.

해약을 빼돌렸으니 두 사람이 무엇 때문에 왔는지 마땅히 알고 있을 것이다!

고칠찰은 어서 빨리 재미있는 장면을 보고 싶어 일부러 몸을 일으켰다.

"두 분이 차를 마시러 왔다면 함께 해드릴 수 없겠는걸!"

그가 이렇게 말하며 떠나려 하자 한운석이 냉소를 지었다.

"고칠찰, 이게 뭔지 알겠죠?"

한운석이 소매에서 해약 한 병을 꺼내는 게 보였다. 바로 용비야가 고칠찰에서 받아간 미독 해약이었다. 오기 전에 그녀는 분리했던 약을 다시 한 병에 넣어 두었다.

고칠찰은 속으로 기뻐하면서도 겉으로는 눈썹을 치키며 물었다.

"알면 어쩌려고?"

한운석이 도자기병을 열고 내밀었다.

"자세히 봐요!"

"미독의 해약이군. 이 몸이 친히 지어준 것인데 모를 리가?"

고칠찰이 당연하다는 듯이 말했다.

"이 중 적어도 반은 가짜예요! 당신이 가짜를 섞고 몰래 빼돌린 거죠!"

한운석이 화난 목소리로 폭로했다.

고칠찰은 깜짝 놀란 척 한동안 멍한 표정을 지었다가 겨우 말했다.

"웃기는 소리! 네가 그렇게 말하면 다 사실이 되는 거냐? 증거는 어딨지?"

"이게 증거가 아니면 뭐예요?"

한운서은 아무 도구도 없이 우아하고 날렵한 손놀림으로 약병 두 개를 이리저리 움직이더니, 아주 정확하게 해약을 둘로 나눴다. 한 무더기는 진짜 미독 해약이고 다른 무더기는 약효가 없는 가짜 약이었다.

그녀는 가짜약이 담긴 병을 집어던지며 차갑게 말했다.

"고칠찰, 이게 바로 증거예요!"

〈천재소독비〉 10권에서 계속